KEEPER

EIN BESTER FREUND ZUM VERLIEBEN

EIN BRITISCHER SPORT-LIEBESROMAN

Amy Daws

Englischer Original-Titel: *Keeper*
Deutscher Titel: Keeper - Ein bester Freund zum Verlieben
Deutsche Übersetzung: Noëlle Niederberger

Veröffentlicht durch: Stars Hollow Publishing
PO Box 90022, Sioux Falls, SD 57109, USA
Taschenbuch ISBN: 978-1-944565-58-9
Lektorat: Stephanie Rose
Formatierung: Champagne Book Design
Umschlagdesign: Amy Daws
Cover-Fotografie: Dan Thorson
Cover Model: Adam Spahn

Dieses Buch ist ein Werk der Fiktion. Namen, Personen, Orte und Ereignisse sind Produkte der Fantasie der Autorin oder werden fiktiv verwendet. Jede Ähnlichkeit mit tatsächlichen lebenden oder toten Personen, Ereignissen oder Orten ist rein zufällig.

Besuche Amy im Netz!
amydawsauthor.com/deutsch
Abonniere den deutschen Newsletter:
www.subscribepage.com/amydaws_deutscher_newsletter

www.facebook.com/amydawsauthor
instagram.com/amydawsauthor
www.tiktok.com/@amydawsauthor

EBENFALLS VON AMY DAWS

<u>Die Harris-Brüder:</u>
Challenge – Ein Bad Boy zum Verlieben
Endurance – Ein Feind zum Verlieben
Keeper – Ein bester Freund zum Verlieben
Surrender – Ein Boss zum Verlieben
Dominate – Ein Fußballstar zum Verlieben

Um herauszufinden, wann diese und weitere Bücher
herauskommen, schau hier auf Amys Website nach:
amydawsauthor.com/deutsch

Und wenn du einfach per E-Mail informiert werden möchtest, wenn
das nächste Buch erscheint, abonniere Amys deutschen Newsletter:
www.subscribepage.com/amydaws_deutscher_newsletter

Gewidmet meiner Autorenfreundin Nana Malone.
Danke für deine unendliche Hilfe in dieser verrückten
Welt der Bücher.

HEIMKEHR

Mein liebster Booker Harris,
ich melde mich per E-Mail, um dir mitzuteilen, dass ich in ein paar Wochen zurück nach London ziehe. Deutschland war sehr schön, aber ich vermisse mein Heimatland.
Ich dachte, das interessiert dich vielleicht ;)
-Poppy

Miss Überraschung Poppy McAdams,
warte … warte … Was? Du kommst zurück? Wo lebst du? Warum kommst du zurück? Hast du einen neuen Job? Wir haben uns sechs Jahre lang nicht gesehen und du informierst mich per E-Mail, dass du zurückkommst? Nenn mich sensibel, aber ist dein Handy kaputt?
-Booker

Mr. Detaillierter Hurenbock,
du hättest mich sehen können, wenn du dieses Ding namens Facebook hättest. Oder Instagram. Oder Twitter. Welcher fünfundzwanzigjährige Kerl hat keine sozialen Medien?
PS: Ich hätte ja angerufen, aber ich bin per E-Mail prägnanter und das nervt dich, also genieße es einfach. ;)
-Poppy

Miss Prägnant,
soziale Medien sind nervig. Und seien wir ehrlich: Wenn du einmal ein Schwanzfoto gesehen hast, hast du sie alle gesehen.
-Booker

Mr. Schwanzfoto?
Komisch, ich hätte gedacht, dass du als berühmter Fußballspie-

ler mehr Tittenbilder als Schwanzbilder bekommst. Vielleicht ein paar schmutzige Slips … So etwas in der Art. Meiner Fantasie fiele allerhand ein.

-Poppy

Miss Bunte Fantasie,
es sind diese Möglichkeiten, die mich für immer von den sozialen Medien fernhalten. Außerdem genieße ich es, geheimnisvoll zu sein ;)
Also, wo wohnst du? Neuer Job?
-Booker

Mr. Hartnäckiger Detaillierter Hurenbock,
es schmerzt mich, das zu sagen, aber ich werde für ein paar Monate bei meinen Eltern unterkommen. Und du hast es erraten. Ich habe einen Job als Deutschlehrerin für die siebte Klasse an einer Privatschule in Hoxton bekommen. Ich fange im September an.
Allerdings hat mir die Schule auch eine Stelle als Lehrerin für Englisch als Fremdsprache in den Abendkursen in ihrem Lernzentrum in Shoreditch angeboten. Ein anderer Lehrer hat in letzter Minute abgesagt und die Bezahlung ist zu gut, um das Angebot auszuschlagen, also komme ich früher nach Hause. Von Mai bis Juli, wenn meine Wohnung frei wird, werde ich eine richtige Chigwell-Pendlerbiene sein.
-Poppy

Miss Pendlerbiene,
du willst von Chigwell aus pendeln? Dann musst du den Zug oder Bus nehmen und dann in die U-Bahn umsteigen. Das wird wahrscheinlich mindestens eine Stunde dauern. Du musst dir ein Auto besorgen.
-Booker

Mr. Zwischen-den-Zeilen-Leser,
das Geld ist knapp. Deshalb komme ich früher zurück, um den gut bezahlten Nebenjob anzunehmen. Das Bereisen der Welt und Hochschulbildung belasten das Sparkonto. ;)
-Poppy

Miss Knapp-bei-Kasse,
nachts mit dem Zug oder Bus zu fahren, hört sich nicht sehr sicher an. Hast du noch nie eine dieser Horrorgeschichten über Menschenhandel gehört? Ich habe kürzlich eine Wohltätigkeitsveranstaltung darüber besucht und konnte wochenlang nicht schlafen. Du wirst bei mir wohnen.
-Booker

Mr. Verwirrend,
wie kann es besser sein, IN CHIGWELL bei deinem Vater zu wohnen als bei meinen Eltern? Hast du vergessen, dass wir Nachbarn sind? Ich bin zwar schon eine Weile weg, aber mein Gedächtnis ist dem deinen offenbar weit überlegen.
-Poppy

Miss Schicksal,
ich ziehe um, und zwar in zwei Wochen. Vi hat eine Wohnung für mich gefunden, ausgerechnet in Shoreditch. Das könnte nicht perfekter sein und das weißt du auch.
-Booker

Mr. Neuigkeit,
du ziehst endlich bei deinem Vater aus! Ein Hoch auf dich! Herzlichen Glückwunsch! Vielleicht hast du jetzt auch ein Leben außerhalb des Fußballs.
-Poppy

Miss Mitbewohnerin,
weich dem Angebot nicht aus. Du wohnst bei mir und mehr gibt es nicht zu sagen.
-Booker

Mr. Herrischer Booker,
ich weiß, dass wir uns schon ewig kennen, aber zwei Monate sind eine lange Zeit, um bei jemandem zu wohnen, den man seit SECHS JAHREN nicht gesehen hat!
-Poppy

Miss MITBEWOHNERIN,
du bist immer noch meine beste Freundin. Du magst viel zu lange in Deutschland gewesen sein, aber das ändert nichts an dieser Tatsache. Dass du bei mir wohnst, bis deine Wohnung frei wird, ist der Weg des Schicksals, uns die Möglichkeit zu geben, unsere Freundschaft wieder aufleben zu lassen. Außerdem wird die Miete konkurrenzfähig sein. Ich akzeptiere eine Bezahlung in Form von Umarmungen.
-Booker

Mr. Kitschig,
wer bist du und was hast du mit meinem besten Kumpel Booker Harris gemacht? Ich dachte, du umarmst mich nur, wenn ich weine. Wo ist der grüblerische kleine Junge, der mit Stöcken den Dreck unter seinen Fingernägeln herausgepickt hat?
-Poppy

Miss Verleugnung,
es wird dich freuen, zu hören, dass sich meine Körperpflege seit der Grundschule enorm verbessert hat, was das Zahlen der Miete angenehmer machen sollte. Außerdem werde ich alles sagen, was nötig ist, um dich davon abzuhalten, Abend für Abend zu pendeln. Poppy. Ich mache keine Witze. Das hier ist Ostlondon. Du wohnst bei mir und ich will keine Widerworte mehr hören.
-Booker

Mr. Praktisch,
ich hoffe, du weißt, was du da anbietest. Du weißt doch noch, wie ich bin, oder?
-Poppy

Miss Poppy,
ich erwarte, dich unter der Dusche singen zu hören.
-Booker, alias dein zukünftiger Mitbewohner, auch wenn du es noch nicht zugeben willst

MITBEWOHNER

Booker

„Helft ihr mir beim Auspacken, oder seid ihr nur hier, um blöde Kommentare abzugeben?" Ich stelle eine riesige Kiste mit Töpfen und Pfannen auf das französische Eichenparkett in der Küche meiner neuen Wohnung. Es ist nicht die größte Wohnung in der Nachbarschaft, aber sie liegt im Herzen des Shoreditch Triangle in London, was eine tolle Gegend ist. Außerdem wurde sie komplett renoviert und modernisiert, sodass sie mir wirklich gut gefällt.

Mein Bruder Camden lässt sich von der Theke gleiten, auf der er gesessen hat. „Booker! Hast du gesehen, dass deine Küche zwei Öfen hat?"

„Nicht, dass der Trottel wirklich kochen könnte", fügt mein anderer Bruder Tanner hinzu, während er die Ofentüren öffnet und schließt, als wären sie Objekte aus dem Weltall. „Fünfundzwanzig Jahre lang mit Dad zusammenzuwohnen, hat das Kind verwöhnt."

„Ihr habt genauso lange bei ihm gewohnt wie ich!", erwidere ich.

Camden ignoriert meinen völlig berechtigten Einwand, während er eine höhere Stimmlage anschlägt, um seine Imitation der Queen zu vollführen, die er für urkomisch hält. „Mein Baby Booker bekommt eine Köchin und eine Haushälterin, so lange er will."

„Und Baby Book wird niemals ein schmutziges Wäschestück anfassen. Dafür haben wir Leute!", trällert Tanner, der dieselbe Tonlage nachahmt.

Camden wackelt mit einem Finger. „Baby Book wird nicht selbst zum Training fahren."

„Oder sich nach einer Runde Code Braun selbst den Arsch abwischen." Tanners letzte Bemerkung lässt Cam in Gelächter ausbrechen und die beiden Wichser klatschen sich ab.

Ich verdrehe die Augen und ignoriere sie, wie ich es schon die meiste Zeit meines Lebens getan habe. Es hat keinen Sinn, mit den beiden zu diskutieren. Erstens sind sie Zwillinge, also werden sie sich *immer* gegen mich verbünden. Zweitens wissen meine Brüder und ich, dass es viele Vorteile hatte, zu Hause bei Dad zu wohnen.

Unser Elternhaus liegt am Rande von London in Chigwell. Es ist ein großes, braunes Backsteinhaus, das für den Großteil unserer Leben recht karg war. Aber als unser Vater, Vaughn Harris, den Managerjob beim Bethnal Green F. C. annahm und meine drei Brüder und ich für ihn spielten, nahm er einige Renovierungsarbeiten vor. Jetzt ist das Haus wie ein wahr gewordener Fußballtraum ausgestattet, mit einem Fitnessstudio im Haus und feststehenden Toren draußen. Unsere Schwester hatte kein Interesse am Spielen, also bekam sie ihre Küche in Gastroqualität, in der sie sich gerne durch die alten Kochbücher unserer Mutter arbeitete und uns bei unseren fußballerischen Bemühungen unterstützte.

Als Kind drehte sich alles um Hattricks, Elfmeter und den Schlusspfiff. Wir waren eine Fußballfamilie. Ende.

Als Erwachsene sind wir einander eher ähnlich. Camden spielt für Arsenal, während Tanner und ich weiterhin grün und weiß für das Team unseres Vaters bluten. Unser älterer Bruder Gareth ist Verteidiger bei ManU, und Vi genießt ihr Leben als frisch gebackene Mama ihres sechs Monate alten Überraschungsbabys, das sie letztes Jahr bekommen hat.

Aber es ist nicht leicht, von Fußballfanatikern umgeben zu sein. Ich muss härter arbeiten als alle anderen, um den Namen Harris nicht lächerlich zu machen. Mein ganzes Leben lang schienen meine Brüder größer und stärker zu sein als ich und schossen mir die Bälle mit übermenschlicher Geschwindigkeit zwischen die Pfosten. Aber trotz meiner bescheidenen Größe als Kind habe ich gelernt, vor dem Netz überlebensgroß zu erscheinen. Es ging ums Überleben.

In den letzten Jahren hat mein Körper endlich meinen Geist eingeholt. Mit meinen ein Meter achtzig bin ich zwar immer noch ein oder zwei Zentimeter kleiner als meine Zwillingsbrüder, aber jetzt, wo ich mich mit meinem Gewicht den zweiundachtzig Kilo nähere, bin ich für die Position des Torwarts mehr als gerüstet.

„Also gut, wo soll ich hin?", stöhnt Camden inmitten des Meers aus Kartons.

Ich verschaffe mir schnell einen Überblick über den Raum. Vi hat eine komplett möblierte Wohnung für mich gefunden, was gut ist, da wir nicht tonnenweise Sachen zwei Stockwerke hochschleppen mussten. Außerdem musste ich so nicht Möbel kaufen. „Wenn wir die Küche in Ordnung bringen können, wäre das großartig."

Tanner kramt in einer Kiste und fängt an, Löffel in einen Bestecksortierer zu werfen. „Ich bringe gerne deine Küche in Ordnung, Bruder. Ich tue alles, damit du das Couchsurfing in meiner Wohnung einstellst."

„Das kann man kaum als Couchsurfing bezeichnen", argumentiere ich halbherzig. „Ich schlafe nur in den Nächten dort, wenn ich keine Lust habe, zwanzig Minuten zu Dad zu fahren. Und entschuldige, dass ich ein wenig Zeit mit euch verbringen möchte."

„Du bist ein Schwanzblocker, kleiner Bruder", erwidert Tanner. „Der morgendliche Sex mit Belle ist viel schwieriger, wenn ich dich durch die Wände beim Pinkeln hören kann."

Camden schleudert mir ein Küchentuch ins finster verzogene Gesicht, aber ich fange es mühelos auf, bevor es mich treffen kann. „Brillchen und ich versuchen gerade, uns durch alle Räume des neuen Hauses zu arbeiten, und du behinderst dieses monumentale Ziel."

Ich schüttle den Kopf. „Es ist immer noch erstaunlich, dass ihr beide es überhaupt geschafft habt, Freundinnen zu finden. Die Tatsache, dass sie beide Ärztinnen sind, gibt mir das Gefühl, dass jeden Moment jemand kommt und mir sagt, dass ich bei *Verstehen Sie Spaß* oder sonst was bin."

„Brillchen ist *sehr* real." Das anzügliche Grinsen auf Camdens Gesicht zwingt mich dazu, wegzusehen.

Indie – oder „Brillchen", wie Cam sie wegen ihrer Vorliebe für bunte Brillen nennt – war Assistenzärztin in der Chirurgie am Royal London Hospital, als Camden sich letztes Jahr einen Kreuzbandriss zuzog. Sie verliebten sich schnell und heftig. Dann landete Tanner irgendwie bei Indies bester Freundin, die ebenfalls Chirurgin ist. Jetzt ist Indie assistierende Teamärztin bei Bethnal Green und Belle arbeitet mit einer berühmten Fetalchirurgin und bereitet sich auf ihre Hochzeit mit Tanner Schmierlappen Harris vor. Wie es dazu kommen konnte, dass diese beiden Schwachköpfe mit zwei besten Freundinnen ausgehen, die einander so nahe stehen wie Schwestern, ist beunruhigend. Mittlerweile ändert sich so viel in unserer Familie.

Also ja, ich schätze, das Couchsurfing ist ein wenig absichtlich. Ich möchte nicht, dass die Tatsache, dass sie alle eine Familie gründen, etwas daran ändert, was die Familie Harris ausmacht. Wir sind die Harrises. Wir stehen einander nah. Ende der Geschichte. Ich weigere mich, sie zu verlieren.

Tanner stellt einen Karton bei Camden ab und fügt hinzu: „Jetzt, wo er mit seiner Freundin zusammenleben wird, kann er aufhören, sich in unsere Liebesleben einzumischen.“

„Poppy ist nicht meine Freundin“, leugne ich, während mir angesichts seiner Worte die Angst in die Glieder fährt. „Sie ist einfach nur … Poppy.“

Es hat mich einiges an Überzeugungsarbeit gekostet, sie dazu zu bringen, bei mir zu wohnen, aber ich bin hartnäckig wie kein anderer. Und auch, wenn es egoistisch ist, werde ich mir wesentlich weniger Sorgen um sie machen, wenn sie bei mir wohnt.

„Deine beste Freundin aus Kindertagen, mit der du im selben Bett geschlafen hast, mit der du eine geheime Liebeshütte im Wald gebaut hast und von der du immer noch behauptest, sie nie gevögelt zu haben?“ Tanner wirft mir einen Blick zu, der ausdrückt, dass er nicht von gestern ist.

„Es war eine Festung“, verteidige ich mich. „Und sie wohnt hier nur, bis ihre Wohnung frei wird.“

„Berühmte letzte Worte, kleiner Bruder“, sagt Tanner. „Die Dinge können sich bei Mädchen schnell ändern. Schau dir mich und Belle an. Ich wollte sie schon heiraten, als wir erst einen Monat zusammen waren. Sie ist diejenige, die uns warten ließ.“ Er verschränkt die Arme und lehnt sich gegen den Tresen. „Du wärst überrascht, wie viel Spaß Sex mit der richtigen Person machen kann.“

Ich rolle mit den Augen. „Nur weil ihr Trottel nicht wisst, wie man eine platonische Beziehung zu einer Frau führt, heißt das nicht, dass ich es nicht weiß.“ Ich mache mich wieder an die Arbeit mit den restlichen Kartons.

Poppy ist immer nur Poppy gewesen. Egal, was Camden und Tanner denken, wir haben die Grenze der Freundschaft nie überschritten und das hat viel mit ihnen zu tun. Als ich klein war, habe ich zugesehen, wie sie unzähligen Mädchen das Herz gebrochen haben. Jedes Mal, wenn ich anfing, mich an eine ihrer Freundinnen zu gewöhnen, verschwanden sie auf Nimmerwiedersehen. Dann habe ich natürlich auch noch miterlebt, wie unser Vater jahrelang den Tod unserer Mutter betrauerte. Es war brutal. So lernte ich, dass jemanden romantisch zu lieben bedeutet, ihn zu verlieren. Und verdammt noch mal, das will ich vermeiden wie die Pest.

Poppy ist eine zu gute Freundin, als dass ich jemals ihren Verlust riskieren würde. Ehrlich gesagt ist sie die einzige wirkliche Freundin, die ich habe, die nicht zur Familie oder zu den Teamkollegen gehört. Als sie nach Deutschland wegzog, war ich am Boden zerstört. Wir waren beste Freunde und hatten vor, in London zu leben und die Stadt im Sturm zu erobern. Sie mit ihrer ansteckenden Persönlichkeit, ich mit meinen Fußballkünsten. Es brachte mich um, als sie sagte, dass sie weggehen würde, und ich war nicht einmal in sie verliebt gewesen. Man stelle sich vor, wie schlimm es gewesen wäre, wenn ich sie geliebt hätte.

Nach ihrem Weggang stürzte ich mich in den Fußball und tat alles, was ich konnte, um vom Ersatztorwart zum Stammspieler aufzusteigen. Ich war davon erfüllt, die Minderwertigkeit zu beenden, die ich in meinem Leben verspürte. Und es funktionierte. Nicht lange nach ihrer Auswanderung ging es mit meiner Fußballkarriere bergauf.

Aber all diese Erfahrungen sind der Grund, warum ich den Kreis der Menschen, die mir wirklich wichtig sind, klein halte. Wenn mir zu viele Menschen am Herzen liegen, erhöht sich die Wahrscheinlichkeit, dass ich diesen schmerzhaften Verlust erleide.

Jetzt ist Poppy zurück. Ja, gut, ist es sechs Jahre her, seit ich sie das letzte Mal gesehen habe. Wir haben uns außerdem nicht gerade im besten Einvernehmen getrennt, aber wir haben im Laufe der Jahre immer mehr E-Mails und SMS verschickt. Gelegentlich telefonierten wir sogar. Wir sind langsam wieder zu Booker und Poppy zurückgekehrt, was gut ist, denn es kam mir immer total verrückt vor, dass wir uns in all der Zeit nicht gesehen haben. Ich hätte sie in Deutschland besuchen können, aber sie war so verschlossen, was ihr Leben dort anging, dass ich merkte, dass sie keinen Besuch wollte. Sogar das Timing ihrer Weihnachtsbesuche zu Hause schien beabsichtigt zu sein, da ich zu dieser Zeit zufälligerweise immer auswärts spielte. Es fühlte sich an, als würde uns die Chinesische Mauer und nicht ein zweistündiger Flug trennen. Ich hasste es.

Die Vorfreude darauf, sie wieder in die Arme zu schließen, lässt mich regelrecht vibrieren. Höchstpersönlich. Meine beste Freundin. Sie kommt außerdem zum perfekten Zeitpunkt zurück. Meine Familie verändert sich rasant um mich herum, was mich verunsichert. Ich konnte noch nie gut mit Veränderungen umgehen, deshalb bin ich überglücklich, meine beste Freundin wieder an meiner Seite zu haben.

Ich erinnere mich noch genau an den Tag, an dem ich sie kennenlernte. Es war eine sehr angespannte Zeit für meine Familie. Mein Vater war nach dem Tod meiner Mutter emotional völlig weggetreten. Vi war selbst noch ein Kind und versuchte, sich um alle zu kümmern. Gareth war ein launischer Kerl. Wir waren alle so allein in diesem Haus und als Jüngster hatte ich das Gefühl, dass mir niemand zuhörte.

Wenn ich zurückblicke, wird mir klar, dass es Poppy war, die mir beim Finden meiner Stimme geholfen hat, und sei es nur, weil sie mich jeden Tag darum gebeten hat, mit ihr zu singen.

Booker
7 Jahre alt

„Ich hasse dich, Tanner! Ich hasse dich!", schreie ich, als ich durch das hintere Gartentor in den Wald hinter unserem Haus renne. Meine große Schwester Vi schreit mich an, dass ich zurückkommen soll. Der Klang ihrer Stimme lässt meine Brust schmerzen, aber ich bleibe nicht stehen. Ich kann nicht stehenbleiben. Ich will rennen, bis ich aus der ganzen Welt verschwunden bin.

Nachdem ich lange gelaufen bin, fange ich an, wegen meiner blutigen Nase zu husten, also halte ich an und ruhe mich aus. Ich setze mich auf einen großen Baum, der umgekippt ist. Ich wische mir die Nase mit meinem Ärmel ab. Sie schmerzt so sehr, dass meine Augen tränen, aber ich weine nicht. Ich bin zu wütend, um zu weinen.

Tanner zwingt mich immer dazu, den Torwart zu spielen. Dann wartet er, bis Vi nicht hinschaut, und schießt den Ball so fest er kann auf mich. Ich hasse ihn! Eines Tages werde ich so groß sein wie Tanner und Camden und werde verhindern, dass ihre dummen Bälle ins Netz gehen, damit sie nie wieder ein Tor schießen. Dann werden sie nicht mehr jubeln können wie dumme Affen.

„Blöder, verdammter Tanner", presse ich zwischen zusammengebissenen Zähnen hervor.

„Blöd ist eine bessere Beschreibung dafür, wie dein Gesicht aussieht."

Ich springe auf, als ich ein Mädchen, das ich aus der Schule kenne, mit einem schwarzen Hund neben sich vor mir stehen sehe.

„Was machst du denn hier?", stöhne ich, außer Atem von meinem Lauf. Ich schaue mich um, um sicherzugehen, dass niemand anderes mit ihr hier ist. Wenn noch mehr Mädchen aus meiner Klasse hier sind, werde ich Tanner umbringen.

„Ich könnte dich das Gleiche fragen." Sie verschränkt ihre knochigen Arme und rümpft die Nase über mich. Sie trägt ein leuchtend gelbes Sommerkleid, das mit Schlamm bedeckt ist, und ihr langes blondes Haar ist schmutzig und voller Stöckchen und Knoten. „Du sitzt auf meiner Bühne." Sie deutet auf den umgestürzten Baum.

„Ich sitze nirgendwo." Ich schaue hinter mich.

„Nun, du hast auf meiner Gesangsbühne gesessen." Sie greift nach unten, um ihren Hund zu streicheln. „Pink und ich wollten gerade unsere dritte Nummer des Tages aufführen, aber ich musste eine Pinkelpause einlegen."

„Wovon redest du? Wer ist Pink?"

Sie rollt mit den Augen. „Mein Hund. Wer denn sonst?"

Ich schaue auf den schwarzen Hund hinunter. „Dein Hund ist schwarz."

Ihr quellen fast die Augen aus dem Kopf. Dann kniet sie sich hin und hält dem Hund die Ohren zu. Er leckt ihr die Wange, als sie laut genug flüstert, dass ich es hören kann: „Das muss er nicht wissen!"

Ich runzle die Stirn und wende mich zum Gehen, denn dieses Mädchen ist seltsam.

„Du bist in meiner Klasse", sagt sie mit kratziger Stimme. Ich rolle mit den Augen und gehe weiter. „Wir sind außerdem Nachbarn", fügt sie hinzu und ich bleibe stehen, um sie wieder anzusehen. „Mein Haus ist auf der anderen Seite des Parks. Dein Haus ist gleich da drüben."

„Warum erzählst du mir das?"

Sie zuckt mit den Schultern. „Wir könnten Freunde sein.“

„Aber du bist ein Mädchen.“

Sie quiekt und hält sich schnell die Ohren zu. „Du verdirbst heute all die besten Geheimnisse!“

Ihr lustiges Gesicht bringt mich zum Lachen. Es tut gut, zu lachen. Tanner und Camden machen mich nur wütend. Sie spielen immer zu grob und sind so schnell, dass ich sie nie einholen kann. Warum rennen sie immer vor mir weg?

Dieses Mädchen rennt nicht vor mir weg. Sie steht ganz still. Ich glaube, ich mag sie. In ihrer Nähe fühle ich mich anders, das steht fest. Sie sieht mich an, als würde sie mich auch mögen. Nicht so, als wäre ich ein nerviger kleiner Bruder.

„Wir könnten zusammen singen“, sagt sie, lässt ihre Ohren los und streichelt ihren Hund mit einer Hand.

„Ich singe nicht“, murmle ich.

Ihre Lippen spitzen sich wie die eines Fisches. „Und, was machst du gerne?“

Ich trete gegen einen Stock. „Ich baue manchmal gerne Sachen.“

„Willst du eine Festung bauen? Ich wollte schon immer eine Hinterbühne bauen, und du siehst aus, als wärst du ein sehr starker Bühnenarbeiter!“

Ich zucke mit den Schultern, weil sie so nervig ist. „Ich bin ziemlich stark.“

Sie lächelt breit. „Das sieht man. Aber stört es dich, wenn ich singe, während wir bauen? Ich finde, Singen beruhigt Pinks aufgewühlte Seele.“

„Ähm … klar, gut.“

Sie reicht mir einen Stock. „Ich bin Poppy McAdams. Freut mich, dich kennenzulernen, Booker Harris.“

Gerade als ich das Geschirr in den Schrank räumen will, reißt mich ein lautes Krachen aus meinen Erinnerungen.

„Oh, verdammt! Was habe ich kaputt gemacht?“ Eine heisere Frauenstimme kommt aus dem Flur auf der anderen Seite meiner Wohnungstür. Camden, Tanner und ich starren uns kurz an, bevor wir zur Tür eilen, um zu sehen, was der Grund für die Aufregung ist.

Meine Brüder sind zuerst da und versperren mir mit ihren breiten Schultern die Sicht. Ich sehe ein paar Kartons, die auf dem Treppenabsatz umgekippt sind – einer davon ist offen und der Inhalt liegt überall herum, einschließlich der Murmeln, die in unsere Richtung kullern.

„Keiner bewegt sich!" Sie singt das letzte Wort in einem hohen Ton. „Wir haben Murmeln auf dem Boden und Profisportler am Start. Rettet euch. Ich kann …" Ihr Schrei hallt von den Ziegelwänden wider, als ein weiterer Knall erfolgt, gefolgt von einem kurzen Schmerzensschrei. Ich halte das keine Sekunde länger aus, also schiebe ich Camden und Tanner zur Seite und gehe hinaus, um mir das Chaos anzusehen.

Poppy McAdams liegt ausgestreckt auf dem Fliesenboden des Hausflurs und ihre Beine sind so angewinkelt, dass ich das Gesicht verziehe. Ihre Arme umklammern eine Art Angelkasten. Mein Blick wandert an ihrem Körper hinauf, da ich sie so lange nicht mehr gesehen habe. Ich muss zweimal hinsehen, um sicher zu sein, dass sie es wirklich ist.

„Hilf ihr auf, Book", drängt Camden.

Schnell schüttle ich die Benommenheit ab und reiche ihr die Hand. Sie steht langsam auf und weicht meinem Blick aus, während sie das Chaos begutachtet und den Schmutz von ihrer kurzen Hose klopft.

Schließlich sieht sie mich mit einem verzweifelten Seufzer an.

Und obwohl ich sie ansehe und weiß, dass sie Poppy ist, wirkt sie ganz anders.

Ihr langes, strähniges, blondes Haar ist verschwunden. Ihre seidigen, platinblonden Locken sind jetzt hinten und an den Seiten kurz, aber oben sind sie immer noch lang und fallen ihr auf atemberaubende Weise in die Stirn. Ich habe noch nie erlebt, dass ein Kurzhaarschnitt ein Mädchen so weiblich aussehen lässt, aber genau das hat diese Frisur bewirkt. Ihre kurzen Haare bringen ihre vollen Lippen und die Wölbung ihrer Wangenknochen perfekt zur Geltung. Sie sieht aus wie ein Model.

Mein Blick fällt auf ihren Körper – einst dünn, schlaksig und meist voller Schmutz – und findet Kurven und Wölbungen, wo vorher nie welche waren. Und ihre Augen … Sogar ihre Augen sind anders. Sie waren schon immer hübsch, aber irgendwie sind sie zu riesigen Rehaugen herangewachsen. Sie werden von unglaublich langen Wimpern umrahmt, die das Grün der Augen so sehr betonen, dass sie fast unmenschlich aussehen.

„Booker!" Sie singt meinen Namen und greift nach mir, wobei sie fast wieder auf einer losen Murmel ausrutscht. Ich fange sie in meinen Armen auf und versuche zu ignorieren, dass sie anders riecht, während sich ihre Hände fest um meinen Hals schlingen. „Ich kann nicht glauben, dass es schon sechs Jahre her ist!"

Meine Kehle fühlt sich eng an, als ich ein ungläubiges Lachen ausstoße. „Hallo Poppy. Ich, ähm … erkenne dich kaum wieder."

„Ach, Book, es ist doch nur ein Haarschnitt." Sie zieht sich viel zu schnell zurück und klopft mir auf die Brust, als würden wir uns jeden Tag sehen und die Erde sich nicht gerade von ihrer Achse lösen. „Ich bin dieselbe tollpatschige Chaotin, die ich immer war." Sie schaut an mir vorbei und hält sich immer noch an meinen Armen fest, um das Gleichgewicht zu halten, während sie zur Tür torkelt. „Na, ich werd' nicht mehr, sieh sich einer die Harris-Zwillinge an! Ganz erwachsen und frei von Geschlechtskrankheiten, wie ich annehme, da ich gehört habe, dass ihr beide vom Markt seid?"

Cam und Tan glucksen wie Idioten. Als sie mit ihnen Umarmungen austauscht, nutze ich die Gelegenheit, um ihren Hintern zu begutachten, denn ich kann nicht anders – ich bin noch immer überwältigt. So einen Hintern hatte sie in der Schule nie.

„Du hast es weit gebracht, seit du im Park Musical-Nummern gesungen hast, Pop", sagt Tanner neckend, während er ihr Haar zerzaust.

Sie strahlt. „Nun, wie du an dem Durcheinander sehen kannst, das ich angerichtet habe, ändern sich *manche* Dinge nie." Sie mustert Tanner von Kopf bis Fuß und zupft an seinem Bart. „Ich würde sagen, du hast es weit gebracht, seit du Mädchen gevögelt hast, die sich durch den Wintergarten eingeschlichen haben."

„Camden hat das auch gemacht!", verteidigt sich Tanner, wobei er in gespielter Beleidigung eine Hand vor seine Brust hält.

Camden bedient sich seiner Flirtstimme, als er hinzufügt: „Hätten wir gewusst, dass du so eine heiße Braut wirst, hätten wir dich besser im Auge behalten."

Er zwinkert und Poppys kehliges Lachen durchdringt meine Brust. Verärgerung überkommt mich, während ich zusehe, wie meine beiden Brüder unverhohlen mit ihr flirten. Es erinnert mich an all die anderen Male in meinem Leben, als sie das Rampenlicht einnahmen und mich im Schatten stehen ließen.

Meine Stimme ist schroff, als ich sie unterbreche. „Wenn ihr beide damit fertig seid, Poppy sexuell zu belästigen, könntet ihr mir vielleicht einen Besen holen, um das Chaos hier aufzuräumen."

Poppys große, runde Augen füllen sich mit Mitgefühl. „Das alles tut mir leid, Booker. Ich denke, es ist gut, dass ich die detaillierte Fußarbeit euch überlasse."

Camden kommt zurück und reicht mir einen Besen. „Keine Sorge, Pop. Es sind die Stürmer, die goldene Füße haben, nicht der Torwart. Wir lassen Booker das aufräumen, während Tan und ich dir mit dem Rest deiner Sachen helfen."

Poppy versucht zu widersprechen, aber die beiden Idioten führen sie bereits vorsichtig über die Murmeln und die Treppe hinunter, bevor ich einen zweiten Blick auf sie werfen kann.

Dieses Wiedersehen verlief überhaupt nicht so wie erwartet.

WIE BRUDER UND SCHWESTER

*Ich ziehe bei Booker Harris ein. Ich ziehe bei Booker Harris ein! Ich …
ziehe bei Booker Harris ein.* Ich singe den letzten Teil in meinem Kopf,
denn dann scheint die Aussage etwas länger nachzuklingen.

Es klingt immer noch merkwürdig, selbst in b-moll.

Ich war darauf vorbereitet, mir mit meinem Umzug nach London
Zeit zu lassen, wenn mein Mietvertrag im Juli anfängt. Aber ein gutes
Jobangebot später bin ich hier. In Bookers Wohngebäude. Mit seinen
Brüdern. Als ob sich nichts geändert hätte.

Bookers Angebot war unglaublich nett und unerwartet, vor allem
wenn man bedenkt, dass wir uns vor sechs Jahren das letzte Mal gesehen haben und es nicht der beste Abschied war. Aber das Pendeln
wäre ein Albtraum gewesen, und seine Wohnung liegt ganz in der Nähe
der Schule, an der ich arbeiten werde. Es war dumm von mir, zu versuchen, es abzulehnen.

Richtig?

Richtig.

Das ist es. Booker ist mein bester Freund und ich habe ihn nicht
mehr gesehen, seit ich neunzehn war. Wie kann man besser mit einem
alten Freund wieder zusammenkommen, als über längere Zeit bei ihm
einzuziehen, wenn es keine Fluchtmöglichkeit gibt?

Egal, dass ich mir mit ihm ein Badezimmer teilen muss. Was soll's,
wenn ich *Rückstände* an der Duschwand finde, weil er sich nach einem
anstrengenden Spiel einen von der Palme wedeln muss. Es ist auch
nicht schlimm, wenn er mich mit vornübergebeugt erwischt, während ich versuche, meinen Hintern zu rasieren. Apropos, was passiert,
wenn ich kacken muss? Oder wenn er kacken muss? Wir sind doch

Freunde, oder? Völlig cool! Es stört mich kein bisschen, wenn er das *Plopp Plopp* hört, wenn ich ein paar rausdrücke.

Guter Gott, wie machen Paare das nur?

Wie beschließen sie, miteinander zusammenzuleben? Booker und ich sind nicht einmal in einer Beziehung! Aber hier sind wir und stürzen uns unbekümmert in die Sache, als wäre es ein ganz normaler Sonntag. Kein Ding. Ich ziehe nur mit meinem besten Kumpel aus Kindertagen zusammen, der zufällig einen Penis zwischen seinen Beinen schwingt.

Ich werde meine Tampons verstecken müssen.

Das ist mit Abstand das Verrückteste, was ich getan habe, seit ich London verlassen habe, um in Frankfurt zu studieren – aus Gründen, auf die ich nicht näher eingehen möchte. Aber es gibt auch einen Silberstreif am Horizont: Ich spreche jetzt fließend Deutsch und habe meinen Master in Pädagogik gemacht. Jetzt kann ich dabei helfen, junge Geister zu formen und ihnen die Sprache des Landes beizubringen, das die Gebrüder Grimm, Beethoven, Mercedes-Benz und das Oktoberfest hervorgebracht hat! Allein diese Gründe waren es schon wert, über den Ärmelkanal zu fliegen.

Ich schweife ab.

Ich bin zurück in London! Das ist genau das, was ich gebraucht habe. Deutschland war zwar schön und perfekt, um meinen Horizont zu erweitern, aber ich habe mich nie wie zu Hause gefühlt. Die Franzosen haben ein Wort für dieses Gefühl: Dépayser. Man fühlt sich seinem Heimatland oder seiner vertrauten Routine fern. Ich vermisste mein Heimatland.

Und gegen meinen Willen vermisste ich Booker. Er ist immer noch mein bester Freund und es war wirklich hart, ihn zu verlieren. Also werde ich die Zeit mit ihm nutzen, um mich wieder mit ihm zu verbinden. Um mich wieder richtig zu fühlen. Er ist überzeugt, dass das Zusammenleben wie in alten Zeiten sein wird.

Nach einer kurzen Umarmung, bei der ich meine Arme um eine große, fünfundzwanzig Jahre alte Version von Booker schlang – bei der ich seine Wärme und die Festigkeit seiner Muskeln spürte, mich an seinen Duft erinnerte und daran, wie er mich immer umarmte, wenn ich traurig war –, bin ich überzeugt, dass ich es schaffen kann.

Ich bin nicht länger in Booker verliebt. Wir sind nur noch beste

Freunde, was eine Erleichterung ist, denn mein achtzehnjähriges Ich war eine verblendete Kuh. Ich hätte fast alles ruiniert, als ich diese dummen Gefühle, die ich zu haben glaubte, teilte. Es war alles so töricht. Ich war ein so fantasievolles Kind, dass ich aus einfachen Freundschaftsbekundungen wahre Liebe gemacht hatte. Zum Glück kenne ich jetzt den Unterschied.

Poppy
12 Jahre alt

„Du da." Ich drehe mich um, als mich eine Stimme von irgendwoher in der Nacht fast zu Tode erschreckt. Ich sehe eine große, schöne Brünette mit Beinen bis zu den Achseln, die durch den Garten direkt auf mich zukommt. „Was machst du denn hier?"

Schnell wische ich mir die Tränen weg und wische mir die Nase am Ärmel ab, als sie aus der Dunkelheit und unter das Licht tritt, das auf mich fällt. Seit zehn Minuten stehe ich an der Rückseite des großen Harris-Hauses und warte darauf, dass der Schmerz in meiner Brust aufhört. Dann wollte ich das sechs Meter hohe Spalier in das Zimmer meines besten Freundes Booker hochklettern. Ein Kinderspiel. Was macht sie hier?

Sie blickt auf mich herab, als wäre ich ein Hobbit und sie Gandalf der Graue. Ihre Augen folgen den Spuren, die meine restlichen Tränen auf meinen Wangen hinterlassen haben. Ich bin immer noch sprachlos. Gott, ihre Haare sind cool. Sie sind am Kinn zu einem kurzen Bob geschnitten und betonen ihre großen Brüste, als wären diese runde Teigkugeln.

Okay, das ist eine Lüge. Ihre Haare haben nichts mit ihren Brüsten zu tun. Aber das sind zwei sehr schöne Eigenschaften, die sie hat, zusammen mit ihren Spinnenbeinen.

Sie lacht und es klingt wie Weihnachten. „Kannst du sprechen?"

Ich schiebe mir meine blonden Haare aus dem Gesicht. Ich sage Mum schon seit Ewigkeiten, dass ich sie abschneiden will. „Manchmal", murmle ich und versuche, cool zu klingen. Ich glaube, sie kauft es mir ab.

„Nun, kannst du mir sagen, warum du hier draußen bist?" Ihre ge-

schminkten Augen durchbohren mich vorwurfsvoll. Meine Mutter lässt mich auch kein Make-up tragen.

Ich zeige auf das Fenster. „Booker ist, ähm … mein Kumpel."

Sie lacht wieder – dieses herrliche Läuten der Kirchenglocken. „Warum hat er dir nicht gesagt, wo der Schlüssel versteckt ist?"

Sie bückt sich und hebt den Teppich vor der Tür an. Warum habe ich nicht daran gedacht, dort nachzusehen? Als sie sich aufrichtet, zeigt sie ihn mir mit einem Grinsen, als würden wir ein besonderes Geheimnis teilen. Ich gehe zur Seite, sie steckt den Schlüssel hinein und dreht am Knauf. Auf der Schwelle hält sie inne und schaut mit zusammengekniffenen Augen über ihre Schulter zurück. „Wie alt bist du?"

Ich überlege, ob ich lügen und ihr sagen soll, dass ich sechzehn bin, denn das scheint das Alter zu sein, in dem den Menschen coole Dinge passieren. Stattdessen platze ich einfach mit der Wahrheit heraus. „Zwölf." Ich bin so eine Amateurin.

Sie schüttelt den Kopf. „Ein bisschen jung, um sich mitten in der Nacht in das Zimmer eines Jungen zu schleichen, findest du nicht?"

Nun, das wäre das erste Mal. Ich überlege, ob ich ihr den wahren Grund meines Besuchs verraten soll, aber dann bekomme ich wieder Schmerzen im Hals und denke, ich könnte weinen. Also ändere ich die Richtung und frage: „Wegen wem bist du hier?"

„Tanner, obwohl ich auch gerne Gareth oder Camden besuchen würde, wenn sie eine Option wären. Booker ist ein bisschen zu jung für mich." Sie zwinkert und kichert, also kichere ich zurück. Das scheint mir das einzig Höfliche zu sein.

„Was ist mit Vi?" Bookers Schwester ist so nett. Wenn ich älter wäre, würde ich ihre Freundin sein wollen.

Das Mädchen grinst und flüstert: „Ich bin nicht für Mädchengespräche hier."

Ich flüstere zurück: „Weshalb bist du dann hier?"

Sie verzieht den Mund und leckt sich die Lippen wie eine Schlange. „Das ist egal. Nach dir." Sie gibt mir ein Zeichen, dass ich reingehen soll und folgt mir dicht auf den Fersen.

Wir gehen durch den dunklen Wintergarten und in den langen Flur mit Marmorböden, der zur Haustür führt. Ich war schon eine Million Mal in diesem Haus, aber mitten in der Nacht fühlt es sich ein bisschen anders an. Das Haus der Familie Harris ist nicht für seine Wärme und

Gemütlichkeit bekannt. Eigentlich kommt Booker öfter zu mir nach Hause als ich zu ihm. Aber in letzter Zeit war alles anders. Booker und seine Brüder trainieren alle in dem Fußballverein, den ihr Vater leitet, und deshalb sehe ich ihn immer seltener. Ich vermisse ihn.

Ich biege scharf links ab, um die große Treppe hinaufzusteigen. Oben auf der Treppe leuchtet eine schwache Lampe, die unseren Weg erhellt.

Das Mädchen flüstert mir ins Ohr: „Bleib auf der rechten Seite der Treppe. Der Rest knarrt wie Omas Schaukelstuhl."

„Booker hat keine Oma." Zumindest keine, die ich je gesehen habe.

Das Mädchen fängt an, leise zu lachen, also tue ich, was sie sagt, und stolpere nur zweimal, da ich meinen perfektionierten James Bond MI6 *Schleichgang aktiviere. Ich habe ihn schon oft mit Booker im Park ausprobiert und weiß, dass ich dabei cool aussehe.*

Als das Mädchen und ich den langen Aufstieg hinter uns gebracht haben, beobachte ich sie, als sie an mir vorbeigeht und an der ersten Tür auf der rechten Seite anhält. „Tschüss", sagt sie mit einem Zwinkern und öffnet die Tür. Ich sehe einen oben unbekleideten Tanner, der im Schein einer Lampe auf seinem Bett liegt. Er schaut grinsend auf, offensichtlich hat er sie erwartet.

Ich zucke mit den Schultern und schleiche auf Zehenspitzen ans Ende des Flurs zu Bookers Zimmer. Ich war schon einmal in seinem Zimmer, aber aus irgendeinem Grund erscheint mir dieser Plan viel beängstigender als noch vor einem Moment. Aber dann kehrt der Schmerz in meiner Brust zurück und ich will nur noch meinen besten Freund.

Leise öffne ich die Tür und erkenne einen schwachen Umriss von Bookers Bett, als sich meine Augen an das fehlende Licht in seinem Zimmer gewöhnen. „Booker", flüstere ich. Er schießt hoch, als ob eine Waffe abgefeuert worden wäre. Er hatte schon immer einen leichten Schlaf.

„Was ist los? Wer ist da?" Er fährt sich durch die dunklen, zerzausten Haare und schüttelt den Kopf, um sich zu wecken.

„Pssst! Ich bin's, Poppy."

„Poppy?", fragt er und schwingt seine Beine vom Bett. „Was machst du denn hier? Wie bist du reingekommen?"

„Ich wollte wie ein tapferer weißer Ritter zu deinem Fenster klettern, aber ein Mädchen war hier, um Tanner zu sehen. Sie hat mir gezeigt, wo ihr den Schlüssel versteckt, also bin ich … mit ihr reingegangen." Mann, das klingt so viel weniger dramatisch als mein ursprünglicher Plan.

„Oh, okay", sagt er mit wenig Gefühl. „Was gibt's?"

Er sagt den gleichen Begrüßungssatz wie an jedem anderen Tag auch, aber nach der Nacht, die ich hinter mir habe, lässt diese einfache Frage mein Kinn beben. „Book …" Meine Stimme bricht. „Pink ist gestorben."

„Oh nein, Poppy! Wie?" Er erhebt sich aus dem Bett und stapft barfuß durch die Dunkelheit zu mir hinüber. Ich schlinge meine Arme so fest um meine Mitte, wie ich es aushalten kann, aber er schafft es, mich noch fester zu umarmen. „Was ist mit ihm passiert?"

Ich schniefe in sein Shirt. „Ich kam vom Klavierunterricht nach Hause und Pink drehte durch, knurrte und schnappte nach mir und meiner Schwester … Es war, als würde er uns nicht kennen!" Ich höre auf zu reden, um leise zu schluchzen, und Booker beginnt, meinen Rücken mit langsamen Kreisbewegungen zu reiben. Ich vergrabe mein Gesicht an seiner weichen Brust und weine mich richtig aus, bevor ich ihm den Rest erzähle. „Dad hat ihn in seine Klinik gebracht und ein paar Tests gemacht. Er sagte, es sei ein Hirntumor und dass Pink nicht wusste, was er tat. Wir mussten ihn einschläfern, Booker. Ich habe die ganze Sache mitangesehen."

„Du hast zugesehen, wie er Pink eingeschläfert hat?"

„Ja", krächze ich.

„Aber, warum? Das klingt ja furchtbar."

Ich schniefe und wische mir die Nase an meiner Schulter ab, bevor ich antworte. „Oma sagte immer, wenn du jemanden genug liebst, dient dein einziger Lebenszweck dafür, dass er gut genug ist, um in den Himmel zu kommen. Pink hat immer dafür gesorgt, dass ich gut genug war, also musste ich dafür sorgen, dass Gott wusste, dass Pink auch gut genug war." Meine Stimme zittert und ein Schluchzen steigt in meiner Kehle auf. Wann gehen mir endlich die Tränen aus? Werde ich noch mehr Tränen produzieren, wenn ich mehr Wasser trinke? Ich hasse Tränen.

„Oh, Poppy", tröstet mich Booker, während er mich zu seinem Bett schiebt, um mich hinzusetzen. Ich lege meinen Kopf auf seine Schulter und er klemmt mich unter seinen Arm. „Er war ein guter Hund und er hat es definitiv in den Himmel geschafft."

„Ich weiß nicht, wie Dad das jeden Tag mit den Hunden macht. Er schläfert sie ein. Es ist nicht so, wie wenn sie wirklich schlafen. Seine Augen blieben offen. Das ist das Ekelhafteste, was ich je gesehen habe.

Ich dachte, ich wolle Tierärztin werden wie Dad, aber definitiv nicht. Ich hasse alles an diesem Ort."

Booker beruhigt mich und ich höre kurz auf zu schniefen, damit ich gähnen kann. „Willst du bei uns schlafen?", fragt er.

Ich nicke, obwohl ich weiß, dass ich das nicht sollte. Meine Mutter hatte vor ein paar Jahren gesagt, dass Booker und ich nicht mehr beieinander übernachten dürften, weil wir zu alt würden. Aber es macht ihr nichts aus, wenn ich bei Emma übernachte. Das ist nicht fair.

Ich lege mich auf die Kante von Bookers kleinem Bett und wir sind einander gegenüber. Plötzlich setzt er sich auf und schaltet seine Nachttischlampe ein, die das Zimmer in ein schwaches gelbes Licht taucht. Ich blinzle in seine dunklen Augen, die mich mit ihrer Traurigkeit fixieren. „Tut mir leid, ich weiß, dass du es hasst, im Dunkeln zu schlafen."

Ich lächle und versuche, meine Augen zu schließen. Das Licht, das auf meine Augenlider scheint, und die Wärme, die er neben mir ausstrahlt, trösten mich. Aber Pinks Augen erscheinen hinter meinen Lidern. „Ich kann nicht aufhören, Pinks traurige kleine Augen zu sehen, Booker. Wer sorgt jetzt dafür, dass ich es in den Himmel schaffe?"

Er atmet aus und wischt eine Träne weg, die mir über die Nase läuft. „Dafür hast du mich, Dummerchen."

Ich folge den Harris-Zwillingen die Treppe hinauf in den zweiten Stock und beobachte, wie sie jeweils drei Kartons balancieren, während ich nur einen trage. Auf dem ganzen Weg nach oben ziehen sie einander auf und ich muss lächeln, als Erinnerungen an unsere Kindheit wach werden. Booker und ich versteckten uns immer vor Camden und Tanner im Park und dachten uns Szenarien aus, in denen wir Bankräuber in einer rasanten Verfolgungsjagd verfolgten. Wir liebten es, MI6 zu spielen, vor allem, weil Booker sich wie ein Junge benehmen und ich meine Fantasie spielen lassen konnte. Es machte ihm nicht einmal etwas aus, als ich ihm sagte, dass ich singen müsse, um die Geheimgänge zu öffnen. Es war fabelhaft.

Ich frage mich, ob ich Booker jetzt zum Singen bringen kann?

Als wir die Wohnung wieder betreten, steht Booker in der Mitte des Wohnzimmers. Mein Blick wird sofort von ihm angezogen, ich betrachte jeden Quadratzentimeter seines Körpers und bemerke all die subtilen Veränderungen an ihm.

Nachdem ich gestolpert bin und meinen ganzen Scheiß verstreut habe, bin ich nicht dazu gekommen, seinen Anblick richtig zu genießen. Wie sehr er sich verändert hat. Wie sehr er gereift ist. Jetzt, wo ich es kann, fällt mir auf, wie anders er aussieht. Er hat zwar immer noch dieses dunkle, zerzauste Haar, das sich an den Enden kräuselt, wenn es geschnitten werden muss. Und diese glatten, geschwungenen Gesichtszüge mit den Grübchen, die ihn immer mehr wie einen Jungen als einen Mann aussehen lassen werden. Sogar die Zärtlichkeit, die er in seinen dunklen Augen bekommt, lauert darin.

Es ist alles noch da.

Aber jetzt ist da noch etwas anderes. Etwas Stärkeres. Vielleicht ist es die Art und Weise, wie er steht und seine Arme von den Seiten abwinkelt, als wäre er bereit, etwas zu fangen. Oder die dicken Muskeln, die sich von seinen Schultern bis zum Hals ziehen. Oder die seidige, olivfarbene Haut, die die Adern an seinen Unterarmen bedeckt. Er hat jetzt eine gewisse *Präsenz*. Er scheint größer zu sein als der Raum.

Ich schlucke schwer und höre kaum, wie Camden Booker sagt, dass sie gehen werden, weil Cam eine Teambesprechung hat. Die Jungs winken uns zum Abschied zu, und das hörbare *Klick* der sich schließenden Tür lässt meinen Mund zu Watte werden.

Da ich nicht bereit bin, Bookers dunklen Augen direkt zu begegnen, drehe ich mich auf dem Absatz um und beginne, ein paar Kartons in der Küche zu durchwühlen, um die Geräte zu finden, die ich beisteuern kann. Ich habe nicht viel mitgebracht, da Booker mir gesagt hat, dass die Wohnung komplett möbliert ist. Meine Kartons bestehen also hauptsächlich aus Kleidung, Toilettenartikeln und ein paar Kleinigkeiten, von denen ich dachte, dass wir sie brauchen würden.

Ich mache eine mentale Bestandsaufnahme von allem, was ich mitgebracht habe, und versuche vergeblich zu vergessen, dass wir jetzt allein sind. Nur ich und Booker. *Booker und Poppy ... sitzen auf dem Baum ... knutsch...*

Meine Gedanken halten an, als ich höre, wie sich seine Schritte hinter mir nähern. Ich stähle mich und drehe mich um, um ihn anzusehen. Er lächelt mich an – dasselbe jungenhafte Lächeln, das immer eine gewisse Sanftheit besitzt, als hätte er ein Geheimnis, das niemand sonst kennt.

Er verschränkt die Arme und lehnt sich gegen die Küchenanrichte. „Poppy."

Ich lächle und blase mir eine Haarsträhne aus den Augen. „Booker."

„Es ist wirklich schön, dich zu sehen, auch wenn du viel weniger Haare hast als früher." Er mustert mich mit zusammengekniffenen Augen.

Ich schüttle den Kopf, sodass mein Pony über meine Augen fliegt. „Schau. Es sind mehr, als du denkst." Ich packe die Strähnen mit einer Faust. „Es ist immer noch eine gute Handvoll."

Seine Augen weiten sich. „Und was hast du in Deutschland angestellt, dass du genug Haare zum Festhalten gebraucht hast?"

Ich lasse meine Haare los und fixiere ihn mit einem seltsamen Blick. Booker und ich sprechen nicht wirklich über unsere romantischen Beziehungen. Das ist ein Bereich, den wir immer vermieden haben. Will er mit dieser Frage wirklich darauf hinaus?

„Wahrscheinlich nichts anderes als das, was du in England machst. Oder wo auch immer dich deine Fußballreisen hinführen, da bin ich mir sicher."

Er zieht spöttisch eine Braue hoch. „Was soll das denn heißen?"

„Ich meine, du musst sicher nicht oft allein schlafen, Book." Er wird mir nicht weismachen, dass er in den letzten Jahren, in denen seine Fußballkarriere in Schwung gekommen ist, enthaltsam gelebt hat. Die Harris-Brüder sind in London heiß begehrt. Ich bin sicher, dass er für eine schnelle Nummer kaum einen Finger rühren muss.

Seine Miene wird unbeholfen, dann lenkt er seinen Blick auf meine Kartons. „Sag mir, welche Kartons in dein Schlafzimmer kommen."

Guter Themenwechsel, Book.

Ich beuge mich vor, um ein paar in seine Richtung zu schieben. Er tritt dicht an mich heran und streift meinen Arm mit dem seinem. „Ich nehme sie. Falls du es glauben kannst, ich bin jetzt noch stärker, Pop." Er zwinkert mir zu und bringt mich damit zum Lachen.

„Das habe ich schon gemerkt", murmle ich, schnappe mir einen kleineren Karton und folge ihm, während er sich durch die Wohnung schlängelt. Ich schäme mich nicht einmal, zuzugeben, dass ich auf seinen Hintern in der locker sitzenden Jeans starre. Es ist wie eine seltsame Zeitschleife, ihn wiederzusehen, aber jetzt ist er ein Mann und kein Junge mehr.

Während des Gehens erklärt er mir die Wohnung und zeigt mir die Schublade, in der sich meine Schlüssel befinden, mit denen ich das Gebäude, die Wohnung und den Fitnessraum im obersten Stockwerk betreten kann. Die Wohnung ist gemütlich, aber nicht klein. Sie ist sogar ziemlich perfekt. Die weiß getünchte Küche hat einen hübschen Eichentisch und vier weiße Stühle, die den Raum vom Wohnzimmer abtrennen. Das vordere Zimmer hat eine schwarze Ledercouch, einen großen Fernseher und moderne, doppelt verglaste Fenster, die auf einen großen Balkon führen.

Ich folge Booker den Flur rechts vom Wohnzimmer hinunter. Er zeigt auf die erste Tür auf der linken Seite. Das ist das Badezimmer, in dem ich hoffentlich nie mein großes Geschäft erledigen muss, vor allem, weil es so schön ist. Es ist weiß gefliest und hat ein modernes Waschbecken, das sich auf einem Waschtisch befindet. Und die Duschwanne mit Glaswänden … Sie ist verdammt sexy. Ich hoffe und bete nur, dass keiner von uns sie jemals beschmutzt.

Er bleibt an der nächsten Tür links stehen und verkündet, dass es sein Zimmer ist. Dort stehen zwischen mehreren Kartons nur ein großes Bett, zwei Nachttische und zwei Lampen. Auf halber Strecke des Flurs auf der gegenüberliegenden Seite befinden sich Doppelflügeltüren, hinter denen eine Waschmaschine und ein Trockner untergebracht sind. Dann, am Ende des Flurs, öffnet er eine weiße Schiebetür.

„Hier wirst du wohnen. Eigentlich ist es ein Arbeitszimmer, deshalb ist es etwas klein. Aber es hat einen eigenen Balkon, und ich dachte, der gefällt dir vielleicht." Er sieht mich nervös an und fügt hinzu: „Aber wenn ich damit falsch liege, sag einfach Bescheid und wir tauschen."

Ich schreite an ihm vorbei zur gläsernen Balkontür, schwinge sie auf und lächle, als der Blumenduft hereinweht wie ein Traum. Frischer Blütenduft in der Stadt London. Wie um alles in der Welt schafft man das? Es ist einfach magisch. Es erinnert mich an *The Sound of Music*, wo ich über eine Wiese laufe, auf der tanzende Kinder herumtollen.

„… riecht die ganze Zeit nach Blumen."

Ich zucke zusammen, als ich Bookers Stimme höre. „Was? Was hast du gesagt? Ich habe das alles nicht gehört."

In seinen Augenwinkeln werden Lachfalten sichtbar, als er mich grinsend beobachtet. „Ich habe gesagt, dass der Blumenmarkt von der Columbia Road hier in der Nähe stattfindet, deshalb duftet es hier so gut."

„Es ist wunderbar", seufze ich. „Dieses Zimmer ist herrlich, Booker. Vielen Dank." Ich betrachte das Tagesbett an der Wand. „Ich habe dir gesagt, dass ich eine Luftmatratze habe. Du hättest mir kein Bett besorgen müssen."

„Doch, musste ich", murmelt er und stellt die Kartons auf dem Boden ab. „Ich wünschte, es könnte größer sein, aber …"

„Es ist perfekt. Alles ist perfekt."

Er lächelt und sieht sich im Zimmer um, steckt die Hände in die Taschen und wirkt plötzlich etwas nervös. „Nun, ich muss auspacken, so wie du sicher auch, also werde ich … dich in Ruhe lassen."

Beim Gehen schiebt er die Tür zu und ich atme schwer aus, wobei mir erst jetzt auffällt, dass ich den Atem angehalten habe. Dieses ganze Szenario könnte schwieriger werden als gedacht. Eine Schlafzimmerwand mit meinem besten Freund zu teilen – in den ich dachte, verliebt zu sein – hat das Potenzial dazu, großartig zu sein … oder grauenvoll.

Es wird großartig sein. Ich habe mich entschieden.

Ich bin nicht mehr das Mädchen von vor sechs Jahren. Ich bin gewachsen und gereift. Ich hatte echte Beziehungen, keine Hirngespinste. Ich bin nicht mehr in Booker Harris *verliebt*. Er ist einfach mein bester Freund, mit dem ich gerne wieder etwas Zeit verbringen möchte. Das ist fantastisch. Wir werden wie Bruder und Schwester sein!

DIE PERFEKTE HANDVOLL

Booker

Nach mehreren Stunden der Einsamkeit ist mein Zimmer endlich ein Zimmer. Die Klamotten sind im Kleiderschrank, die Toilettenartikel im Bad. Ich konnte alle meine Sachen in den Regalen hinter dem Spiegel unterbringen und habe den großen Schrank daneben für Poppys Sachen frei gelassen.

Es wird seltsam sein, ein Badezimmer mit einem Mädchen zu teilen. Klar, ich bin mit einer Schwester aufgewachsen. Aber Vi hatte ihr eigenes Bad, das wir nie benutzen durften, also weiß ich nicht, wie viele Sachen Poppy dort unterbringen muss. Ich weiß nur, dass ich stets den Toilettensitz herunterklappen sollte, damit sie nicht hineinfällt. Vi hat mir das in der letzten Woche eingebläut, seit ich ihr gesagt habe, dass Poppy für ein paar Monate bei mir wohnt.

Ich schaffe das schon.

Als ich aus meinem Zimmer komme, um die leeren Kartons wegzuwerfen, lässt mich ein seltsames Geräusch innehalten. Es hörte sich an wie ein leiser Aufschrei aus Poppys Zimmer. Ich bleibe stehen, um festzustellen, ob ich es noch einmal höre, dann verwandelt sich das Geräusch in ein Wimmern. Erschrocken überquere ich die kurze Strecke zwischen unseren Schlafzimmertüren. Ohne anzuklopfen, schiebe ich sie auf und sehe mich schnell um, um zu sehen, was los ist.

Zwischen einem Meer von Pappkartons erblicke ich Poppy auf den Knien, den Hintern in der Luft und die obere Hälfte ihres Körpers unter dem Bett. Sie stößt einen Schmerzensschrei aus.

„Poppy, geht es dir gut?" Ich lasse mich neben ihr auf die Knie fallen und zögere mit meinen Händen, weil ich nicht weiß, wo ich sie auflegen soll, um sie zu trösten, denn es ragt mehr oder weniger nur ihr Hintern heraus.

„Nein", stöhnt sie.

„Was ist passiert?" Ich schaue unter das Bett und sehe ihr vor Schmerz gerötetes Gesicht und ihre Haare, die sich in den Federn verfangen haben.

„Meine Haare stecken in dem schönen Bett fest, das du mir gekauft hast. Ich versuche schon seit Ewigkeiten, sie zu befreien." Ihre Stimme zittert vor Emotionen. „Ich glaube, ich muss sie abschneiden, und ich habe ohnehin schon nicht mehr so viele Haare. Ich werde wie ein Junge aussehen."

Ich setze mich auf und versuche, mir ein Lachen zu verkneifen. Mein Blick schweift über die Wölbung ihres Hinterns unter der engen weißen Hose, die sie trägt. Oben lugt ein hautfarbener Spitzentanga hervor. „Du könntest *nie* wie ein Junge aussehen."

„Willst du dasitzen und mir Lügen erzählen, oder willst du mir helfen?", ruft sie.

Richtig. Hilfe. Sie braucht Hilfe. Ich drehe mich auf den Rücken und ziehe mich neben ihr unter das Bett. Unsere Blicke finden sich in der Dunkelheit. „Du hast hier wirklich ein Chaos geschaffen, nicht wahr?" Ich fange an, kleine Haarsträhnen so sanft wie möglich aus dem Rahmen zu zupfen.

„Ja. Und meine Pomuskeln schreien, weil diese Position nicht bequem ist. Erinnere mich daran, nie mehr das Beintraining ausfallen zu lassen."

Ich ziehe die Augenbrauen hoch. „Du hast trainiert, Pop?"

Ihr Mund öffnet sich schockiert. „Ja! Fleißig! Ich hatte einen Trainer und all das Zeug. Ich bin enttäuscht, dass du das nicht bemerkt hast!"

„Oh, das habe ich bemerkt", murmle ich. Unsere Blicke treffen sich wieder und bleiben einen Moment lang aneinander hängen, bevor ich mich wieder auf ihre Haare konzentriere, die jetzt halbwegs frei sind.

Nach ein paar Sekunden des Schweigens sagt sie: „Vieles an mir ist jetzt anders, Booker. Du würdest dich wundern."

Ich atme tief ein und erinnere mich daran, dass allein ihr Geruch anders ist. Früher hat sie immer nach Blumen gerochen. Das Parfüm, das sie jetzt trägt, ist eindeutig mehr … sexy. „Ich glaube es." Ich befreie weitere ihrer Haarsträhnen. „Ich habe dich fast ganz befreit."

Ich ziehe das letzte Stück heraus und sie schießt wie eine Schleuder unter dem Bett hervor. „Oh, Gott sei Dank", seufzt sie.

Als mein Kopf unter dem Bett hervorkommt, sehe ich, wie sie den Teil meines Bauches mustert, der dort herausschaut, wo mein T-Shirt hochgerutscht ist. „Es ist offensichtlich, dass du auch trainiert hast, Book. Du wirkst jetzt … massig." Sie sieht mich anerkennend an.

Ich schnaube, freue mich aber darüber, dass sie es bemerkt hat. „Das kommt durch mein Dasein als Torhüter. Die meisten sind groß. Und wenn du nicht groß bist, musst du groß erscheinen. Es ist eher eine Einschüchterungstaktik als eine Frage der tatsächlichen Größe, wirklich. Außerdem hast du ja meine Brüder gesehen. Ich bin immer noch dabei, aufzuholen."

Sie mustert meine Arme, als ich diese um meine Beine schlinge und mich mit dem Rücken an ihr Bett lehne. „Ich würde sagen, du bist auf dem Weg, sie zu überholen. Obwohl ich dich schon mochte, als du noch eine Bohnenstange warst wie ich."

Sie strahlt und ich bekomme einen Blick auf das junge Mädchen, mit dem ich früher im Wald gespielt habe. Mir war gar nicht bewusst, wie sehr ich sie vermisst hatte, bis ich sie so wiedersah. Glücklich. Lächelnd. Sie ist immer noch so strahlend und fröhlich wie eh und je. In den letzten Jahren herrschte eine Leere in meinem Leben und ich glaube, das lag an ihrer Abwesenheit. *Gott, ich habe sie vermisst.*

„Ich würde sagen, wir haben uns beide verändert." Ich erwidere ihr Lächeln, aber dann stocke ich, als ich auf ihre Brüste hinunterschaue.

Es wird still zwischen uns, als sich unsere Blicke treffen und wir uns wieder mit dem Gesicht des anderen vertraut machen. Es ist seltsam, sie so genau zu betrachten. Ich sehe ihr Gesicht und denke an all die schönen Momente, die wir als Kinder zusammen hatten, und doch ist sie jetzt auch anders. Reifer. Wunderschön.

Sie bricht zuerst die intensive Trance, indem sie ihre Hände aneinander reibt und sich aufrichtet. „Also, ich bin hier gleich fertig und habe einen Riesenhunger. Was hältst du davon, wenn wir uns bequem anziehen, etwas bestellen und uns besaufen?"

Ihre grünen Augen leuchten vor Begeisterung, als wäre das ihre Vorstellung eines perfekten Abends. Normalerweise trinke ich während der Saison nicht viel, aber da mein nächstes Spiel ein Heimspiel ist und ich nicht früh aufbrechen muss, um zu reisen, mache ich eine Ausnahme. Ich habe schon immer viele Ausnahmen für Poppy gemacht.

Ich nicke. „Morgen ist kein Training, also bin ich dabei. Fängst du morgen mit deinem Job an?"

„Nein", trällert sie. „Erst am Mittwoch. Ich kann mich also besaufen und ausschlafen."

Ich lache. „Also gut. Da wir beide frei haben, lass uns ein bisschen Spaß haben. Ich bringe nur noch die Kartons zur Mülltonne und gehe duschen. Dann gehöre ich ganz dir."

Ihre Wangen werden rot und ich zupfe verunsichert an meinem Ohrläppchen, da es völlig falsch herüberkam. Gott, ich weiß nicht, warum ich gerade so unbeholfen bin. Es ist nur Poppy. Vielleicht sind ein paar Drinks genau das, was wir brauchen, um wieder die guten alten Booker und Poppy zu werden.

Sie gibt mir einen spielerischen Schubs, als ich aufstehe. „Mach dich auf was gefasst, Harris. Ich habe in Deutschland gelebt und die Leute dort wissen, wie man trinkt!"

Geduscht, rasiert und mit einer Jogginghose und einem weißen T-Shirt bekleidet, verlasse ich das Bad und finde Poppy in der Küche vor, wo sie in einem Karton auf dem Tresen wühlt. Aus einem kleinen tragbaren Lautsprecher läuft Musik und sie bewegt sich zum Takt, als würde sie schon seit Monaten hier wohnen. Es ist seltsam, aber sie ist noch keine zwölf Stunden hier und schon fühlt sich meine Wohnung mehr wie ein Zu Hause an. Mein Blick fällt auf ihre kurzen grauen Laufshorts und ich kann nicht umhin, ihre Behauptung anzuzweifeln, dass sie das Beintraining im Fitnessstudio auslässt. Sie hat sich ganz schön ins Zeug gelegt, um eine solche Muskelform zu erreichen.

Als sie mich kommen hört, dreht sie sich um und erwischt mich dabei, wie ich ihre Waden begutachte. Sie schüttelt die beiden Flaschen in ihren Händen und fragt: „Was hältst du von ein bisschen Cream Soda und Tequila?"

„Ich passe", stöhne ich mit verzogener Miene. Allein das Aussprechen dieser Worte dreht mir den Magen um. „Ich habe mich immer noch nicht von dem letzten Mal erholt, als wir dieses Zeug getrunken haben.“

Sie kichert, was mich zum Lächeln bringt. „Okay. Nur Tequila?“

Ich schüttle den Kopf. „Du hast mir Tequila verdorben. Irgendetwas anderes, bitte.“

„Oh mein Gott, ich hasse Tequila auch! Das macht mich so traurig, denn Tequila ist das perfekte Partygetränk, aber ich kippe mir immer Margaritas hinter die Binde. Das ist so schade.“

Lachend antworte ich: „Absolut verheerend. Ich bin jetzt eher ein Whiskey-Trinker.“

„Perfekt!“, singt sie und wendet sich wieder ihrem Karton zu, in dem sich anscheinend jede Menge Alkohol befindet. Ich trete hinter sie und schaue ihr über die Schulter, als sie hinzufügt: „Ich habe den besten Whiskey-Tee-Drink! Du wirst ihn lieben.“

Ich atme ihren Duft ein weiteres Mal ein und spüre ihn bis in meine Zehen hinein. Ich drehe mich um und ziehe mich neben ihr auf den Tresen. „Das hast du auch über Tequila und Cream Soda gesagt.“

Sie rollt mit den Augen. „Wir waren damals Teenager, Booker. Du kannst mir nicht die Schuld für meine Teenager-Ideen geben. Damals war ich voller Hormone.“

Meine Augenbrauen heben sich interessiert. In all den Jahren unserer Freundschaft haben wir nie viel über unsere romantischen Erfahrungen gesprochen. Jetzt, wo ich sie eine Weile nicht gesehen habe, bin ich umso neugieriger.

„Dieser Drink ist anders, das verspreche ich“, trällert sie. „Es ist ein richtiges Rezept aus der Teeling Whiskey Distillery in Dublin. Eine Gruppe von uns war dort einmal im Urlaub und wir haben uns alle verliebt.“

Sie sagt „alle“, als hätte sie eine Gruppe enger Freunde, von denen ich nichts weiß. Ich habe nie viele Freunde gehabt. Meistens aus freien Stücken. Poppy ist so ziemlich die einzige Außenstehende, der ich jemals Zeit gewidmet habe. Es ist seltsam zu denken, dass sie sich in ihrer Abwesenheit ein ganz anderes Leben ohne mich aufgebaut hat. Natürlich blieben wir per E-Mail und gelegentlich per SMS in Kontakt, aber wir sind nie allzu sehr ins Detail gegangen. Wir unterhielten uns eher über Dinge, von denen wir dachten, dass der andere sie lustig oder albern finden würde. Ich erzählte ihr, als Vi ihr Baby bekam, und sie sah die Zeitungen, als Tanner und Camden im letzten Jahr ihre Medienskandale hatten. Cams Skandal war zwar nicht ganz so groß wie der von Tanner, aber so sind Zwillinge nun mal – sie müssen alles gleich machen. Abgesehen davon waren unsere Unterhaltungen ziemlich unpersönlich.

Poppy kippt ein paar Zutaten in einen Shaker, bevor sie Whiskeytumbler aus dem Schrank holt. Sie verzieht das Gesicht, als sie zum Eisspender am Kühlschrank geht, und stößt eine Faust in die Luft, als dieser Eis ausspuckt. „Ich war mir nicht sicher, ob es hier Eis gibt, da du ja gerade erst eingezogen bist und so. Wusstest du, dass der Schlüssel zu einem guten Mixgetränk viel Eis ist?"

Ihr Gesicht ist so ernst, dass ich lache und dann noch mehr lache, als sie bei der Arbeit die Zunge herausstreckt. Poppy hatte schon immer diese tolle Art, die banalsten Aufgaben in eine Show zu verwandeln. Als wäre ihr Alltag eine Aufführung.

Ich beobachte neugierig, wie sie die rubinrote Mischung in die Gläser schüttet. Sie scheint wirklich zu wissen, was sie tut. „Hast du in Frankfurt auch noch Barkeeperin gelernt, während du zweisprachig geworden bist?"

Sie reicht mir einen der Drinks und kneift die Augen zusammen. „So ist es." Sie zwinkert und fügt hinzu: „Ja, ich habe in einer Bar gearbeitet. Es war eine tolle Möglichkeit, Leute kennenzulernen, während ich dazu gezwungen war, die Sprache zu lernen. Zwar sprechen die meisten auf dem Campus Englisch, aber wenn ich sie nett darum gebeten habe, haben sie auch gerne zu Deutsch gewechselt."

„Ich bin mir sicher, dass es nicht viele Menschen gibt, die dir jemals einen Wunsch ausschlagen würden, Poppy." Wir stoßen an und nehmen einen Schluck. Es schmeckt nach Himbeeren, ist aber nicht übermäßig süß. Das Brennen des Whiskeys unterstreicht es perfekt. „Das ist viel besser als Tequila und Cream Soda."

Ihr Kichern ist bezaubernd.

„Wie geht es deinen Haaren?", frage ich, als sie sich neben mir auf den Tresen hievt und mit der Hand durch die Locken fährt.

„Denen geht es gut, dank dir." Sie trinkt einen Schluck. „Mein Gott, ich war in Panik, weil ich dachte, ich müsste mir den Kopf rasieren, um da rauszukommen."

„Und dann dachtest du, du könntest wie ein Junge aussehen."

Ich ahme ihren weinerlichen Tonfall nach und kann mein kindisches Glucksen nicht unterdrücken.

Sie stupst mich mit der Schulter an und fragt dann: „Erinnerst du dich an den Jungen auf dem Spielplatz in der Grundschule, der sagte, dass ich wie ein Junge klinge?"

Ich verschlucke mich fast an meinem Getränk. „Den hab ich fast vergessen! Was für ein verdammter Wichser. Wie hieß er noch mal?"

„Giles Windsor." Sie bekommt einen merkwürdigen Gesichtsausdruck und trommelt mit den Fingern auf ihr Glas. „Um fair zu sein, er war erst neun. Du hast dich mehr aufgeregt als ich."

Ich blase defensiv die Brust auf. „Nun, er war lächerlich. Er hat den Harris Shakedown verdient, den wir ihm verpasst haben. Du hast eine tolle Stimme."

„Ich habe eine raue Stimme", erwidert sie und leckt einen Tropfen Whiskey von der Seite ihres Glases ab. „Ich klinge wie Lindsay Lohan auf Sauftour."

„Das tust du nicht!", behaupte ich und starre auf ihren Mund, während sie sich die Lippen leckt. „Deine Stimme ist sexy." Mein Gesicht wird heiß. Ich habe das Wort sexy noch nie benutzt, um Poppy zu beschreiben. Ich nehme noch einen Schluck. Wie schnell sich die Dinge geändert haben. Um die Aufmerksamkeit von mir abzulenken, füge ich hinzu: „Das macht dich auch zu einer brillanten Sängerin."

Ihre Augen finden die meinen, als sie über den Rand ihres Glases lacht. „Du musst es wissen. Gott, ich kann mich noch genau daran erinnern, wie ich aus voller Kehle auf dem umgestürzten Baum gesungen habe, als wir im Park gespielt haben. Ich kann nicht glauben, dass du überhaupt gerne mit mir Zeit verbracht hast. Ich war so ein seltsames kleines Entlein."

„Du warst normal im Vergleich zu Cam und Tan."

Sie grinst und greift nach dem Shaker, um meinen Drink aufzufüllen, von dem ich gar nicht gemerkt habe, dass ich ihn schon geleert habe. „Wir hatten als Kinder tolle Abenteuer, nicht wahr?" Sie fixiert mich mit einem Funkeln in ihren grünen Augen. Mann, die kommen wirklich viel mehr zur Geltung. Das muss an ihren kurzen Haaren liegen.

Ich drehe mein Glas in den Händen und denke eine Minute lang schweigend nach. „Bis auf das eine Mal, als wir vom Parkwächter erwischt wurden."

Ihre Augen werden groß. „Oh, ich weiß! Was für ein Arschloch! Keiner der anderen Aufseher hat sich dafür interessiert, dass wir nach acht Uhr abends noch da waren. Dann dachte so ein kleiner Vollidiot, der von der Polizeischule geflogen war, er müsste ein Exempel an uns statuieren. Was für ein Arsch."

„Das kannst du nochmal laut sagen", antworte ich.

„Was für ein Arsch!"

Wir lachen beide, stoßen an und trinken wieder, während wir in die Behaglichkeit unserer Erinnerungen zurückgleiten.

Um einen Eiswürfel herum fügt Poppy hinzu: „Das war der Aufseher, der unsere Festung abreißen wollte. Erinnerst du dich?"

Ich nicke. „Das war das erste Mal, dass sich mein Vater für etwas anderes als Fußball interessierte. Er hat den Stadtrat völlig zusammengestaucht, weil die Aufseher den Park wie den ‚verdammten Wilden Westen' behandelt hätten."

Wir lachen beide darüber. „Dieser Drink ist gut, Poppy."

Sie rutscht von der Theke und wirft ihre Hände in die Luft. „Die Erlösung ist mein!"

Zur gleichen Zeit läuft im Radio ein Lied, das sie mag, also stürzt sie hinüber und dreht die Lautstärke auf. Sie fängt an, mit ihrem Getränk in der Hand zu tanzen, und ich kann nicht anders, als über ihre albernen Bewegungen zu lachen. Um die Stimmung zu verbessern, schalte ich die Deckenbeleuchtung in der Küche aus. Der Raum wird durch die Lichter des Fliesenspiegels blau beleuchtet, was die perfekte Illusion eines Nachtclubs schafft.

„Siehst du, Book? Wer muss schon ausgehen, wenn wir hier den ganzen Spaß haben, den wir brauchen?" Sie leert ihr Getränk in einem Zug und wirft die Hände über den Kopf, während sie in die Hocke geht. Ihre Kurven werden mit jeder ihrer Bewegungen betont. Kurven, für die sie viele Stunden im Fitnessstudio verbracht haben muss. Sie hat ihre mädchenhaften Züge völlig verloren. Jetzt ist sie kraftvoll, als könnte sie die ganze Nacht durchhalten.

Kopfschüttelnd rutsche ich von der Theke und schüttle den Martini-Shaker hin und her. „Zeig mir, wie man die mixt, damit ich die nächste Runde machen kann."

Sie hüpft ausgelassen zum Tresen und reibt ihren Hintern an meiner Hüfte, während sie mir schnell erklärt, wie viel ich von jeder Komponente abmessen muss. Wir stehen Schulter an Schulter da. Oder sollte ich sagen, Schulter an Ellenbogen. Poppy ist an einem guten Tag vielleicht eins siebzig groß. Barfuß in der Küche kann sie froh sein, wenn sie einen Meter fünfundsechzig erreicht.

„Ich glaube, ich schaffe das", verkünde ich, aber ihr Grinsen sagt etwas anderes. „Glaubst du, dass ich das nicht kann?"

Sie nimmt einen Schluck und rückt näher an mich heran, wobei sie herausfordernd die Lippen schürzt. Der Glanz ihrer Augen funkelt im schummrigen blauen Licht, als sie sagt: „Du warst in der Küche nie sehr nützlich, Booker."

Ich stemme die Hände in die Hüften, während sie meinen Drink nachfüllt. „Barkeeping ist nicht gerade ein Job für Spitzenköche."

„Stimmt, aber es erfordert ein paar mathematische Fähigkeiten." Sie kichert, als wüsste sie, dass sie in ein Wespennest sticht.

„Ich war schon immer gut mit Zahlen!", rufe ich, strecke die Hand aus und kneife sie in die Seite. „Du warst diejenige, die beschissen damit war!"

„Ich wurde geheilt", sagt sie, lacht und windet sich aus meiner Reichweite. Ich möchte sie noch mehr kitzeln, halte mich aber zurück. „Zwei Jahre, während derer ich Drinks geschmissen und für Trinkgeld mit Kunden geflirtet habe, haben mir eine Ausbildung in allem Nummern-etischem beschert."

Sie lallt die letzten Worte. Ich bin mir nicht einmal sicher, ob das ein existierendes Wort war. „Großer Gott, du willst Englisch unterrichten?"

„Numerisch!", brüllt sie. „Ich kenne das Wort. Meine Zunge wollte nur nicht so wie ich." Sie lehnt sich zu mir und flüstert: „Ist dir so etwas mit deiner Zunge noch nie unterlaufen, Booker?"

Die Art, wie sie es sagt, lässt meinen Körper überraschend reagieren. Ein unanständiger Gedanke, der meine Zunge auf Poppys Körper beinhaltet, kommt mir in den Sinn. Ich schüttle schnell den Kopf und sage: „Wir sollten etwas zu essen bestellen."

„Das sollten wir", erwidert sie, bevor sie einen weiteren Drink kippt. Wie viele haben wir jetzt getrunken? Ich habe den Überblick verloren. „Du kannst mein Handy benutzen. Mach schon und bestell für uns. Du weißt, was ich mag."

Sie dreht sich um, um auf die Toilette zu gehen, und mir wird klar, dass ich die Art und Weise mag, wie sie „uns" gesagt hat. Ich mag es, eine Mitbewohnerin zu haben. Warum sollte jemand allein leben wollen? Mit einem Mitbewohner macht es viel mehr Spaß, als allein an der Küchentheke zu essen. Ich glaube, wenn ich alleine leben würde, wäre ich wie Vi und hätte einen Hund. Vielleicht keinen großen, sabbernden Köter wie ihren Hund Bruce, aber einen Kleinen, mit dem ich reden kann, wenn ich einsam bin.

Die Pizza braucht ewig, bis sie ankommt. Seit einer Stunde trinken wir nur noch Whiskey und Wasser, weil wir beide zu ungeduldig für das süße Teegetränk geworden sind. Ich bin beeindruckt, dass Poppy Getränk für Getränk mit mir mithält, aber während der Saison bin ich ein Leichtgewicht.

Als das Essen endlich ankommt, ist es fast zehn Uhr und wir verschlingen es wie ausgehungerte Tiere. Ich merke ein wenig zu spät, dass wir schon längst etwas zu essen hätten vertragen können, aber der Hunger hat unseren lustigen Spaziergang durch die Vergangenheit nicht gestoppt.

„Ich bin voll", verkünde ich, schiebe den Pizzakarton auf die Seite des Couchtisches und strecke mich auf dem Sofa aus.

„Nun, du hast sechs Stücke gegessen", stichelt Poppy.

Ich runzle die Stirn. „Habe ich das? Ich habe den Überblick verloren." Ich ziehe eine Augenbraue hoch. „Ich glaube, dein Ton gefällt mir nicht."

„Das war kein Urteilen! Ich habe selbst den Überblick über die Drinks verloren." Sie schüttelt ihren Tumbler und stellt ihn dann neben den Pizzakarton. Sie lässt sich neben mir auf die Couch fallen, dreht sich und presst ihren Rücken an meine Schulter. Sie streckt ihre muskulösen Beine aus und spiegelt meine Position, während sie sich zum anderen Ende des Sofas ausdehnt. Sie seufzt: „Das hat Spaß gemacht. Das ist mir viel lieber, als auszugehen."

„Bist du in Frankfurt viel ausgegangen?", frage ich, denn ich bin immer noch neugierig, mehr über ihre Zeit dort zu erfahren. „Haben dir die deutschen Typen, mit denen du für Trinkgeld geflirtet hast, viel Spaß beschert?"

Sie dreht den Kopf und schaut mich stirnrunzelnd an, während sie die Augenbrauen über meine beiläufige Frage zusammenzieht. „Wollen wir wirklich darüber reden?"

Ich zucke mit den Schultern, denn jetzt, wo ich die Büchse der Pandora geöffnet habe, will ich nicht alles wieder hineinstopfen. „Hast du jemanden mit gebrochenem Herzen zurückgelassen?"

„Nein", murmelt sie und eine angespannte Stille breitet sich vor uns aus. „Was ist mit dir? Hast du eine Freundin, von der ich wissen sollte?"

Ich rolle mit den Augen. „Ich hätte dich nicht eingeladen, wenn ich eine Freundin hätte."

„Warum denn das?"

„Weil … schau dich an", schnaube ich.

Die angespannte Stille kehrt zurück, aber dieses Mal kann ich Poppy atmen hören. Ich kann das Heben und Senken ihrer Schultern spüren, da sie an mich gelehnt ist.

Ihre Stimme ist sanft, als sie fragt: „Was meinst du damit, *schau dich an*?"

Ich zupfe an meinem Ohrläppchen und spüre ein flaues Gefühl in meinem Magen, das nichts mit den großen Mengen Whiskey zu tun hat, die ich heute Abend getrunken habe. „Ich denke, es ist ganz offensichtlich, Poppy. Du bist nicht mehr nur ein Mädchen. Du bist … eine Frau. Und dieser Haarschnitt. Ich weiß es nicht. Er … steht dir einfach."

Sie hebt den Kopf und sieht mich neugierig an. Ich erwidere ihren Blick und bemerke die hellen Sommersprossen auf ihrem Nasenrücken. Ich glaube, die sind mir noch nie aufgefallen. Sie zieht meinen Blick nach unten, als sie sich über die Lippen leckt und sich eine Wärme zwischen uns ausbreitet.

Plötzlich setzt sie sich auf und reißt mich aus meiner Faszination für ihre Lippen, als sie sich mir im Schneidersitz gegenübersetzt. Ich atme tief ein, als ihre Hand in mein Haar gleitet, direkt über meinem Ohr. „Sieht aus, als könntest du einen Haarschnitt gebrauchen", krächzt sie und kämmt durch meine dichten Locken. Ich erwarte, dass sie sich zurückzieht, aber sie verharrt und ihr Duft umgibt mich. Ich schließe die Augen, als sie durch jede Strähne fährt und mit ihren Fingerspitzen in langsamen Bewegungen die Nervenenden meiner Kopfhaut massiert.

Gott, das fühlt sich gut an.

Mein Kopf fällt zur Seite, als ich murmle: „Ich habe dich vermisst, Poppy."

Sie atmet aus. „Ich habe dich auch vermisst, Booker."

„Nein, ich meine, ich habe dich wirklich *vermisst*." Ich stöhne unter ihrer Berührung und füge hinzu: „Ich habe eine meiner Lampen in dein Zimmer gestellt. Ich weiß, wie sehr du die Dunkelheit hasst."

Es herrscht Stille, also öffne ich träge die Augen und stelle fest, dass sie mich beobachtet.

„Ich weiß nicht, warum ich das gerade gesagt habe", flüstere ich.

Ihre Hand fällt von meinem Kopf, aber ich fange sie mit meiner auf, denn ich bin noch nicht bereit, dass sie aufhört, mich zu berühren. Ich will ihr so nahe sein, wie wir es früher immer waren.

Ich lasse meine Finger zwischen ihre gleiten und genieße die Weichheit ihrer Hände auf der Härte der meinen, die Kleinheit ihrer Hände gegen die Größe der meinen. Sie fühlt sich so gut auf meiner Haut an. Ich möchte Poppy nie wieder verlieren. Ich habe es vermisst, sie so nahe bei mir zu haben.

Da ich mich nach mehr sehne, ziehe ich sie zu mir. Ihre verschränkten Beine lösen sich, während sie sich an meine Brust legt, eine Hand über meinem Herzen, die andere immer noch mit der meinen verschränkt. Sie schmiegt sich an mich, wie damals, als wir Kinder waren und sie wegen eines der vielen Tiere geweint hat, die in der Klinik ihres Vaters gestorben sind.

Sie drückt ihre Nase an meine Brust und ihre Schultern heben sich, als sie tief einatmet. Ich kann ihren warmen Atem durch den Stoff meines T-Shirts spüren und es fühlt sich *gut* an. Wirklich gut. Ich will, dass sich ihr Mund öffnet, damit ihr Atem von warm zu heiß übergeht. Ich will, dass sich ihre Lippen öffnen und ich will ihre Zunge auf meinem Körper spüren. Auf mir. Haut an Haut.

Ich lege meinen Finger unter ihr Kinn und hebe ihr Gesicht zu meinem. Sie sieht wunderschön aus. Vertraut und behaglich, wie eine Erinnerung, die ich einmal verloren habe. Ich senke meinen Kopf, sodass wir auf einer Höhe sind, und berühre sanft ihre Lippen mit den meinen. Es ist ein Kuss der Freundschaft. Der Geschichte. Wenn man jemanden so gut kennt, dass man glaubt zu wissen, wie seine Lippen schmecken, bevor man sie überhaupt berührt.

Aber ich wusste es nicht.

Ich hatte keine verdammte Ahnung.

Ein leises Wimmern dringt aus ihrer Kehle zu meinen Lippen, die immer noch auf ihren liegen. Es entfacht eine Lust in mir, die ich noch nie zuvor gespürt habe. Verzweifelt streiche ich mit meiner Zunge über ihren Mund und sie öffnet sich mir wie eine aufblühende Blume. Sie stöhnt, als ich ihre Zunge koste, und ihre Stimme erinnert mich daran, dass ich meine beste Freundin küsse. Aber ich kann nicht aufhören. Ich habe schon ihren Kopf geküsst, ihre Wange, vielleicht sogar ihre Hand, als sie uns dazu gebracht hat, irgendeine Scheinwelt zu spielen. Aber nie ihre Lippen. Nie ihren weichen, prallen Mund, der sich wie eine Oase anfühlt, in der ich mich verlieren könnte.

In meinem Kopf weiß ich, dass ich aufhören sollte. *Wir haben zu viel getrunken. Du nutzt das aus. Das wird sie verängstigen. Sie wird dich verlassen.* Aber mein Körper kann ihr nicht nahe genug kommen. Ich will sie spüren. Alles von ihr. Ich will sie auf eine Art beanspruchen, die mir versichert, wo sie in diesem Moment ist. Ich weiß, dass ich das vielleicht bereuen werde, aber scheiß drauf. Ich will sie.

Unbeholfen fange ich an, Poppy rückwärts auf die Couch zu drücken. Sie schlingt die Beine um meine Hüften, was unsere Verbindung noch enger werden lässt. Ihre Hände drücken gegen meine Brust und umklammern mein T-Shirt, während sich unsere Atemzüge zu einem anstrengenden, verwirrten Keuchen vermischen.

„Poppy." Meine Stimme besteht zu gleichen Teilen aus Verwirrung und Lust, während ich ihr nur wenige Zentimeter von mir entfernt in die Augen starre. Sie sieht genauso aufgewühlt aus wie ich.

Ihr Blick fällt auf meine Lippen. „Küss mich, Booker." Ihre tiefe, kehlige Aufforderung ist bedürftig. „Küss mich, als ob du es ernst meinst."

Also tue ich es. Ich tue es, weil es nichts gibt, was ich in diesem Moment mehr will. Ich schließe den Abstand zwischen uns und meine alles davon ernst – jedes Lecken, jedes Knabbern, jede Berührung. Meine Lippen öffnen sich, um sie zu verschlingen, und sie ist warm und nachgiebig. Das Verlangen und die Sehnsucht sind auf ihrem ganzen Körper zu spüren, als ich ihren Mund komplett in Besitz nehme. Die berauschende Spannung, die sich zwischen uns aufbaut, ist so stark, dass ich nicht weiß, ob ich die Kraft habe, mich zurückzuziehen und Luft zu holen.

Irgendwie schaffe ich es, mich für den Bruchteil einer Sekunde loszureißen, da ihre Hände an etwas zwischen uns zerren. Als ich merke, dass sie versucht, mir das Oberteil auszuziehen, helfe ich ihr, es mir über den Kopf zu zerren. Es bleibt an meinem Ohr hängen, aber sobald ich frei bin, tue ich dasselbe mit ihrem. Und bevor ich mit meinen zitternden Händen den Reißverschluss an der Vorderseite ihres Sport-BHs ergreifen kann, hat sie ihn bereits geöffnet und ihre Brüste fallen heraus.

Mein Blick fällt auf das metallische Glitzern an der Spitze ihres linken Nippels und ich starre sie eine Sekunde lang an, bevor ich erkenne, dass sie ein Piercing in einer ihrer Nippel hat. Ein Rausch bricht in mir aus. Meine Hand ist nicht zärtlich, als ich nach ihrer Brust greife und sie mit dem dringenden Bedürfnis, sie für mich zu beanspruchen, fest zusammendrücke. Jede Veränderung an Poppy – jede Überraschung, jeder feine Unterschied, jedes geschnittene Haar auf ihrem Kopf – fühlt sich wie Verrat an. Poppy ist *meine* Freundin. Sie gehört mir. Ich sollte alles über sie wissen. Die Überraschung dieses Piercings ist verletzend.

In einem Dunst aus Begierde und dem Bedürfnis nach intimerem Hautkontakt zwicke ich ihre gepiercte Brustwarze so unverfroren, dass ein heiserer Schrei aus ihrer Kehle dringt. Die Tonlage ihrer Stimme ist so heiß, dass ich sie kosten möchte. Ich presse meine Lippen auf ihre und unsere Zähne prallen aufeinander, als ich meine Zunge tief in ihren Mund schiebe und ihre mit der meinen massiere. Sie schmeckt so gut. Nach Himbeeren und Whiskey. In Kombination mit dem Duft ihres Parfums löst es in mir den Wunsch aus, jeden Zentimeter ihres Körpers abzulecken.

Sie drückt ihre Hüften nach oben, als ich ihre Brustwarze in den Mund nehme. Sie wimmert, als das Metall auf meine Zähne trifft. Sie fährt mir mit den Händen durch die Haare, als sie mich wiederholt wegzieht und dann wieder an ihre Brust drückt, als wüsste sie nicht, ob sie noch mehr ertragen kann.

Ich unterbreche meinen Angriff auf ihre Brust, um eine Hand in ihre Shorts gleiten zu lassen. Mein Kopf sinkt zu ihrem Hals, als ich merke, dass sie heiß vor Erregung ist. „Oh mein Gott, Poppy. Du bist so feucht.“

„Booker“, wimmert sie und reibt ihre Hüften mit verzweifelten Stößen an meiner Handfläche. Ich schiebe einen Finger tief in sie hinein, aber ich weiß, dass das nicht das ist, was sie braucht. Ich habe Poppys Sexschrei noch nie gehört, aber ich kenne sie lange genug, um zu wissen, was sie von mir braucht.

Es ist ein Instinkt.

Ich setze mich wieder auf meine Knie und kippe fast nach hinten, als sie sich mit mir erhebt und krampfhaft an der Kordel meiner Hose herumfummelt. Als sie mich aus meinen Boxershorts befreit, legt sich ihre Hand fest um meinen Schwanz. Plötzlich hält sie inne und schaut zu mir hoch. In ihren Augen liegt ein Hauch von Besorgnis und alles erstarrt. Ihr Griff, unsere Körper, unsere Atemzüge, unsere Herzen, sogar unsere Augen bleiben aneinander hängen … und es fühlt sich an wie eine Herausforderung. Als würde sie mich herausfordern, sie aufzuhalten. Als würde sie mich herausfordern, ihr die Erlaubnis zu geben. Als würde sie mich herausfordern, die Welt um uns herum zusammenbrechen zu lassen.

„Poppy." Ich spreche ihren Namen wie ein geheimes Passwort aus, das uns die Erlaubnis erteilt.

Ohne eine Antwort zu geben, beugt sie sich herunter und streicht mit ihrer Zunge über die Feuchtigkeit, die aus meiner Spitze tropft. Meine Hüften zucken bei dem schockierenden Kontakt ihrer heißen Zunge mit meiner erogensten Stelle. Als sie mich in ihren Mund zieht, steigt ein Stöhnen in mir auf. Sie nimmt mich so tief in sich, dass meine Oberschenkel bei jedem Wippen ihres Kopfes zu zittern beginnen. Ich greife nach einer Handvoll ihrer Haare, um das Gleichgewicht zu halten. *Die perfekte Handvoll.*

Mein Verstand verlässt meinen Körper, während ich ihren Mund ficke und mich in ihre Kehle stoße. Gott, sie fühlt sich so verdammt gut an. Wenn ich nicht so viel Whiskey im Blut hätte, würde ich jetzt in ihrem Mund kommen. Aber ich brauche mehr. Mehr als nur ihren Mund. Als ich meinen Schwanz herausziehe, sieht sie mich verärgert an, versteht jedoch schnell, als ich zurückrutsche, um ihr die Shorts und den Slip auszuziehen. Alles ist hektisch, verzweifelt und wahnsinnig. Schmutzig.

Als sie sich auf den Rücken fallen lässt und mich mit lüsternen Augen, wildem, unordentlichem Haar und einem im schwachen Licht funkelnden Piercing anstarrt, verlangsamt sich alles. Ihr Brustkorb hebt und senkt sich mit ihren Atemzügen, ihre Augen blinzeln langsam und bereitwillig. Ihr vertrautes Gesicht zeigt unsere Vergangenheit, aber ihr mysteriöser Körper verhöhnt mich mit Geheimnissen.

Sie ist Poppy. Aber sie ist es nicht.

„Booker." Sie flüstert meinen Namen und ich erwidere ihren Blick. Diesmal ist sie diejenige, die die Erlaubnis erteilt. Sie greift nach unten und umschließt meinen Schwanz. Ich schließe die Augen, als sie mich drückt und mit dem Daumen über meine empfindliche Spitze streicht, die sich nach einem Platz in ihr sehnt. Sie positioniert mich genau da, wo ich sein will und krächzt: „Mach Liebe mit mir."

Augenblicklich spanne ich mich an. Ihre Worte sind wie ein Eimer eiskalten Wassers in meinem Gesicht. *Was zum Teufel mache ich hier? Das ist Poppy. Das ist meine beste Freundin. Ich kann das nicht tun.*

Plötzlich ziehe ich mich zurück. Die Couch ist klebrig und ungemütlich, die Luft schwer und feucht. Unsere glitschigen Körper aneinander fühlen sich seltsam an, während unsere schwerfälligen Atemzüge daran arbeiten, unsere Herzschläge zu verlangsamen. Auch sie spürt die Veränderung in der Luft. Es ist, als würde man aus einem Traum aufwachen und versuchen, herauszufinden, wo der Schlaf endet und das Erwachen beginnt.

Poppy ist unter mir.

Die Realität ist vollständig zurückgekehrt und alles, was bleibt, ist ein Whiskey-Rausch, der viel zu früh nachlässt. *Ich hätte fast meine beste Freundin gevögelt.*

STRESSBEDINGTE MIGRÄNE

Poppy

Eine überwältigende Beinahe-Bettgeschichte, auf die sofort eine weltverändernde Unbeholfenheit folgt.

Ich kann Booker nicht einmal in die Augen sehen, als mir die Realität über das, was gerade passiert ist, dämmert. Wie viel habe ich ihm gezeigt? Wie wenig Kontrolle hatte ich über mich selbst? *Gott, ich hoffe, ich habe nicht „Ich liebe dich" oder so etwas Blödes geschrien!*

Ohne ein Wort zu sagen, winde ich mich unter ihm hervor und schnappe mir meine Klamotten vom Boden. So schnell mich meine wackeligen Beine tragen können, husche ich ins Klo. Ich lasse mich auf die Toilette fallen und fahre mir mit den Händen durch die Haare, während ich verzweifelt versuche, meine Libido abzuschalten und mein Gehirn verdammt nochmal aufzuwecken.

Nach dem Pinkeln wasche ich mir die Hände und das Gesicht, bevor ich meine Kleidung wieder anziehe. Als ich mein Spiegelbild betrachte, schüttle ich angewidert den Kopf und schlucke meine Antibabypille, als würde sie irgendwie meinen angsterfüllten Kopf beruhigen.

Ich kam mit der Überzeugung, dass ich mich geändert hätte, zurück nach London. Dass ich Booker Harris nicht mehr bräuchte, nicht mehr wollte, mich nicht mehr um ihn scherte, wie ich es einst zu tun gedacht hatte. Und was ist das Erste, was ich tue? Ich schlafe fast mit ihm, nur Stunden, nachdem ich in seine Wohnung eingezogen bin.

Ich bin offiziell lächerlich.

Ein Kloß bildet sich in meiner Kehle, als mich Enttäuschung und Scham einhüllen. Ich putze mir die Zähne und versuche, die Tränen zu unterdrücken, aber es nützt nichts. Ich habe es wirklich vermasselt und diese rasenden Kopfschmerzen, die mich überfallen, machen die Sache nicht besser. Ich fühle mich nicht einmal mehr betrunken, aber das ist wohl die einzige Entschuldigung, die ich nach so einer unverschämten Zurschaustellung von Zuneigung vorbringen kann.

Ich schlucke schwer und bete, mich unbemerkt aus dem Klo schleichen zu können. Dann öffne ich die Tür und stürme mit gesenktem Kopf hinaus. Als ich an seinem Zimmer vorbeikomme, denke ich, dass ich es geschafft habe, aber dann stoße ich mit Booker zusammen, der oben ohne an der Wand neben meiner Tür lehnt. Die Nerven in meiner Brust explodieren, als ich seine Bauchmuskeln betrachte – harte, straffe Bauchmuskeln, die ich vor wenigen Augenblicken noch gestreichelt habe.

Ich schaue auf und sehe Bookers mitfühlenden Blick in der Dunkelheit. Mein Gott, er ist beschämt. „Poppy, ich wollte nicht … Ich hoffe, du denkst nicht, dass ich …"

„Es war nichts, Booker. Du brauchst dich nicht zu entschuldigen. Es gibt wirklich keinen Grund, ein Wort zu sagen."

Das Allerletzte, was ich jetzt von ihm hören will, ist, dass er keine Gefühle für mich hat. Konnte er sich dafür nicht mal ein verdammtes Hemd anziehen?

Er runzelt die Stirn und zupft an seinem Ohrläppchen. Diesen nervösen Tick hat er schon, seit unserer Kindheit. „Das war nicht …"

„Vergessen wir es einfach. Es ist schon spät. Wir haben zu viel getrunken." Ich mache mich auf den Weg in mein Zimmer und fühle mich wie eine billige Hure, aber seine Hand schießt hervor und stoppt meinen Rückzug.

„Du gehst doch nicht weg, oder?" Seine Augen sind groß und ängstlich. Seine Hand umklammert fest den Türrahmen, als würde er versuchen, nicht auszuflippen.

Ich schüttle den Kopf. „Nur, wenn du willst, dass ich gehe."

Mit einem schweren Seufzer schließt er die Augen. „Das ist das Letzte, was ich will. Ich hoffe nur, du denkst nicht, dass ich versucht habe, dich auszunutzen." Er spricht die Worte überstürzt aus, sein dicker Unterarm strahlt Anspannung ab. „Lieber bringe ich mich um, als dass du denkst, dass ich dich deshalb gebeten habe, bei mir einzuziehen."

Ich schüttle unbeholfen den Kopf, die Augen niedergeschlagen. „Kein Grund, selbstmordgefährdet zu werden. Ich bin genauso schuldig, Booker. Du hast keine Ahnung." Und die wird er auch nie haben.

Ich werde ihm nie sagen, dass es nicht das erste Mal war, dass ich mir ihn nackt mit mir zusammen vorgestellt habe.

„Was meinst du?" Seine Stimme klingt eher neugierig als anklagend.

Mein Mund klappt ein paarmal auf und zu, bevor ich stottere: „Ich war diejenige, die die Getränke gemixt hat." Ich lache nervös und hasse den Klang meiner Stimme in diesem Moment. „Bitte, Booker. Ich bin betrunken und muss schlafen."

Er versteift sich mit einem scharfen Einatmen und lässt dann langsam seinen Arm sinken. Ich husche an ihm vorbei wie ein beschämendes Kind, das beim Vögeln mit dem Nachbarsjungen erwischt wurde, was ich auch fast getan hätte.

Ich schiebe die Tür zu.

Schlaf. Ich brauche einfach Schlaf. Ich kümmere mich morgen früh um diese monumentale Scheiße.

In den frühen Morgenstunden wache ich mit einer schrecklichen Migräne auf, die alle anderen Migräneanfälle spielerisch übertrumpft. Ich bekomme sie von Zeit zu Zeit, aber meistens sind sie stressbedingt und drehen sich um Prüfungen und so was. Gibt es auch sexuell frustrierte Migräne? Ich denke, wenn man fast mit dem besten Freund aus Kindertagen schläft, ist das ein migränewürdiger Stress.

Der Schmerz ist so heftig, dass er von starker Übelkeit begleitet wird. So laufen meine Migräneanfälle normalerweise ab: Ich wache auf, kotze und verschwinde für so viele Tage, wie das Scheißding braucht, um abzuklingen. Ich habe Medikamente dagegen, aber sie dämpfen den mörderischen Schmerz nur von Mord zu Totschlag.

Ich schlüpfe aus dem Bett und ziehe mir eine Jogginghose an. Und schon setzt der Würgereiz ein. Ich sprinte aus meinem Zimmer und gehe direkt zum Klo, wo ich den Inhalt meines Magens – vor allem Whiskey – in die Toilette kotze. Das Licht, das durch das beschlagene Fenster scheint, ist fast lähmend. Das ist entweder die schlimmste Art von Kater oder die schlimmste Art von Migräne. Wahrscheinlich beides. *Verdammt, wenn ich das nicht verdient habe.*

Als die Übelkeit nachlässt, mache ich mich langsam auf den Weg aus dem Bad. Als ich die Tür öffne, sehe ich, wie Booker in der Küche ein Glas Wasser trinkt. Er trägt Fußball-Shorts und ein ärmelloses T-Shirt, das auf der Rückseite durchgeschwitzt ist. Er kommt offensichtlich gerade vom Training zurück.

Als er mich hört, dreht er sich um, und ich nicke ihm leicht zu. „Lähmender Kater oder Migräne. Wie auch immer, ich gehe zurück ins Bett."

Er sieht einen Moment lang unbehaglich aus, als wolle er etwas sagen, aber dann überlegt er es sich anders und nickt höflich. Zuzusehen, wie er den Kopf schüttelt, tut meinem Gehirn weh.

Ich kehre in den Komfort meines Zimmers zurück, ziehe den Vorhang vor der Balkontür zu und hülle mich in Dunkelheit. Ich hasse die Dunkelheit, aber in diesen Situationen brauche ich sie. Migräne ist der grausame Scherz, den sich die Natur mit meiner kindischen Phobie erlaubt.

Ich schließe die Augen und bete, dass der Schlaf mich überkommt. Ich bete noch mehr, dass ich aufwachen und feststellen werde, dass die letzte Nacht mit Booker ein dummer Albtraum war.

Als ich aufwache, ist es draußen dunkel. Ich setze mich auf und atme erleichtert aus, dass sich mein Kopf nicht mehr anfühlt, als wäre er in einem Schraubstock eingeklemmt. Ich beuge mich zu der Lampe, die Booker auf meinem Fußboden hat stehen lassen, und schalte sie ein, wobei ich genieße, dass mein Zimmer jetzt in ein sanftes gelbes Licht getaucht ist. Ich bin am Leben. Ich habe es geschafft.

Da ich dringend duschen muss, schnappe ich mir ein paar Klamotten und öffne die Tür, wobei ich fast über eine Flasche Wasser auf dem Boden stolpere, die sich neben zwei Scheiben Toast auf einem Teller befindet. Mit grummelndem Magen nehme ich mir eine Scheibe und beiße hinein. Sie ist definitiv mehr als nur ein paar Stunden alt, also spüle ich sie mit einem Schluck Wasser herunter, bevor ich mich auf den Weg in den Flur mache.

Booker muss unterwegs sein, denn die Wohnung ist dunkel, abgesehen von der blauen Fliesenspiegelbeleuchtung in der Küche. Das ist gut so. Abstand ist genau das, was wir brauchen. Und da ich mich gerade erst wieder wie ein Mensch fühle, bin ich dankbar für die Einsamkeit.

Die Dusche ist herrlich. Sie hat acht Sprühdüsen, die mich an all meinen Lieblingsstellen treffen und mich in mehr als einer Hinsicht regenerieren. Ich trockne mich ab, fahre mir mit einer Bürste durch die kurzen Haare und betrachte mich im beschlagenen Spiegel, um mir geistig einige aufmunternde Worte zukommen zu lassen.

Okay, Poppy. Du kannst damit umgehen. Es stimmt, es waren nicht die besten vierundzwanzig Stunden deines Lebens. Aber das muss nicht heißen, dass sich etwas geändert hat. Booker hat dir Toast und Wasser vor die Tür gestellt. Das ist sehr freundlich und das ist auch alles, was du von ihm willst. Du bist nicht mehr dasselbe Mädchen, das als Teenagerin nach ihm geschmachtet hat. Du hast dich verändert. Dein Nippelpiercing beweist es! Du hast Männer erlebt. Zwar nur ein paar, aber immerhin. Das bedeutet im Grunde, dass du der Hammer bist und ein kleines Vorspiel mit deinem besten Freund nichts daran ändert.

Auch wenn es … wirklich … verdammt … gut war.

HALBWAHRHEITEN

Booker

„Gut genug ist nie gut genug!", ruft der Trainer, als meine Teamkollegen und ich an der Torlinie stehen und uns darauf vorbereiten, einen weiteren Killer zu laufen. „Wir haben nur noch drei Spiele in dieser Saison und ich sehe, dass viele von euch herumtänzeln, als ob das hier nur Spaß und Entspannung wäre! Morgen ist ein Heimspiel, und ich werde nicht zulassen, dass wir aus Enttäuschung darüber, dass wir diese Saison den Aufstieg verpasst haben, eine Niederlage einstecken müssen. Jetzt rennt, verdammt nochmal!"

Er pfeift an und wir sprinten auf die nächste Linie zu, drehen dann um und laufen zur Mittellinie. Dann noch weiter. Dann den Rest, bis wir ganz am Ende des Feldes sind und wieder zurück.

„Harris!", ruft der Trainer. Sowohl Tanner als auch ich bleiben stehen und schauen ihn an. „Nicht du … du! Zum Teufel, dann eben ihr beide. Kommt hier rüber."

Wir joggen zum Trainer und er wirft mir einen strengen Blick zu. „Booker, du hast die besten Hände in der Championship League, aber ich möchte, dass du daran arbeitest, explosiver zu werden. Wenn du die Bereiche, in denen du nicht so gut bist, immer weiter verbesserst, haben wir bald nichts mehr, was wir verbessern können, klar?"

Ich nicke und gehe rüber zum Netz, wo meine Handschuhe liegen, als er ruft: „Macht Sechzig-Sekunden-Intervalle mit Bauchmuskelkillern. Tanner, du schießt auf ihn. Ich sage euch, wann ihr aufhören sollt."

Ich ziehe die Handschuhe an und lasse mich mit ausgestreckten Beinen auf die Torlinie fallen, während Tanner sich neun Meter vor dem Tor positioniert. Ich deute zuerst auf meine rechte Seite und er schießt den Ball einen Meter darüber. Ich fange ihn und werfe ihn zurück. Dann wechselt er auf die linke Seite.

Nach dem ersten Satz wackelt Tanner mit den Augenbrauen und fragt: „Wie geht's der Mitbewohnerin?"

Stirnrunzelnd werfe ich ihm den Fußball zurück und antworte knapp: „Gut." Ich halte inne und trinke einen Schluck Wasser, bevor ich meine Position auf der Torlinie wieder einnehme.

„Das war's? Nur ... gut? Du lebst jetzt fast eine Woche mit ihr zusammen und das ist alles, was du zu sagen hast?" Er kickt den Ball wieder zu mir.

Ich fange ihn und zucke mit den Schultern. „Sie hat ihren neuen Job angefangen. Ich bin beim Training. Wir haben uns in letzter Zeit nicht oft gesehen." Ich werfe ihm den Ball zurück und versuche, die Tatsache zu ignorieren, dass Poppy und ich uns aus dem Weg gegangen sind. Ich habe mehr trainiert als sonst. Sie ist extrem früh zur Arbeit gegangen. Zum Teufel, sie könnte sogar im Haus ihrer Eltern in Chigwell schlafen. Ich habe nach Beweisen dafür gesucht, dass sie noch in meiner Wohnung wohnt, und die frischen Lebensmittel und das gelegentliche schmutzige Geschirr in der Spülmaschine lassen mich glauben, dass sie nicht entführt wurde.

„Ihr seid verdammte Mitbewohner!" Tanner fängt den Ball, den ich ihm zuwerfe, und hält ihn unter seinem Schuh fest. „Kreuzen sich eure Wege nicht auf dem Weg zur Toilette? Meine Verlobte ist Chirurgin für Risikokinder und wir finden trotzdem noch Zeit für morgendliche Ficks."

„Würdest du einfach den verdammten Ball schießen?" Tanners spielerisches Grinsen verschwindet und er täuscht an, indem er in die entgegengesetzte Richtung dribbelt, die ich erwartet hatte. Ich zucke zusammen, als sich ein Muskel in meiner Seite verkrampft. „Scheiße!", knurre ich und schlage aus Frust auf den Boden.

Ein nervöser Ausdruck huscht über sein Gesicht. „Tut mir leid, Bruderherz. Alles in Ordnung mit dir?"

Ich stehe auf und greife mir auf einer Seite an den unteren Rücken. „Ja. Ich habe mir gerade wieder diesen verdammten Muskel in meinem Rücken gezerrt. Das war ein billiges Täuschungsmanöver, du Trottel. Das ist eine verdammte Krafttrainingsübung."

„Du weißt doch, dass es mich unruhig macht, wenn du meine

Fragen nicht beantwortest." Tanners bärtiges Gesicht sieht entschuldigend aus, aber es ist zu spät. Er ist ein verdammter Wichser.

„Was ist hier los, Leute?", unterbricht eine weibliche Stimme.

Ich drehe mich um und sehe, wie Camdens Freundin Indie in ihrem Bethnal-Poloshirt und der dazugehörigen Hose mit einem Verbandskasten in der Hand auf uns zuschreitet. „Tanner ist ein Idiot", antworte ich.

„Das ist nichts Neues." Indie grinst und schiebt ihre hellgrüne Brille die Nase hinauf. Sie gibt mir ein Zeichen, dass ich mich hinsetzen soll, und lässt sich neben mir auf die Knie fallen. „Hast du wieder denselben Muskel gezerrt?"

Ich nicke und sie fängt an, im Koffer nach der Wärmecreme zu kramen. „Du musst den jeden Abend dehnen, Booker. Das habe ich dir doch gesagt. Dieser Muskel braucht ein halbes Jahr lang Krafttraining. Es ist nicht nötig, mit Verletzungen zu spielen, wenn wir stattdessen etwas tun können, um sie zu verhindern."

„Ich weiß. Ich vergesse es immer wieder", stöhne ich.

Tanner wird schließlich vom Trainer angeschrien, wieder zum Team zu stoßen. Ich atme schwer aus und bin erleichtert, ihn von hinten zu sehen.

„Geht dir Tanner schon wieder auf die Nerven?", fragt sie und sieht zu mir auf, während sie die Creme in ihre Hand gibt und ihren Finger vor mir bewegt, damit ich mich umdrehe.

Indie und Camden sind seit fast einem Jahr zusammen, also ist sie praktisch Teil der Familie. Ich glaube, er hätte ihr schon längst einen Antrag gemacht, wenn Tanner ihm nicht das Rampenlicht gestohlen hätte, indem er Belle zuerst einen Antrag machte.

„Er versucht mich damit aufzuziehen, dass ich mit Poppy zusammenwohne."

Sie gluckst. „Ach ja, die Freundin aus Kindertagen, von der ich schon so viel gehört habe. Ich weiß nicht, warum du von Tanner überrascht bist. Er macht sich wegen viel weniger Dinge über Leute lustig. Dass du mit einem Mädchen in wilder Ehe lebst, ist in der Harris-Familie hochrangiger Klatsch."

Ich zucke zusammen, als Indie die Creme auf meine Seite reibt und den Knoten löst, der sich bereits gebildet hat. Indie ist gut darin – in der Sportmedizin. Sie ist seit weniger als einem Jahr bei Bethnal und wurde bereits von der Mitläuferin zur Assistenz befördert, die regelmäßig mit uns unterwegs ist. Sie ist schnell, sie ist effizient und sie weiß genau, was wir brauchen, bevor wir es überhaupt brauchen. Seit sie zum Team gehört, ist die Zahl der Verletzungen zurückgegangen, weil sie all diese seltsamen neuen Dehntechniken zur Verletzungsprävention kennt. Wir haben alle gelacht, als sie uns zum ersten Mal gezeigt hat, wie man sie macht. Aber nach einer Sitzung spürten wir alle einen Muskelkater in Muskeln, von deren Existenz wir nicht einmal gewusst hatten.

„Poppy und ich leben nicht in wilder Ehe", seufze ich. „Eigentlich sprechen wir kaum miteinander."

„Oh?", fragt Indie. „Hast du etwas getan, das sie verärgert hat?"

Ich zucke mit den Schultern und bleibe stumm, denn ich bin nicht stolz auf das, was ich getan habe. Ich kann nicht glauben, wie weit es ging, und es ist alles meine Schuld. Ich war derjenige, der sie zuerst geküsst hat. Ich war derjenige, der praktisch auf sie draufgeklettert ist. Und ich kann nicht aufhören, mir das alles in meinem Kopf noch einmal in allen Einzelheiten vor Augen zu führen. Ich kann nicht aufhören, ihr verdammtes Nippelpiercing zu sehen.

„Wirst du sie zum Sonntagsessen mitbringen?", fragt Indie und legt einen warmen Verband auf die betroffene Stelle.

Ich räuspere mich, genervt von meiner grafischen Erinnerung. „Ich bin mir nicht sicher, ob sie kommen wollen würde. Zwischen uns ist es irgendwie seltsam." Es ist erstaunlich, wie viel einfacher es ist, Indie selbst nur Halbwahrheiten zu erzählen. Ich glaube, sie muss auch einen Abschluss in Psychologie haben.

Sie macht einen abfälligen Laut und antwortet: „Na, dann reiß dich zusammen und lade sie ein. Die Sonntagsessen der Familie Harris sind eine großartige Möglichkeit, um Leute wieder zusammenzubringen. Dort seid ihr beide aufgewachsen. Das versteht sich doch von selbst."

Das ist eigentlich keine schlechte Idee. Ich bin ihr aus dem Weg gegangen, weil ich nicht weiß, was ich von ihr erwarten soll. Ich habe Angst, dass sie abhauen könnte, wenn ich sie zu früh dränge. Aber vielleicht hilft uns die Rückkehr nach Hause dabei, uns daran zu erinnern, wie wir als Kinder waren statt uns so sehr darauf zu konzentrieren, wie unterschiedlich wir als Erwachsene sind.

Indie verschließt die Cremetube und steht auf. „Heute Abend musst du es dehnen und kühlen. Und jetzt schwing deinen Arsch wieder an die Arbeit. Wir haben ein Spiel zu gewinnen, und das schaffen wir nicht ohne dich."

7

HÜTER MEINES EIGENEN HERZENS

Booker

Es ist Spieltag. Wie immer bin ich nervös, als ich mich in meinem Zimmer fertig mache. Ich bin an Spieltagen nicht so fröhlich und aufgeregt wie Tanner. Ich schwärme nicht von der Erhabenheit des Tower Parks. Ich ziehe mich in mich selbst zurück und konzentriere mich zu hundert Prozent auf das Spiel.

Torhüter sind oft eher Zielscheiben als Helden. Es ist eine Rolle auf dem Spielfeld, die immer mehr kritisiert als gelobt wird. Vielleicht liegt es daran, dass ich nie ein dramatisches Spiel mache, wenn ich es verhindern kann. Ich mache keine Sky-Sports-würdige Ballabwehr und sorge ebenso wenig für Schlagzeilen, weil ich mit der Erfahrung aufgewachsen bin, dass dramatische Paradestürze zur Seite passieren, wenn man nicht aufpasst. Stattdessen ziehe ich es vor, auf alles und jeden vorbereitet zu sein. Ich berechne jede Bewegung, die ein Fußball über das Spielfeld macht, und stelle mich in meinem Unterbewusstsein auf die Geschwindigkeit und die Flugbahn des Schusses ein, wenn er in diesem Moment in meine Richtung käme.

Diese Strategie wende ich auch in meinem Leben an. Wenig Drama. Liebe ist eine unberechenbare Emotion. Sie führt zu Extremen und als Fußballspieler, der sich auf den schlimmsten Fall vorbereitet, kann ich meinen inneren Kreis nicht überstrapazieren, sonst riskiere ich, mich zu verbrennen. Deshalb habe ich auch keine Beziehungen mit Frauen. Normalerweise gehe ich ein paarmal mit ihnen aus, bevor ich mit ihnen schlafe. Dann verliere ich das Interesse und rufe nicht mehr an. Das ist ein Kreislauf, den ich immer wieder durchlaufe und der nur wenig Aufregung verursacht. Normalerweise erkenne ich, wenn ich jemandem begegne, der sich zu sehr an mich klammert, und löse mich von ihr, bevor es zu weit geht.

Zum Glück bin ich der Hüter meines eigenen Herzens.

Ich stopfe meine Schuhe und Handschuhe in meine Teamtasche und schließe den Reißverschluss meiner Jacke. Als ich aus meinem Zimmer komme, überrascht mich Poppys Stimme, als ich die Küche betrete.

„Du hast heute ein Spiel, richtig?" Ich schaue auf und sehe sie mit einer Müslischale in der Hand auf dem Tisch hocken. Sie streicht ihr Haar zur Seite und vermeidet den Blickkontakt mit mir, obwohl sie mir gerade eine Frage gestellt hat.

Effektiv aus meinem Tunnelblick gerissen, nicke ich hölzern. „Ja, habe ich. Arbeitest du heute nicht?"

Sie schüttelt den Kopf. „Ich habe frei. Und da ich dich noch nie spielen gesehen habe, dachte ich, ich komme mit. Wenn das okay ist."

Stirnrunzelnd ziehe ich meine Tasche auf die Schulter, schockiert über ihre Bitte. Poppy bei einem Spiel dabei zu haben, wird eine völlig neue Erfahrung für mich sein.

„Ich, ähm … werde dir eine Karte organisieren, die du am Schalter abholen kannst", stottere ich.

Ihr Gesicht wird rot. „Das musst du nicht tun." Schließlich finden ihre Augen die meinen. Sie wirken traurig und unsicher. Sie haben die Freude verloren, die sie bei ihrer Ankunft hatten. Ich hasse es, dass ich ihnen das angetan habe. Ich hasse es, dass wir seit der ersten Nacht nicht mehr so viel miteinander gesprochen haben. Ich wollte, dass diese Mitbewohnersituation es uns leicht macht, wieder Freunde zu sein, nicht schwer. Ich vermisse ihren leichten Tonfall. Ich vermisse die Art und Weise, wie sie manchmal das letzte Wort ihres Satzes singt. Diese Poppy fühlt sich unbeholfen an. Ich muss das in Ordnung bringen.

Ich stähle mich und antworte: „Das würde ich wirklich gerne tun, Poppy. Du würdest dann nicht alleine sitzen. Meine Schwester wird dort sein, und ich bin sicher, dass sie dich gerne sehen würde. Du könntest endlich meine Nichte kennenlernen." Ich halte inne, da ich mich ein wenig unwohl fühle, und sage dann schnell: „Unsere Plätze sind von den Spielerfrauen in den oberen Logen getrennt. Vi hat sich immer geweigert, irgendwo anders als in der ersten Reihe an der Mittellinie zu sitzen, denn ist es ein viel besseres Erlebnis, das Spiel dort zu sehen."

Poppy runzelt die Stirn, als sie über meinen verbalen Durchfall nachdenkt. Es war viel mehr Information, als sie wissen musste, aber mir wurde klar, dass ich sie auf diesen Plätzen haben will. Ich will, dass sie mich spielen sieht. Es ist … mir wichtig.

„Ich bin überrascht, dass Vi noch nicht vorbeigekommen ist", sagt sie und unterbricht meine Träumerei. „Ich hätte gedacht, dass sie mittlerweile schon längst hier ist und deine Schränke umräumt."

Ich lache. „Sie und Hayden haben die letzte Woche in Essex bei seiner Familie verbracht. Die ist genauso besessen von dem Baby wie wir."

Ihr Lächeln ist aufrichtig. „Das ist wirklich nett. Wenn es nicht zu viel Mühe macht, hätte ich gerne eine Einladung. Danke, Book."

„Keine Ursache." Ich gehe auf die Tür zu, halte inne und schaue über meine Schulter zurück. „Und hey, wenn du ein Bethnal-Trikot willst, in meinem Kleiderschrank hängen jede Menge davon. Bediene dich." Sie runzelt die Stirn und blickt nervös auf meine Schlafzimmertür. „Guck nicht so. Die sind sauber … die meisten." Wir lachen beide und es fühlt sich wirklich verdammt gut an.

Immer noch lächelnd wende ich mich zum Gehen, als sie hinzufügt: „Hey, viel Glück … Ich, ähm … würde Hals- und Beinbruch sagen, aber das hat im Sport eine ganz andere Bedeutung als im Theater. Also sage ich einfach: Hab schnelle Hände." Lachend wackelt sie mit den Fingern.

Mein Lächeln wird breiter. „Man sagt, meine Hände seien die besten der Liga."

Ihr Lächeln stockt. „Ich glaube es."

Mit diesem Abschiedsgruß, der mir bis zum verdammten Schwanz geht, verlasse ich unsere Wohnung und versuche verzweifelt, die unangenehmen Bilder von Poppy und dem Nippelpiercing, nach dem ich sie nicht fragen kann, zu vergessen.

Poppy

Der Tower Park ist mit grün-weiß gekleideten Menschen gefüllt, von denen viele mit vollen Bierbechern ausgestattet sind, das auf den Boden der Gemeinschaftsbereiche überschwappt, während sie darauf warten, ihre Plätze einzunehmen. Ich bin dankbar, dass Booker mir ein Trikot angeboten hat, denn in allem anderen würde ich herausstechen.

Es ist mir ein bisschen peinlich, zuzugeben, wie viel Zeit ich damit verbracht habe, an allen Optionen in seinem Kleiderschrank zu riechen, und das nicht, weil ich dachte, sie seien schmutzig. Booker hatte schon immer einen berauschenden Geruch an sich. Er ist wie der Duft des Waldes nach einem leichten Regen – sauber und natürlich. Sein Kleiderschrank ist in denselben Duft getaucht, der wie eine unbändige Sehnsucht in der Luft hängt.

Keine Sehnsucht. Nur Erinnerungen. Erinnerungen an einen lieben Freund. Reiß dich zusammen, Poppy. Du trägst sein T-Shirt und läufst nicht in seinen verdammten Boxershorts herum!

Ich habe entschieden, als Friedensangebot heute zu seinem Spiel zu kommen. Um die Wogen nach unserem unangenehmen Vorfall zu glätten. Was zwischen uns passiert ist, war ein großer Fehler. Wir waren einfach im Moment gefangen, nachdem wir uns so viele Jahre nicht gesehen hatten. Nichts hat sich geändert.

Du bist immer noch du. Er ist immer noch er. Das ist nicht der Anfang einer Liebesgeschichte. Du hast das schon einmal versucht und es endete schrecklich. Booker Harris ist nicht der richtige Mann für dich.

Poppy
18 Jahre alt

„Ich habe mein Abitur mit Bravour bestanden und jetzt liegt mir die Welt zu Füßen!", singe ich zu mir selbst, während ich mich für die Party heute Abend bei Giles Windsor anziehe. Normalerweise würde ich nie auf einer Party mit Leuten meiner Schule auftauchen. Es ist eine spießige Privatschule für privilegierte Kinder und keiner von ihnen hat irgendeine Art von Fantasie.

Booker Harris wird jedoch dabei sein.

Und genau deshalb ist der heutige Abend so wichtig.

Booker ist mein bester Freund. Seit dem Tag, an dem ich ihn auf dem umgestürzten Baum im Wald hinter unseren Häusern traf, wusste ich, dass er etwas Besonderes ist. Er sah mich nie schräg an, wenn ich auf meiner provisorischen Baumbühne lauthals sang. Er hockte sich einfach neben mich und baute eine Festung, wobei er innehielt, um alle meine Fragen über die Welt zu beantworten.

Er hat sogar meiner Besessenheit von Grimms Märchen nachgegeben. Zu meinem elften Geburtstag schenkte mir eine Tante die komplette Sammlung der Volksmärchen. Ich hatte aber immer zu viel Angst, sie allein zu lesen, also saß Booker mit mir auf unserem Baum, während ich las. Manchmal hat er mich sogar gebeten, laut zu lesen.

Die Geschichten machten mir Angst, aber ich liebte auch den unglaublichen Kontrast von magischen Geschichten mit grausamen Wendungen. Mein ganzes Leben lang hatte ich immer das Gefühl, ein seltsamer Gegensatz zu sein. Ich habe eine schrecklich raue Stimme, aber ich liebe das Singen. Ich bin tollpatschig, aber ich habe das Gefühl, dass ich zum Tanzen geboren wurde. Meine Mutter nennt mich flatterhaft, aber wenn ich andere Menschen ansehe, habe ich das Gefühl, unglaublich bodenständig zu sein. Das alles ergibt keinen Sinn. Nichts davon passt in das Schema der Gesellschaft. Das alles hat das Zeug zu einer schrecklichen Identitätskrise!

Aber Booker sagte mir immer, ich solle nie aufhören, Schmetterlingen hinterherzujagen. Er war derjenige, der mir die Kraft gab, meinen Eltern zu sagen, dass ich mir ein Jahr Auszeit von der Schule nehmen würde, um mich selbst zu finden.

Wenn ich mit Booker zusammen bin, fühle ich mich völlig frei. Deshalb muss ich heute Abend mit ihm reden. Ich muss ihm die Wahrheit sagen …

… dass ich in ihn verliebt bin.

Ich kann nicht genau sagen, in welchem Moment ich mich in Booker Harris verliebt habe. Ich vergleiche meine Liebe mit der riesigen Himalaya-Lilie, über die ich in der Schule gelesen habe. Die meiste Zeit ihres Lebens ist sie ein Wirrwarr aus glänzenden Blättern. Aber nach sieben Jahren schießt sie fast einen Meter in die Höhe und bringt wunderschöne, trompetenförmige Blüten hervor, die einfach zauberhaft sind. Und sie waren schon die ganze Zeit da und warteten auf den perfekten Zeitpunkt zum Blühen.

So kamen meine Gefühle für Booker zustande. Eines Tages wachte ich auf und erlaubte mir, zu blühen. Ich dachte, die Blumen würden verblühen, aber das taten sie nicht. Sie sind immer noch wahnsinnig, völlig und irrational in voller Blüte.

Mein Plan lautet, es ihm heute Abend vor der Party zu sagen. Ich habe ihn in letzter Zeit nicht viel gesehen, weil er so viel mit Fußball beschäftigt war. Aber da große Entscheidungen in meinem Leben anstehen, kann ich nicht länger warten. Ich werde in sein Schlafzimmer marschieren und ihm sagen, dass wir zusammengehören.

In einem langen schwarzen Kleid und mit einer Hochsteckfrisur gehe ich durch den Park und komme mir dumm vor, hier draußen diese hohen Absätze zu tragen. Aber ich muss mich von meiner besten Seite zeigen, damit Booker mich nicht nur als seine gute Freundin Poppy sieht, die normalerweise nicht viel darüber nachdenkt, was sie anzieht. Ich möchte, dass er mich als schöne Frau sieht.

Als ich mich der halben Strecke zwischen unseren Häusern nähere, kommt unser umgestürzter Baum in Sicht. Mein Herz flattert, als ich jemanden dort sitzen sehe. Könnte es Booker sein? Wie perfekt, wenn er es ist. Gibt es einen besseren Ort, um ihm meine Liebe zu gestehen, als den Baum, an dem wir uns kennengelernt haben?

Ich blinzle, als ich näher komme, und stelle fest, dass Booker nicht allein ist. Er sitzt mit einem Mädchen auf einer Decke. Das Mondlicht wirft gerade so viel Licht, dass ich ihre Gesichter erkennen kann.

Ich bleibe hinter einem Baum in der Nähe stehen und mein Herz schlägt mir bis zum Hals, als ich sehe, wie sie sich hinlegen. Sein Mund ist auf ihrem, und ihre Hände wandern wie eine Spinne über seinen Rücken. Ich zucke zusammen, als ich sehe, wie seine Hand unter ihren Rock gleitet.

„Booker, warte." Die Stimme des Mädchens ist hoch und seidig. Ich erkenne sie sofort als Sidney Carmichael – eines der beliebteren Mädchen in der Schule, das in unserer Straße wohnt. Alle lieben sie, weil ihre Familie einen Pool im Garten ihres Sommerhauses hat.

Booker zieht seine Hand unter ihrem Rock hervor, sie setzt sich auf und kramt in ihrer Handtasche. Sie hält inne und sieht ihm in die Augen. „Bist du sicher, dass dir Poppy nichts bedeutet? Diese Festung, die ihr hier draußen zusammen gebaut habt, scheint etwas ganz Besonderes zu sein."

Mein Atem stockt, als ich meinen Namen höre und ich halte mir den Mund zu, um bei seiner Antwort keinen Laut von mir zu geben.

„Sie ist nur eine Freundin, das ist alles. Ich könnte sie nie so ansehen, wie ich dich ansehe."

Ihre weißen Zähne schimmern im Mondlicht und sie zieht ein kleines Folienpäckchen aus ihrer Handtasche, das sie ihm hinhält. Ich sehe entsetzt zu, wie er nach dem Kondom greift, aber sie hält es zurück und sagt: „Ich liebe dich."

Ich wende mich ab und halte mir den Mund zu, während mir die Tränen in die Augen steigen. Ich glaube, mir wird schlecht.

Als sich ein Schluchzen den Weg aus meiner Kehle bahnen will, beginne ich im Dunkeln zu rennen, stolpere über eine Baumwurzel und verdrehe mir den Knöchel. Ich humple den ganzen Weg durch den dunklen Wald und Tränen laufen mir über das Gesicht, während sich meine Liebesblume in völligen Verrat verwandelt.

Von allen Orten, an die Booker sie hätte bringen können, hat er sie zu unserem Baum gebracht. Der Ort, an dem wir unzählige Stunden zusammen verbracht haben. Der Ort, an dem wir uns über unsere anmaßenden Familien beschwert und unsere Lebensentscheidungen getroffen haben. Der Ort, an dem wir gelacht haben und uns näher gekommen sind.

Der Ort, den ich für heilig hielt.

Durch das, was ich gerade gesehen habe, wird mir eines ganz klar. Die Blüten, die ich für Booker Harris hatte, sind keine Blumen der Liebe. Ganz und gar nicht. Sie sind verschrumpeltes Unkraut, das ausgerissen werden muss.

Ich gehe den Gang entlang und erkenne Vis blondes Haar sofort. Sie dreht sich um und als wir Blickkontakt aufnehmen, sieht sie aus, als hätte sie gerade den Weihnachtsmann persönlich gesehen.

„Poppy!", quiekt sie und übergibt ihr Baby dem Mann neben sich. Sie stürmt die Betonstufen hinauf und drückt mich fest an sich. „Ich habe dich nicht mehr gesehen, seit du ein Kind warst! Sieh dich nur an!"

Ihre blauen Augen wandern über meinen ganzen Körper. Das passiert mir oft, wenn ich nach Hause komme. Es sind die Haare. Auch für meine Eltern war es ein Schock. Aber sobald ich sie abgeschnitten hatte, wusste ich, dass ich nie wieder zu meiner alten Frisur zurückkehren würde.

„Sieh dich an", antworte ich mit einem Lächeln. „Vi Harris, offiziell erwachsen und eine richtige Mama. Herzlichen Glückwunsch zu deinem Baby. Booker hat gesagt, ihr nennt sie Rocky?"

Sie strahlt. „Ja. Ihr Name ist eigentlich Adrienne. Als sie geboren wurde, war sie eine Kämpfernatur, also haben wir uns bei ihrem Namen von Sylvester Stallone inspirieren lassen. Komm und lern sie kennen!"

Sie ergreift meinen Arm und führt mich die restlichen Stufen hinunter zu unseren Plätzen in der ersten Reihe. „Das ist Hayden, mein Verlobter. Wir werden diesen Sommer heiraten, nachdem die Fußballsaison vorbei ist, natürlich."

„Oh, spielst du auch?", frage ich und schaue zu dem umwerfend gutaussehenden Mann auf, der ein ebenso umwerfendes Baby im Arm hält.

Er lacht und betrachtet Vi mit zusammengekniffenen Augen. „Nein, aber Vi ist unbezahlte Trainerin an der Seitenlinie, also kommt Fußball anscheinend vor unserer Hochzeit."

Ihr fällt in gespielter Beleidigung die Kinnlade herunter. „Nein, so ist das nicht. Wir wollen zur Hochzeit verreisen und ich möchte, dass alle meine Brüder dabei sind, also warten wir bis Juli, wenn ihre Zeitpläne besser zu bewältigen sind."

„Das klingt toll!" Ich strahle und genieße den Anblick von Vi und ihrer glücklichen blonden Kleinfamilie. Mein Blick richtet sich auf Rocky. „Hallo, du." Ich strecke die Hand aus und umklammere Rockys pummelige Babyhand. Sie hat die blauesten Augen, die ich je bei einem Kind gesehen habe, und ihr blondes Haar ist so dicht und federleicht, dass ich nicht anders kann, als mit den Fingern hindurchzufahren. Ich lache über das kleine Schweißband, das man ihr um die Stirn gelegt hat. „Vi, sie ist einfach wunderschön."

Vi schaut einen Moment lang von dem Baby zu Hayden und nimmt das Kompliment auf. „Das ist sie wirklich. Du wirst von mir keine Widerrede hören."

Hayden gluckst. „Ich war noch nie so dankbar für alle Brüder von Vi wie jetzt. Wenn sie älter ist und die Jungs an unsere Tür klopfen, werde ich nicht zögern, einen Harris Shakedown zu bestellen."

Das bringt mich zum Kichern, weil es eine so leicht vorstellbare Szene ist.

Vi deutet auf die Brünette, die auf der anderen Seite von Hayden steht. „Entschuldigung … Das ist Belle! Tanners zukünftiges Opfer, ich meine Frau.“

Belles Lachen hallt wider, als sie um Hayden herumgreift und mir die Hand schüttelt. Sie ist eine umwerfend große, dunkle und kurvige Brünette, die ich einfach anstarren muss.

Sie wirft einen Blick auf Vi. „Wenn hier jemand das Opfer ist, dann er. Glaub mir, ich bin kein Kinderspiel. Du solltest mich nach einer zwölfstündigen Operation sehen. Ich bin ein Albtraum.“

„Bitte!“, erwidert Vi. „Tanner heiratet sich hoch und es gibt nichts, was du sagen oder tun kannst, um diese Tatsache zu ändern.“

Die beiden lachen kurz miteinander, bis der Bethnal Green Pride Song beginnt und die Spieler aufmarschieren. Hayden übergibt Rocky an Vi und erklärt, dass er noch ein paar Pukka Pies für uns holen wird, bevor das Spiel beginnt.

Nachdem er gegangen ist, muss ich ein wenig an Haydens Urteilsvermögen zweifeln, denn Rocky wird von Vis überschwänglichen Schreien zum Mitsingen des Liedes ganz schön durchgerüttelt. Es ist ein ziemlich komischer Anblick. Rockys große blaue Augen starren verwundert zu ihrer Mutter auf, während Vi ihre ganze Energie auf das Spielfeld konzentriert und ihre Stimme so laut wie möglich erhebt.

„Willst du, dass ich …“ Ich strecke meine Hände nach dem Baby aus und Vi nickt eifrig.

„Danke!“, sagt sie, während sie Rocky an mich weitergibt und sich dann auf ihren Sitz stellt, um noch lauter zu singen.

Ich drücke Rocky an meine Seite und genieße ihr Gewicht. Ich habe Babys schon immer geliebt und bin nie davor zurückgeschreckt, ein Baby zu halten, wenn man mich lässt. Rocky schmiegt sich an mich, ganz kuschelig und weich, voller Wärme und Gemütlichkeit. Ich lächle sie strahlend an und winke mit ihrer Hand zur Hymne. Ihr Lächeln ist herzerweichend und ich muss lachen, als ich aufschaue und sehe, dass Vi immer noch lautstark jubelt, nachdem das Lied zu Ende ist.

Ich presse meine Lippen an Rockys Ohr und flüstere: „Deine Mama ist ein bisschen verrückt nach Fußball, oder?“

Rocky gurrt und kichert mich an, als würde sie sagen, dass ich damit ein wenig spät dran bin und das keine neue Information ist. Ich lache und umarme sie, wobei ich mich schließlich dem Spielfeld zuwende. Ich bin überrascht, dass Booker mit seinem Team direkt unter uns steht, nur ungefähr sechs Meter entfernt. Aber während alle anderen auf das Spielfeld blicken, steht er uns gegenüber.

Unsere Blicke treffen sich und es ist ein merkwürdiger Austausch. Er lächelt nicht und runzelt auch nicht die Stirn. Er schaut einfach nur … zu. Die Intensität seines Blicks lässt meine Brust flattern. Und er schaut nicht weg, was es mir wiederum unmöglich macht, wegzuschauen. Es ist, als würde sein Blick mich gefangen halten. Während ich hier stehe und das Gewicht seiner Augen auf mir spüre, steigt ein Druckgefühl in meiner Brust und meiner Kehle auf. Es setzt sich bis zu meinen Augen fort und lässt mich verschwommen sehen.

Schließlich unterbricht Hayden unseren Blickkontakt, als er versucht, sich mit einem Tablett voller Essen an mir und Rocky vorbei zu drängen. Während er zu seinem Platz zwischen Vi und Belle zurückkehrt, schüttle ich den Kopf und versuche, mein vernebeltes Gehirn freizubekommen.

Ich schaffe es, Rocky die meiste Zeit der ersten Halbzeit zu halten, aber um die Pause herum fängt sie an zu zappeln. Hayden nimmt sie mir ab und legt sie in seinen Armen in die Seitenlage. Er fängt an, sie hin und her zu wiegen. Ich schaue ehrfürchtig zu, denn es dauert wirklich nur drei Minuten, bis sie in seinen Armen eingeschlafen ist. Er hält Rocky für den Rest des Spiels fest, während Vi die Schiedsrichter anschreit. Hayden ist zu sehr damit beschäftigt, über sie zu lachen, als dass es ihn stören würde. Belle ist eher eine stille Sportzuschauerin. Sie wirkt nervös und konzentriert sich ganz auf Tanner.

Am Ende war das Spiel für die Offensive von Bethnal Green ziemlich aufregend, denn sie schossen fünf Tore und der Gegner null. In der ersten Halbzeit hatte Bethnal Green das Spiel fest im Griff und erlaubte den Gegnern nur eine Gelegenheit. Ein plötzlicher, unerwarteter Pass zu Booker ließ mir das Herz in die Hose rutschen, aber das war nicht nötig. Er fing den Ball mit Leichtigkeit und kickte ihn so weit zurück ins Feld, dass mir die Kinnlade herunterfiel. So viel Kraft in seinen Beinen. Und so viel Präzision in seinen Händen. Er hat sich wirklich zu einem unglaublichen Sportler gemausert.

Das Angriffsduo aus Tanner und seinem Sturmpartner Roan DeWalt war beeindruckend. Die beiden schossen einander den Ball zu und erzielten ein Tor nach dem anderen, wobei jeder zwei Treffer erzielte. Das fünfte Tor entstand durch eine herrliche Rückpass-Torvorlage von Tanner zu einem Mittelfeldspieler, der hoch und direkt an den Handschuhen des Torwarts vorbei schoss.

In der zweiten Halbzeit hatte Booker seinen großen Moment im Spiel. Nach dem Foul eines Bethnal-Verteidigers bekam der Gegner einen Elfmeter zugesprochen. Meine Nerven lagen blank, als ich den Spieler beobachtete, der so nah bei Booker stand und sich auf den Schuss vorbereitete. Die Chancen, dass Booker den Schuss abwehrte, waren gering. Der Stürmer war eindeutig im Vorteil. Aber Booker ließ sich nicht unterkriegen – die Hände ausgestreckt, die Augen zusammengekniffen, die Beine angewinkelt. Sein jungenhaftes Gesicht war verschwunden und wurde durch das Bild eines überragenden Profisportlers ersetzt.

Er hat noch nie so einschüchternd ausgesehen.

Der Kicker hatte einen verzögerten Anlauf beim Elfmeter. Er wirkte, als ob er nach rechts schießen wollte, aber der Ball flog tief und in die Mitte. Booker fiel auf die Täuschung herein, sprang nach links und verfehlte. Es sah so aus, als würde der Ball direkt an seinen Beinen vorbeifliegen. Aber in letzter Sekunde streckte Booker sein Bein aus und blockte den Ball mit dem Fuß ab, sodass der schnelle Schuss außerhalb des Spielfelds landete.

Die Menge war absolut ohrenbetäubend. Es war eine unglaubliche Ballabwehr. Und noch unglaublicher war es, als Tanner zum Tor stürmte und Booker hochhob, um diese wunderbare Parade zu feiern. Bookers Reaktion war weit weniger lebhaft als die von Tanner. Seine Kontrolle war noch immer offensichtlich und sein Körper war durch den Beinah-Fehler weiterhin angespannt. Aber er war glücklich. Ich konnte sein strahlendes Lächeln von meinem Platz aus sehen, und es war ein wunderschöner Harris-Moment auf dem Spielfeld, den ich miterleben durfte.

Booker

Nach dem Spiel erlebe ich einen Rausch, wie ich ihn noch nie hatte. Vielleicht liegt es an dem parierten Ball. Vielleicht ist es die Tatsache, dass es ein Heimspiel war und wir gewonnen haben. Oder vielleicht ist es die Tatsache, dass Poppy auf der Tribüne saß.

Sie dort oben mit meiner Familie zu sehen, fühlte sich so richtig an, als hätten die richtigen Sterne am Himmel gestanden und sie genau dorthin gebracht, wo sie hingehörte. Meine beste Freundin, die mir aus der ersten Reihe zujubelt.

Als ich als Teenager anfing, Fußball zu spielen, ließ ich Poppy nie zu einem meiner Spiele kommen. Ich stand immer an der Seitenlinie und spielte nie mit. Der Torwart der ersten Wahl war älter, erfahrener und mindestens doppelt so groß wie ich. Es war deprimierend, weil meine Brüder vom ersten Tag an auf dem Spielfeld standen und es in der Hand hatten. Das ist das Schlimme an der Torwartposition. Man konkurriert um eine einzige, einsame Position. Wenn man nicht der Beste ist, ist man für die Mannschaft so gut wie nichts wert.

Also wurden Fußball und Poppy immer getrennt gehalten. Damals war es einfacher so. Aber sie heute hier zu haben, fühlte sich wie eine große Erleichterung an. Als würde sie ein Friedensangebot machen. Als würde sie sagen: *„Ich weiß, dass wir am ersten Abend Mist gebaut haben, aber das ändert nichts. Wir sind immer noch Freunde und ich gehe nirgendwo hin."*

Was auch immer es war, ich kann gar nicht schnell genug auf die Tribüne kommen, um sie zu sehen. Die Endorphine, die durch meine Adern fließen, sind so stark, dass ich das Gefühl habe, ich könnte zehn Meilen laufen.

Ich schleiche mich an sie heran, während sie mit Vi plaudert, und sie springt fast einen halben Meter in die Luft, als sie mich erblickt.

„Booker!", schreit Vi und lenkt meine Aufmerksamkeit von Poppy ab. Sie zieht mich in eine Umarmung. „Ein verdammt gutes Spiel, mein Lieber. Die letzte Ballabwehr. Das war unglaublich! Ich kann es kaum erwarten, das in den Highlights zu sehen, die ich zu Hause aufgenommen habe. Im Ernst, das war mit Abstand die beste Abwehr deiner Karriere."

Ich lächle verlegen, als mir alle anderen auf die Schulter klopfen, aber diejenige, von der ich am meisten auf eine Reaktion gespannt bin, bleibt stumm. Als sich ihre Aufmerksamkeit auf etwas richtet, das Rocky tut, gehe ich auf Poppy zu und stoße sie mit meinem Ellbogen an.

„Hallo." Meine Stimme ist leise, als ich mich über sie beuge und ihren Duft einatme – eine große Verbesserung gegenüber dem Schweiß und dem Schmutz, der von mir ausgeht.

„Hallo", antwortet sie und schaut mit einem verwirrten Blick zu mir hoch.

Ich grinse, während ich sie weiterhin überrage. „Wie hat dir das Spiel gefallen?"

Ihre Augen sind auf meinen Mund gerichtet, als ich mir über die Lippen lecke. Wie in einer Art Trance zuckt sie leicht zusammen und schluckt. „Gute Plätze." Ihre Wangen glühen rot.

Das amüsiert mich und ich muss mir auf die Lippe beißen, um nicht zu lachen. Von all den Dingen, die sie hätte sagen können, nachdem sie mich zum ersten Mal hat spielen sehen, kommentiert sie die Plätze. Am liebsten würde ich sie auf den Boden werfen und kitzeln, bis sie zugibt, wie verdammt gut ich bin.

Ich ziehe eine Augenbraue hoch. „Ist das alles, was du dazu zu sagen hast?"

„Oh ja, gutes Spiel oder was auch immer." Sie wedelt mit einer Hand in der Luft, als wäre heute ein x-beliebiger Samstag und als wäre sie nicht gerade Zeugin der besten Abwehr meiner Karriere geworden.

Das bringt mich zum Lachen. Sie kann manchmal stur wie ein Maulesel sein. Entschlossen richte ich mich auf, rage jetzt noch mehr über ihr auf und versuche, sie stillschweigend zu einem Eingeständnis einzuschüchtern. Ich will verdammt noch mal hören, wie sie es sagt. Ich will hören, wie sie sagt, dass ich großartig bin. Normalerweise bin ich nicht eingebildet. Mein Ego ist keines, das ständig Aufmerksamkeit braucht. Aber verdammt, nach einem Spiel wie heute kann ich nicht anders, als von meiner besten Freundin Lob hören zu wollen.

Ich durchbohre sie mit einem herausfordernden Blick. „Hast du wirklich gerade *was auch immer* gesagt?"

Ihre Zunge streicht über ihre glänzenden Lippen, als ich noch näher herankomme. Sie beginnt zu zucken und murmelt so leise, dass ich sie kaum verstehen kann: „Versuchst du ernsthaft, Torhüter mit mir zu spielen?"

„Tue ich was?", frage ich, nicht sicher, ob ich sie richtig verstanden habe.

Bevor sie etwas erwidern kann, ertönen Tanners Schritte hinter Belle. Er begrapscht sie und sie quiekt, bevor sie sich umdreht, um ihm auf die Brust zu schlagen. Die beiden küssen sich etwas länger, als es sich gehört, aber das scheint niemanden zu stören.

Plötzlich wird Poppy auf die Schulter getippt.

„Herrgott noch mal, Sugar Pop. Dachte ich mir doch, dass du es bist!", brüllt eine irische Stimme hinter uns.

Poppy und ich drehen uns um und sehen den Mann an, der meine Freundin so salopp anspricht. Er schlingt seine tätowierten Arme um ihre schlanke Taille, zieht sie in eine Umarmung, hebt sie vom Boden hoch und küsst sie auf den Kopf.

„Oh mein Gott, Nigel! Was machst du denn hier?", ruft Poppy. Der Schock steht ihr ins Gesicht geschrieben.

„Ich bin nur mit ein paar der Jungs hier, um mir ein Spiel anzusehen", antwortet er mit einem schweren irischen Akzent. „Ein letztes Hurra, bevor wir uns den Arbeitern anschließen und einen richtigen Lohn verdienen." Er lacht und streicht sich über den langen Bart.

Ich mag ihn jetzt schon nicht. Er ist der personifizierte Hipster mit seinem langen Bart und dem nach oben gekrümmten Schnurrbart. Es ist zu viel. Er gibt sich zu viel Mühe. Es sieht so aus, als hätte er versucht, sein Aussehen mit Unmengen von Tattoos und Piercings härter wirken zu lassen. Nichts davon wirkt authentisch.

„Ich kann es kaum glauben", schnaubt er und schüttelt den Kopf. Seine Augen mustern Poppys Körper auf eine vertraute Art und Weise, die mir die Nackenhaare aufstellt. „Wie groß ist die Wahrscheinlichkeit, dass wir uns ausgerechnet bei einem Fußballspiel über den Weg laufen? Was führt dich hierher?"

Ich trete näher an Poppy heran, um ihr unmissverständlich klarzumachen, dass ich vorgestellt werden will. Wenn dieser Typ hinter ihr her ist, muss er wissen, dass ich ihr den Rücken freihalte.

Poppy räuspert sich und schaut nervös zu mir auf. „Das ist mein Freund aus alten Zeiten, Booker Harris."

„Der Torwart!" Nigels Augen werden groß. „Wow, ich wusste gar nicht, dass du ihn kennst. Hey, Kumpel, du hast den Elfmeter super gehalten. Verdammt, das war wirklich ein Highlight."

Er streckt die Hand aus, um die meine zu schütteln. Vielleicht ist er gar nicht so übel, aber ich runzle trotzdem die Stirn, als ich antworte: „Danke. Wie habt ihr beide …?"

„Sugar Pop und ich haben uns an der Uni kennengelernt." Nigel legt fröhlich seinen Arm um ihre Schultern, zieht sie zu sich und weg von mir. „Wir haben uns auf einer Party amüsiert und ich konnte meine Augen nicht von ihr lassen."

Ich spanne den Kiefer an, als ich sehe, wie er sie hält. Es ist eine vertraute Umarmung, als ob er sie schon einmal berührt hätte. Ich mustere ihn von Kopf bis Fuß und mein Blick bleibt an seinem Lippenpiercing hängen. Dann dämmert es mir. Ich sehe Poppy an, die immer noch nervös ist. Ich sehe auf ihre Brust und dann wieder in ihre Augen. Es ist bestätigt.

Dieser Wichser hat Poppy gepierct.

„Hast du Zeit für ein Bierchen, Pop?", fragt Nigel mit einem Grinsen. „Ich würde gerne mit dir reden."

Sie lächelt und windet sich unter seinem Arm. „Weißt du, Nigel, ich bin sehr beschäftigt. Ich habe einen Job hier in London und mein Terminkalender ist voll, fürchte ich."

„Oh, das ist aber schade", jammert Nigel. „Nun, ich bin bis Dienstag hier. Du hast meine Nummer, also ruf mich an, falls in deinem Terminkalender etwas frei wird."

„Sicher, sicher", antwortet sie. „Wie auch immer, es war toll, dich zu treffen." Sie umarmt ihn kurz und stößt ihn fast von sich, als er sich zu seinen Freunden gesellen will.

Das war verdammt interessant.

Poppy scheint den Augenkontakt mit mir zu vermeiden, als sie sich von meiner Familie verabschiedet und sich entschuldigt.

Während ich ihr beim Gehen zusehe, kann ich nicht anders, als mich zu fragen, was Poppy in Deutschland angestellt hat.

EINHUNDERT POPPYS

Booker

Poppy ins Harris-Haus mitzubringen, fühlt sich an wie eine Reise in die Vergangenheit. Wenn ich sie wieder durch das Foyer laufen sehe, habe ich das Gefühl, dass sich nichts verändert hat. Natürlich hat sie mehr Kurven als früher. Und ihr Haar ist kürzer. Und sie hat ein verdammtes Nippelpiercing, bei dem ich mir zu neunundneunzig Prozent sicher bin, dass dieser Trottel Nigel etwas damit zu tun hatte. Aber als sie in die Küche meines Vaters kommt und er sie umarmt, ist es, als würde die Welt wieder einen Sinn ergeben.

„Und wie geht es deinen Eltern?", fragt Dad Poppy, während er ihr einen Hocker an der Theke herauszieht.

„Denen geht es wunderbar. Mein Vater leitet immer noch die Tierklinik und meine Mutter steht ihm zur Seite. Meine Schwester ist jetzt verheiratet und lebt in Oxford. Ansonsten ist alles ziemlich langweilig."

Dad gluckst. „Weißt du, wir wohnen so nahe beieinander, dass man meinen könnte, ich würde sie ab und zu sehen, aber ich fürchte, ich habe nur Zeit für Fußball. Ich sollte mich mehr anstrengen."

„Das stimmt doch so nicht", trällert Poppy. „Ich habe gehört, du bist ein erstklassiger Großvater."

Dads Augen funkeln bei der Erwähnung von Rocky. „Sie ist ein echter Hingucker, nicht wahr? Ich hätte nichts gegen ein halbes Dutzend Enkelkinder mehr."

Poppy lacht und Dad unterhält sich weiter mit ihr, während alle anderen eintrudeln.

Das Sonntagsessen bei der Familie Harris wurde zu einem Ritual, als Gareth einen Vertrag bei ManU unterschrieb. Dad war sehr verärgert darüber, dass er unterschrieben hatte, ohne es uns vorher zu sagen. Allerdings glaube ich, es hatte mehr damit zu tun, dass es Dads ehemaliger Verein war und mit der Geschichte, die diese Zeit in seinem Leben umgab.

Mein Vater war zu der Zeit, als unsere Mutter an Krebs starb, ein Stürmerstar bei ManU. Ich war erst ein Jahr alt, als das alles passierte, aber ich habe gehört, dass er durchdrehte, seinen Vertrag mit dem Team brach und die Wohnung in Manchester verkaufte, in der wir die Hälfte des Jahres wohnten.

Er zog mit uns fünf Kindern in das Haus in Chigwell, ohne auch nur ein Kindermädchen in Teilzeit zu beschäftigen. Das Haus ist eingezäunt und abgelegen. Wäre da nicht der bewaldete Park hinter dem Haus gewesen, hätten wir uns völlig isoliert gefühlt. Aber ich glaube, das ist genau das, was er wollte. Er wollte aus der Welt verschwinden. Gareth war damals acht Jahre alt, also erinnert er sich an das Schlimmste … aber er spricht selten darüber.

Gareth war schon immer so eigensinnig. Während wir anderen uns aneinander anlehnen und gemeinsam alles regeln, war er schon immer ein Einzelgänger. Nachdem er ein Haus in Manchester gekauft hatte, spürte Vi die abbrechende Verbindung zu ihm, und so führte sie die Sonntagabend-Essen ein – ohne Ausnahmen. Meistens schaffen wir es alle, es sei denn, wir sind auf Reisen oder ziehen in eine neue Wohnung. Das hat unsere Familie wirklich wieder zusammengebracht.

„Booker." Belle sagt meinen Namen und reißt mich aus meiner Tagträumerei. Sie schreitet direkt auf mich zu, wo ich an der Theke sitze und Vi beim Kochen zuschaue, während ich die schlafende Rocky im Arm halte. „Indie und ich werden Poppy für einen Moment entführen. Wir reden draußen über die Hochzeit und brauchen eine unvoreingenommene Moderatorin."

Poppy blickt von ihrem Platz am Tisch auf, wo sie mit Dad sitzt.

„Belle braucht eher eine Untersuchung ihres Kopfes", erwidert Indie, die ihre rote Brille zurechtrückt. „Die Hochzeit ist in sechs Wochen und sie redet davon, den Veranstaltungsort in den Tower Park zu verlegen! Ich habe ihr gesagt, sie soll es tun, wenn sie gerne Absagen bekommt."

Belle rollt mit ihren braunen Augen. „Es ist eine kleine Hochzeit. Wenn ich den Veranstaltungsort wechseln muss, ist es keine große Sache, alle anzurufen und ihnen Bescheid zu sagen. Dort haben Tanner und ich uns … ähm … offiziell verlobt. Ich habe schon mit Vaughn gesprochen.“

Dad wirft Indie einen schuldbewussten Blick zu. „Lass dich von mir nicht aufhalten, Poppy. Ich muss sowieso nach dem Grill sehen.“ Er macht sich auf den Weg, um aus der Schusslinie zu kommen.

Indie atmet schwer aus und zerzaust den roten Haarknoten auf ihrem Kopf. „Es gibt Details, die wir bereits festgelegt haben, Belle! Eine Liste. Ich liebe meine Listen. Wir haben uns alles genau überlegt.“

Belle fixiert mich mit verzweifeltem Blick. „Verstehst du jetzt, warum wir eine neutrale Dritte brauchen?“

Indie und Belle sehen mich an, als wäre ich Poppys Aufseher. Meine Augen finden die ihren. „Ich wollte eigentlich fragen, ob du Lust hast, in den Park zu gehen. Unser altes Revier besuchen und sehen, ob unsere Festung noch steht?“ Mein Gesicht fühlt sich heiß an, als ihr Gesichtsausdruck unbehaglich wird.

„Ähm … nein.“ Sie schüttelt schnell den Kopf. „Ich würde den Mädels wirklich gerne helfen.“

Ich runzle die Stirn und fühle mich zurückgewiesen, als Belle strahlt und Poppy durch die Hintertür in den Garten zerrt. Mein Blick bleibt auf dem Ausgang haften und ich frage mich, was zum Teufel gerade passiert ist. Poppy wirkte bei meiner Erwähnung des Parks seltsam, als würde sie sich dort niemals blicken lassen wollen. Ich verstehe das nicht. Dort haben wir uns kennengelernt. Es ist unser besonderer Ort. Wir haben dort Stunden damit verbracht, die Festung zu bauen und zusammen zu spielen. Warum sollte sie nicht dorthin gehen wollen?

Verärgert will ich nach draußen gehen, um mit Poppy zu reden, aber Vi hält mich auf. „Bleib, wo du bist.“ Ihr Ton ist herrisch wie immer. Sie steht an der Theke, rührt einen Topf mit Soße auf dem Herd um und mustert mich über ihre Schulter hinweg. „Glaube ja nicht, ich wüsste nicht, was hier los ist, Booker.“

„Was?“, frage ich und drücke Rocky an mich, damit sie als Puffer zwischen mir und meiner Schwester dient. Vi und ich hatten schon immer eine enge Beziehung. Wahrscheinlich, weil ich der Jüngste war und sie versuchte, mich vor meinen Brüdern zu beschützen. Aber verdammt noch mal, manchmal kann sie auch übermäßig einfühlsam sein.

„Du scheinst deine *Freundin* ganz schön in Beschlag zu nehmen.“ Sie betont das letzte Wort, während sie ein Blech mit Brötchen in den

Ofen schiebt. „Erst gestern im Tower Park. Und jetzt hier bei Dad."
Sie schüttelt seufzend den Kopf.

„Ich bin vielen Menschen gegenüber beschützend", behaupte ich.
Das ist der Torhüter in mir. Dafür werde ich mich nicht entschuldigen. „Ich erinnere mich, dass ich Hayden vor nicht allzu langer Zeit den Harris Shakedown verpassen musste, als er deinetwegen den Verstand verloren hat."

Sie rollt mit den Augen. „Was Hayden und ich durchgemacht haben, war für keinen von uns leicht. Aber wir haben es seit damals weit gebracht. Du und Poppy, ihr seid anders."

„Wie das? Poppy ist schon seit Ewigkeiten meine beste Freundin. Warum sollte ich sie nicht genauso beschützen wollen, wie ich dich beschütze?"

„Weil du mich nicht so ansiehst, wie du sie ansiehst."

„Und wie sehe ich sie an?", frage ich und senke meine Stimme, als Rocky sich in meinen Armen rührt.

Sie legt ihre Handflächen flach auf den Tresen und fixiert mich mit einem funkelnden Blick. „Wie ein Mann, der mehr will als das, was er hat."

Ihre Worte versetzen mich in Schweigen. Völliges, absolutes Schweigen. Ich will nicht mehr als das, was ich mit Poppy habe. Ich will genau das, was wir vorher hatten. Wenn überhaupt, ist das alles, was ich erreichen will. Das „Mehr", das wir in dieser einen Nacht hatten, war ein Fehler. Ein solches „Mehr" mit Poppy würde am Ende mit viel weniger enden, und ich kann sie nicht noch einmal verlieren. Sie einmal zu verlieren war schon schlimm genug. Als sie nach Deutschland ging, dachte ich, sie käme nie mehr zurück. Da war ein Ausdruck in ihren Augen, den ich immer noch nicht abschütteln kann.

19 Jahre alt

Vor dem Haus der McAdams zu stehen, fühlt sich aus irgendeinem Grund etwas surreal an. Früher bin ich einfach ohne eine Sorge auf der Welt hi-

neingegangen. Aber in den letzten Monaten war es ruhig zwischen Poppy und mir. Wir waren beide sehr beschäftigt. Sie war mit ihrer Schwester auf Reisen, und mein Fußballkalender stresst mich total. Ich bin der Ersatztorwart und habe mich an dem Versuch, Stammspieler zu werden, zu Tode gearbeitet. Vor lauter Aufregung habe ich die Tatsache vergessen, dass Poppy immer die perfekte Verschnaufpause war.

Ich vermisse meine beste Freundin.

Ich klopfe fest an die Tür. Meine Laune hellt sich auf, als Poppy die Tür öffnet. „Hallo, Poppy, wie geht's?", frage ich, wobei ich mich seltsam und ein bisschen förmlicher als sonst fühle.

„Mir geht es gut, Booker. Wie geht es dir?" Sie schaut weg und zupft an einer langen Haarsträhne. Ihr Gesicht ist nicht so strahlend und fröhlich, wie es normalerweise ist.

„Ganz gut. Ich ähm … vermisse dich." Ich strecke die Hand aus und berühre spielerisch ihre Schulter, wobei ich versuche, unbeschwert zu wirken, aber ich fühle mich alles andere als unbeschwert. „Wir haben schon eine Weile nicht mehr miteinander geredet, also dachte ich, wir könnten vielleicht etwas unternehmen. Ich wollte gerade joggen gehen, aber ich dachte, ich frage mal nach, ob du stattdessen spazieren gehen willst."

Sie zieht die Brauen zusammen. „Ich bin im Moment ein bisschen beschäftigt."

„Womit denn?", frage ich mit einem Lachen. Sie sieht nicht beschäftigt aus, und ich kann mich nicht erinnern, dass Poppy mich oft hätte abblitzen lassen.

Ihre Lippen bilden eine schmale Linie. „Ich … packe."

„Oh?", frage ich und überlege, ob sie über das Packen für die Uni in London spricht. „Ich dachte, du wolltest die ersten paar Jahre zu Hause wohnen."

„Ja … ich wollte es dir sagen." Ihr Blick fällt nach unten. „Ich gehe auf die Goethe-Universität in Frankfurt."

Mein Herz bleibt stehen. Moment, sie macht was? „Wie … in Deutschland?", frage ich dumm, aber der Gedanke, dass sie weggehen könnte, erscheint mir unvorstellbar.

Sie atmet aus und kneift sich in den Nasenrücken. „Ja, Booker. In Deutschland. Du weißt, wie gerne ich schon immer dort leben wollte. Und sie haben ein tolles Programm, um Deutsch als Zweitsprache zu unterrichten, was ich machen will, also ist es ziemlich perfekt für mich."

Ich fasse mir in den Nacken und drücke zu, völlig verblüfft von den neuen Informationen, die sie wie die alltäglichen verdammten Nachrichten ausspuckt. „Ziehst du für immer dorthin?"

Sie zuckt mit den Schultern. „Wahrscheinlich nicht für immer. Ich weiß es nicht. Ich habe mich noch nicht entschieden. Es gibt dort auch einen Masterstudiengang."

„Wann gehst du?", brumme ich. Dank ihrer Begeisterung für die Gebrüder Grimm war Poppy schon immer ein bisschen verrückt nach Deutschland, aber dass sie dorthin zieht, kommt aus dem verdammten Nichts. Das ist die Art von Entscheidung, die wir normalerweise besprechen.

Sie schluckt langsam. „In einer Woche."

Ich stoße ein Lachen aus und Hitze pulsiert durch meine Adern. „Eine Woche! Wann wolltest du es mir denn sagen, Poppy?"

„Ich wollte es dir sagen", stammelt sie und wendet den Blick ab.

„Von wo aus? Dem Flugzeug?", rufe ich und fühle, wie mein Herz angesichts der Endgültigkeit des Ganzen sinkt. Poppy verlässt uns und tut so, als wäre ich ein verdammter Nebengedanke. Wie damals, als Gareth sich ohne einen Blick zurück nach Manchester verpisst hat. So wie Dad sich kaum dafür interessiert, was ich zu sagen habe, wenn ich nicht gerade über Fußball rede. Wie Camden und Tanner, die nur an sich selbst denken. Als wäre ich ein Nichts.

Unfähig, sie länger anzusehen, wende ich mich ab und fahre mir mit den Händen durch die Haare, um die aufsteigende Wut in mir zu dämpfen. Ich weiß nicht, was zum Teufel los ist. Meinen letzten Informationen zufolge würde Poppy in London studieren. Sie wollte zu Hause wohnen. Ich wollte zu Hause wohnen. Alles sollte so bleiben, wie es war. London ist, wo sie hingehört. Und jetzt geht sie weg?

Ich werfe ihr einen vorwurfsvollen Blick zu. „Ich dachte, ich wäre dein bester Freund, und in ein anderes Land zu ziehen, ist etwas, was man einem Freund erzählt." Mein Tonfall ist bissig. Ich bin verdammt wütend.

Ihre Augen verengen sich auf mich, als sie auf die Veranda tritt und mich einen halben Meter nach hinten schiebt. Sie pikst mir mit dem Zeigefinger in die Brust. „Es tut mir leid, dass ich es dir noch nicht gesagt habe, aber wir haben in letzter Zeit nicht viel miteinander unternommen."

„Na und? Das heißt doch nicht, dass wir keine Freunde mehr sind!", gebe ich zurück.

„Eigentlich ist es genau das, was es bedeutet. Freunde erzählen sich gegenseitig Dinge. Freunde reden. Freunde hintergehen sich nicht."

Hintergehen? Ihre Wut weicht dem Schmerz, als ihre raue Stimme beim letzten Wort bricht. Ihre grünen Augen sehen traurig und niedergeschlagen aus. Ich möchte sie in die Arme nehmen. Sie festhalten, bis sie mir sagt, was in ihrem wilden, fantasievollen Kopf vor sich geht. Aber ich habe das Gefühl, dass ich eine Fremde ansehe.

Sie geht, verdammt noch mal.

Meine Stimme ist sanft, als ich alles tue, um sie nicht anzusehen, und frage: „Was soll das heißen, Poppy? Willst du damit sagen, dass ich dich hintergangen habe?"

Ich schaue auf und sehe, dass sie mich so intensiv anstarrt, dass ich mich klein fühle. Ich schrumpfe in meinen eigenen Schuhen und suche in meinem Kopf nach dem, was sie mir vorwirft. Aber ich bin derjenige, der sich hintergangen fühlt. Sie ist diejenige, die die Pläne geändert hat. Sie ist diejenige, die wegzieht und mich behandelt, als ob ihr unsere Freundschaft nichts bedeutet hätte.

Ihr Gesicht wird weicher, als sie meinen verwirrten Gesichtsausdruck wahrnimmt. „Es tut mir leid, in Ordnung? Das hat sich alles ziemlich schnell ergeben, und ein internationaler Vorkurs für alle Nicht-Deutschen beginnt früher, als ich dachte. Und du warst so sehr mit Fußball beschäftigt, dass ich dich nicht ablenken wollte."

Das klingt wie eine Ausrede. Eine beschissene Lüge. Und es klingt überhaupt nicht nach meiner besten Freundin. Das ist der Grund, warum man den Kreis der Menschen, die einem wirklich wichtig sind, klein hält. Diese Art von Schmerz. Ich habe meine Grenze erreicht.

Ich wende mich zum Gehen, als sie ruft: „Booker, wo gehst du hin?"

Ich bleibe stehen und scharre mit dem Fuß auf dem Bürgersteig. „Nach Hause." Ich könnte lachen, als alles, was ich über meine Freundschaft mit Poppy zu wissen glaubte, völlig verschwindet. „Ich habe morgen ein Spiel in Birmingham, bei dem ich auf der Bank sitzen muss. Wenn die Hölle zufriert und ich reinkomme, werde ich versuchen, dir eine Postkarte zu schicken."

Sie stößt ein frustriertes Knurren aus. „Du willst also gehen, ohne mich zum Abschied zu umarmen?" Ihre wütenden Augen blinzeln schnell.

Ich glaube, ich sehe, dass sich in ihren Tiefen Tränen bilden, aber es hat keinen Sinn, sich weiter um sie zu sorgen.

Ich werfe ihr einen letzten Blick zu. „Das ist kein Abschied, den ich will, also werde ich dir das nicht geben."

Als das Abendessen fertig ist, ruft Vi alle ins Haus. Tanner und Camden streiten sich darum, wer Rocky als Nächstes halten darf, denn sie kann nicht einfach in einem Kinderwagen oder Autositz sitzen. Sie muss die ganze Zeit gehalten werden. Währenddessen halte ich immer noch den Preis. Ich beuge mich über sie in meinen Armen und küsse ihren Kopf wieder und wieder. *Gott, wie machen sie nur die Köpfe von Babys so verdammt weich?*

Am Ende schleicht Gareth heran und schnappt sich Rocky als Nächstes. Ich lächle Vi an, als ich sie übergebe. „Sie ist wirklich das süßeste Baby aller Zeiten."

Vi nickt, zeigt dann aber auf mich und Poppy, die mir gegenübersitzt. „Du und Poppy wart auch ziemlich niedliche Kinder, wenn ich mich recht erinnere. Ihr wart immer das Gesprächsthema in der Nachbarschaft, weil ihr mit eurer Niedlichkeit den Verkehr aufgehalten habt."

„Haben wir nicht", schnaube ich und sehe Poppy an, deren Wangen vor Verlegenheit rot sind. Das schreckt Vi aber nicht im Geringsten ab.

„Als ihr etwa acht Jahre alt wart, habe ich euch beide draußen spielen sehen. Ich kam gerade, als Poppy mit ihrer bezaubernden Kinderstimme zu dir sagte: ‚Ich wünschte, es gäbe hundert Bookers auf der Welt.' Und du, Booker, hast sie mit dem ausdruckslosesten Gesicht angeschaut und gesagt: ‚Ich wünschte, es gäbe hundert Poppys auf der Welt.' Und ihr beide habt gelacht, als hättet ihr gerade einen wahnsinnig lustigen Witz erzählt. Ich hätte vor lauter Niedlichkeit sterben können. Ihr zwei wart immer in eurer eigenen kleinen Welt."

Belle und Indie geraten ins Schwärmen, und Tanner und Camden glucksen wie die Trottel, die sie sind. Tanner seufzt und sieht Camden an, der seine Hände an sein Herz presst. Mit hoher Stimme sagt er: „Camden, ich wünschte, es gäbe hundert Camdens auf der Welt."

Cam lächelt breit und antwortet in einem ähnlichen Ton: „Und Tanner, ich wünschte auch, es gäbe hundert Camdens auf der Welt."

„Du Wichser", brüllt Tanner und nimmt Camden in den Schwitzkasten.

Dad schreit sie an, dass sie erwachsen werden sollen, aber niemand hört zu, bis Vi ihre Hände auf den Tisch legt und ruft: „Hey, nicht in der Nähe des Babys."

Sie hören sofort auf und wir alle lachen und verdrehen die Augen über die Albernheit der Zwillinge.

Als sich alles beruhigt hat und wir zu essen beginnen, fällt mein Blick auf die eine Person im Raum, von der ich tatsächlich hunderte nehmen würde … Und dieser Gedanke macht mir eine Heidenangst.

GÄNSEHAUTAUSLÖSENDER STIRNKUSS

Poppy

Ich hätte nie gedacht, dass es einfacher ist, englischen Kindern Deutsch beizubringen als erwachsenen Menschen Englisch, aber verdammt nochmal, kein Wunder, dass dieser Job so gut bezahlt wird. Die nächsten Wochen des Unterrichts sind ein Albtraum. Wenn ich nicht gerade der kleinen vietnamesischen Großmutter die Hand halte, da sie weint, weil sie Hausaufgaben machen muss, dann schreie ich den italienischen Möchtegern-Paten an, damit er seine Zigarette ausmacht. Kulturelle Stereotypen sind etwas, dessen ich mir sehr bewusst bin, aber diese Leute laufen genau darauf zu! Allerdings muss ich sagen, dass die Gruppe der skandinavischen Männer – ich glaube, es sind Dänen – sehr lustig ist. Sie haben keine Ahnung, was ich sage, aber sie lächeln bei jeder Lektion. Ich glaube, sie haben sogar versucht, mich einmal nach dem Unterricht auf einen Drink einzuladen. Mein Dänisch ist ein bisschen holprig, aber ich konnte höflich sagen: „Nej tak, nein danke."

Ehrlich gesagt hätte ich aber nichts gegen ein bisschen Gesellschaft. Booker hatte einige Auswärtsspiele, deshalb habe ich nur wenig von ihm gesehen. Wenn ich ihn gesehen habe, war er damit beschäftigt, sich zu dehnen. Als ich eines Tages nach Hause kam, stand er vornübergebeugt im Wohnzimmer mit dem Hintern hoch in die Luft, in der Haltung des herabschauenden Hundes. Als er sein T-Shirt auszog und anfing, seinen unteren Rücken mit Wärmecreme einzureiben, musste ich schnell verschwinden. Für meine geistige Gesundheit ist es wichtig, ihm aus dem Weg zu gehen, vor allem, wenn er so aussieht.

Nachdem ich vor ein paar Wochen im Haus der Familie Harris war, kamen meine alten Gefühle für Booker wieder hoch. Und die Art, wie er mich bei seinem Spiel und am anderen Ende des Tisches mit seiner Familie rundherum ansah, machte die Sache nicht besser.

Aber heute ist ein neuer Abend. Es ist Freitag. Ich bin mit meinem letzten Kurs für diese Woche fertig, also plane ich das Getränk, das ich mir zubereiten werde, während ich mich in die Wohnung begebe. Als ich reinkomme, bin ich schockiert, als ich Booker im Wohnzimmer sitzen sehe.

„Oh, hallo, Booker", sage ich und lasse meine Schlüssel auf den Küchentisch fallen. „Ich bin überrascht, dich zu Hause zu sehen."

Er steht vom Sofa auf und schiebt seine Hände in die Taschen seiner abgewetzten Jeans. Sein dunkles Haar ist frisch geschnitten – an den Seiten kurz, aber vorne mit einer längeren Partie. Es ist leicht nach hinten gegelt, sodass es nicht in sein Gesicht fällt, was die volle Farbe seiner Augen betont. „Unser letztes Spiel war am Mittwochabend in Sheffield. Wir sind gestern Abend spät zurückgekommen."

Ich gehe hinüber und stelle mich neben das Sofa, wobei ich versuche zu ignorieren, dass er genau dort sitzt, wo wir uns ausgezogen haben. „Ähm … richtig, ich habe das Ergebnis gesehen. Glückwunsch."

Er nickt und fährt sich mit der Hand durch seine Locken. „Danke. Aber ich bin froh, dass die Saison vorbei ist. Ich bin bereit für diese Pause."

„Ach ja?" Ich lasse mich auf die Armlehne des Sofas fallen, weit genug weg, um ihn nicht riechen zu können, aber nahe genug, um freundlich zu sein. „Und was machst du in der Saisonpause? Dich vollfressen und ein fauler Sack werden?"

Er lacht. „Wohl kaum. Ich esse vielleicht ein bisschen genussvoller, aber ich trainiere trotzdem fast jeden Tag."

„Das ist cool. Der Fitnessraum hier ist genial", sage ich dämlicherweise. Natürlich weiß er, dass der Fitnessraum hier genial ist. Es ist seine Wohnung und er war bestimmt schon oft drin.

„Wann benutzt du ihn?"

„Morgens meistens. Gegen zehn Uhr."

„Wir sollten morgen zusammen trainieren." Seine Mundwinkel verziehen sich zu einem bezaubernden jungenhaften Grinsen, das eines seiner Grübchen enthüllt. „Ich will diese Sportliebhaberin Poppy McAdams im Fitnessstudio sehen. Ist es schlimm, dass ich mir vorstelle, wie du auf dem Laufband wie eine Zeichentrickfigur auf die Schnauze fällst?"

„Ja, das ist schlimm", erwidere ich und versuche sofort, eine neutrale Miene aufzusetzen, damit er nicht die Erkenntnis sieht. Ich bin nicht einmal, nicht zweimal, sondern dreimal vom Laufband gefallen. „Ich bin jetzt viel behänder unterwegs. Es ist mindestens eine Woche her, seit ich das letzte Mal gefallen bin."

Er lacht und es klingt gut. Ich habe sein Lachen vermisst.

„Willst du einen Film ansehen?" Er hebt hoffnungsvoll die Augenbrauen.

Ich betrachte ihn mit zusammengekniffenen Augen. „Nur, wenn ich ihn aussuchen darf."

„Nein", gibt er zurück, schüttelt den Kopf und stellt sich schützend vor den Fernseher. „Auf keinen Fall. Ich werde mir keinen Twilight-Vampir-Marathon ansehen. Oder *Step Up* oder *Center Stage* oder irgendeinen anderen lächerlichen Tanzfilm, in dem das Kind aus dem Armenviertel den Durchbruch an einer renommierten Tanzakademie schafft und dann einen Welpen rettet."

Mir fällt die Kinnlade runter. „Niemand rettet jemals einen Welpen." Er wirft mir einen strengen Blick zu. Ich verschränke die Arme und sage: „Gut. Wenn du den Film aussuchst, darf ich morgen die Musik für das Training aussuchen."

Er gluckst und antwortet: „Abgemacht."

Ich führe auf der Stelle einen kleinen Siegestanz auf, denn die Musik, die ich beim Training höre, wird ihn wahrscheinlich umbringen. Ich tanze durch den Flur in Richtung Schlafzimmer, um mir bequeme Kleidung anzuziehen, und rufe über die Schulter zurück: „Lass uns was zu essen bestellen!"

Kurz vor dem Ende von *Moneyball*, die Bäuche voll mit chinesischem Essen und die Beine auf unserer jeweiligen Seite des Sofas ausgestreckt, schüttelt Booker den Kopf in Richtung Fernseher. „Ich habe neuen Respekt vor dem, was mein Vater tut." Er hält inne, um sich nach vorn zu beugen und Popcorn in den Mund zu werfen. „Aber ich habe keinen blassen Schimmer, wie man Baseball spielt."

„Ich weiß! Beim Fußball kann ich schon kaum mithalten. Beim Baseball habe ich keine Ahnung, worüber die sich unterhalten."

Er lacht und schaut mich dann von der Seite an. „Wirst du mir jemals sagen, wie dir dein Job gefällt?“

Ich zucke mit den Schultern. „Er ist in Ordnung. Die meisten meiner Schüler sind total verrückt, aber das ist nur vorübergehend.“

„Dann wirst du Deutsch unterrichten“, sagt er.

„Ja, das ist richtig“, antworte ich zwinkernd auf Deutsch.

„Sprichst du es komplett fließend?“ Er sieht beeindruckt aus.

Ich nicke.

„Also, das ist eine gute Sache, die durch dein Weggehen entstanden ist.“

Das lässt mich die Stirn runzeln. „Es gibt viele gute Dinge, die aus meiner Ausbildung hervorgegangen sind.“

Er nickt mit dem Kopf. „Richtig, natürlich ist Bildung gut. Aber musstest du den ganzen Weg nach Deutschland gehen, um sie zu erreichen?“

„Es ist nicht der Mond, Booker“, schnauze ich. „Es ist ein zweistündiger Flug.“

„Aber warum Deutschland?“ Mir gefällt sein schnippischer Tonfall nicht.

„Ich brauchte eine Veränderung.“

„Eine Veränderung wovon?“, knurrt er.

„Von der *Normalität*! Ich steckte in einem Trott fest, und alle anderen erlebten Abenteuer, nur ich nicht. Und ich war schon immer die Königin der Abenteuer gewesen, also wollte ich mich ein bisschen neu finden.“ Ich setze mich auf und spreche den letzten Teil mit frecher Stimme, um einen dramatischen Effekt zu erzielen.

„Und Deutschland ist der Ort, an dem du dein …“ Er hält mitten im Satz inne und wedelt mit dem Finger in Richtung meiner Brust.

Hitze wandert über meine Wangenknochen und ich ziehe reflexartig die Schultern ein. „Ja.“

„Hat es dieser Nigel gestochen?“

Ich verziehe das Gesicht, als mich die Flashbacks auf einmal überfallen. Nigel war die beste Art der Ablenkung in einer Zeit, in der ich Ablenkung brauchte. Der Abschied von Booker und mir war so hart, bevor ich zur Uni ging, dass ich mich in einer merkwürdigen Lage befand. Ich war verletzt, weil er Sidney zu unserem Baum im Wald gebracht hatte. Dieser Betrug war noch frisch.

Als ich Nigel in meinem ersten Jahr in Deutschland bei einem Treffen der internationalen Studenten kennenlernte, stürzte ich mich kopfüber hinein. Ich hatte mit der Sprache zu kämpfen, und er war einfach … locker. Und ein bisschen ungezogen, genau das, wonach ich damals gesucht habe. Er ist Ire und hat Ecken und Kanten. Er hat Piercings an Stellen, von denen ich nicht wusste, dass man sie piercen kann.

Schließlich überzeugte er mich, dass das Piercen meiner Nippel die Sensibilität erhöhen und unseren Sex noch besser machen würde. Ich freute mich, etwas Wildes zu tun, aber nachdem das erste Piercing durch meinen Nippel gestoßen war, weinte ich wie ein verdammtes Baby. Es war furchtbar unangenehm. Ich hatte vor, beide zu piercen, aber ich konnte den Schmerz nicht mehr ertragen. Stattdessen eilte ich mit eingezogenem Schwanz aus dem Studio, wobei ich meine empfindliche Brust umfasste.

Um ehrlich zu sein, hätte ich das Piercing wahrscheinlich sofort herausgenommen, wenn ich es hätte ertragen können. Aber jedes Mal, wenn ich es ansah, erinnerte ich mich an den Schmerz und mein Magen drehte sich.

Als Booker und ich neulich unseren *Ausrutscher* hatten, dachte ich, ich würde in meinem Slip explodieren, als er es mit dem Mund berührte und daran saugte. Nach dem traumatischen Piercing-Erlebnis habe ich nie wieder einen Mann in dessen Nähe gelassen. Nicht einmal Nigel. Eigentlich sahen mich die Jungs nur selten ohne BH, weil ich diesen Bereich so beschützt habe.

Aber bei Booker verlor ich den Verstand. Ich hatte nicht einmal Zeit zum Nachdenken, bevor er es in seine raue Hand nahm und es zu seinem Eigentum machte. Die ganze Szene war das Erotischste, was ich je erlebt habe.

Und Nigel hatte recht. Meine Nippel waren verdammt empfindlich.

Booker richtet sich auf, als er an den Rand des Sofas rutscht. Seine Schultern wirken breit und angespannt, seine Augen glänzen besonders, als er mich mit einem entschlossenen Blick ansieht. Er wiederholt sich. „Hat Nigel deine Brustwarze gepierct?"

Ich schüttle den Kopf. „Nein."

„Aber er war da", drängt er.

„Ja."

„Hat er dich unter Druck gesetzt, es zu tun?"

„Nein.“

„Schwachsinn“, schnauzt er mit einem Ton, der mir das Gefühl gibt, nicht einmal einen Meter groß zu sein.

Ich begutachte, wie er mich ansieht und bemerke das leichte Anheben seiner Schultern. Die Spannung in seinen Armen. *Versucht er schon wieder, Torhüter mit mir zu spielen?*

Ich richte mich auf und streiche mir ein paar Strähnen blonder Haare aus den Augen, damit ich seinen Blick erwidern kann. „Er hat es vorgeschlagen, aber letztendlich habe ich es für mich selbst gemacht. Er hatte nie die Gelegenheit … damit zu spielen oder so.“

„Was?“ Jetzt starrt er mich noch intensiver an.

„Es war verdammt schmerzhaft!“, rufe ich. „Ich war so traumatisiert, dass ich das andere nicht machen konnte und ich gab ihm die Schuld. Ich habe nie jemandem erlaubt …“ Meine Stimme bricht ab, als ich merke, was ich laut zugegeben habe.

Im Raum ist es still, während Booker verarbeitet, was ich gerade gesagt habe.

Zum Glück zeigt er Erbarmen, indem er das Thema wechselt. „Bist du in Deutschland mit vielen Jungs ausgegangen?“

Ich lasse die Schultern hängen. „Haben wir nicht schon versucht, darüber zu reden?“

„Nein“, schnaubt er.

„Zumindest etwas in der Art“

„Und?“, drängt er.

„Nun, Booker, da wir noch nie über Beziehungen gesprochen haben, verstehe ich nicht, warum du jetzt so neugierig bist.“

„Dinge ändern sich.“ Er zuckt mit den Schultern, als würden wir ein normales Gespräch führen.

Ich atme schwer aus. „Was willst du wissen?“

„Wie viele?“ Die Frage kommt sofort. Keine Pause, kein Zögern. Er sitzt schon eine ganze Weile daran.

Ich werde ihn zum Schwitzen bringen. „Wie viele was?“

Er rollt mit den Augen. „Mit wie vielen Kerlen hast du geschlafen?“

Ich schnaube spöttisch. „Ich war keine Jungfrau, als ich zur Uni ging, Booker.“

„Warst du nicht?“

„Nein!“, kreische ich.

„Wer war es?“, fragt er, setzt sich auf und wirkt fast verstört über die Offenbarung, dass meine Unschuld ohne sein Wissen genommen wurde.

Ich verschränke die Arme vor der Brust und zeige ihm so wenig Entgegenkommen, wie es mir möglich ist. „Ich weiß nicht, warum das wichtig ist, aber es war Giles Windsor.“

„Was?“, sagt Booker lachend. „Du lügst.“

„Ich lüge nicht!“ Ich balle die Hände zu Fäusten.

„Du hast zugelassen, dass dieser Trottel Giles Windsor deine verdammte Jungfräulichkeit nimmt?“ Jetzt sieht er wirklich nicht mehr amüsiert aus.

„Ja.“ Warum ist das für ihn so schwer zu glauben?

„Wann?“, fragt er flapsig, da er offensichtlich denkt, er könnte mir ein Bein stellen und mich bei einer Lüge erwischen.

Ich schnaube und lehne mich nach vorne, um ihn mit meinem eigenen Torhüter-Blick zu fixieren. „In derselben Nacht, in der er die Party geschmissen hat, nachdem wir alle unser Abitur gemacht hatten.“

Das wirft Booker zurück auf die Couch und nimmt ihm offensichtlich den Wind aus den Segeln. Er runzelt die Stirn und versucht, sein Gedächtnis zu durchforsten, um herauszufinden, was sich ergibt. Ich erinnere mich an viele Dinge, die in dieser Nacht ergaben.

„Was ist mit dir?“, frage ich scharf.

„Was ist mit mir?“ Er sieht abgelenkt aus.

„Wie viele Mädchen hast du gevögelt?“ Ich neige herausfordernd den Kopf. Jetzt ist er an der Reihe, ausgequetscht zu werden.

Er wirkt gereizt, also füge ich hinzu: „Was immer du sagst, ich werde es mit zwei multiplizieren. So steht es in einem Quiz in der *Cosmo*.“

Er spannt den Kiefer an. „Ich bin mir nicht sicher, aber ich schätze, so um die … zwanzig.“

Ich ziehe mich zurück. Das ist eigentlich nicht so schlimm, wie ich erwartet habe. *Es sei denn, es sind in Wirklichkeit vierzig.* Er sieht unbehaglich aus, aber ich fahre fort: „Die meisten von ihnen nach der Schule?“

Er runzelt die Stirn. „Ich wüsste nicht, warum das wichtig sein sollte.“

„Hast du mit Sidney Carmichael geschlafen?“ Diesmal ist es meine

Frage, die sofort kommt. Sie lag mir auf der Zunge und wartete darauf, losgelassen zu werden.

Ein Aufflackern von Verwirrung in seinem Blick bleibt nicht unbemerkt. Ich möchte ihn anschreien, dass ich weiß, was er getan hat. Ich will ihn rückwärts auf die Couch stoßen und ihn fragen, warum er das getan hat. Warum er sie an einen Ort gebracht hat, der eigentlich heilig sein sollte. Der uns gehören sollte. Von allen Bäumen der Welt musste er ihr *dort* sagen, dass er sie liebt, und sie ficken.

Aber das tue ich nicht. Weil es mir egal ist. Weil ich kein naives kleines Mädchen mehr bin, das glaubt, ihr bester Freund sei der Mann ihrer Träume. Booker ist ein guter Kumpel und das reicht mir. Es ist nicht seine Schuld, dass meine pubertären Fantasien versucht haben, ihn in etwas anderes zu verwandeln.

Nach einem Moment angespannter Stille atme ich aus. „Beantworte das nicht. Ich bin todmüde und muss es wirklich nicht wissen. Ich gehe jetzt ins Bett.“

Ich erhebe mich von der Couch und gehe an einem erstarrten Booker vorbei. Offensichtlich ist er immer noch am Verarbeiten, aber es gibt keinen Grund, ein Gespräch fortzusetzen, das nicht mehr wichtig ist. Das alles ist schon weit genug gegangen.

Meine Füße fühlen sich an, als wögen sie hundert Pfund, während ich den dunklen Flur hinunter stapfe. Die schummrige Lampe in meinem Zimmer ist an und zeigt mir den Weg zu meiner Verschnaufpause. Ich höre Bookers Schritte hinter mir. Plötzlich legt sich eine warme Hand um meinen Unterarm und bringt mich zum Stehen, als er mich gegen die Wand drückt.

Ich habe keine Zeit zu reagieren, bevor er herausplatzt: „Es tut mir leid, Poppy.“ Er drückt seine andere Hand an die Wand neben meinem Gesicht, um mich zu umschließen. Bedauern liegt in seinen Zügen, aber ich bin mir nicht sicher, wofür er sich eigentlich entschuldigt. „Ich hätte dich nicht so sehr wegen Deutschland bedrängen sollen.“

Ich verkneife mir, mit den Augen zu rollen und versuche zu ignorieren, dass sein harter Oberkörper an meine Brust stößt. Ich versuche auch zu ignorieren, wie sein Griff weicher geworden ist und wie er sanfte Kreise in meiner Armbeuge reibt. Sein schwieliger Daumen berührt an dieser empfindlichen Stelle offenbar einen Nerv, der direkt zwischen meine Beine führt.

Meine Knie beben. Er ist groß und einschüchternd und verzehrt meine Sinne, sodass ich nur noch seinen frischen, primitiven Geruch einatmen kann. Ich räuspere mich und sage: „Ich will nur wieder zur Normalität mit dir zurückkehren, Booker. Wir scheinen jetzt so anders zu sein."

Sein kantiger Kiefer zittert vor Verärgerung, während seine Augen zwischen den meinen hin und her blicken. „Wir sind immer noch Booker und Poppy. Das müssen wir sein."

Er fährt mit einer Hand durch mein kurzes Haar, um meine Wange zu umfassen. Ich atme zittrig ein, als er den Abstand verkürzt und seine Lippen auf meine Stirn presst. Diese einfache Liebkosung an einer scheinbar unschuldigen Stelle meines Körpers jagt mir einen Schauder über den Rücken. *Was ist so verdammt sexy daran, wenn ein Mann dich auf die Stirn küsst?*

Er murmelt an meine Haut: „Wir sind jetzt einfach ein bisschen erwachsener." Schlaff liege ich in seinen Armen, während er mit seiner Nase über meine Schläfe und meine Wange streicht und sein Atem sich mit dem meinen vermischt, als er sich meinem Mundwinkel nähert. Ein leises Keuchen entweicht mir, als er seinen Körper an den meinen presst. Er fühlt sich so gut an. So warm. So … richtig.

„Was tust du mir an, Poppy?", flüstert er mit bebender Stimme.

Seine Worte sind ein Tritt in mein Herz. Als ich mein Kinn anhebe, damit er mich küssen kann, zieht er sich zurück und drückt sich gegen die gegenüberliegende Wand. Seine Hände sind immer noch in der Position eingefroren, in der er mich gehalten hat. Seine Augen sind groß und gequält. Mit einem Schaudern dreht er sich um und schreitet in sein Zimmer, wobei er die Tür hinter sich schließt.

Er schließt die Tür vor mir.

FÜR IMMER VERÄNDERT

Booker

Den ersten Abend mit Poppy hatte ich als einen Fehler abgeschrieben. Einen Unfall. Einen einmaligen Vorfall, der passierte, weil ich meine beste Freundin vermisste, wir ein wenig betrunken waren und es deshalb übertrieben. Es hat eine Weile gedauert, aber wir haben es geschafft, das zu überwinden. Wieder zu einem gewissen Grad an Normalität zurückzukehren.

Aber dann ist der letzte Abend passiert. Und nach einer beschissenen Nacht bringt das Morgenlicht des Tages keine Klarheit in meinen Kopf. Was als einfacher, unbeschwerter Filmabend begann, endete in einem Chaos epischen Ausmaßes.

Ich scheine mit Poppy nicht auf Augenhöhe kommen zu können, und das macht mir Angst, denn ich habe sie schon einmal verloren und will sie nicht noch einmal verlieren. Das Problem ist, dass ich nicht aufhören kann, sie zu bedrängen. Ich kann den Drang in mir nicht unterdrücken, sie wieder ganz und gar kennenzulernen. So wie früher, als ich sie auf dem Schulflur sah und genau wusste, was sie dachte. In welcher Stimmung sie war. Wie ihr Tag verlief.

Mit ihr zusammenzuwohnen, ist nicht, wie mit meiner Jugendfreundin zusammenzuwohnen. Es ist wie eine WG mit ihrer sexy und geheimnisvollen Zwillingsschwester. Und *verdammt*, wenn sie sich letzte Nacht in meinen Armen nicht gut angefühlt hat. Ich wollte sie küssen. Ich wollte sie spüren. Ich wollte ihr das verdammte Shirt vom Leib reißen, das Metall des Brustwarzenpiercings kosten und die Tatsache genießen, dass sie das noch nie einem anderen Mann erlaubt hat.

Aber Poppy ist Poppy. Sie ist meine einzige echte Freundin. Ich bin praktisch auf einer abgelegenen Harris-Insel aufgewachsen, zu deren Küste nur wenige Außenstehende jemals kamen. Das war nicht schlecht. Ich liebe meine Familie. Meine Schwester Vi bedeutet mir alles. Meine Brüder sind zwar nervig, aber ich verbringe trotzdem gern die meiste Zeit mit ihnen. Aber in einem Meer von großen Brüdern hatte ich immer ein Gefühl der Unzulänglichkeit. Ich war nie groß genug, stark genug, schnell genug, gut genug.

Poppy war meine Rettung. Sie sah mich an, als wäre ich der größte Mann der Welt. Ich kann sie nicht verlieren. Ich weigere mich. Ich muss anfangen, mit dem Kopf zu denken und aufhören, meinem verdammten Schwanz zu folgen.

Und ich werde ihr nicht wieder aus dem Weg gehen wie bisher. Wir können wieder Freunde sein. Ich muss die Sache nur anders angehen. Es ist ganz einfach. Ich muss die neue Poppy kennenlernen.

Poppy

Als ich am nächsten Morgen aufwache, steht Booker an der Küchentheke vor einem Mixer. Er ist barfuß und trägt nur eine Adidas-Trainingshose. Mein Blick streift ungeniert über seinen nackten Rücken. Die Art und Weise, wie seine Knochen und Muskeln unter der glatten, olivfarbenen Haut arbeiten …

… da läuft einem das Wasser im Mund zusammen.

Aber das ist unwichtig. Nach der letzten Nacht bin ich wütend. Ich habe es satt, nie zu wissen, welchen Booker ich bekommen werde. Wird es der investigative Booker sein, der mich mit zwanzig Fragen löchert und dann ausweicht, wenn ihm die Antworten nicht gefallen? Oder wird es der liebevolle Booker sein, der mich über den Tisch hinweg ansieht und mit den Augen klimpert, als wäre ich das Beste seit der Erfindung von Fish and Chips? Oder wird es der große, dominante Torhüter Booker sein, der auf magische Weise drei Meter groß wird und einen sexy Duft verströmt, den ich am liebsten von jedem Zentimeter seines durchtrainierten Körpers lecken würde. Oder, was am schlimmsten ist, was, wenn es der liebevolle Booker ist, der mein Haar streichelt, meine Stirn küsst und mein Herz in meiner Brust anschwellen lässt?

Ich erwische eine knarrende Bodendiele und er schaut über seine Schulter, mit leuchtenden Augen und einem strahlenden Lächeln. „Guten Morgen! Ich mache uns Proteinshakes. Wie du weißt, bin ich nicht besonders gut in der Küche, aber einen Shake kann ich immer machen. Ich dachte mir, die wären gut vor unserem Training." Er schaltet den Mixer ein und das laute Geräusch lässt mich zurückschrecken.

Ich ziehe die Augenbrauen zusammen, als ich zum Tisch schlurfe und versuche, meine Haare zu glätten, damit sie nicht mehr so zerzaust aussehen. Ich lasse mich auf einen Stuhl am Tisch fallen und beobachte ihn wie ein kompliziertes Gemälde in einem Museum, das ich auf seine versteckte Bedeutung hin interpretieren muss. Vielleicht bekomme ich heute meinen besten Freund Booker zurück?

„Gut geschlafen?", frage ich, nachdem der Mixer aufgehört hat.

„Ja, so ziemlich. Irgendwann hörte ich, wie der Nachbar von unten sehr spät nach Hause kam. Danach hatte ich Schwierigkeiten, wieder einzuschlafen. Und du?"

Hm. Interessant. Ich atme tief ein. „Ich habe gut geschlafen, danke."

Er dreht sich mit zwei hohen Gläsern weißer Schaummischung um und stellt eines vor mich hin. „Also, was ist heute? Bein-Tag? Arm-Tag? Cardio-Tag?" Seine Stimme ist fröhlich.

Ich lege den Kopf schief und schieße zurück: „Wie wär's, wenn wir verrückt sind und es mischen?"

Er zieht den Stecker des Mixers und bringt mir dann zwei Scheiben Toast, die gerade aus dem Toaster gekommen sind. „Klingt gut. Ich bin außerhalb meines Trainingsplans, also bin ich für alles zu haben."

Ich versuche, nicht zu lachen, als er sich zu mir setzt und mir sogar Butter auf den Toast schmiert. Schweigend beginnen wir zu frühstücken, aber ich kann nicht aufhören, ihn mit zusammengekniffenen Augen zu beobachten.

„Was?", fragt er schließlich und lacht mit einem Bissen Toast im Mund, während das Morgenlicht ihn golden färbt.

„Du wirkst ... sehr fröhlich." Ich klinge misstrauisch.

„Das bin ich auch", antwortet er und nimmt einen Schluck von seinem Shake. Er trinkt und fügt hinzu: „Ich bin gespannt, welche Musik du für unser Workout geplant hast."

Okay, Booker Harris. Ich beiße an, aber ich kaufe es dir nicht ab. Mein Seitenblick-Kung-Fu ist stark.

Der Fitnessraum in diesem Gebäude ist wahrlich unglaublich. Er befindet sich in der obersten Etage dieses sechsstöckigen Gebäudes. Beim Betreten sieht man eine ganze Wand aus Industrieglas, die perfekt restauriert ist und einen Teil des Spitalfields Market zeigt – ein vielseitiges Einkaufszentrum mit Verkäufern aus der ganzen Welt.

Der größte Wow-Faktor dieses Fitnessstudios ist der Blick auf das sechs Meter hohe Wandgemälde auf dem Gebäude gegenüber. Es zeigt eine blonde Frau im Comic-Stil, die waagerecht liegt und die Augen geschlossen hat. Ihr Kopf ist nach hinten geworfen und ihr Mund hat die Form eines *O*. Darüber steht in großen, blasenförmigen Buchstaben: HEIMLICHES VERGNÜGEN.

Wo wir gerade von Trainingsinspiration sprechen.

Eine lange Reihe von Laufbändern säumt die Fenster, sodass man während des gesamten Joggens das Bild einer Frau mit einer ziemlich schönen Oberweite genießen kann, die einen gewaltigen Orgasmus hat. *Eine viel lustigere Art, ein paar Kalorien zu verbrennen.*

„Wo sollen wir anfangen?", fragt Booker und dreht sich in seinen langen schwarzen Fußball-Shorts zu mir um. Seine kräftigen Beine sind braun gebrannt und haben genau die richtige Menge an Haaren, um Männlichkeit auszustrahlen und das ganze Darwin-Schimpansen-Evolutions-Image zu umgehen. Seine obere Hälfte ist perfekt in einem weißen Bethnal Green T-Shirt zur Schau gestellt, dessen Ärmel so tief geschnitten sind, dass man seine seitlichen Bauchmuskeln sehen kann.

Wer hätte gedacht, dass es seitliche Bauchmuskeln gibt?

„Zuerst die Musik", antworte ich und ziehe meinen Kapuzenpulli aus, damit mein sexy Trainings-BH darunter zum Vorschein kommt.

Bookers Augen weiten sich.

Ich lächle.

Das hat er verdient. Glaubt er etwa, er kann sich wegen eines Proteinshakes so aufführen, als wäre alles in bester Ordnung? Nun, das kann er nicht. Ich habe es satt, dass er sich so verhält, als hätte sich nichts geändert. Zuerst hätten wir fast Sex gehabt – eine monumentale, welterschütternde Nummer, bei der einzig und allein das *P* in *V* gefehlt hat. Dann geht er mir aus dem Weg. Und letzte Nacht fällt er praktisch über mich her, küsst mir die Stirn und presst all sein …

Nein, ich bin fertig. Ich bin kein sanftmütiges, braves Mädchen mehr, das von Booker kontrolliert werden kann. Ich ziehe meine sprichwörtlichen Pornotreter in Form von heißer Sportkleidung an und zeige ihm die neue Poppy.

Bookers Blick senkt sich auf meinen Sport-BH, bei dem sich vorne Stoff überkreuzt, wodurch ein runder Ausschnitt bleibt, der eine großzügige Menge meines Dekolletés zeigt. Viel mehr, als für das Training im Fitnessstudio angemessen ist, aber um diese Zeit ist hier oben nie viel los und ich mag meine Brüste. Sonst hätte ich mir nicht die Nippel piercen lassen wollen.

Es ist unwichtig, dass Booker der erste Typ war, den ich seither meinen Vorbau habe sehen lassen.

Seine Augen gleiten über meinen fast nackten Oberkörper und hinunter zu meiner schwarzen Leggings mit durchsichtigen Ausschnitten an den Seiten. Mein Körper ist definitiv weniger durchtrainiert wie seiner, aber ich weiß, dass ich anders aussehe als vor meiner Abreise.

Als ich jünger war, habe ich mich nie wirklich für Fitness interessiert. Ich war viel mehr an Theater, Kunst und anderen Dingen interessiert, die die linke Seite meines Gehirns beanspruchen. Aber als ich zur Uni ging, wollte ich mich nicht nur durch das Abschneiden meiner Haare und das Piercen meines Nippels verändern. Also fing ich an zu trainieren. Dabei lernte ich einen angehenden Trainer kennen. Einen ziemlich heißen Trainer, auch wenn er nicht der interessanteste Kerl war. Er erstellte einen Ernährungsplan und ein Trainingsprogramm für mich und ich sah in kürzester Zeit erste Erfolge. Muskeln an Stellen, von denen ich nicht wusste, dass sie existieren. Markantere Kurven an Hüften und Po. Mehr Energie im täglichen Leben. Es war belebend und gut für mein Sexleben. Das Training gab mir ein Selbstvertrauen, das mir vorher gefehlt hatte, und ich wurde völlig süchtig nach diesem Gefühl. Jetzt fühle ich mich wie zu Hause, wenn ich in ein Fitnessstudio gehe.

Booker schaut mir über die Schulter, als ich die Playlist mit dem Titel *Wicked* auf meinem Handy aufrufe. Ich muss mir ein Lachen verkneifen, als ich merke, dass er keine Ahnung hat, worauf er sich eingelassen hat. Ich schalte das Display aus, damit er nicht sehen kann, was auf ihn zukommt, und reiche ihm das Telefon. „Lass uns mit einem leichten Jogging zum Aufwärmen beginnen."

Er folgt mir zu den Laufbändern und steckt auf dem Weg dorthin seine Ohrstöpsel ein. Ich starte mein eigenes Gerät direkt neben ihm und wir beginnen beide mit einem langsamen Spaziergang. Als die Geschwindigkeit zunimmt, erkenne ich den Moment, in dem die Musik in seinen Ohren zu spielen beginnt, da sich ein irritierter Ausdruck auf seinem Gesicht zeigt.

Er schnappt sich mein Handy und ich fuchtle mit der Hand herum, um ihn aufzuhalten. „Sieh nicht hin!" Stirnrunzelnd nimmt er einen Stöpsel aus dem Ohr, also wiederhole ich mich. „Sieh nicht nach, was für ein Lied es ist. Hör einfach zu."

„Ist das alles instrumental?", fragt er verwirrt.

„Nein, *hör* einfach *zu*." Ich beiße mir auf die Lippe.

Er setzt den Kopfhörer wieder ein und fragt: „Haben sie gerade Oz gesagt?"

Meine Schultern beben vor unterdrücktem Lachen. Ein weiterer Moment vergeht und seine Augen werden groß wie Untertassen, als er todernst sagt: „Oh, warte, Glinda ist gerade gekommen. Jetzt wird's gut."

Ich lache so sehr, dass ich fast auf meinem Laufband stolpere. Seine Stimme ist laut in dem ruhigen Fitnessstudio und er hat keine Ahnung. Ich kann mein Kichern nicht unterdrücken, als die wenigen anderen Leute hier anfangen, uns anzustarren. Es ist urkomisch, wie er die Augen zusammenkneift, während er sich auf den Text konzentriert. Das ist so viel besser, als ich erwartet habe.

Ich bin besessen von *Wicked*, seit meine Mutter mit mir und meiner Schwester das Stück in London gesehen hat, bevor ich zur Uni ging. Zu sehen, wie in Bookers Augen Belustigung anstelle von Verachtung funkelt, lässt mich ihn umso mehr lieben.

Ihn mögen, meine ich. Umso mehr mögen. Als Freund.

„Schönes Vibrato", sagt er und nickt mit dem Kopf, als würde Kristen Chenowith Led Zeppelin rocken. Ich krümme mich vor Lachen über seinen ernsten Gesichtsausdruck. Er sieht zu mir rüber, als sei ich verrückt. Ich bin nur froh, dass ich es schaffe, auf der Maschine aufrecht zu bleiben.

Nach ein paar weiteren Minuten des Joggens winke ich ihn zu den Beinmaschinen hinüber. Sein Gesicht und seine Arme sind leicht verschwitzt, und seine glatte Haut glänzt unter den Leuchtstoffröhren. Er ist immer noch in die Musik vertieft, aber sein Blick fällt auf mein Dekolleté, das ebenfalls mit Schweiß benetzt ist.

Ich wische mit dem Handtuch über meine Brust und er schaut schnell weg, wobei sein Hals rot wird. *Habe ich ihn dabei erwischt, wie er mich abgecheckt hat?*

Ich spüre seinen Blick auf meinem Hintern, als er mir zu den Beinmaschinen folgt. Ich positioniere mich korrekt, beginne ein paar Übungen und genieße es, wie er meine Bewegungen verfolgt. Ich spanne alle Bereiche meines Körpers an, um den Widerstand zu maximieren, woraufhin er nervös den Blick abwendet. Die ganze Szene lässt mich vor Zufriedenheit praktisch schnurren.

Als er an der Reihe ist, bemühe ich mich besonders, nicht auf sein heißes Aussehen zu achten, mit seinem angespannten Kiefer und den hervortretenden Muskeln, die ihr Äußerstes geben, während er seinen Körper bis an seine Grenzen treibt. Ich achte nicht auf den Schweißtropfen, der an seiner Schläfe herunterläuft und auf sein Schlüsselbein fällt. Das ist zu diesem Zeitpunkt wirklich irrelevant.

Nach einem anstrengenden Satz Latzüge lasse ich mich von dem Gewicht, das ich ziehe, von der Bank heben, gerade als Booker mir mein Handy reicht. „Es hat mir tatsächlich nichts ausgemacht, zu dieser Musik zu trainieren", sagt er, während ich die Kopfhörer um meinen Finger wickle. „Ich hatte das Gefühl, als wäre ich bei einem Musical." Er wirft mir einen ernsten Blick zu. „Wenn du das meinen Brüdern erzählst, werde ich dich dafür bezahlen lassen."

Ein Kichern steigt in meiner Kehle auf. Ist es falsch, dass ich will, dass er mich bezahlen lässt?

Ich kontrolliere meinen Gesichtsausdruck. „Gewichte?"

Er folgt mir schweigend, als ich mein Handy neben einer Trainingsbank ablege und zu den Langhanteln auf einem Gestell vor den Spiegeln gehe.

Booker räuspert sich neben mir. „Ich wollte fragen, ob du mit mir zu einer kleinen Feier kommen willst, die Cam am Mittwochabend für Indie veranstaltet."

„Oh?"

„Ja, sie hat Geburtstag und anscheinend ist ihre Familie nicht besonders feierfreudig. Cam will es zu etwas Besonderem machen, denke ich. Sie findet in einem Pub in Bethnal statt. Es wird klein sein. Nur der Harris-Clan und ein paar Teamkollegen und Freunde. Zwanglos, aber wahrscheinlich lustig.“

Ich überlege einen Moment lang. Fragt er mich nach einem Date oder ist es eine Mitbewohnersache? Sicherlich nur eine Mitbewohnersache. Ich zucke mit den Schultern, um eine unbekümmerte Ausstrahlung zu vermitteln. „Ich werde den Anfang wahrscheinlich verpassen, weil ich arbeiten muss.“ Er zieht eine Grimasse, also füge ich schnell hinzu: „Aber ich kann nachkommen, wenn du denkst, dass es länger als neun Uhr geht.“

„Oh ja, auf jeden Fall. Ich komme her und hole dich ab.“ Er schenkt mir ein süßes, jungenhaftes Grinsen. Die Grübchen kommen voll zur Geltung.

„Du musst mich nicht abholen“, erwidere ich, was seine Grübchen wieder verschwinden lässt. „Ich kann ein Taxi nehmen.“

„Doch, das muss ich, und nein, das wirst du nicht.“ Seine Worte sind nachdrücklich und sein Kiefer ist angespannt. Ich staune, da er es geschafft hat, das jugendliche Aussehen, das er immer hat, mit diesen wenigen Worten zu verlieren. In diesem Moment ist er ganz Mann.

Eine schwere schottische Stimme hinter uns unterbricht unseren merkwürdigen Blickkontakt. „Hallo, Poppet. Schön, dich wiederzusehen.“ Ich drehe mich um und sehe Andrew William – einen Fitnessstudio-Kollegen, der zur gleichen Zeit wie ich trainiert. Seit ich hier eingezogen bin, treffen wir uns hier fast täglich und ich muss zugeben, dass ich seinen Akzent bewundere.

„Hallo, Andrew“, sage ich mit einem Lächeln und spüre, wie Booker mich prüfend mustert. „Wie geht es dir?“

„Aye, mir geht es nicht schlecht. Ich fange spät an, fürchte ich. Ich habe letzte Nacht sehr lange geschlafen, also werde ich heute auch noch etwas zu tun haben.“ Er lacht ein bisschen zu sehr über sich selbst, während er sich ein weißes Handtuch über die muskulöse Schulter wirft. Er dreht sich zu Booker um.

„Entschuldigung, das ist Booker“, stottere ich. „Mein Mitbewohner. Booker, das ist Andrew. Er wohnt … im ersten Stock?“

„Ja", bestätigt er und zwinkert mir zu, während er Booker die Hand schüttelt. Er zwinkert oft. Das ist Andrews Ding.

„Und woher kennt ihr beide euch?", fragt Booker, während ich versuche, das Gefühl eines Déjà-vu abzuschütteln.

„Tun wir nicht", sage ich hastig. „Ich meine, wir haben uns hier getroffen. Ähnliche Trainingszeiten, das ist alles." Ich singe das letzte Wort und wippe auf den Fußballen, da ich aus irgendeinem Grund schrecklich nervös bin.

„Wir kennen uns ein bisschen." Andrew zwinkert erneut. „Ich weiß genug, um zu wissen, dass du nicht mehr als sechzig Kilo stemmen kannst. Als du es das letzte Mal versucht hast, wärst du fast erstickt. Das wärst du auch, wenn ich nicht hier gewesen wäre, um dir zu helfen."

Ich lache unsicher. „Das war ein lustiger Tag."

Booker sieht weniger amüsiert aus.

Eine peinliche Stille bricht über uns herein, und ich kann nicht anders, als Booker mit Andrew zu vergleichen. Wenn sie nebeneinander stehen, ist es klar, dass beide Sportler in bester körperlicher Verfassung sind. Aber mein Blick fällt auf Bookers Körperbau mit seinen großen, langen und wohlproportionierten Muskeln. Booker sieht geschmeidig und schnell aus. Andrew ist ein paar Zentimeter kleiner als er und man kann nicht genau sagen, wo sein Hals endet und seine Schultern beginnen. Seine Muskeln sind riesig und prall, aber sie überwältigen seinen Körper so sehr, dass sein Kopf im Vergleich dazu etwas winzig wirkt. Trotzdem sieht er aus, als könnte er durch eine ganze Fußballmannschaft hindurchpflügen.

„Na, dann lasse ich euch mal machen." Andrews Blick bleibt länger als nötig auf mir haften, als er sich umdreht und zu den Laufbändern hinübergeht.

Ich lächle Booker unbeholfen an, bevor ich mich auf die Bank in der Nähe begebe, um meinen Trizeps zu trainieren. Ich stütze meine rechte Hand und mein rechtes Knie auf der Bank ab, um einen Neunzig-Grad-Winkel mit meinem Arm zu bilden und beginne mit dem Heben.

Nach mehreren Sätzen halte ich inne, während sich mein Brustkorb mit schweren Atemzügen hebt und senkt. Mein Blick fällt auf den Spiegel, wo Booker ungeniert auf meinen Hintern starrt. Er richtet seinen Blick auf den meinen und die Unruhe in seinen Augen lässt Knoten in meinem Bauch entstehen. Ich vermute an, dass er wegschauen wird. Erröten. Irgendetwas.

Aber das tut er nicht.

Er richtet seinen Blick einfach wieder auf meinen Hintern. Er setzt sich auf die Bank und betrachtet mich. Jeden Zentimeter von mir.

Der freche Mistkerl.

Er versucht nicht einmal mehr, es zu verbergen. Er mustert mich ganz unverhohlen. Ich weiß, dass ich das wollte, aber nur, weil ich dachte, es würde ihn ins Schwitzen bringen. Damit er sich windet. Damit er bereut, was er gestern Abend getan hat.

Was ich vor mir sehe, ist kein Mann, der in Reue lebt.

Es ist ein Mann, der begierig aussieht.

Was mich am meisten überrascht, ist, dass ich weiterhin von ihm angesehen werden *will*.

11

HAPPY ENDS

Booker

Ich weiß nicht genau, was ich mit Poppy mache, aber ich weiß, dass Nichtstun nicht mehr genügt. Am Tag nach dem Fitnessstudio sagt Poppy mir, dass sie zum Sonntagsessen zu ihren Eltern statt zu meinem Vater geht, was ich vollkommen verstehe. Sie haben sie auch vermisst, und ich komme jeden Abend zu ihr nach Hause.

Komme jeden Abend zu ihr nach Hause? Mein Gott, Booker. Nimm dich zusammen.

Womit ich nicht gerechnet habe, ist die Enttäuschung, die ich empfinde, als sie mir eine SMS schickt, um mir mitzuteilen, dass sie dort übernachten wird. Ich rede mir ein, dass es nichts mit mir zu tun hat, sondern dass sie nur Zeit mit ihrer Familie verbringen will. Aber im Hinterkopf spüre ich eine unheilvolle Angst, dass sie vielleicht wieder versucht, mir aus dem Weg zu gehen.

Nach einem typischen Sonntagabend-Essen bei Dad fühlt sich mein Zimmer in der Wohnung leer an. Poppys Zimmer ist dunkel. Das Licht am Fliesenspiegel ist aus. Ich lasse es jeden Abend für sie an, damit sie sich nicht gruselt, wenn sie im Dunkeln auf die Toilette geht. Jahrelange verstörende *Grimms Märchen* haben ihre Angst noch verstärkt. Ich kann nicht umhin, darüber enttäuscht zu sein, wie *still* es ist. Es ist verrückt, dass ich sie trotz all der Spannungen und peinlichen Momente, die zwischen uns aufgetreten sind, immer noch hier haben will, egal was passiert.

Ich vermisse sie.

Poppy ist leicht zu vermissen.

Ich liege auf dem Rücken in meinem großen Bett und meine Gedanken schweifen zu ihr gestern im Fitnessstudio. Ich lasse alles in meinem Kopf Revue passieren und frage mich, ob ich zu hart oder zu schnell vorgegangen bin. Sie mit den Augen praktisch auszuziehen war wahrscheinlich nicht die beste Idee, aber ich konnte nicht anders. Die durchsichtigen Ausschnitte an den Seiten ihrer Leggings reichten bis zum Hosenbund, und ich sah keinerlei Abdrücke eines Slips.

Fuck.

Das war eine ganz anders aussehende Poppy. Nicht, dass sie nicht schon immer großartig ausgesehen hätte. Aber wenn jemand nach sechs Jahren mit *diesem* Aussehen zurückkehrt, kann man nicht anders, als zu starren. Ihr Hintern war nie so prall. Ihre Taille war nie so definiert. Ihre muskulösen Oberschenkel ... Verdammt, wenn ich mir nicht gerade mal wieder vorstelle, wie sie sich fest um meine Hüften schlingen, während ich tief in sie eindringe.

Fuuuck. Jener gemeinsame Abend scheint eine Ewigkeit zurückzuliegen. Und ich war nur Zentimeter davon entfernt, in sie einzudringen.

Gestern mit ihr zu trainieren, war eine schlechte Idee. Es machte mich nur geil. So geil wie seit meiner Teenagerzeit nicht mehr.

Meine Hand wandert hinunter zu meinen Eiern. Ich stöhne über die Sehnsucht meines steifen Schwanzes, der sich allein durch den Gedanken an sie aufrichtet. Ich muss nicht einmal ein Bild von ihr sehen, um mich an ihre großen, üppigen Brüste zu erinnern, die beim Latziehen aneinandergedrückt werden.

Ich reibe meinen Schwanz durch meine Shorts, spanne meine Finger an und hasse es, dass dieses Bedürfnis so stark ist, dass ich mich selbst berühren muss. Warum kann ich nicht einfach jemand anderen ficken, um mich von Poppy abzulenken? Ich bin kein Hurenbock wie Cam und Tan es waren, aber ich bin in London so oft ausgegangen, dass ich viele Telefonnummern habe, die ich anrufen kann. „Harris-Huren", so nennt Belle sie.

Die Wahrheit ist, dass ich dieses Spiel schon lange satthabe und keine Harris-Hure will.

Ich will Poppy.

Ich stelle mir vor, wie sie hier bei mir ist, während ich meinen Griff verstärke. Das Aufblitzen ihres eleganten Halses, der durch die kurzen Haare gut zur Geltung kommt, bringt mich dazu, mir über die Lippen zu lecken, während ich mir wünsche, ich könnte die Stelle unter ihrem Ohr kosten.

Stöhnend schiebe ich meine Hand in meine Boxershorts und drücke mit meinen rauen Händen zu. Torhüter-Hände. Ich trage zwar Handschuhe, aber meine Handflächen kriegen einiges ab.

Mein Ständer wächst mit jeder Berührung. Mein Grunzen wird lauter, denn nach drei Wochen sexueller Unterdrückung halte ich nichts mehr zurück. Drei Wochen, in denen ich mir das verweigert habe, was ich so verdammt dringend wollte. Ich stelle mir Poppy vor, wie sie nackt auf meinem Sofa liegt, mit diesem verdammten Nippelpiercing, das mich anstrahlt wie ein Leuchtturm, der einem Schiff den Weg weist. Ihre großen grünen Augen blinzeln mich an, als hätte sie ihr ganzes Leben lang darauf gewartet, zu spüren, wie ich in sie eindringe.

„Scheiße ja, Poppy." Ich stoße ihren Namen aus und, verdammt noch mal, es fühlt sich gut an. Es löst einen Lustrausch in meinem Unterleib aus und treibt meinen Höhepunkt bis in die Spitze meines Schwanzes. „Gott, verdammt, Poppy. Ja!"

Ihren Namen wie einen Sprechgesang zu wiederholen, führt dazu, dass ich innerhalb weniger Minuten wie ein verdammter Teenager auf meiner Hand und meinen Boxershorts komme. Erbärmlich. Ich greife nach ein paar Taschentüchern und wische die Sauerei weg, die ich auf mir verteilt habe. Das ist es, was diese Frau mit mir macht.

Jetzt brauche ich eine Dusche. Und verdammt, vielleicht eine zweite Runde, denn ich bin immer noch halbsteif.

Nachdem ich die Taschentücher in den Müll geworfen habe, stehe ich vom Bett auf und öffne meine Tür, um festzustellen, dass das Licht in der Küche an ist. Habe ich das angemacht und es nicht bemerkt?

Ich lasse meinen Blick nach links in den Flur schweifen. Mein Herz schlägt mir bis zum Hals, als ich das schwache gelbe Licht sehe, das unter Poppys Schiebetür durchscheint.

„Fuck", flüstere ich. „Sie ist zu Hause."

Poppy

Oh mein verdammter Gott, oh mein verdammter Gott, oh mein verdammter Gott! Verzweifelt schnappe ich nach Luft, während ich auf dem kleinen Balkon vor meinem Zimmer stehe. Gott sei Dank gibt es frische Luft für Momente wie diesen. Momente, in denen man hört, wie der beste Freund auf deinen verdammten Namen masturbiert!

Es sei denn, er hat ein Mädchen in seinem Zimmer, das auch den Namen Poppy trägt?

Ich schnaube laut. *Nein, wahrscheinlich nicht.*

Ich hatte geplant, die Nacht bei meinen Eltern zu verbringen, um ein bisschen Zeit mit der Familie zu verbringen. Aber Dad wurde zu einem tierärztlichen Notfall gerufen – irgendein Hund hatte eine Reißzwecke verschluckt – und Mum dachte, sie sollte mitkommen. Also riefen sie mir ein Taxi und ich ging zurück nach Shoreditch.

Zu meiner Wohnung.

Die ich mit meinem besten Freund teile.

Der anscheinend an mich denkt, während er masturbiert.

Was das alles zu bedeuten hat, weiß ich überhaupt nicht. Was ich weiß, ist, dass ich im Flur viel länger stehen blieb, als es angemessen war. Wie eine Perverse stand ich da – mein Ohr streifte den Holzrahmen seiner Tür – lange genug, um sein Happy End zu hören. Ich verziehe das Gesicht und eine tiefe, heiße Röte der Verlegenheit kriecht meinen Hals hinauf bis zu meinen Wangen. Aber mit diesem Gefühl werden meine Nippel hart. Ich umfasse meine verräterischen Brüste und mein Finger bleibt versehentlich an meinem Piercing hängen.

Gott, das fühlt sich gut an.

Nicht so gut wie Bookers Hände und Mund, aber es fühlt sich ähnlich an. Wenn ich die Augen schließe und es ein bisschen reize, kann ich mir vorstellen …

Mein Gott, Poppy! Was zur Hölle machst du da?

Würde ich tatsächlich anfangen, bei dem Gedanken an Booker zu masturbieren? Auge um Auge? Das Kribbeln zwischen meinen Schenkeln ist wie ein heißer Stromschlag, der ein JA! bedeutet. Guter Gott, was ist nur los mit mir? Das Leben mit Booker war so viel einfacher, als er noch vom Fußball und vom Reisen eingenommen war. Jetzt, wo er hier ist, ist er überall! Ich kann ihn sogar auf meinem T-Shirt riechen.

Und Gott, er riecht gut. Wie kann er so gut riechen?

Das ist Wahnsinn. Ich muss diese Situation in den Griff bekommen. Ich muss mich daran erinnern, was Booker vor all den Jahren getan hat. Ich muss mich daran erinnern, dass er mich damals nicht auf romantische Weise gesehen hat und es auch jetzt nicht tun wird.

Er hatte ein Leben lang Zeit, Gefühle für mich zu entwickeln – echte, aufrichtige Gefühle – und das hat er nicht getan.

Ich werde eine kalte Dusche nehmen und diese rasenden Hormone ersticken. Ohne Happy End. Ich muss einfach ich selbst bleiben und Booker Harris tun lassen, was er tun muss.

Da. Den Schuss habe ich frühzeitig abgewehrt.

EIN AUSRUTSCHER

Booker

Ich: Hey, ich verpasse dich diese Woche immer in der Wohnung, aber kann ich dich heute Abend um 21 Uhr zur Party abholen?

Poppy: Oh ja! Das hätte ich fast vergessen. Ich bin um halb neun fertig, das heißt, ich habe gerade noch genug Zeit, um nach Hause zu gehen und mich frisch zu machen. Weißt du, wie ich gekleidet sein soll?

Ich: Gekleidet?

Poppy: Lässig? Formell? Kokett?

Ich: Kokett klingt gut.

Poppy: <Side-Eye Emoji> Gut für wen genau?

Ich: Kommt darauf an, worauf du abzielst.

Poppy: …

Poppy: …

Poppy: …

Poppy: Ich glaube, ich habe Belles Nummer noch von vor ein paar Wochen in meinem Handy gespeichert. Ich schicke ihr eine SMS, um es herauszufinden. Ich sehe dich heute Abend. Bist du sicher, dass ich nicht einfach ein Taxi nehmen kann?

Ich: JA.

Poppy: Schon wieder spielst du den Torhüter mit mir.

Ich: Torhüter spielen?

Poppy: Ich erkläre es dir heute Abend.

Ich: Ich kann es kaum erwarten.

Poppy: XX

Zwei Küsse. Ist das ein gutes Zeichen? Was soll das bedeuten? Sind es zwei Küsse, die bedeuten: „Ich habe gehört, wie du dir mit meinem Namen auf den Lippen einen runtergeholt hast, und ich bin von dir völlig angewidert"? Oder heißt es: „Ich habe gehört, wie du dir mit meinem Namen auf den Lippen einen runtergeholt hast, und ich bin total erregt von dir"? Vielleicht sind es auch nur höfliche Luftküsse, wie sie bei europäischen Diplomaten üblich sind? Wenn es Diplomatenküsse sind, sind sie ganz sicher kein gutes Zeichen. Nicht, wenn man sich seine beste Freundin nackt vorstellt ... schon wieder.

Ich fahre mit Tanners großem schwarzen Pick-up vor unserer Wohnung vor. Er hat ihn mir überlassen, damit er sich etwas noch Größeres kaufen kann. Der Wichser. Ich nehme zwei Stufen auf einmal, bis ich unsere Tür erreiche. Der Geruch weiblichen Parfums erfüllt meine Nase, als ich eintrete. Hier drin riecht es immer gut. Da ich mit Brüdern aufgewachsen bin, stanken unsere Zimmer oft nach monatealten schmutzigen Socken, die in den seltsamsten Ritzen steckten. Mit einem Mädchen zusammenzuwohnen, hat definitiv seine Vorteile.

Poppy schreitet aus dem Flur und ich muss zweimal hinsehen. Dreimal. Verdammt, viermal. Sie sieht verdammt gut aus.

Ihr kurzes blondes Haar ist lockiger gestylt als sonst. Es hat nicht den sanft geschwungenen Look, den es normalerweise hat. Es hat Volumen. Es wirkt fluffiger. Kecker. Wie ihre Persönlichkeit. Ihre langen, dichten und schwarzen Wimpern umrahmen ihre runden, leuchtend grünen Augen, die mich an das Spielfeld erinnern. Sie streicht sich einen glänzenden Gloss über ihre Lippen, welche eine tiefe rötliche Farbe haben, die sie schwer und prall aussehen lässt. Sofort schießt mir die Vorstellung meines Schwanzes in ihrem Mund aus unserer ersten gemeinsamen Nacht durch den Kopf.

Aber das Kleid. Das Kleid ist so typisch Poppy. Es ist eine sexy Abendversion eines sehr kurzen Sommerkleides. Ein schimmernder schwarzer Stoff, auf den zierliche rosa und cremefarbene Blumen aufgedruckt sind. Die Träger an ihren Schultern sind dünn und halten den tiefen Ausschnitt, der gerade genug Dekolleté zeigt, um mir den Atem zu rauben, aber nicht genug, um mich zum Betteln zu bringen. Sie sieht elegant aus. Wie eine Frau.

„Du siehst wunderschön aus", murmle ich in der Hoffnung, dass mir die Zunge nicht aus dem Mund hängt.

Sie sieht zu mir auf, wo ich in der Tür stehe. Ihre Unterlippe löst sich von der Oberlippe, während ihr Blick über mich streift. „Das tust du auch. Ich glaube, ich habe dich seit meiner Rückkehr nur in Team-Trikots gesehen."

Verlegen zupfe ich an dem rot-weiß karierten Hemd, das ich zu meiner engen Jeans angezogen habe. „Meine Garderobe ist etwas begrenzt."

Sie lächelt. „Das habe ich bemerkt."

Ich schlucke, als das Bild von ihr, wie sie mein Trikot im Tower Park trägt, wieder in mein Gedächtnis eindringt. „Bist du bereit?"

Sie nickt und ich bedeute ihr, dass sie zuerst gehen soll. Ich beobachte, wie ihre Hüften beim Laufen unter dem fließenden Rock schwingen. Meine Augen schließen sich vor Schmerz. *Was zum Teufel machst du da, Booker?*

Das Old George ist ein beliebter Treffpunkt von Camden und Tanner. Es liegt im Herzen von Bethnal Green, also ganz in der Nähe des Stadions und so ziemlich aller unserer Wohnungen in Ost-London. Es ist ein wenig schicker als unser anderer Treffpunkt, das Wellys, wo wir jedes Jahr den Geburtstag von Vi und unserer Mutter feiern, da dieser auf den gleichen Tag fällt. Vi hat ihren Geburtstag aufgrund dieser Tatsache noch nie geliebt, aber dass sie sich letztes Jahr an dem Tag mit Hayden verlobt hat, hat sicher geholfen.

„Wer ist alles da?", fragt Poppy, als ich die fünf Minuten zum Pub fahre.

„Es ist eigentlich nur eine Harris-Veranstaltung", lache ich. „Indie ist nicht gerade der geselligste Mensch, den du je treffen wirst."

„Wirklich? Ich habe mich bei deinem Vater ganz gut mit ihr verstanden. Aber wie alt ist sie? Sie sieht zu jung aus, um Ärztin zu sein."

„Sie ist heute sechsundzwanzig geworden, also ist sie jung, um in ihrer Karriere schon so weit fortgeschritten zu sein. Cam sagte, sie habe ein paar Jahre in der Schule übersprungen."

„Das überrascht mich nicht. Sie scheint hochintelligent zu sein."

Ich schaue zu ihr rüber. „Du magst sie und Belle also?" Ich warte auf ihre Reaktion.

Sie nickt eifrig. „Die beiden sind witzig. Ihr Geplänkel hat mich mehr zum Lachen gebracht, als dass ich bei den Hochzeitsplänen geholfen hätte. Aber ich glaube, sie hatten von Anfang an alles im Griff. Indies To-Do-Liste ist akribisch."

Ich lasse meine Hand über meinen mit Jeans bekleideten Oberschenkel gleiten und wische mir den Schweiß von der Handfläche. „Ich habe mich gefragt, ob du hinkommen willst … zu Tanners und Belles Hochzeit." Ich spüre, wie ihr Kopf zur Seite schnellt, damit sie mich ansehen kann. „Was?", frage ich und winde mich unter ihrem skeptischen Blick.

„Hast du niemand Besonderen, den du stattdessen mitnehmen möchtest?"

„Wen denn?"

Sie schnaubt: „Ein Date zum Beispiel."

Stirnrunzelnd antworte ich: „Ehrlich gesagt würde ich lieber mit meiner besten Freundin gehen."

Ich spüre, wie sie mich mustert, als ich direkt vor dem Old George in eine Parklücke fahre. Ich stelle den Motor ab und drehe mich zu ihr um. Ihr Blick funkelt in der Dunkelheit, als sie mich aufmerksam anstarrt.

„Was, Poppy?", frage ich und ziehe an meinem Ohrläppchen. „Was verschweigst du?"

Sie spielt mit den Händen in ihrem Schoß. „Sind wir wieder beste Freunde?" Ihre heisere Stimme, die eine so nachdenkliche Frage stellt, lässt mich innehalten.

„Haben wir je damit aufgehört?"

„Ich schätze nicht." Sie sieht wieder zu mir auf und starrt auf mein Gesicht, als würde sie versuchen, sich jeden Millimeter davon einzuprägen. Ein sanftes Lächeln erhellt ihre Miene. „Aber ich muss sagen, dass Belle dir schon zuvorgekommen ist. Sie hat mich im Haus deines Vaters zu ihrer Hochzeit eingeladen. Ich glaube, sie mag mich!"

Dieser Gedanke lässt mich lächeln, als ich aus dem Auto steige und ihr die Tür aufhalte. Sie hat einen zusätzlichen Schwung im Schritt, als wir den großen Bar- und Restaurantbereich betreten. Das Old George ist von freiliegenden Ziegelsteinen, schummriger Beleuchtung und schrulligem Vintage-Dekor geprägt. Es ist ein cooler Ort für einen unterhaltsamen Abend, der etwas anders ist als die schäbigeren Pubs, die wir gewohnt sind.

Wir gehen durch zwei Empfangsräume voller Gäste und zur Hintertür, die in den riesigen Biergarten führt. Es ist eine mit Efeu und Gittern umrankte Oase, in der dekorative Glühbirnen leuchten. Eine Indie-Rock-Band spielt live, während wir über den Kopfsteinpflasterweg nach hinten gehen, wo Camden ein paar rustikale Picknicktische für den Abend reserviert hat.

Jeder grüßt Poppy, als gehöre sie zur Familie. Sie gratuliert Indie zum Geburtstag. Ich sehe sogar, wie sie ihr eine Karte zusteckt. Indie gurrt, dass das nicht nötig gewesen wäre, und sie streiten sich darüber, wer die Netteste ist. Indie strahlt über das ganze Gesicht, trägt ihre Gepardenbrille und betrachtet Camden durch das ganze Chaos hindurch.

Tanner räumt seinen Platz auf der Bank, damit Poppy sich neben den Mädchen hinsetzen kann. Ihnen gegenüber sitzen Dad, Gareth, Vi und Hayden. Sie alle unterhalten sich angeregt, also gehe ich mit Tanner und Camden zur Bar im Freien, um Poppy einen Drink zu bestellen.

Ich kann nicht umhin, Camdens Unruhe zu bemerken, während er das Etikett von seiner braunen Bierflasche abzieht.

„Warum verhältst du dich so seltsam, Cam?", frage ich und klopfe ihm auf den Rücken. „Nimm dir einen verdammten Drink und versuche, dich zu entspannen. Indie sieht aus, als würde sie sich amüsieren."

Tanner mustert Camden argwöhnisch. „Wenn ich es nicht besser wüsste, würde ich sagen, dass du irgendetwas vorhast. Aber da du mir alles erzählst, kann das unmöglich wahr sein, oder?"

Camden sieht uns beide an und wirft die Hände in die Luft. „Ihr habt mich erwischt! Der Stripper muss jeden Moment kommen."

Tanner gluckst. „Genau das, was der Arzt verschrieben hat."

„Gutes Wortspiel, Bruder!" Cam gibt Tan ein High Five.

Ich rolle mit den Augen und schnappe mir Poppys Drink vom Barkeeper. „Du machst hoffentlich Witze."

Camden schnaubt. „So ernst, kleiner Bruder. Mach dir keine Sorgen um mich. Ich denke, du solltest dich auf deine kleine Mitbewohnerinnen-Situation konzentrieren. Sieh dir nur an, wie gut sich Poppy bei unseren Damen einzufügen scheint."

Sie folgen mir, als ich Poppy ihr Getränk bringe. Ich kann nicht anders, als sie zu beobachten, während sie über etwas lacht, das Belle ihr ins Ohr flüstert. Poppy war schon immer sehr charismatisch und konnte sich mit jedem unterhalten. Aber dass sie jetzt, wo wir alle erwachsen sind, so mühelos dazu passt, ist … schön. Meine Brust schwillt vor Stolz an.

Sie winkt mir zum Dank mit ihrem Glas zu und ihre Augen funkeln mit dem bekannten Poppy-Funkeln. „Das ist doch nicht etwa Tequila und Cream Soda, oder?"

Alle am Tisch stöhnen auf.

Meine Augen glänzen vergnügt. „Du musst es probieren, um es herauszufinden."

Der warnende Tonfall bleibt von ihr nicht unbemerkt. Wenn sie wirklich nachhaken wollte, könnte sie hinter dieser Aussage eine ganze Reihe von Fragen vermuten. Trotzdem nimmt sie einen Schluck von ihrem Getränk und zwinkert mir zu – eine kleine Geste, die einen Stromstoß durch meinen Körper jagt.

Sie wendet sich mit einem Lächeln an Vi und fragt: „Was hast du mit Rocky für heute Abend gemacht?"

Vi strahlt. „Wir haben zum ersten Mal eine richtige Babysitterin!" Sie hebt feierlich die Hände in die Luft und nimmt einen Schluck von ihrem Bier.

„Ich wollte babysitten", brüllt Tanner. „Aber Camden hat gesagt, ich muss hier sein."

„Wir wollten hier sein!", verteidigt sich Belle, die Tanner mit aufgerissenen, wütenden Augen ansieht. „Es ist der Geburtstag meiner besten Freundin. Das würden wir niemals verpassen, du Arsch."

„Das habe ich nicht gemeint! Indie weiß, dass ich sie liebe, wie ein Schwein es liebt, kein Speck zu sein", argumentiert Tanner. „Aber ich wäre zu Hause geblieben, damit ihr alle einen schönen Abend verbringen könnt. Mir gefällt der Gedanke nicht, unseren Rockstar bei einer Wildfremden von der Straße zu lassen."

„Sie ist nicht von der Straße!", schreit Vi. „Sie wurde von einer Agentur eingestellt. Sie ist überprüft worden. Sie ist absolut professionell!"

Tanner grinst und kratzt sich am Bart. „Das gefällt mir immer noch nicht."

„Nun, wir müssen vor eurer Hochzeit jemanden finden, den wir mögen, denn ich habe vor, meine kleine Prinzessin abzugeben und zu feiern!"

Alle lachen und dann stößt Hayden Tanner mit seinem Handy in der Hand mit dem Ellbogen an. „Ein Wort. Nanny-Kamera."

Tanner reißt die Augen auf. „Oh, Gott sei Dank!"

Die beiden kauern über dem Telefon, als wäre es der nächste M. Night Shyamalan-Film, bevor Camdens strenge Stimme sich einschaltet. „Seid ihr dann fertig?"

Wir schauen ihn an und sehen seinen steinernen Blick. Völlig ungewohnt für Camden. In diesem Moment kommt eine Kellnerin mit einer Geburtstagstorte in der Hand auf uns zu, auf der über zwanzig große, dünne Kerzen glühende Funken sprühen. Sie stellt sie vor allen auf den Picknicktisch.

„Brillchen, kannst du herkommen?", fragt Cam, dessen Gesicht in goldenes Licht getaucht ist. Er greift sich in den Nacken und schaut nervös weg. Ehrlich gesagt sieht er so aus, wie er vor einem Spiel aussieht. Wie ein nervöses Wrack.

Indie scheint das nicht zu bemerken, denn ihre leuchtenden Augen sind auf die Torte gerichtet, als sie aufsteht und hinübereilt. Freudig verschränkt sie die Hände, als sie Camden anlächelt. „Oh, Cam, ich liebe es! Was für eine Überraschung! Danke!"

Sie beugt sich vor, um ihn zu küssen, aber er zieht sich zurück und macht ein verlegenes Gesicht. „Das ist nicht deine einzige Überraschung." Er atmet schwer aus.

Wir sehen alle schweigend zu, als er in der Tasche seiner Jeans kramt. Er holt eine schwarze Samtschachtel heraus und alle schnappen nach Luft, als er auf ein Knie geht. Indies Hände fliegen zu ihrem Gesicht und verdecken ihre Brille, um ihre schockierte Miene zu verbergen.

„Auf keinen Fall", flüstert sie atemlos und lässt die Hände sinken. Offensichtlich hat sie das nicht geahnt.

Camden räuspert sich. „Tanner und ich haben die meiste Zeit unseres Lebens alles geteilt, also ist es nur logisch, dass wir auch unsere Verlobungen teilen."

Vi lacht unelegant und krächzt: „Oh mein Gott! Meinst du das ernst?"

Mein Lächeln ist eine Mischung aus Schock und Ehrfurcht, während ich den Kopf angesichts der Szene schüttle, die sich vor mir abspielt.

Camden grinst Tan an und stählt sich dann, um Indie anzuschauen. Als sich ihre Blicke treffen, kann man es sehen … die Veränderung. Die vollständige Hingabe an sie. Er öffnet sich wie ein Buch, das sie verschlingen kann. „Brillchen, seit dem Moment, als ich letztes Jahr verletzt wurde und dachte, mein Leben sei vorbei, wurde ich immer wieder eines Besseren belehrt und mir wurde gezeigt, dass das Beste noch vor mir liegt. Und all dieses Beste ist deinetwegen besser geworden."

Er öffnet die Schatulle und enthüllt einen Platinring mit Diamanten. Er ist nicht traditionell. Er ist sehr wie Indie.

Er nimmt einen tiefen Atemzug und atmet aus. „Ich bin dein, und du bist mein, Brillchen. Heirate mich."

Es herrscht völlige Stille, als er die letzten beiden Worte sagt. Sie klingen nicht wie eine Forderung. Sie klingen wie eine Bitte. Eine offene, verletzliche Bitte an sie, ihn aus seinem Elend zu befreien. Plötzlich fängt Indie an zu lachen wie eine Hyäne. Wir alle starren sie an, völlig verblüfft und in Erwartung ihrer Antwort.

Tanner zuckt vor Belles festem Griff um seinen Arm zurück, als sie kreischt: „Sag ja!"

Indie sieht Belle mit einem breiten Lächeln an. „Ja", flüstert sie. Dann schaut sie wieder zu Camden hinunter und ruft das Wort mit den zwei Buchstaben erneut. „Ja!" Sie wirft sich in seine Arme. Er steht auf, hebt sie vom Boden hoch und küsst ihr Lächeln durch sein eigenes. Wir alle beobachten ihre Umarmung mit einem breiten Grinsen, denn das Glück strahlt von ihnen ab wie die Hitze der brennenden Kerzen. Es ist intensiv.

Dads Stimme übertrifft den tosenden Jubel. „Du meine Güte. Welche Aufregung wird es für diese Familie noch geben?"

„Ich stimme für noch mehr Babys!", ruft Tanner und Belle stößt ihn mit dem Ellbogen in die Rippen. Er lacht und küsst sie.

„Wünsch dir was, Brillchen", sagt Cam und schlingt seine Arme fest um Indies Taille, während er hinter ihr steht und ihre Wange küsst.

Sie kneift die Augen zusammen und legt einen Finger an ihr Kinn. „Ich wünsche mir … dass Booker der Nächste ist!" Sie pustet die Kerzen aus und ich schwöre, dass die ganze Welt schwarz wird.

Poppy

Liebe liegt in der Luft. Eimerweise goldene, süße, schmelzende, köstliche Liebe, von der man unausweichlich betrunken wird. Die Harrises sind eine Familie, die nach dem Verlust ihrer Mutter und dem vorübergehenden Verlust ihres Vaters, der trauerte, von so viel Dunkelheit umgeben war. Booker sprach nie viel über seine Mutter, aber er erzählte, wie schlimm manche Tage mit seinem Vater waren. Mein Herz schmerzt für die Kinder, die sie damals waren, als sie versuchten, mit den Problemen der Erwachsenen zurechtzukommen.

Wenn man sie jetzt ansieht, kann man sehen, dass diese Tragödie ein unerschütterliches Band geschaffen hat. Und das Universum macht diese dunklen Jahre mehr als wett. Die Familie Harris strotzt vor Liebe und Glück. Neben dem atemberaubenden Verlobungsring, den Cam Indie an den Finger gesteckt hat, verkündet Tanner immer wieder, dass es viele Babys geben wird, und Hayden und Vi lächeln immer wieder auf Haydens Handy, während sie ihre Tochter auf der Nanny-Kamera schlafen sehen.

Es ist gewaltig. Es ist atemberaubend. Es wird Torte gegessen, Getränke werden geteilt, Erinnerungen werden erzählt und es wird gelacht. Die ganze Zeit über denke ich mir: *Diese Familie könnte nicht glücklicher sein.* Sie haben ihr eigenes Netzwerk aus Liebe, Freundschaft und Unterstützung, und ich freue mich, dass ich dabei sein kann, wenn auch nur als Freundin.

Bookers Augen finden meine die ganze Nacht lang, angefangen bei dem Moment, als Indie sich etwas zum Geburtstag gewünscht hat. Mir sind fast die Knie eingeknickt, als er mich mit diesem Blick von neulich Abend direkt ansah. Diese Augen, die ich so viele Jahre lang sehen wollte. Sein Mund war vielleicht zu einem halben Lächeln verzogen, als alle in Gelächter ausbrachen, aber seine Augen ... *Seine Augen* enthielten nicht einen Funken Humor. Sie beobachteten mich ganz genau. Sein dunkles Haar, das nach hinten gekämmt war, brachte jede Emotion in seinem Blick zum Vorschein und enthüllte die geheimnisvollen Teile seines Verstandes, die ich kennenlernen möchte. Die ich unbedingt verstehen will.

Für den Rest des Abends spüre ich den ständigen Sog der Energie, die von ihm ausgeht. Sie ist auf mich gerichtet. Es ist überwältigend. Ich bin nicht betrunken vom Alkohol. Ich bin betrunken von Booker Harris. Von der Möglichkeit, was meinem besten Freund durch den Kopf gehen könnte.

Nach einer Million Umarmungen zum Abschied machen wir uns auf den Weg zum Ausgang des Old George. Booker öffnet mir die Autotür, packt mich an der Taille und hievt mich auf den Sitz. Seine Hände erstarren einen Moment lang, sein Blick ist nach unten gerichtet und er beobachtet, wie er mich festhält, während seine Daumen meine Seiten streicheln. Es fühlt sich an wie die Art, auf die ein Junge ein Mädchen berührt, wenn er Gefühle für sie hat. Nicht so, wie ein Kumpel eine Freundin berührt.

Schließlich lässt er mich los und schließt die Tür. Ich atme schwer aus und verlangsame meinen Herzschlag, während er zu seiner Tür geht und einsteigt.

Auf dem gesamten Heimweg sind wir völlig still. Die Fahrt dauert nur fünf Minuten, kommt mir aber vor wie Stunden. Stunden, in denen ich darüber nachdenke, was zwischen uns passiert ist. Was mit *mir* passiert. Ich habe mir gesagt, dass ich Booker nicht mehr so ansehen werde. Aber in diesem Moment will ich nur ihn. Ich *fühle* nur ihn. Ich bin wieder das achtzehnjährige Mädchen, das sich in Booker verliebt hat. Aber jetzt bin ich im Körper einer fünfundzwanzigjährigen Frau gefangen, die Befriedigung verlangen wird, wenn ich mich weiterhin so erregen lasse.

Die Spannung steigt in mir wie ein Gummiband, das gleich reißen wird. Bookers Kinn verzieht sich und er beobachtet mich aus dem Augenwinkel, während ich gedankenlos meine Beine reibe.

Meine. Nackten. Beine.

Ich atme zittrig ein und drücke meinen Kopf gegen die Kopfstütze, im Versuch, dieser sexuell geladenen Folter ein Ende zu setzen. Wie kann eine stille Autofahrt so verdammt erotisch sein? In welches Universum bin ich hineingeraten? Ich bin hier schwach. Ich habe keine Kraft.

Endlich erreichen wir unser Gebäude. Wir steigen die zwei Stockwerke zu unserer Wohnung hinauf und seine Schritte sind dicht hinter mir, als wir die Tür erreichen. „Entschuldige, Poppy." Seine Stimme ist rau und vibriert in jedem Teil von mir, als er sich mit dem Schlüssel an mir vorbeidrängt.

Meine Augen sind niedergeschlagen und meine Wangen brennen von der Erinnerung an meinen Namen auf seinen Lippen, als er in der letzten Nacht seinen Höhepunkt erreichte. Er stößt die Tür auf und tritt zurück, damit ich an ihm vorbeigehen kann. Ich schaue kurz zu ihm und unsere Blicke treffen sich – eine Million Emotionen toben in seinen dunklen Augen.

Ich streiche mit meinem Arm über seine feste Brust und erschaudere, als er scharf einatmet. Er spürt auch etwas. Ich bin damit nicht allein.

Meine Absätze klacken den Flur hinunter zu meinem Zimmer. Dort angekommen, schaue ich über meine Schulter und beobachte, wie er an der Schwelle seines eigenen Zimmers innehält. Seine Unterarme spannen sich an, als er sich an den Türrahmen klammert, um sich selbst am Eintreten zu hindern. Er dreht den Kopf und sieht mich mit zusammengekniffenen Augen an. In diesem Moment sehe ich es endlich. Ich sehe alles ganz klar. Über all den gemischten Gefühlen, der Verwirrung und den Ungewissheiten steht die eine Sache, die alles überstrahlt ...

... *Begierde.*

Er will mich. Und ich will ihn. So sehr, dass ich es schmecken kann. So sehr, dass ich mich an das Gefühl seines harten Schwanzes in meinem Mund erinnern kann. Es ist mir egal, dass wir es nicht tun sollten. Es ist mir egal, wie falsch es ist, denn was ich in meinem Körper fühle, kann ich nicht länger ignorieren.

Booker lässt seinen Kopf in den Nacken fallen und schaut an die Decke. Sein Adamsapfel gleitet seinen dicken Hals hinunter, während er sich mit dem Rücken gegen den Türrahmen lehnt. Sein Kinn sinkt und er blickt mir direkt ins Gesicht.

Es ist eine Pattsituation. Eine Mutprobe. Ein Feiglingsspiel. Wer wird zuerst sprechen? Wer durchbricht die stille Spannung, die durch den schummrigen Flur weht?

Er greift nach oben und knöpft langsam sein Hemd auf. Ein Knopf nach dem anderen. Ein Stück olivfarbener Haut auf seiner Brust kommt dabei zum Vorschein.

Auch meine Hände entwickeln einen Eigenwillen. *Wohl eher ein eigenes Sexualorgan.*

Ich greife nach hinten, ziehe den Reißverschluss meines Kleides herunter und halte das Oberteil an meine Brust, während die Träger von meinen Schultern fallen. Meine Augen sind nach unten gerichtet und ich genieße die Hitze seines Blicks auf mir.

Beobachtend. Wartend. Fragend.

Ich genieße die köstliche Spannung, wie er mich einfach beobachtet.

Schließlich sehe ich auf. Und ich will ihn. Ich will ihn mehr, als ich es je für möglich gehalten hätte. Ich will seine Hände auf mir und seinen Körper an mich gepresst haben. Ich will sein Gewicht auf mir spüren, während er sich von meinem besten Freund zu meinem Liebhaber wandelt.

Mein Liebhaber.

Die Hitze in seinen Augen ist ein sexuelles Versprechen und ein Befehl in einem. Also tue ich, was mein Körper von mir verlangt.

Ich lasse meine Hände sinken.

Das Kleid rutscht bis zu meinen Hüften hinunter, enthüllt meine völlig nackten Brüste und entblößt so viel mehr als nur meine Haut.

Feuer explodiert in seinen Augen. Mit kräftigen, entschlossenen Schritten kommt er in Windeseile herüber und hält mich fest. Seine Lippen treffen auf die meinen, während sich ein Arm fest um meine Taille schlingt und nach meinem Hintern greift. Die andere Hand gleitet an meiner Brust entlang, streichelt, reibt und hält mich fest, während er mit seiner Zunge über meinen Hals fährt und an einer Stelle an meinem Schlüsselbein saugt.

Er dreht uns kräftig um und schnell gegen die nahe gelegene Wand, drückt sich an mich und seine Erektion findet Halt zwischen meinen Schenkeln, als ich ein Bein um seine Hüfte schlinge. Ich schreie laut auf, als er sich beugt, um mein Nippelpiercing in den Mund zu saugen. Er umspielt das Schmuckstück mit seiner Zunge und lässt das kalte Metall zwischen seinen Zähnen klirren. Der Nippel ist wie eine Druckleitung direkt zwischen meinen Beinen, denn mein Slip wird feucht vor Verlangen.

Als mein Stöhnen zu Schreien wird, bewegt er seine Lippen zu meinem Hals und seine Hand gleitet in einem festen, fordernden Griff meinen nackten Oberschenkel hinauf. Als er sich zurückzieht, um mir in die Augen zu sehen, glühen die seinen vor Lust. Dann raubt er mir den Atem, indem er unsere Münder wieder miteinander verschmelzen lässt. Diesmal ist es ein Kuss, der nach Einlass verlangt, nicht nur nach Verbindung. Seine Zunge öffnet meine Lippen, während er die seinen auf mich presst und mit köstlicher erotischer Unanständigkeit massiert.

Eine Welle der Wärme blüht zwischen meinen Schenkeln auf, als seine Finger in meinen Slip gleiten. Ich ziehe mich von seinem Mund zurück und schaue auf seinen Arm hinunter, der zwischen uns eingeklemmt ist. Wie ein wildes Tier wimmere ich, als er einen langen Finger in mir versenkt und dann noch einen. Seine entblößten Brustmuskeln spannen und lockern sich mit jedem Stoß seiner Finger. Wieder und wieder. Lange, träge Bewegungen, die mit jedem meiner angestrengten Schreie an Geschwindigkeit zunehmen.

„Booker! Ich brauche …“ Ich halte inne und schnappe nach Luft, während sich meine Hüften gegen seine Berührung reiben. „Ich werde kommen.“

„Gut“, knurrt er. Seine Stimme ist ein Aphrodisiakum. „Komm so, wie ich es neulich getan habe.“

Meine zusammengekniffenen Augen können sich kaum auf ihn konzentrieren. „Was?“

„Hast du mich gehört, Poppy? Hast du gehört, wie ich deinen Namen rief, während ich mir bei dem Gedanken an dich einen runtergeholt habe?“

Ich schlucke und bringe es nicht über mich, es laut zuzugeben, da es mir so peinlich ist. Aber seltsamerweise macht mich die Demütigung nur noch mehr an. Ich nicke.

Er lächelt halb und hat ein unanständiges Glitzern in den Augen, von dem ich nicht wusste, dass es in ihm existiert. „Hat es dir gefallen?"

„Ja", keuche ich und halte nichts zurück.

„Hast du dich selbst angefasst?"

„Nein."

Er runzelt enttäuscht die Stirn. „Warum nicht? Wolltest du das nicht?"

Mein Höhepunkt baut sich auf.

„Antworte mir, Poppy. Wolltest du dich nicht anfassen?"

„Nein!", rufe ich aus.

Seine Augen verengen sich vor Entschlossenheit. „Warum nicht?"

„Weil ich wollte, dass du es tust!", fauche ich.

Und mein Orgasmus kommt.

Booker beißt sich auf die Unterlippe, als ich mich um seine Finger herum verkrampfe. Grob zieht er sich aus mir heraus und kneift mir so fest in die Klitoris, dass mir die Luft wegbleibt. Ich werde völlig still. Der Druck des Orgasmus und der Druck auf meine Klitoris machen mich unfähig, auch nur einen Atemzug zu nehmen, während Lichtpunkte hinter meinen geschlossenen Lidern aufblitzen. *War das ein doppelter Orgasmus?*

Nachdem ich gefühlt stundenlang gezittert habe, löst er seinen Griff von mir und meine Beine knicken ein. Schnell zieht er mich in seine Arme und murmelt in mein Haar: „Fuck, Poppy. Ich bin gerade so verdammt hart." In seiner Brust vibriert ein Lachen, während mein Kopf auf seine Schulter fällt.

Die Nachbeben des Höhepunkts durchströmen mich noch immer, als er mit mir durch den Flur geht und mich auf sein Bett legt. Meine Augenlider flattern auf und ich sehe, wie er sich hinunterbeugt, um die Lampe einzuschalten. Das gelbe Licht wirft warme Schatten auf seine angespannten Brustmuskeln, als er sein Hemd auszieht. Sein Trizeps arbeitet, als er seinen Gürtel öffnet. Seine Bauchmuskeln werden sichtbar, als er seine Jeans und Boxershorts in einem Zug auszieht.

Ich winde mich angesichts seiner Härte. Er ist so hart, dass ich sehe, wie bereits die ersten Tropfen aus der Spitze kommen. Ich dachte, ich wäre verausgabt. Ich dachte, dieser doppelte Orgasmus oder was auch immer es war, könnte mich auf der Stelle töten. Aber ihn dort zu sehen, nackt, selbstbewusst, begierig darauf, *in mich* einzudringen … das weckt mich.

Ich will, dass sein Schwanz mein Inneres dehnt, bis es nicht mehr geht.

Er tippt mir auf die Hüften, damit ich sie anhebe und er mein Kleid vollständig nach unten ziehen kann. Jetzt liege ich nur noch mit meinem schwarzen Slip bekleidet vor ihm. Er beugt sich in der Taille, drückt sein Gesicht zwischen meine Schenkel und fährt mit seiner Nase an meinem Schambein entlang, während er tief einatmet.

„Oh mein Gott", stöhne ich, als er seine Finger in den Bund meines Slips einhakt und ihn mir die Beine herunterzieht. „Hast du gerade an mir geschnuppert?"

„Du riechst hier so verdammt gut." Er küsst meinen Bauch und wandert an meinem Körper hoch, wobei er sich mit seinen muskulösen Armen über mir abstützt. „Und hier." Er küsst die Vertiefung zwischen meinen Brüsten. „Hier." Er küsst die Stelle unter meinem Ohr. „Hier." Er küsst meine Lippen. „Überall. Und ich werde dich noch einmal kosten, denn du bringst mich um meinen verdammten Verstand, Poppy."

Ich nicke, denn ganz ehrlich, wenn er meinen Namen mit diesen Sexaugen sagt, kann ich auch nicht mehr klar denken. Er spreizt meine Beine, vergeudet keine Zeit damit, mit seiner Zunge über meinen Schlitz zu fahren und stöhnt, als er über mein geschwollenes Nervenbündel streicht. „Ich will dich ficken, Poppy. Das ist alles, woran ich jede Nacht denke, seit du zurück bist."

Ich stöhne und winde mich, drücke meine Oberschenkel an seinen Kopf und kämme mit den Fingern durch sein Haar. „Ich auch."

Er lacht an mir und bewegt noch ein paarmal seine Zunge, bevor er Küsse auf meinem Bauch verteilt und dann an meiner Brust anhält, um mit offenem Mund einen sanften Kuss auf das Piercing zu drücken.

Er positioniert seinen Schwanz an meinem Eingang und hält dann inne, wobei er mit feurigen Augen auf mich herabblickt. „Soll ich … ich meine, willst du, dass ich ein Kondom hole?"

Ich schüttle den Kopf, da ich keine Barriere zwischen uns haben will. Ich habe das Gefühl, dass wir schon seit Jahren mit einer leben, und endlich will ich ihn spüren. Alles von ihm. Ich will ihm so nah wie möglich sein. Und ich vertraue Booker. Ich weiß, dass er Fußballer ist und schon mit anderen Mädchen zusammen war, aber ich weiß auch, dass er bei mir nie etwas riskieren würde.

„Mach Lie…" Ich halte inne und mein Gesicht wird feuerrot, als ich fast dieselben Worte wiederhole, die ich in unserer ersten gemeinsamen Nacht gesagt habe. Dieselben Worte, die ihn vor mir haben zurückschrecken lassen, als wäre ich eine heiße Fackel. „Ich will, dass du mich fickst, Booker", krächze ich. Die Worte fühlen sich derb und billig an, aber ich brauche es so sehr, dass ich das Gefühl habe, ich könnte in zwei Teile zerspringen.

„Poppy, du hast ja keine Ahnung." Er presst seine Lippen auf mich, während er seine nackte Spitze an meinem Eingang platziert. Stirn an Stirn schaut er auf mich herab, während er in mich stößt. Meine Schultern heben sich vom Bett, als er mich vollständig ausfüllt. Seine Hand umfasst meinen Hintern, seine Finger graben sich in mich, während er tiefer eindringt. Er fährt mit seinen Lippen an den meinen entlang und murmelt: „Gott, du fühlst dich so gut an."

Ich halte mich an seinem Rücken fest, während meine Beine seine Hüften festhalten. „Fick mich, Booker", flüstere ich, da ich nichts anderes sagen kann. Ich muss einfach so schnell wie möglich in einem Orgasmus verschwinden.

Sobald ich mich an seine Größe gewöhnt habe, wird er noch schneller und vögelt mich wie der professionelle Sportler, der er ist, was mich innerhalb der ersten fünf Minuten zum Orgasmus bringt. Dann dreht er uns mühelos um, sodass ich oben bin. Er spielt mit meiner Klitoris, während ich meine Hüften an ihm reibe und mich ein zweiter Orgasmus durchfährt.

„Gott, du bist verdammt schön." Seine Worte sprechen direkt zu meinem Herzen. Ich spüre, wie es sich in meiner Brust ausdehnt wie eine warme Erinnerung.

Ich bin mir ziemlich sicher, dass ich in der Ferne einen Nachbarn höre, der uns anschreit, leiser zu sein. Aber wir hören nicht auf. Wir zögern nicht einmal. Wir setzen diesen wilden Ritt fort, da keiner von uns eine verdammte Ahnung hat, wo er enden wird. Vermutlich an keinem guten Ort. Deshalb genieße ich ihn wenigstens, solange es andauert.

Booker

Ich habe gerade meine beste Freundin gefickt.

Nachdem ich in Poppy gekommen bin, weiß ich ohne jeden Zweifel, dass ich es gewaltig vermasselt habe. Und dieses Mal ist es noch viel schlimmer, weil ich es nicht verhindert habe, als ich wusste, dass wir zu weit gehen. Ich habe es geschehen lassen. Ich habe gehofft, dass es geschehen würde. Ich habe alles getan, was ich konnte, um es geschehen zu lassen. Das ist alles meine verdammte Schuld.

Ich habe nicht gelogen, als ich sagte, dass Poppy mich um den Verstand bringt. Warum kann ich mich nicht beherrschen? Den ganzen Abend lang bei meiner Familie konnte ich nicht aufhören, sie in meinem Kopf zu *spüren*. Gott, das klingt blöd, aber es passt. Sie drang in meinen Kopf ein und ich konnte das Verlangen nach ihr nicht überwinden. Ich wollte in ihr sein. Unbedingt.

Aber ich muss diese Kontrolle finden. Ich bin kein verdammt geiler Teenager, der tun kann, was er will. Ich bin ein Erwachsener, und ich muss Macht über dieses Gefühl haben, sonst könnte ich sie wieder verlieren. Diesmal vielleicht für immer.

Ich muss das in Ordnung bringen.

Mein Kopf ruckt nach oben, als ich das Knarren der Dielen höre, als Poppy von der Toilette in ihr Schlafzimmer huscht. Da ich weiß, dass ich sie so nicht ins Bett gehen lassen kann, stehe ich auf und ziehe mir Shorts an. Ihr Kleid lacht mich vom Boden aus an und verhöhnt mich als den Idioten, der ich bin. Ich hebe es auf und gehe hinaus, wo ich Poppy in ihrem Zimmer sehe, wie sie sich bückt und in Shorts schlüpft. Schnell schnappt sie sich ein T-Shirt vom Boden und zieht es sich über den Kopf. Ihr kurzes blondes Haar steht in alle Richtungen ab, während sie nach unten schaut und das Shirt zurechtrückt.

Sie dreht sich um, als sie mich kommen hört.

„Was machst du da?", frage ich und lasse meinen Blick an ihrem Körper hinuntergleiten, wobei ich feststelle, dass sie das Bethnal-Shirt trägt, das sie sich für das Spiel ausgeliehen hat. Es ist riesig an ihr, aber meine Brust fühlt sich komisch an, wenn ich sehe, wie sie in einem meiner Kleidungsstücke förmlich ertrinkt.

Sie starrt auf meinen nackten Bauch und streicht sich selbstbewusst mit den Händen durch die Haare, um die zerzausten Strähnen zu bändigen. „Ich habe nach einem Pyjama gesucht."

Ich fahre mir selbst mit der Hand durch die Haare und schließe die Augen, als ich mich an das Gefühl ihrer Finger darin erinnere, während ich sie gekostet habe. *Verdammt, das ist nicht das, woran ich jetzt denken sollte.* Ich ziehe an meinem Ohrläppchen und frage: „Hast du … ähm … beabsichtigt, wieder in mein Zimmer zu kommen?"

Mit einem Stirnrunzeln, als hätte meine Frage sie schockiert, fragt sie: „Wolltest du das?"

Ich atme schwer aus, da ich weiß, dass es das Beste wäre, getrennt zu schlafen, aber es scheint mir die angemessenere Sache zu sein, im gleichen Bett zu schlafen. Aber … es ist Poppy. Ich kann das nicht mit ihr tun. Ich kann nicht intim mit *ihr* sein. Das ist zu viel. Wir haben als Kinder zusammen geschlafen, aber nicht so. Nicht, seit ich sie nackt gesehen habe. „Nun, ich erwarte nicht, dass du hier schläfst. Ich meine, es sei denn, du willst."

Ihr Gesicht verzieht sich mit einem Ausdruck, den ich nicht genau identifizieren kann. Verärgerung vielleicht? Sie kneift ihre grünen Augen zusammen, ihre Wimpern verdecken fast die ganze Farbe, während sie die Arme vor der Brust verschränkt. „Das klingt, als wolltest du, dass ich hier schlafe."

Mein Gesicht fällt. „Das habe ich nie gesagt." *Aber wie ein verdammter Idiot denke ich es!*

„Ich kenne dich, Booker", faucht sie. „Du bist für mich wie ein offenes Buch. Warum würdest du sonst in meiner Tür stehen und unbeholfen vor dich hin stottern?"

„Weil ich nicht weiß, was zum Teufel gerade passiert ist, Poppy." Ich atme scharf aus. „Ich meine, ich weiß, was passiert ist, aber ich weiß nicht, was es bedeutet. Verzeih mir, dass ich nicht die angemessene Prozedur kenne, nachdem man seine beste Freundin gevögelt hat."

Sie lässt die Hände sinken und ballt sie zu Fäusten. „Vielleicht können wir uns einfach wieder ignorieren, wie beim letzten Mal." Ihre Stimme hebt sich am Ende um eine ganze Oktave.

„Nein! Verdammt", knurre ich und fahre mir mit der Hand durch die Haare. Das läuft nicht gut. Ich fühle mich innerlich panisch, in dem Wissen, dass ich es nicht richtig mache. „Das ist nicht das, was ich will. Ich … schätze … ich will nur wissen, was das ist. War. Was es … dir bedeutet."

Das scheint sie nicht zu beruhigen. Im Gegenteil, es scheint alles noch viel schlimmer zu machen. Vielleicht hätte ich den letzten Teil nicht sagen sollen, aber ich mache mir mehr Sorgen um Poppys Gefühle als um meine eigenen. Sie ist viel unerfahrener als ich … Zumindest glaube ich das. Ich weiß nicht, ob Sex ihr viel bedeutet oder ob sie das als den Fehler ansieht, der es war.

„Hör zu, Booker. Ich will dich auch nicht wieder ignorieren. Ich habe darüber nachgedacht und denke, um unserer Freundschaft willen sollte ich ausziehen und bei meinen Eltern wohnen, bis meine Wohnung frei ist, wie ich es ursprünglich geplant hatte."

Mein Herz rutscht mir in die Hose. Dann hüpft es. Und rutscht wieder nach unten. Dann rennt es im Kreis herum wie ein verzweifelter Hund. „Was?", krächze ich, völlig schockiert von ihrem Vorschlag. Ich fühle einen schrecklichen Schmerz in mir aufsteigen. Derselbe Schmerz, den ich empfand, als sie das erste Mal wegging.

Sie scheint entschlossen zu sein. „Ich denke, wenn wir eine Chance haben wollen, den Rest unserer Freundschaft zu retten, ist es für uns beide am besten, wenn wir etwas Abstand voneinander haben."

„Da bin ich anderer Meinung", brülle ich, als meine Verzweiflung schnell in Wut umschlägt.

Sie stößt ein beleidigtes, bitteres Lachen aus. „Warum?"

Mit hochgezogenen Schultern gehe ich auf sie zu und verringere den Abstand zwischen uns. Ich lege meine Hände auf ihre Arme und versuche, eine selbstsichere Ausstrahlung zu vermitteln. Ich möchte, dass sie sich meiner Worte sicher fühlt. Ich möchte, dass sie an mich glaubt. An uns. *Ich will, dass sie bleibt.* „Ich denke, wenn wir eine Chance haben wollen, unsere Freundschaft zu retten, musst du unbedingt bleiben. Das ist der einzige Weg, um das zu verarbeiten." Ich spanne den Kiefer an.

Sie blickt zwischen meinen beiden Händen hin und her, während sie sich aus meinem Griff löst. „Spiel jetzt bloß nicht Torhüter mit mir, Booker!", platzt sie hervor.

Ich ziehe mich zurück. „Was soll das denn heißen?"

Sie schnaubt entrüstet. „Dass du groß, heiß und erdrückend wirst", sie demonstriert es mit wilden Gesten, „und versuchst, durch dieses Gespräch hindurch zu peitschen."

Hat sie heiß gesagt?

Ich schüttle den Gedanken ab und schürze die Lippen, wobei sich meine Augen vor Frustration verengen. „Ich versuche nicht, Torhüter mit dir zu spielen. Ich versuche, dir zu zeigen, dass wir das durchstehen können."

„Verarbeiten!" Sie plappert meine vorherige Wortwahl mit spöttischer, singender Stimme nach.

Mit Poppy zu streiten ist, als würde man mit einem Beagle streiten. Gerade wenn sie versuchen, hart und bedrohlich zu wirken, tritt der gegenteilige Effekt ein. Ich versuche, nicht zu grinsen, während ich zurücktrete, die Arme verschränke und mich am Türrahmen abstütze. „Ja, wir können es verarbeiten, Poppy. Es sei denn natürlich ..." Ich schaue sie nervös an und frage mich zum ersten Mal, ob ihr das tatsächlich mehr bedeuten könnte, als ich dachte. „Es sei denn natürlich, es bedeutet etwas."

„Gott, nein." Sie schüttelt den Kopf und umarmt sich selbst, wobei mein T-Shirt Falten bildet. „Es bedeutet nichts."

Die Worte aus ihrem Mund bringen mir nicht den Trost, den ich mir erhofft hatte. Aber nichts ist besser als etwas. Nichts ist sicher. Nichts ist frei von Drama. Nichts hält Poppy hier. Meine Kehle ist wie zugeschnürt, als ich nachplappere: „Es bedeutet nichts."

„Wir hatten einfach einen ... Ausrutscher", sagt sie und schürzt nickend die Lippen. Die Entschlossenheit steht ihr ins Gesicht geschrieben. „Ja, so werden wir es nennen. Einen Ausrutscher."

„Einen Ausrutscher", wiederhole ich mit zusammengebissenen Zähnen.

„Ja, du hast recht. Ich sollte nicht zu viel darüber nachdenken. Auszuziehen wäre sehr dramatisch. Es war nur ein Ausrutscher. Wir sind keine Freunde mit ... gewissen Vorzügen. Wir sind keine Fickfreunde. Wir ... hatten einen Ausrutscher. Es wird nicht wieder vorkommen." Sie scheint erleichtert zu sein, jetzt, wo sie eine Bezeichnung dafür gefunden hat.

Ich stoße ein leises Lachen aus. „Wie auch immer du es nennen willst."

„Ja." Sie nickt. Ihre Rehaugen sind groß und beruhigt.

„Und du willst nicht wieder zu mir ins Bett kommen?", frage ich, um sicherzugehen, dass wirklich kein Missverständnis vorliegt.

Ihre Augen werden zu Schlitzen. „Nein, Booker. Ich glaube, ich hatte für eine Nacht genug Ausrutscher, danke."

TEQUILA SUNRISE

Poppy

Ich glaube, ich bin in meinen besten Freund verliebt … schon wieder.

Das steht außer Frage. Der Sex in seinem Bett war der beste meines Lebens. Ihn in mir zu spüren, seine Hände auf mir, seinen Atem in meinem Ohr, sein Gewicht auf mir. Er war so nah an der Perfektion, wie ich es mir nur vorstellen konnte. Er hat die sechs Jahre, während derer ich in Deutschland war, um mich neu zu finden, zu einem verdammten Witz gemacht.

Und dann kam das Danach.

Das schreckliche, unangenehme, herzzerreißende Danach.

Es ist unnötig zu erwähnen, dass die Lage im Hause Harris verdammt angespannt ist. Booker und ich waren in den letzten Tagen ruhig und haben versucht, einander aus dem Weg zu gehen, ohne dass es so aussieht, als würden wir uns aus dem Weg gehen wollen. Erst heute Morgen hat er sich in der Küche einen Proteinshake gemacht und ich habe ihn versehentlich gestreift. *Dieses Mal war es wirklich ein Versehen.* Er sprang zurück, als wäre er gebissen worden. Aber dann merkte er, dass er überreagiert hatte und gab mir seinen Proteinshake als Entschuldigung.

Verdammte Scheiße.

Ich habe mir den Kopf zerbrochen und versucht herauszufinden, ob unsere Freundschaft nach all dem, was passiert ist, noch zu retten ist. Ob ich über meine Gefühle und den Schmerz hinwegkomme, dass Booker mich nach allem, was wir zusammen erlebt haben, so einfach abgewiesen hat. Als ich dann mit dem Auszug gedroht habe und er sich so aufgeregt hat, habe ich einfach meine Karten niedergelegt. Aufgegeben. Denn ich will vor allem nicht meinen besten Freund verlieren.

Ich muss herausfinden, wie ich dafür sorgen kann, die Dinge weniger beschissen zu machen.

Auf dem Rückweg von meinem Freitagabendkurs erhalte ich eine SMS von jemandem, der mir tatsächlich helfen könnte.

Belle: Poppy! Was machst du heute Abend?

Ich: Unmengen an coolen und unglaublichen Dingen.

Belle: Also … nichts? So wie ich?

Ich: Bingo. Du und Tanner seid nicht mit den Hochzeitsdetails beschäftigt?

Belle: Tanner ist scheiße, wenn es um Hochzeitskram geht. Indie und ich sind in meiner Wohnung und versuchen, Musik für die Hochzeit auszusuchen. Wir dachten, es könnte Spaß machen, einen kleinen improvisierten Junggesellinnenabschied daraus zu machen. Hast du schon mal Tequila Sunrise getrunken?

Ich: Nein. Ich bin leider kein großer Fan von Tequila.

Belle: Du hast DIESE nicht probiert! Können wir vorbeikommen?

Ich: Ihr wollt in meine Wohnung kommen?

Belle: Ja, meine Wohnung ist im Moment etwas verwüstet, weil überall Hochzeitskram herumliegt, und Indie wohnt drüben in Notting Hill.

Ich: Okay, klar. Booker passt heute Abend bei Hayden und Vi auf Rocky auf, also würde ich mich über Gesellschaft freuen!

Belle: Wunderbar! Bis dann! xoxo

Eine Welle der Aufregung überkommt mich, als ich nach Hause eile, um mich umzuziehen und die Wohnung aufzuräumen. Ich hatte noch nie viele Freundinnen. Nur ein paar aus der Schule, aber wir haben den Kontakt verloren, als ich zur Uni ging. Und seit ich zurück bin, war ich so sehr mit Booker beschäftigt … ich meine vereinnahmt … ich meine von Booker *abgelenkt,* dass ich nicht wirklich versucht habe, mit anderen in Kontakt zu kommen. Andrew aus dem Fitnessstudio zählt nicht wirklich, auch wenn er wirklich süß und lustig ist, wenn er mich bei meinem Training absichert.

Belle und Indie scheinen eine Menge Spaß zu machen. Vielleicht ist es also genau das, was ich brauche, um aus meinem Booker-Trübsal herauszukommen.

Ich öffne die Tür und sehe das Duo mit Taschen in den Händen vor mir stehen. Indies wilde rote Locken sind zu einem unordentlichen Knoten gebunden, ihre Brille ist heute Abend kanariengelb. Belles seidige dunkle Strähnen sind zu einer Seite gekämmt und ihre dunklen Augen sind stark umrandet und umwerfend wie immer. Die beiden sind ein unglaublicher Anblick. Es überrascht mich nicht, dass sie es geschafft haben, die berüchtigten wilden Harris-Zwillinge zu zähmen.

Belles Augen sind ernst, als sie sagt: „Indie hat den Alkohol. Ich habe die Schokolade. Bitte sag mir, dass du Chips hast, sonst müssen wir zum Laden rübergehen."

„Ich habe Chips!", singe ich und wirble dann in die Küche, um sie aus dem Schrank zu holen.

„Gott sei Dank." Belle atmet aus, als die beiden ihre Taschen auf den Tresen stellen. „Ich liebe meine Schokolade, aber mit etwas Salzigem ist das Trinken viel einfacher."

„That's what she said." Indie kichert über ihren kleinen Scherz.

Belle antwortet: „Keine verdammte Schokolade für dich."

Die beiden diskutieren weiter, während sie es sich gemütlich machen, Gläser holen und Getränke mixen, als wären sie schon hunderte Male hier gewesen. Ich beobachte sie neugierig und bin dankbar für meine Flasche Whiskey, die in den Startlöchern steht, falls diese Tequila-Verkostung schiefgeht.

Indie dreht sich um und reicht mir ein hohes Glas, in dem oben Orangensaft und unten ein roter Grenadinesirup schwimmt.

„Es sieht wirklich wie ein Sonnenaufgang aus", sage ich mit einem wehmütigen Seufzen. Das Zeug wird sicher furchtbar schmecken, aber wenigstens ist es hübsch anzusehen. Manchmal sind es die kleinen Dinge.

Belle hält ihr Glas hin. „Tequila Sunrise, meine Damen.“

Indie wiederholt: „Tequila Sunrise“ und stößt ihr Glas mit unseren an.

„Ist das eine Sache bei euch?“, murmle ich und nippe zögerlich an meinem. Sie schauen mich mit großen, erwartungsvollen Augen an.

Ich ziehe die Augenbrauen hoch. „Das ist köstlich!“ Ich trinke noch einen Schluck – einen größeren, befriedigenderen, nur um sicherzugehen. „Ihr habt mich von meiner Abneigung gegen Tequila geheilt! Ich muss Booker von diesem Getränk erzählen.“

Die beiden starren mich an, als hätte ich ein schmutziges Geheimnis verraten. Ich ignoriere ihre Blicke und gehe zum Sofa, wo sie sich mit Schokolade und Chips in der Hand zu mir setzen.

Belle begutachtet den Raum. „Wunderschöne Wohnung. Booker hat einen guten Geschmack.“

„Vi hat sie gefunden, glaube ich“, fügt Indie hinzu, lässt sich neben mich fallen und zieht ihre Füße unter sich. „Sie wollte sichergehen, dass ihr Baby Booker immer in ihrer Nähe ist.“

Die beiden kichern über die winzige, überfürsorgliche Schwester, die sich in das Leben ihrer vier riesigen Brüder einmischt, wie sie es schon immer getan hat. Vi mag zwar klein sein, aber sie ist mächtig und hält sich nicht zurück, wenn es um die Harris-Brüder geht.

„Für mich ist das alles nur vorübergehend, fürchte ich.“ Ich atme schwer aus. „Ich werde Ende Juli umziehen, wenn meine Wohnung frei ist, und glaubt mir, das kann nicht schnell genug gehen.“

Die beiden mustern mich ernst.

„Spuck es aus“, drängt Belle, nickt mir zu und nimmt einen kleinen Schluck. „Wie sieht es wirklich zwischen dir und Booker aus?“

Ich runzle die Stirn und rutsche nervös herum. „Es ist nichts. Wir sind Freunde. Das waren wir schon immer.“

„Das ist nicht, was er Indie erzählt hat“, murmelt Belle um den Rand ihres Glases herum.

Indies Kinnlade fällt herunter und sie schlägt Belle auf den Oberschenkel. „So ist es nicht gelaufen und das weißt du!“

„Aua, du Kuh!“ Belles Mund ist vor Schmerz verzogen. „Ich weiß, dass er es nicht mit so vielen Worten gesagt hat, aber du hast mir erzählt, dass er beim Training ein wenig … aufgewühlt oder so aussah.“

„Betrübt.“ Sie rückt schnaubend ihre Brille zurecht. „Er sah betrübt aus. Das ist ein ganz anderes Wort. Aufgewühlt gibt jemand anderem die Schuld. Ist man betrübt, gibt man sich selbst die Schuld."

„Okay, dann eben betrübt. Also … was ist los?" Belle starrt mich mit ihren dunklen Augen an und erwartet meine Antwort.

Ich winde mich auf meinem Platz. „Nichts ist los. Wir haben einfach Schwierigkeiten, uns an eine Freundschaft als Erwachsene zu gewöhnen. Ich war neunzehn, als ich zur Uni ging, und wir haben uns sechs Jahre lang nicht mehr gesehen. Von besten Freunden zu entfernten Freunden zu Mitbewohnern zu werden, ist selbst für die besten Freunde anstrengend."

„Und es hilft auch nicht, dass du wahrscheinlich heißer denn je zurückkamst", sagt Belle, die einen großen Schluck nimmt.

Ich trinke ein wenig und wende meinen Blick ab.

„Roll mit den Augen, so viel du willst, Pop, aber du bist verdammt heiß. Du hast einen Hals wie ein Schwan. Zum Teufel, selbst ich würde gern mal daran lecken."

Ich lache und Indie schlägt Belle wieder auf den Oberschenkel. „Du bist wunderschön, Poppy. Aber du bist auch cool. Belle und ich haben das sofort gemerkt. Du hast ein wirklich lustiges Selbstvertrauen, das ich sehr bewundere."

Ich starre die beiden verblüfft an. Ich sitze mit zwei der schönsten Frauen zusammen, die ich je getroffen habe – noch dazu Ärztinnen – und sie sind neidisch auf *mein* Selbstvertrauen?

„Also, ich mag euch auch. Aber ich glaube, ihr seid vielleicht ein bisschen zu gut für die Harris-Zwillinge. Das wisst ihr doch, oder?"

Sie betrachten beide wehmütig die funkelnden Diamanten an ihren Fingern, ohne sich von meinem Seitenhieb beirren zu lassen.

Indie ist die Erste, die die Trance durchbricht. „Ich glaube, wir müssen dir nicht sagen, dass die Harris-Jungs zu den Besten da draußen gehören."

Ich lache unbeholfen. „Sie sind toll und so, aber ich versichere euch, sie sind nicht perfekt."

Belle spielt mit einer Haarsträhne, während Verwunderung ihre Züge zeichnet. „Was um alles in der Welt könnte der süße, sensible, gefühlvolle Baby Booker getan haben? Wenn du sagst, dass er dir im Kindergarten an den Zöpfen gezogen hat, muss ich dich ohrfeigen."

Ich lache und lasse die Freude einen Moment lang durch meine

Poren strömen, bevor ich in einem Teil meiner Seele grabe, von dem ich mich am liebsten tanzend entfernen würde. „Booker ist ein toller Kerl, aber er ist nicht immun gegen Schwächen. Und selbst die Guten können einen im Stich lassen."

„Das klingt pikant", bemerkt Indie und greift nach dem Couchtisch, um ein paar Pralinen zu holen. Sie gibt eine davon an Belle weiter, die sie ohne zu schauen nimmt und auspackt. Ihrer beider Blicke kleben an mir.

„Oh, es ist nichts." Ich versuche, sie abzuwimmeln. „Das ist alles Schnee von gestern."

„Na und?", ruft Belle um einen Bissen herum. „Wenn es eine erregende Geschichte des Verrats ist, dann sag mir Bescheid und ich mache Popcorn."

Ich seufze und kann nicht anders, als über ihre großen, begierigen Augen zu lächeln. Wenn ich mich ihnen gegenüber öffne, hilft es mir vielleicht, über die Sache hinwegzukommen. Und über ihn. Und wenn uns das näher zusammenbringt, umso besser. Ich könnte jetzt ein paar Freunde mehr gebrauchen. „Also gut. Booker hat mir irgendwie … das Herz gebrochen, als wir achtzehn waren."

„Ach ja?", trällert Indie, woraufhin Belle ihr auf den Arm schlägt, um sie zum Schweigen zu bringen.

„Wart ihr zwei zusammen?", fragt Belle.

Ich schüttle den Kopf. „Nein. So war es nicht. Wir sind nie etwas anderes als Freunde gewesen. Wir haben uns nicht einmal geküsst. Aber je älter ich wurde, desto weniger freundschaftlich sah ich ihn, wenn ihr wisst, was ich meine."

Belle nickt. „Du hast ihn nackt gesehen", sie tippt sich an die Schläfe, „in deinem Kopf."

Indie kichert. „Ich denke die ganze Zeit an den nackten Cam."

Belle rollt mit den Augen. „Das liegt daran, dass er der einzige Mann ist, den du je nackt gesehen hast, mein Schatz."

„Ich habe schon viele Männer nackt gesehen. Ich war Chirurgin und jetzt bin ich Ärztin in einer Fußballmannschaft!" Ihre Entrüstung ist so verdammt süß.

Belle schluckt und antwortet: „Ja, aber keiner von ihnen hat dich entjungfert." Sie sagt das alles so sachlich, dass ich wie erstarrt bin.

Indies Wangen werden heiß. „Ich schätze, das wäre dann das."

Sie versuchen, mich wieder zum Thema zu bringen, aber ich komme nicht über das hinweg, was sie enthüllt haben. Ich lehne mich nach vorne zu Indie. „Warte. Willst du damit sagen, dass Cam der einzige Mann ist, mit dem du je geschlafen hast?"

Sie nickt.

„Und jetzt willst du ihn heiraten?"

Ihr Lächeln wird breiter und sie nickt noch heftiger.

Ich lehne mich schockiert zurück. „Ich bin erstaunt."

„Warum?"

Ich zucke mit den Schultern. „Weil du dir in deiner Entscheidung so sicher bist. Ich bin zur Uni gegangen, weil ich dachte, ich müsste meinen Horizont erweitern. Als ich in Chigwell aufgewachsen bin, hatte ich die ganze Zeit Scheuklappen auf. Alles, was ich sah, war meine eigene kleine Welt. Als dann etwas schiefging, fühlte es sich an, als wäre mir der Boden unter den Füßen weggerissen worden. Ich musste weg. Ich musste andere Kulturen kennenlernen. Ich wollte Männer treffen, bei denen ich mich weniger *zerbrechlich* fühlte."

Indie starrt mich nachdenklich an. „Booker gibt dir das Gefühl, zerbrechlich zu sein?"

Ich nicke. „Wie gesprungenes Glas."

Belle drängt: „Was hat er getan?"

Mein Magen dreht sich vor Schmerz. Es ist ein alter Schmerz. Ein Schmerz, den ich nicht wieder aufleben lassen will, den ich aber nicht mehr ignorieren kann. „Gott, ihr müsst denken, dass ich erbärmlich bin, wenn ich mich euch nach nur einem verdammten Drink so anvertraue. Ich kann mich einfach nirgendwo hinwenden, weil die Person, zu der ich normalerweise gehe, diejenige ist, wegen der ich Rat brauche!" Ich schluchze innerlich darüber, wie miserabel diese ganze Sache ist.

„Nur zu, lass es raus. Wir sind hier, um zuzuhören", sagt Indie, streckt die Hand aus und berührt meinen Unterarm. Es fühlt sich gut an.

Ich stöhne auf und antworte: „Er hat einen Ort, der mir viel bedeutet hat … uns … unserer Freundschaft, mit jemand anderem geteilt."

„Mit einem anderen Mädchen?", fragt Indie leise.

Ich nicke und füge hinzu: „Es hat alles zerstört, was ich zu wissen glaubte. Ich hatte das Gefühl, dass ich mir die Dinge, die ich für etwas

Besonderes zwischen uns hielt, eingebildet haben muss. Sicherlich war ich auf dem falschen Weg. Ich habe die Wahrheit nicht gesehen."

„Die war …", hakt Belle nach.

„Dass Booker mich nicht so geliebt hat, wie ich ihn geliebt habe."

„Er war achtzehn", sagt Belle zu seiner Verteidigung.

„Genau wie ich." Mir steigen Tränen in die Augen, weshalb ich schnell noch einen weiteren Schluck trinke. „Das bedeutet nur, dass es noch mehr weh tut."

„Aber jetzt seid ihr beide erwachsen", merkt Indie mit einem hilfsbereiten Schimmer in den Augen an. „Vielleicht bedeutet das, dass sich die Dinge geändert haben. Mädchen werden schneller reif als Jungen. Sicherlich hat er aufgeholt und du siehst jetzt eine Reife in Booker."

Ich zucke mit den Schultern. „Das spielt keine Rolle. Ich bin nicht nach London zurückgekommen, weil ich gehofft habe, dass sich bei ihm etwas ändert. Ich bin für einen tollen Job zurückgekommen. Die Freundschaft mit Booker wiederzuerlangen, war nur ein großer Bonus. Ich habe ihn wirklich vermisst, aber ich habe das Gefühl, dass ich den Mund zu voll genommen habe." Das Bild seines Blicks auf mir im Old George schießt mir durch den Kopf. Dann das Bild seiner Augen auf mir in meinem Schlafzimmer, nachdem wir miteinander geschlafen hatten und er den Schalter umgelegt hat. „Die Dinge sind so kompliziert zwischen uns."

„Weil ihr keine verdammten Kinder mehr seid", erklärt Belle pragmatisch. „Weil ihr beide verdammt heiß seid, unter einem Dach lebt und jede Menge Freizeit habt. Das bedeutet sexuelle Spannung ohne Ende. Wenn man das noch mit einer Geschichte von Freundschaft und Herzschmerz kombiniert, ist man mitten in einem sprichwörtlichen Shitstorm."

Ich stöhne und bedecke mein Gesicht mit den Händen. „Ich weiß. Was soll ich also tun? Ich muss doch ausziehen, oder nicht? Es war dumm von mir zu glauben, dass so viel Zeit mit Booker helfen würde, wieder zu Booker und Poppy zu werden. Ich weiß jetzt, dass zu viel passiert ist. Zu viel hat sich verändert. Ich muss ausziehen."

„Oh nein", knurrt Belle. „Du musst dir die Macht zurückholen."

Indies Augen leuchten auf. „Ja! Ich stimme zu. Hör auf Belle. Sie ist die Königin der verrückten Jedi-Gedankentricks."

Belle rollt mit den Augen. „Ich glaube nicht, dass du ausziehen kannst, ohne die Wahrheit zu kennen."

„Welche Wahrheit?", frage ich.

„Ob er auch in dich verliebt ist."

Ich schlucke schwer und schnaube unbeholfen. „Ich bin nicht in ihn verliebt. Ich dachte, ich wäre es, als ich achtzehn war, aber ich war ein Kind. Ich wusste nicht, was Liebe ist."

„Und jetzt weißt du es", erwidert Belle. „Und du liebst ihn immer noch. Es steht dir ins Gesicht geschrieben."

Belles dunkle Augen fixieren mich mit einer Herausforderung. Einer schweren Herausforderung. Indies Kopf schnellt zwischen uns beiden hin und her, gefangen in einem stillen Patt des Willens. Die Wahrheit laut auszusprechen ist beängstigend. Es ist eine Sache, es in meinem Kopf zu denken, aber eine andere, es laut vor Zeugen auszusprechen!

Schwelge ich gerne mit Booker in Erinnerungen? Ja. Mache ich gerne Witze mit ihm? Ja. Schaue ich gerne Filme mit ihm? Ja. Trinke ich gerne mit ihm und tanze ich gerne mit ihm in der Küche zu Musik? Ja. Bin ich gerne seine Mitbewohnerin? Ja, selbst in unangenehmen Momenten.

Liebe ich das Gefühl seiner Hände auf mir, wenn er ohne Barriere in mich eindringt, mit nichts zwischen uns als Haut, Adern und Muskeln?

Verdammt, ja.

Liebe ich das Gefühl seiner Lippen auf mir? Geben sie mir Leben und das Gefühl, dass er sich irrt und dass wir mehr als Freunde sind?

Tausendmal ja.

Ich habe Booker immer meine innersten Geheimnisse anvertraut und das ist es, was mir fehlt. Und es fehlt, dass ich dieses Geheimnis jahrelang vor ihm verheimlicht habe.

Ich bin in meinen besten Freund verliebt, vielleicht jetzt mehr denn je.

Ich bin die Erste, die die Stille bricht. „Was soll ich tun? Er scheint mich jedes Mal wegzustoßen, wenn die Dinge zwischen uns eskalieren."

Plötzlich geht die Tür auf und mein Herz springt mir fast aus der Brust, als ich sehe, wie Booker unbekümmert hereinspaziert. Er trägt eine schlafende Rocky, die in einer Stoffschlinge quer über seine Brust geschnallt ist, als gehöre sie zu seinem Outfit. Meine Wangen werden heiß, als mein Blick über sein enges weißes Baumwoll-T-Shirt streift, das am Bizeps spannt. Auf einer Schulter ist ein wenig getrocknete Babyspucke, was jedoch nicht von dem satten Olivton seines breiten Halses ablenkt. Seine Jeans sitzt eng an den Oberschenkeln und sein Haar liegt ihm in weichen, ungekämmten Wellen auf dem Kopf. So sieht er am Morgen aus, wenn er gerade aufgewacht ist.

Drei Augenpaare starren ihn an, während er seine Schlüssel um den Finger dreht. Er sieht auf, bemerkt uns zum ersten Mal und erstarrt.

„Was?", fragt er und wischt sich über den Mund, als würden wir auf etwas starren, das dort verschmiert ist.

„Nichts!", singe ich.

„Ja, nichts", stimmt Indie ein.

„Was machst du denn hier?", presst Belle hervor, deren Tonfall viel zu auffällig ist, um normal zu sein.

Er runzelt die Stirn über unsere merkwürdigen Gesichter. „Ich habe mein Handy vergessen. Ich dachte, ich bräuchte es, falls Rocky sich verschluckt oder so." Er streichelt ihre federleichten blonden Locken, während sie weiter schlummert. „Ich weiß, was ihr jetzt sagen werdet. Sie isst nur weiche Nahrung. Aber ich weiß nicht, was mit einem Baby passieren kann. Es ist das erste Mal, dass Vi mich babysitten lässt, also bin ich nervös. Und meine Gedanken sind Amok gelaufen. Mir sind ungefähr achtzehn verschiedene Möglichkeiten eingefallen, wie sie sterben könnte, nur weil ich mein Handy nicht dabei hatte, um einen Krankenwagen zu rufen. Dann bin ich hierher zurückgelaufen, um es zu holen, weil ich keine Ahnung habe, wie das mit dem Kindersitz funktioniert, um sie in meinem Pick-up anzuschnallen."

Er nimmt sein Handy von der Küchentheke und mustert uns drei noch einmal. „Was macht ihr?"

„Nichts", stottere ich.

„Trinken!" Indie zeigt ihm ihr Glas.

Gott, warum können wir nicht aufhören, uns wie Idioten zu benehmen?

Belle fügt hinzu: „Wir haben Hochzeitskram besprochen."

„Ja, das stimmt", sage ich, wobei ich ein wenig zu beeindruckt von ihrer herausragenden Antwort klinge.

Booker zupft an seinem Ohrläppchen. „Oh? Ist alles in Ordnung?" Er sieht mich an.

„Ja, wunderbar", antwortet Belle für mich. „Aber ich habe eine Frage." Sie hat einen bösen Ausdruck in den Augen, während sie zwischen mir und Booker hin und her gestikuliert. „Kommt ihr beide als euer jeweiliges Date zur Hochzeit?"

Wir lachen beide unbeholfen und stottern: „Nein".

„Nein?", wiederholt sie. Ihre Stimme steigt misstrauisch an.

Booker sieht mich erneut an und ich schüttle den Kopf, als er sagt: „Nein. Nur als Freunde. Du weißt schon. Booker und Poppy." Er hat die Hände auf Rocky, um sich zu beruhigen, während die Haut an seinem Hals rot wird.

„Perfekt! Dann kann jeder von euch ein Date mitbringen. Meine Eltern haben verdammt noch mal abgesagt und ich habe einen Haufen Geld bezahlt, um frischen Hummer bringen zu lassen."

„Ähm … Ich bin mir nicht sicher …", stammle ich und Booker stimmt mit ein.

„Was ist mit den Paparazzi …", fügt er hinzu.

Belle unterbricht ihn. „Wir haben den Paparazzi einen falschen Ort und ein falsches Datum zugesteckt. Sagt euren Gästen einfach nicht, wohin ihr sie mitnehmt, dann wird alles gut. Ich brauche das, Leute. Meine Eltern sind aufgeblasene, egoistische Trottel, und ich will, dass meine Hochzeit eine lustige Party wird. Im Grunde ist es die Anti-Hochzeit. Es würde mir wirklich viel bedeuten, wenn ihr beide Dates mitbringt, damit ich ihren verdammten Hummern nicht in die Augen starren und einen *Brautzilla*-Wutanfall bekommen muss, in Ordnung?"

Sie schenkt uns ein verrücktes Lächeln. Ein beängstigendes Lächeln. Ein Lächeln, das keinen Raum mehr für Widerworte lässt.

Wir nicken beide.

„Na gut, dann, ähm … überlasse ich euch Damen mal eurem Abend." Booker wackelt zum Abschied mit Rockys schlafender Hand und verlässt die Wohnung.

Als die Tür klickend ins Schloss fällt, atmen wir alle drei erleichtert aus. „Meint ihr, er hat uns gehört?", frage ich mit großen, besorgten Augen.

„Auf keinen Fall", antwortet Belle selbstsicher.

„Was zum Teufel willst du mit dieser Date-Sache anfangen, Belle?

Ich will Booker nicht mit einem anderen Mädchen sehen", sage ich, verschränke die Arme vor der Brust und versuche, nicht zu sehr zu schmollen.

„Oh, du wirst schon sehen." Sie grinst und lehnt sich zurück, wobei sie meine Haltung spiegelt und auf ihre Nägel pustet, als hätte sie gerade einen monumentalen Kampf beendet. „Besorg dir einfach ein verdammtes Date."

Ich nicke und sehe sie und Indie an. „Also, wollt ihr jetzt über Hochzeitsmusik reden?"

Belle lacht. „Scheiße nein. Das war völliger Blödsinn. Wir wollten dich nur wegen Booker ausfragen."

Noch vor Ende des Abends wird mir klar, dass Belle und Indie Meisterinnen der Manipulation sind. So wie man sie in der Psychiatrie findet. Psychoanalysen wie im Hochsicherheitsgefängnis. Im Verglich zu ihnen wirken Harley Quinn und der Joker aus *Suicide Squad* wie flauschige, gutmütige Welpen.

Nach etwa vier weiteren Tequila Sunrises beschließen wir, meine nächsten zwei Wochen bis zur Hochzeit zu planen. Wir wollen alles so einrichten, dass die Hochzeit sozusagen Bookers Grenze der Belastbarkeit sein wird.

Belles Titel für die Liste:

WIE MAN BOOKER HART MACHT von Dr. Love.

Der Titel hat ihr meinerseits vielleicht einen Seitenblick eingebracht, aber ihre Vorschläge sind ziemlich spektakulär.

HANDSCHUHMANN

Booker

Nach dem Chaos, das ich gestern Abend in meiner Wohnung vorgefunden hatte, beschloss ich, bei Vi und Hayden zu übernachten. Ich brauchte etwas Abstand zum Nachdenken. Um meinen Kopf freizubekommen. Ich wollte verhindern, dass mir noch mehr „Ausrutscher" mit Poppy passieren, aber Belles Forderung, dass wir Dates mitbringen sollten, ging mir gehörig auf die Nerven. Warum zum Teufel denkt sie, dass wir zu einer kleinen Familienhochzeit Dates mitbringen müssen? Das ergibt doch keinen Sinn. Ich bin kurz davor, Tanner anzurufen und ihm wegen der ganzen verdammten Sache das Ohr abzukauen.

Es ist noch früh, als ich höre, dass Rocky wach wird. Vis Wohnung ist ein riesiges Penthouse im elften Stock, aber es gibt nur ein Schlafzimmer. Das bedeutet, dass Rocky in ihrem Schlafzimmer in einem Kinderbett schläft. Ich erhebe mich vom Sofa im Wohnzimmer und schleiche mich zur Tür, in der Hoffnung, sie zu erwischen, bevor sie die anderen weckt. Sie haben gestern Abend mit Haydens Familie zu Abend gegessen und waren ziemlich lange unterwegs.

Ich spähe durch die Tür hinein. Vi und Hayden schlafen tief und fest in Vis großem Gothic-Glamour-Bett. Bruce hebt den Kopf vom Boden und beobachtet mich, als ich mich hereinschleiche und Rocky hole. Ihr blondes Haar steht wild in alle Richtungen ab und ihre blauen Augen leuchten nach einer zwölfstündigen Nachtruhe.

„Hey, meine Schöne." Ich drücke sie an meine nackte Brust und küsse sie auf den Kopf. „Lassen wir Mummy und Daddy ausschlafen."

Ich gehe aus dem Zimmer und Bruce folgt mir auf den Fersen. Das laute Klacken seiner Pfoten auf dem Fliesenboden lässt mich zusammenzucken, aber sie scheinen sich nicht zu rühren. Ich wechsle schnell Rockys Windel und wärme eine Flasche auf. Dann gehe ich mit ihr und Bruce für eine morgendliche Kuscheleinheit auf den großen Balkon. Bruce kann sich selbst kuscheln, die sabbernde Bestie.

Ich strecke mich auf einem Liegestuhl aus und atme tief ein, während um mich herum der geschäftige Lärm eines geschäftigen Londoner Samstagmorgens summt. Rocky nuckelt an ihrer Flasche und beobachtet mich die ganze Zeit mit ihren auffallend blauen Augen. Sie sieht so friedlich aus, so mit sich im Reinen. Sie hat noch nichts, was sie beunruhigen könnte.

„Du bist früh auf", ruft Vis Stimme von der Tür her.

Ich drehe mich um und sehe, wie sie in ihrem Pyjama und mit Häschenpantoffeln herausschlurft. Bruce trottet herbei und begrüßt sie mit seiner sabbernden Schnauze, während sie sich herunterbeugt und Rocky über den Kopf streichelt. „Morgen, Adrienne. Wie war sie gestern Abend?"

Ich lächle. „Perfekt. Verdammt perfekt. Sie ist die beste Nichte aller Zeiten. Ich hoffe, dass die Kleinen von Tanner und Camden auch nur halb so brav sind, wenn sie unweigerlich anfangen, sich fortzupflanzen."

Sie lässt sich auf die Liege neben mir fallen. Bruce legt seinen Kopf auf ihre Beine, während sie ihn streichelt. „Sie werden kleine Scheißer sein."

„Stimmt", lache ich. „Habt ihr euch gestern Abend gut amüsiert? Alles in allem, meine ich."

Sie lächelt halb, aber es sieht ein bisschen traurig aus. „Es ist immer ein emotionaler Abend für Haydens Familie. Ich glaube, Rocky wäre eine schöne Abwechslung für alle gewesen, aber ich wollte nicht früher gehen müssen, wenn sie genug hat. Außerdem ist der Todestag von Haydens Schwester besonders schwer für ihn, also wollte ich als seine Partnerin da sein und nicht als überforderte frisch gebackene Mutter."

Ich nicke verständnisvoll und korrigiere die Position der Flasche in Rockys Mund. „Wie geht es ihm?"

Diesmal ist ihr Lächeln stolz. „Es geht ihm gut. Er ist mein Hayden. Er erstaunt mich jeden Tag aufs Neue damit, wie viel er schon überwunden hat." Sie seufzt und blickt auf die Londoner Skyline, die von der rosafarbenen Morgensonne erhellt wird. „Ich glaube, es hilft, dass die Vaterschaft wirklich zu ihm passt. Er will bereits ein weiteres."

Sie kichert über meine fragend hochgezogene Augenbraue. „Vielleicht zuerst die Hochzeit."

Sie bricht in Gelächter aus. „Oh, sieh dich an, Mr. Moralische Richtschnur."

Ich lächle halb. „Nun, ihr habt eure Hochzeit lange genug aufgeschoben. Ich schätze, ich will nur sehen, wie du sesshaft wirst."

Sie dreht sich so, dass sie auf ihrer Hüfte liegt und mir zugewandt ist. „Aufschieben ist einfacher, als sich zu verändern. Veränderungen jagen mir manchmal Angst ein. Wir haben uns zusammen mit Rocky so gut eingelebt, aber ich möchte sichergehen, dass wir uns nicht zu schnell mit zu viel überfordern."

Ich nicke und runzle die Stirn. „Das kann ich gut nachempfinden." Ich nehme die Flasche aus Rockys Mund, um sie für ein Bäuerchen aufzusetzen.

„Und was gibt's bei dir Neues, mein kleiner Bruder?" Vi tritt mir sanft mit ihrem Hasenpantoffel an ein Knie, während sie die Augenbrauen hochzieht. „Was gibt's Neues an der Heimatfront?"

Ich runzle die Stirn, spüre jedoch, wie eine nervöse Energie meinen Hals hinaufsteigt. „Nichts."

„Blödsinn", gibt Vi zurück. „Sag es mir. Was läuft da zwischen dir und Poppy? Du hast sie auf Indies Geburtstag recht intensiv angesehen."

Ich zucke mit den Schultern, aber ich weiß, dass es keinen Sinn hat, etwas vor Vi zu verheimlichen. Sie wird es immer aus mir herausholen, wenn nötig auch mit Gewalt. Ich hebe Rocky auf meine Schulter und antworte: „Die Sache mit Poppy war ein bisschen kompliziert. Wir hatten ein paar Ausrutscher."

Ihre Augen werden schmal. „Ausrutscher?"

Ich hoffe wirklich, dass sie mich nicht zwingen wird, es zu sagen. „Ja, Ausrutscher. Aber ich habe ihnen ein Ende gesetzt. Ich bin fertig damit, Sch… Dinge mit ihr zu vermasseln. Sie hat versucht, wegzulaufen, wie sie es getan hat, als sie nach Deutschland abgehauen ist. Das kann ich nicht zulassen."

Vi sieht mich an und schüttelt den Kopf. „Du und deine verdammten Probleme mit dem Verlassenwerden. Ich weiß noch, was für ein Albtraum du warst, als Poppy wegging."

„So schlimm war ich nicht", leugne ich.

Sie schnaubt. „Doch, warst du. Plötzlich wolltest du mit Camden und Tanner in den Nachtclubs abhängen und Harris-Huren abschleppen, als ob das dein Job wäre. So warst du noch nie. Du ziehst keine Mädchen an wie sie. Du hast nichts mit der Bacon-Sandwich-Regel am Hut."

Ich verdrehe die Augen, als sie auf Camdens und Tanners lächerliche Regel verweist – „Wer zuerst das Bacon-Sandwich ableckt, bekommt es." Bacon-Sandwich ist ein Euphemismus für Mädchen. Verdammte Schweine. „Ich habe das alles nicht getan, weil Poppy mich verlassen hat oder weil ich Probleme mit dem verdammten Verlassenwerden hatte." Ich runzle die Stirn und kuschle mich an Rocky, um mich für meine grobe Ausdrucksweise zu entschuldigen.

Vi fixiert mich mit einem traurigen Blick. „Du hast schon immer sensibel auf Veränderungen und den Weggang von Menschen reagiert. Erinnerst du dich nicht daran, als Gareth bei Man U unterschrieben hat?"

Meine Miene wird finster, als ich gedanklich sofort zu jenem schrecklichen Tag zurücktransportiert werde.

Booker

14 Jahre alt

„Nur über meine Leiche wirst du nach Manchester gehen", brüllt Dad von der anderen Seite des Küchentisches.

Ich bin hinterm Küchentresen in der Hocke und verstecke mich. Gareth und Dad sind so schnell hereingestürmt, dass ich mich instinktiv geduckt habe, um aus der Schusslinie zu kommen. Streits zwischen Dad und Gareth sind an der Tagesordnung, aber dieser scheint viel ernster zu sein. Die beiden stehen auf beiden Seiten unseres langen Küchentisches und halten sich an der Kante fest, als könnten sie das dicke Holz in zwei Teile brechen. Beide sehen aus wie zwei Stiere, die bereit sind, einander anzugreifen.

Gareths Adern treten an seinem Hals hervor, als er schreit: „Ich bin einundzwanzig Jahre alt. Ich habe einen Vertrag unterschrieben. Du hast kein Mitspracherecht, wo ich wohne und für wen ich spiele!"

„Ich bin dein gottverdammter Manager!", erwidert Dad.

„Du warst mein Manager." Gareths Oberlippe hebt sich bei seinen Worten. „Du bist gefeuert, Dad. Mit sofortiger Wirkung."

Dads Gesicht bebt vor kaum zu bändigender Wut. „Du würdest tatsächlich zu diesem Ort zurückgehen? Zu dem Ort, der sie mir weggenommen hat?" Seine Stimme bricht.

Ich halte meine Ohrläppchen fest, hin- und hergerissen dazwischen, mir die Ohren zuzuhalten, damit ich nicht zuhören muss, und mir anzuhören, was Gareth erwidern wird.

„Manchester hat Mum nicht umgebracht. Und falls du es vergessen haben solltest: Ich war bei ihr, als sie starb. Nicht du! Und wir waren ganz sicher nicht in Manchester. Wir waren in diesem Haus. Im Obergeschoss. In dem Zimmer, das niemand betreten darf. Ich war derjenige, der ihre Tränen abwischte, wenn sie weinte. Ich war derjenige, der ihre Hand hielt. Du hast sie nur angeschrien. Ich war ein verdammtes Kind, aber ich war mehr Mann, als du es je warst!"

„Du verdammter, undankbarer ..." Dad schießt um den Tisch herum, die Hände ausgestreckt, als wolle er Gareth den Kopf abreißen.

Gareth läuft nicht weg. Er richtet sich auf und weicht nicht von der Stelle, auf den Schlag vorbereitet. Seine dunklen Augen sind voller Entschlossenheit, als Dad ihn am Hemd packt und gegen die Wand schleudert.

Wo ist Vi jetzt gerade? Sie ist diejenige, die ihnen immer einen Riegel vorschiebt. Als Dad Gareth wieder gegen die Wand knallt, beschließe ich endlich, dass ich handeln muss. Ich stehe auf und schreie: „Stopp!"

Die beiden erstarren augenblicklich, drehen den Kopf und sehen mich an. Ihr Atem geht schwer, als wären sie kilometerweit gelaufen. Dads Augen blinzeln, als würde er gerade erst merken, was er getan hat. Er lässt Gareths Hemd los und tritt von ihm weg. Sein Gesicht verzieht sich vor Schmerz. Qual. Niederlage.

„Ich werde nicht dorthin zurückgehen", krächzt Dad und starrt auf den Boden. „Ich werde nicht an diesen Ort zurückgehen. Ich werde dich nicht spielen sehen. Nicht dort. Nicht für dieses Team." Er bedeckt seinen Mund, um seinen zitternden Kiefer zu verbergen. Er sieht auf einmal alt aus. Ausgezehrt. Völlig gebrochen. Er sieht zu Gareth auf. „Ich werde dich verlieren, wie ich sie verloren habe."

Ein seltsamer, kehliger Laut steigt aus ihm auf, er dreht sich um und stürmt aus der Küche. Gareth ruft ihm noch hinterher, aber er reagiert nicht.

Diesen Schmerz in Dads Stimme zu hören, zerbricht etwas in mir. Ich habe die Anzeichen seiner Qualen schon seit Jahren gesehen, aber zu sehen, wie er so durchdreht, erschüttert mich zutiefst. Ich will Gareth nicht verlieren, so wie Dad Mum verloren hat. Ich will niemanden in meiner Familie verlieren. Das ist doch Blödsinn!

Meine Wut erreicht den Siedepunkt, als ich auf Gareth zustürme und ihn mit aller Kraft stoße. Er rührt sich nicht. „Von allen Mannschaften, für die du spielen kannst, musst du dorthin gehen? Zu United?" Meine Stimme bricht. Ich räuspere mich und schnaube heftig, während ich die Feuchtigkeit von meinen Wangen wische.

„Booker." Gareths tiefe Stimme klingt resigniert. Traurig. „Es gibt viele Gründe, warum ich für sie spielen möchte."

„Warum?", schreie ich. „Damit du Dad zeigen kannst, dass du besser bist als er? Ein besserer Fußballer? Wen interessiert das schon, Gareth? Was ist mit uns?"

„Was ist mit dir?", spottet er.

„Du wirst dich einfach nach Manchester verpissen und keinen von uns je wiedersehen."

„Ich sehe euch trotzdem."

„Wann?", schreie ich und fahre mir mit den Händen durch die Haare. „Dad hat recht. Wir werden dich verlieren. Wir werden dich nie wieder sehen. Alles wird den Bach runtergehen, so wie früher."

Ich drehe mich um, um zur Hintertür zu rennen, aber er hakt meinen Arm ein und hält mich damit auf. Seine Hand ist riesig auf mir. Er ist so viel größer. Größer, schwerer, stärker, älter. Er ist alles, was ich sein will, und jetzt lässt er mich zurück.

„Booker." Er spricht meinen Namen mit zusammengebissenen Zähnen und fixiert mich mit einer Ernsthaftigkeit in seinen Augen, die ich nicht akzeptieren kann. „Ich werde immer für dich da sein. Ich liebe dich, Junge."

„Fick dich", spucke ich, reiße meinen Arm aus seiner Hand und renne aus der Tür, ohne mich umzudrehen.

Was ist Liebe? Liebe bedeutet nichts, wenn man am Ende trotzdem geht.

Poppys blondes Haar ist ein willkommener Anblick, als ich die Tiefen des bewaldeten Parks hinter unserem Haus erreiche. Sie sitzt auf unserem Baum. Der Baum, an dem ich sie zum ersten Mal getroffen habe. Auf ihrem Schoß hat sie ein Garnknäuel, zwei Nadeln und arbeitet an einer Strickdecke. Sie schaut auf, als sie mich kommen hört. „Booker, was ist los?"

Achtlos lässt sie das Garn und die Nadeln fallen und eilt den Rest des Weges zu mir. Ich drehe mich um, damit sie meine Tränen nicht sieht, aber ihre sanfte Berührung auf meinem Rücken treibt sie noch mehr an.

„Gareth geht weg, um für Man U zu spielen", sage ich und schaue die Bäume an, anstatt in ihre grünen Augen zu blicken, die mich immer durchschauen. „Er wird nicht mehr zu Hause wohnen." Ein Schluchzen steigt in meiner Kehle auf, als sie mich von hinten umarmt. Ihre dünnen, blassen Arme schlingen sich um meine Taille, aber ich bringe es nicht über mich, sie zu berühren, obwohl ein Teil von mir es will. „Ich hasse dieses Gefühl, Poppy. Es fühlt sich an wie nach Mums Tod. Dad wird wieder furchtbar sein. Gareths Verlust wird ihn verändern. Er wird auch meine Familie verändern. Wir werden nicht mehr wir selbst sein."

„Schhh, du verlierst Gareth nicht."

„Er zieht weg."

„Er ist Gareth. Er wird nie weit weg gehen. Ihr bedeutet ihm alles."

„Wir sind Harrises. Wir sollten alle füreinander da sein. Immer. Dieses Gefühl, jemanden zu verlieren … Es schmerzt alles in mir."

„Ich weiß", murmelt sie in meinen Rücken. „Verlust ist ein beschissenes Gefühl." Sie lockert ihren Griff und dreht ihren Kopf so, dass sie mir in die Augen schauen kann. „Aber, Booker, nichts, was du liebst, ist jemals verloren. Es wird für immer in deinem Herzen bewahrt."

Ich rolle mit den Augen, greife aber nach unten und lege ihre Arme um mich. „Ich will dich nie verlieren, Poppy."

Sie lächelt halb und singt: „Ich werde dich nie verlassen, Booker."

„Seit die Jungs sich verlobt haben, bist du auch etwas nervös. Das ganze Couchsurfing, und du hängst länger herum als sonst. Du hast Angst, dass alle mit ihrem Leben weitermachen und dich vergessen."

„Habe ich nicht!", schnaube ich, während ich Rocky für ihr Bäuerchen auf die Schulter klopfe. Ich weiche Vis Blick aus, denn tief in meinem Inneren weiß ich, dass in ihren Worten ein Fünkchen Wahrheit steckt. Ich mag keine Veränderungen. Und ich mag es nicht, Menschen zu verlieren, die mir nahestehen. Ich genieße unsere Familie und wie nah wir uns stehen. Etwas davon zu verlieren, fühlt sich wie ein Versagen an.

„Glaubst du, Poppys Weggang nach Deutschland hatte etwas mit dir zu tun?" Vis blaue Augen fixieren mich mit einem bedeutsamen Blick, als würde sie versuchen, ein Rätsel zu lösen.

„Ich weiß es nicht." Ich zucke mit den Schultern. „Ich weiß nur, dass sie, als sie es mir auf der Türschwelle ihres Elternhauses sagte, nicht Poppy war … Etwas hatte sich verändert. Gewandelt."

„Was denkst du, was es war?" Sie beißt auf ihren Daumennagel.

„Was auch immer es war, es hat unsere Freundschaft zerstört, und ich habe gerade erst angefangen, sie zurückzubekommen." Rocky rülpst, also küsse ich ihren Kopf und lege sie wieder in meine Arme. „Ich will nicht riskieren, sie wieder wegzustoßen."

Vi sieht mich eine Minute lang streng an. „Du hast sie schon einmal verloren und überlebt. Warum hast du jetzt so viel mehr Angst, sie zu verlieren?"

„Weil es sich anfühlt, als wäre sie genau zum richtigen Zeitpunkt zurückgekommen", stoße ich hervor und merke, dass mir die Antwort schon die ganze Zeit auf der Zunge liegt. „Alle in unserer Familie machen mit ihrem Leben weiter, nur ich nicht. Das ist verdammt nervig. Ich glaube, es ist einfach schön, meine beste Freundin an meiner Seite zu haben."

Sie lehnt sich in ihrem Liegestuhl zurück und zieht ihre Knie an die Brust. „Ich glaube, das kann ich verstehen. Aber denkst du nicht, dass das auch bedeutet, dass du Poppy liebst?"

Durch ihre Worte verkrampfen sich meine Schultern und Rocky

fängt an zu zappeln. Vis Arme strecken sich nach ihr aus und sie lässt sich freudig für Mamakuscheln herüberreichen. Ich beobachte, wie die beiden für eine Minute wieder zueinander finden. Eine Mutter und ihr Kind. Sie sind sich so nah. So viel Liebe. So viel Potenzial für völligen und totalen Herzschmerz.

Ich schüttle langsam den Kopf. „Ich liebe Poppy nicht. Nicht auf diese Weise."

„Ich meine als Freundin", schnaubt sie.

„Nein", wiederhole ich. „Ich habe sie gern. Zutiefst. Ich wäre am Boden zerstört, falls ihr etwas zustieße, aber liebe ich sie auch? Nein, Vi. Das tue ich nicht. Ich habe nicht den Platz, um sie so zu lieben."

Vi stößt sich mit den Füßen von der Liege ab, um aufzustehen, damit sie Rocky wiegen kann. Ich beobachte sie genau, denn sie scheint so schockiert zu sein, dass ich mir Sorgen um Rockys Wohlbefinden in ihren Armen mache. „Aber du liebst mich?", fragt sie.

Ich rolle mit den Augen. „Familie ist anders."

„Was ist mit deiner zukünftigen Frau?"

„Das ist ein weiter Weg. Und wer weiß, ob ich jemals heiraten werde?"

„Das sagst du jetzt, aber nur, weil du dich nicht für die Liebe öffnest." Ihre blauen Augen glänzen.

„Was ist los?", frage ich und beuge mich besorgt vor.

„Das macht mich unglaublich traurig, Booker." Ihre Stimme zittert, als sie anfängt, auf und ab zu gehen.

„Warum?", frage ich und fühle mich, als wäre ich auf eine Landmine getreten, derer ich mir nicht bewusst war.

„Ich hatte keine Ahnung, dass du dich nie geöffnet hast, um jemanden außerhalb unserer Familie zu lieben." Ihre Stimme ist ein Wirrwarr aus schweren Gefühlen. „Du hast uns alle so sehr geliebt, dass es schockierend ist, dass du so verschlossen bist."

„Mit dem Wort Liebe spiele ich nicht herum, Vi", erkläre ich, während ich meinen Nacken drücke. „Du hast besser als ich gesehen, in welches Chaos sich Dad verwandelt hat, weil er Mum verloren hat. Er war jahrelang ein verdammter Albtraum. Wenn es den Bethnal Green F. C. nicht gegeben hätte, wer weiß, wie schlimm es für uns geworden wäre. Die Liebe hat das Potenzial, die Seele eines Menschen zu ruinieren."

„Na, was du nicht sagst", faucht sie und schüttelt den Kopf, während sie Rocky auf ihre Hüfte setzt. „Aber die Belohnungen überwiegen die Risiken. Das siehst du doch sicher ein, Booker, sonst habe ich das Gefühl, dich enttäuscht zu haben."

„Wie hast du mich enttäuscht?", rufe ich aus.

„Weil ich dir nicht beigebracht habe, wie man liebt! Ich war eine beschissene Ersatzmama", schreit sie.

Ich stehe auf, eile zu ihr hinüber und ziehe sie in meine Arme, während sie schluchzend an meiner Brust liegt. „Vi, das hat nichts mit dir zu tun. Du hast mich mehr geliebt, als jede Mutter es könnte. Aber ich finde, das Wort Liebe sollte für Beziehungen wie diese reserviert sein. Familie. Bei allen anderen behalte ich meine Torwarthandschuhe an."

„Du irrst dich, Booker." Sie zieht sich zurück und wischt sich die Tränen aus den Augen. Rocky starrt sie mit einem verwirrten Gesichtsausdruck an, als wäre sie mit den Gefühlen ihrer Mutter verbunden. Vi funkelt mich streng an und fügt hinzu: „Du irrst dich und ich bin enttäuscht von dir."

Mir rutscht das Herz in die Hose. Mein Gott, dieses Gespräch hat sich aber schnell zum Schlechten gewendet. „Du bist was?"

„Ich bin enttäuscht, dass du denkst, die Liebe muss so klein sein. Ich liebe Rocky. Ich liebe Hayden. Ich liebe meine zukünftigen Schwiegereltern. Ich liebe meine Freunde. Meine Kolleginnen und Kollegen. Ich liebe dich und die Jungs. Ich liebe Indie und Belle, weil sie Cam und Tan lieben. Ich liebe meinen verdammten Gärtner, weil er meine Chrysanthemen so verdammt schön aussehen lässt, dass ich nie mehr für ein Fotostudio bezahlen muss, um Bilder von Adrienne zu machen!" Sie atmet tief ein. „Aber ich bin enttäuscht, dass du dich nicht auf diese Art von Liebe einlässt."

„Ich weiß, wie sich Liebe anfühlt. Ich bin verdammt nochmal nicht defekt", schnauze ich. Wut fließt durch meine Adern.

„Tja, Booker", schnaubt sie und macht sich auf den Weg zur Glasschiebetür. „Wenn du dich entscheidest, dass es an der Zeit ist, dich zu öffnen und jemanden zu lieben, der kein Harris ist, hoffe ich, dass ich noch da bin, um es zu sehen."

Mit diesen Abschiedsworten knallt meine Schwester die Tür zu und lässt mich auf dem Balkon allein, und zwar mit ihrem sabbernden, nutzlosen Hund, der bedingungslos liebt.

BOOKER HART MACHEN

Booker

Ich fahre zurück nach Shoreditch und fühle mich wie zehn Tonnen Pferdescheiße, nachdem ich meine wütende Schwester zurückgelassen habe. Ich hasse es, Vi zu enttäuschen. Ich hasse es noch mehr, sie weinen zu sehen. Das ist die Art von Scheiße, die mich nachts wach hält.

Als ich unsere Wohnung betrete, schmettert Poppy Musik aus ihrem tragbaren Lautsprecher. Ich lasse meine Schlüssel auf den Beistelltisch fallen und schaue stirnrunzelnd auf einen seltsamen Gegenstand in der Mitte des Wohnzimmers. Je näher ich komme, desto mehr wird mir klar, was ich da sehe. Es ist ein hölzernes Gestell mit langen Stangen, auf denen bunte Spitzenslips und BHs hängen. Rot, schwarz, bedruckt, pastellfarben. Was auch immer es gibt, Poppy hat es. Es sieht so aus, als wäre ihre gesamte Unterwäsche auf diesem Gestell in der Mitte des verdammten Wohnzimmers zum Trocknen ausgebreitet.

Mein Schwanz zuckt, als ich einen schwarzen Slip entdecke, an den ich mich noch von jener Nacht erinnere.

„Verdammter Scheibenkleister!" Poppys Stimme ertönt aus dem Flur. „Nein, bitte … Gott, nein!"

Sie jammert erneut und ich eile zu ihr, um zu sehen, was der Grund für die Aufregung ist. Die Doppelflügeltüren, hinter denen sich die Waschmaschine und der Trockner befinden, sind offen. Als ich um sie herumspähe, sehe ich, wie Poppy vor der Waschmaschine hockt und haufenweise Seifenblasen zurück in die Tür schiebt.

Man sollte meinen, dass mir die riesigen Mengen an Seife und Wasser, die aus der Maschine laufen, zuerst ins Auge fallen würden, aber nein. Das ist es nicht. Es ist Poppy, die nur mit einem hellblauen Slip und einem weißen Top bekleidet auf dem Boden hockt. Man muss kein Genie sein, um zu wissen, dass die Art und Weise, wie sie versucht, den Schaum mit ihrer Brust zu blockieren, bedeutet, dass sie sich umdrehen wird und …

„Booker!“, verkündet Poppy, als sie mich dabei erwischt, wie ich von meinem hohen Aussichtspunkt aus auf sie herabschaue, wobei ich ein deutliches Dekolleté sehen kann. Sie will aufstehen und schreit laut auf, als ihr Fuß wegrutscht und sie rückwärts auf den Hintern fällt.

„Scheiße, Poppy“, krächze ich und beuge mich hinunter, um sie an den Armen zu packen. Sie liegt ausgestreckt auf dem Rücken, ist fast von Kopf bis Fuß durchnässt und voller Schaum.

Aus den Augenwinkeln sehe ich zwei dunkle Flecken auf ihrem weißen Tank-Top, das nass und völlig durchsichtig ist.

Ich schaue überhaupt nicht. Ich schaue überhaupt nicht hin.

Verdammt noch mal, sie trägt keinen BH.

Ich habe hingeschaut.

Mein Schwanz drückt gegen die Innenseite meines Reißverschlusses, während ich ihr beim Aufstehen helfe. Als ich denke, dass sie stabil steht, drücke ich einen Knopf an der Waschmaschine, um diese auszuschalten. Stille senkt sich über den Raum, nur unser schweres Atmen ist zu hören.

„Was ist hier los?“, frage ich und fahre mir mit einer schaumbedeckten Hand durch die Haare.

Poppy steht vor mir und zerrt am unteren Ende ihres Tanktops, als würde es auf wundersame Weise eine Hose wachsen lassen und ihre nackten Beine verdecken, die sich meinen umherwandernden Augen präsentieren. Nicht, dass ich hinschauen würde.

„Waschtag?“, sagt sie achselzuckend und wackelt mit den Zehen im Schaum.

Sie blickt nach unten und ihre Wangen glühen, als sie merkt, dass ich ihre Brustwarzen durch ihr Top sehen kann. Ihre Hände bedecken ihre Brüste. „Ich habe dich nicht so früh erwartet.“

„Offensichtlich“, murmle ich und überlege, wo ich hinschauen soll, damit es nicht so verdammt unanständig ist.

„Ich hatte ein kleines Malheur mit dem Waschpulver.“ Ihr Finger zeigt auf die Waschmaschine.

Ich nicke und drehe meinen Kopf so, dass ich die Wand betrachte.

„Ich, ähm … hole den Mopp. Vielleicht solltest du dir … ein T-Shirt holen."

Unbeholfen nickt sie und wir berühren einander, als wir beide einen Schritt in die entgegengesetzte Richtung machen. *Verdammt, ich glaube, ihre harten Nippel haben meinen Arm gestreift.*

Ich mache mich auf den Weg in die Küche, bis sie mir zuruft: „Hey, Booker." Sie bleibt an der Tür zu ihrem Zimmer stehen und schaut über ihre Schulter.

„Was?" Ich wende meinen Blick ab und flehe mich selbst an, nicht auf ihren prallen Hintern zu starren, der kaum von ihrem blauen Slip bedeckt wird.

„Ich möchte, dass du weißt, dass das nicht mit Absicht geschehen ist."

Ich ziehe meine Lippe in den Mund und runzle die Stirn. „Warum sollte ich etwas anderes denken?"

Ihr Lächeln wirkt seltsam. „Nur so. Ich wollte nur sicher sein, dass du keine unvorteilhaften Gedanken über mich hast."

Ich atme aus. „Das würde mir im Traum nicht einfallen."

Poppy

Am Sonntag ist das Harris-Familienessen angesagt. Booker lädt mich ein, wie er es immer tut, aber er ist überrascht, als ich dieses Mal zusage. Seit dem ersten Essen habe ich meine eigenen Eltern besucht, während er seine Familie besuchte. Aber heute Abend habe ich *Ziele*.

Belles und Indies Plan, wie ich Bookers Herz erobern kann, ist ein wenig seltsam. Im Grunde muss ich ihn bis zur Hochzeit auf eine Million verschiedene Arten sexuell frustrieren. Das klingt kindisch, aber ich genieße es, das Leben wie eine Aufführung zu behandeln. Wenn es jemals eine Möglichkeit gab, herauszufinden, ob Booker Harris mich liebt, dann wäre es wohl diese. Die andere Möglichkeit wäre, direkt auf ihn zuzugehen und ihm meine Gefühle zu gestehen, aber dieser Plan ging beim letzten Mal furchtbar schief. Ich denke also, dieser Plan ist einen Versuch wert. Die einzige Einschränkung, die Belle gemacht hat, ist, dass ich mir vor der Hochzeit keinen Ausrutscher erlauben darf. Das hat sie ganz klar gesagt. Ich muss mit Booker bis zum Stichtag „ausrutschfrei" sein.

Gestern lief die ganze Sache durch die Waschmaschine etwas aus dem Ruder, aber ich glaube, ausnahmsweise hat meine Ungeschicklichkeit meiner Sache geholfen. Schaum auf meinen Titten ... Verdammt genial! Ich will Belle für ein Schulterklopfen schreiben, unterlasse es jedoch, da ich keine fünf Jahre alt bin.

Ach, scheiß drauf, ich schreibe ihr trotzdem eine SMS.

Ich: Die Waschmaschine ist kaputt. Wet-T-Shirt-Contest!

Belle: Schaumbedeckte Titten? Verdammte Perfektion! Wenn du so weitermachst, wird er noch vor der Hochzeit nach dir lechzen!

Die gesamte Mannschaft ist heute Abend im Haus der Familie Harris anwesend, denn es ist Sommerpause. Bookers ältester Bruder, Gareth, beäugt mich neugierig, als ich wie ein überkoffeiniertes Kind hereinspaziere. Cam und Tan haben ihre Verlobten umarmt, während Vaughn Rocky am Tisch hält.

Ich beschließe, Vi bei den Vorbereitungen für das Abendessen zu helfen, aber ich muss ein schlechtes Pokerface haben, denn sie sieht mich immer wieder so an, als wüsste sie, dass ich etwas mit ihrem Bruder vorhabe. Als Camden, Indie, Hayden und Vaughn beschließen, mit Rocky im Kinderwagen spazieren zu gehen, um zu sehen, ob sie ein Nickerchen machen wird, entscheide ich, Tag zwei des BOOKER HART MACHEN-Plans zu aktivieren.

„Also, Booker", sage ich, als er am Tresen sitzt und wie immer mit Gareth über Fußball plaudert. „Hast du schon ein Date für Tanners Hochzeit gefunden?"

„Date?", fragen Gareth und Vi im Chor.

„Ja", mischt sich Belle ein und stellt sich an das Ende der Theke neben Gareth. Ihr Gesicht sieht merkwürdig aus. „Ich habe ihnen gesagt, dass sie beide Dates mitbringen sollen, damit ich jemanden habe, der die Hummer isst, die meine Eltern nicht bekommen werden."

Vi wirft Belle einen mitfühlenden Blick zu. „Bist du sicher, dass man da nichts machen kann?"

„Ich bin mir sicher", sagt Belle, pflückt eine Weintraube aus der Obstschale auf der Theke und steckt sie sich in den Mund. Tanner stellt sich hinter sie und drückt ihre Taille.

„Ich habe ihr angeboten, rüberzugehen und mit ihrem lieben alten Vater zu reden, aber sie hat mich praktisch ans Bett gefesselt." Die beiden schauen sich mit einem unanständigen Lächeln an, das so subtil ist wie ein Güterzug.

Gareths tiefe Stimme beendet ihre liebevollen Blicke. „Könnt ihr bitte aufhören, Details über euer Sexleben in beiläufige Gespräche einzubringen? Manche Geheimnisse sollte man besser für sich behalten."

„Du bist nur neidisch, weil du keine sexy Geheimnisse hast, die du teilen kannst", ruft Tanner und klatscht mit der Hand auf den Tresen. „Mr. Zölibatär hier drüben."

Gareths Augen verengen sich und er schüttelt den Kopf. Dem Ausdruck in seinem finsteren Blick entnehme ich, dass er eine Menge Geheimnisse verbirgt. Ehrlich gesagt habe ich immer gedacht, dass er der Typ ist, der ein rotes Zimmer der Schmerzen hat – ein durch und durch perverser Kerl. Seine kräftige Statur und sein schurkisches Gesicht, das zwar nicht klassisch gut aussieht, aber diese schmutzige Art von Männlichkeit ausstrahlt, haben mich in seiner Nähe immer etwas nervös gemacht.

Booker mit seinen Grübchen ist mir lieber.

„Also, Booker? Schon ein Date gefunden?", frage ich erneut. Er sieht mich neugierig an, wobei er erwartungsvoll die dunklen Augen zusammenkneift.

„An dem einen Tag, den ich hatte, seit Belle mich darüber informiert hat, dass ich jemanden mitbringen soll? Nein, Poppy. Noch nicht." Er legt den Kopf schief. Der Ärger steht ihm ins Gesicht geschrieben. „Warum? Hast du schon eins?"

Plötzlich drängt sich Belle an mir vorbei zum Kühlschrank. „Ich hole mir ein Stieleis. Will noch jemand eins?"

Tanner hebt eine Hand, und Vi funkelt uns alle an, während Belle mir und Tanner eins reicht. Sie denkt, dass wir beim Abendessen keinen Hunger mehr haben werden. Stets die Glucke.

Während Belle und ich uns heimlich ansehen, packe ich schnell mein lilafarbenes Eis aus und stecke es mir in den Mund. Ich lehne mich über den Tresen, sodass ich nur noch wenige Zentimeter von

Booker entfernt bin, der jetzt meine Lippen beobachtet. „Also, Booker", ich lutsche kräftig und knabbere dann, wobei meine Zunge die sirupartige Flüssigkeit auf meinen Lippen auffängt, „kennst du jemanden, der gut für mich wäre?"

„Gut wofür?", fragt Booker, dessen Miene völlig ausdruckslos ist, während er mit hitzigen Augen meinen Mund anstarrt.

„Für ein Date. Ich dachte, vielleicht wäre ein Mannschaftskamerad von dir gut geeignet, weil er den Tower Park kennt. Er könnte mich nach der Hochzeit im Stadion herumführen. Mir eine Tour geben." Ich zwinkere.

Sein Gesicht wird rot. „Du nimmst keinen meiner verdammten Teamkollegen mit zur Hochzeit meines Bruders."

„Warum nicht?", frage ich unschuldig und schiebe das Eis wieder in meinen Mund, diesmal tiefer.

Er runzelt die Stirn, während er meine Lippen beobachtet. „Wenn du eine verdammte Tour durch den Tower Park willst, kann ich dir eine geben."

Ich verdrehe die Augen und antworte: „Meinetwegen, er muss mir keine Tour geben. Aber ich habe keinen Kontakt mehr zu den Leuten, seit ich weg bin, und du hast eine ganze Schar von Teamkollegen, Book. Sicherlich kennst du jemanden, der den Abend gerne mit mir verbringen würde."

„Roan DeWalt wäre toll!", wirft Vi ein und lenkt die Aufmerksamkeit aller auf sich, während sie etwas in einer Schüssel rührt.

Tanner meldet sich als Nächstes. „Nur über meine Leiche wird er zu meiner Hochzeit kommen. Ich habe endlich aufgehört, dem Trottel die Verstümmelung zu wünschen."

„Das war nur ein Vorschlag!", ruft Vi und schaut verwirrt drein. „Ich habe ihn mit unserer Cousine Alice verkuppelt und sie hat ihn geliebt! Roan ist ein südafrikanischer Traumprinz." Sie wackelt mit den Augenbrauen und ich kann mir ein Lächeln nicht verkneifen.

Plötzlich steht Booker auf und schiebt seinen Hocker quietschend über den Marmorboden. „Nicht Roan. Keiner der Bethnal-Spieler. Keiner von ihnen würde passen. Du bist nicht ihr Typ."

Ich höre, wie Vi scharf einatmet, und meine Wangen werden vor Verlegenheit heiß. „Wieso denn nicht?" Mein Kiefer ist angespannt vor Wut, während das vergessene Eis in meiner Hand tropft.

Er ballt die Hände auf dem Tresen zu Fäusten. „Weil ich dich kenne, Poppy. Du bist nicht die Art von Mädchen, auf die sie stehen würden."

Die Art, wie er sich verhält, geht mir auf die Nerven. Ich wollte ihn eifersüchtig machen, aber das ist nicht der Fall. Er unterstellt mir, nicht gut genug für seine Freunde zu sein, als würden sie nie auf jemanden wie mich stehen. Er kennt mich nicht einmal als Erwachsene. Er steckt mich in die Schublade der Poppy, die er früher zu kennen glaubte. Das ist totaler Schwachsinn! „Wenn du wirklich denkst, dass ich nicht gut genug bin für deine Team…"

„Sie sind nicht gut genug für dich!", brüllt er und unterbricht mich, als er sich über den Tresen beugt, um sich meinem Gesicht zu nähern. Booker mustert mich, eindeutig nicht begeistert von meiner Bitte. „Keine Teamkollegen, Pop. Kein Roan. Keiner. Verstanden?" Seine Schultern heben und senken sich, während er mich mit dem aggressivsten Gesicht fixiert, das ich je bei ihm gesehen habe.

Ich erkenne den Moment, in dem er wieder zu sich kommt, denn sein Hals wird rot und er betrachtet seine Familie, die uns mit offenem Mund anstarrt. Er fährt sich mit beiden Händen durch die Haare, dreht sich auf dem Absatz um und schreitet durch die Hintertür in den Garten.

In der Küche ist es völlig still, während alle verblüfft dasitzen.

„Wunder Punkt", scherzt Tanner, woraufhin Belle ihm mit dem Ellbogen in die Rippen stößt. Ich drehe mein rotes Gesicht zu ihr und sie nickt beschwichtigend.

„Ich hoffe, ihr Mädels wisst, was ihr tut", sagt Vi. Dann wischt sie sich die Hände ab und wirft mir das Geschirrtuch entgegen, als sie Booker hinterherläuft.

Poppy

Am nächsten Morgen wache ich auf und finde Booker in der Küche vor, nur mit seinen Boxershorts bekleidet, während er eine Kanne Kaffee aufbrüht. Auf der Heimfahrt von Chigwell gestern Abend hat er über etwas gegrübelt, das er definitiv nicht mit mir teilen wollte.

Aber im warmen Licht des frühen Tages, wenn ich ihn hier stehen sehe, nur mit karierten, ausgebeulten Boxershorts bekleidet, zieht sich meine Brust zusammen. Er ist im Moment mein bester Freund. Der Junge, dem ich alle meine Geheimnisse erzählt habe. Der Junge, der während der gruseligsten Stellen meines Lieblingsbuches meine Hand gehalten hat. Der Junge, der mir gesagt hat, dass ihm der Schlamm auf meinem Kleid gefällt.

Der Junge, der mir eine Lampe in mein Zimmer gestellt hat und Toast und Wasser an meine Tür.

Und einen Moment lang möchte ich wieder Booker und Poppy sein.

Ich stapfe in meinem T-Shirt und langen Socken nach draußen. Meine Haarsträhnen fallen mir in die Augen, aber ich bin noch nicht wach genug, um sie wegzuschieben. Er dreht sich um, als ich mich neben ihn an den Tresen schleiche.

„Ist er schon fertig?", krächze ich und beobachte, wie die Tropfen in die Kanne rinnen. Wie aufs Stichwort zischt die Kaffeekanne.

„Nicht ganz", antwortet er mit seiner tiefen und kehligen Stimme. Ich mag seine morgendliche Stimme sehr.

„Ich bin kaputt", sage ich seufzend und lege meinen Kopf auf seinen Arm.

Zuerst spannt er sich an, aber ich spüre, wie er sich wieder entspannt. Dann legt er seinen Arm um mich, drückt mich an sich und presst seine Lippen auf meinen Kopf. Das ist nicht sexy. Es ist kein Gänsehautgefühl. Es ist einfach nur … Booker.

„Du solltest wieder ins Bett gehen", murmelt er.

Ich stöhne. „Ich kann nicht. Ich habe heute mein erstes Treffen mit der Schule."

„Für deinen Job mit dem Deutschunterricht?"

Ich nicke gegen seine Brust. „Nur ein normales Kennenlernen. Ich bin es nicht gewohnt, so früh aufzustehen."

Er stößt ein Lachen aus. „Warum springst du nicht unter die Dusche und ich bringe dir eine Tasse?"

Ich nicke, schließe die Augen und drücke meine Lippen auf seinen Arm, bevor ich davonschlurfe. Auf halbem Weg zum Bad bleibe ich stehen und drehe mich um, um etwas zu sagen.

Vielleicht bin ich einfach noch nicht ganz wach, aber ich bin mir zu neunzig Prozent sicher, dass Booker mich beim Gehen beobachtet hat. Und ich bin mir zu fünfundneunzig Prozent sicher, dass sich in seinen Boxershorts etwas regt.

Er merkt ein wenig zu spät, dass ich ihn beim Starren erwischt habe, und schüttelt den Kopf, wobei die Röte an seinem Hals aufflammt, während er sich wieder der Kaffeekanne zuwendet.

„Booker?", krächze ich.

Er neigt den Kopf, aber seine Hüften bleiben dem Tresen zugewandt. Er kann mir kaum in die Augen sehen. „Ja?"

„Die Duschtür ist aus Glas."

„Ja", antwortet er ausdruckslos.

„Die durchsichtige Art."

„Genau."

„Also, ähm … vielleicht schenkst du mir einfach eine Tasse ein und ich hole sie, wenn ich rauskomme?"

„Natürlich", antwortet er leise und wendet sich wieder dem Kaffee zu.

Ich gehe duschen und denke immer mehr über unseren Austausch nach, während mein Gehirn aufwacht. Wollte Booker mir mit dem Kaffeeangebot eine Falle stellen? Bin ich mit einem T-Shirt und langen Socken wirklich erektionswürdig? Er ist sogar in ausgebeulten Boxershorts erregungswürdig, es ist also möglich.

Deshalb habe ich einen Plan aufgestellt. Ich kann ihn nicht nicht als mehr betrachten. Und auch wenn er dagegen ankämpft, weiß ich, dass er es ebenfalls fühlt. Er fühlt mehr. Er will es sich nur noch nicht eingestehen. Ich muss mich an den Plan halten.

Dreißig Minuten später verlasse ich mein Zimmer und finde Booker auf dem Balkon vor. Er ist immer noch ohne Hemd, aber jetzt hat er sich eine Jeans angezogen, die an der Taille offen ist. Seine kräftigen Muskeln kommen voll zur Geltung und ich bewundere die Haare, die in seine Boxershorts führen. *Nur noch ein paar Tage, Poppy. Du kannst das schaffen.*

Ich trete mit einer Kaffeetasse in der Hand auf den Balkon hinaus.

„Booker?" Ich sage seinen Namen und er murmelt nur, ohne mich anzusehen. „Kannst du mir einen Rat geben?"

Er dreht sich um und starrt sofort auf mein Dekolleté, das aus meiner Bluse quillt. Das ist absolut keine angemessene Berufskleidung. „Ist dieses Oberteil zu viel für mein erstes Treffen mit meinen neuen Kollegen?"

„Ja", antwortet er sofort, die Augen auf meine Brust gerichtet.

„Wirklich?", frage ich und spiele mit der Schleife am Kragen. „Ich finde es schick."

„Das ist zu viel", erklärt er mit entschlossener Stimme. „Ich kann vermutlich dein verdammtes Piercing sehen, wenn ich über dir stehe."

Mein Gesicht flammt vor Verlegenheit auf. Nicht wegen seines Kommentars, sondern weil wir von seinem Bewusstsein meines Nippelpiercings sprechen. Wie bei einer schrecklichen Filmmontage schließe ich die Augen und sehe Schnappschüsse unserer leidenschaftlichen Begegnungen. Seine Hände auf mir. Seine Finger, die meinen harten Nippel kneifen. Sein Schwanz, der in mich stößt und wieder hinausgleitet. Ich stöhne fast auf und öffne schnell die Augen, um zu verhindern, dass die Bilder meine Psyche überfluten.

Bookers Augen sind heiß auf mich gerichtet. Ich schwöre, er denkt über all die gleichen Dinge nach. Seine Arme sind angespannt und er steht starr da, während er mich beobachtet, als würde er jeden Muskel in seinem Körper einsetzen, um mich jetzt nicht anzuspringen.

Guter Gott, ich hätte nichts dagegen, angesprungen zu werden.

Ich bin die Erste, die den Blick abwendet, und meine Stimme zittert, als ich antworte: „Gut, dann ziehe ich mich um."

Ich drehe mich um und halte an der Tür inne, wobei ich versuche, nicht zurückzublicken. Ich flehe das dumme Mädchen in mir an, eine starke Frau zu sein.

Ich blicke zurück.

Seine lusterfüllten Augen wirken jetzt gequält. Enttäuscht. Als wäre es für ihn genauso schwer wie für mich, mich von ihm weggehen zu sehen. Dadurch kommt das Bedauern, das ich empfinde, mit voller Wucht zurück. Es ist falsch, so mit ihm zu spielen. Ich wünschte, ich könnte einfach alle meine Gefühle offenlegen. Alles aussprechen.

Aber wenn ich eine Sache kenne, dann ist das Booker Harris. Der

Mann ist der sturste aller Menschen. Er braucht ein kreatives und feinfühliges Händchen – und zufällig ist beides meine Spezialität.

Booker

Ich verbringe den größten Teil des nächsten Tages in Camdens neuem Haus in Notting Hill und bin dankbar für den Abstand zu Poppy, die mich an jeder Ecke anzumachen scheint. Wenn es nicht ihre Brüste sind, die heraushängen, dann sind es ihre Beine, ihr Hintern oder ihre bezaubernde Frisur nach dem Aufstehen, die in mir den Wunsch auslöst, sie in mein Bett zu ziehen und mit ihr zu kuscheln.

Und ich kuschle nicht. Ich habe eigentlich noch nie gekuschelt.

Aber verdammt noch mal, sie verwirrt mich. In meinem Kopf tobt ein ständiger Streit zwischen meinem Schwanz und meinem Verstand. Der Schwanz will einen Ausrutscher. Der Verstand weiß, dass das eine schlechte Idee ist. Wenn ich weiter mit ihr ausrutsche, wird sie wieder versuchen, abzuhauen. Sie wird versuchen, zu ihren Eltern zu ziehen oder was auch immer für einen Unsinn sie beim letzten Mal erzählt hat. Ich kann nicht *einfach* mit Poppy ausrutschen. Sie wird mehr brauchen und das will ich nicht.

Deshalb ist die stumpfsinnige Aufgabe, Camden beim Aufbau einiger Möbel zu helfen, die er und Indie gekauft haben, eine willkommene Abwechslung. Tanner ist auch hier. Sogar Gareth ist aufgetaucht, da er die ganze Woche bei Dad übernachtet hat, während sein Team Pause hat. Das ist das fesselnde Leben der Fußballer an einem Dienstag außerhalb der Saison.

„Danke für die Hilfe, meine Brüder. Indie wird es lieben." Camdens Stimme ist ehrfürchtig, während er über die Oberseite des glatten Mahagoni-Schreibtisches streicht, den wir gerade zusammengebaut haben. Er ist riesig und steht als Mittelpunkt in der Mitte einer umfangreichen Bibliothek mit raumhohen Regalen, die Cam bereits zur Hälfte mit Büchern gefüllt hat. Er ist schon seit langem ein begeisterter Leser, deshalb ist es irgendwie cool, dass er ein Zuhause mit so viel Platz für seine Sammlung gefunden hat.

„Du meinst, du wirst es lieben, Indie darauf zu vögeln", korrigiert Tanner, der wie ein Tier mit den Hüften gegen die Ecke des Tisches stößt.

Gareth verpasst Tanner einen Schlag auf den Kopf. Ich kann mir ein Grinsen nicht verkneifen, als Tanner die Stirn runzelt und sich seinen Männerdutt reibt.

Camden grinst. „Sprich nicht so über meine Verlobte, Bruderherz." Er schlägt ihm leicht auf die Schulter. „Aber du hast recht. Ich kann mir keinen besseren Ort vorstellen, um mit meiner neuen Verlobten zu schlafen, als auf einem Schreibtisch, umgeben von Büchern. Gott, ich könnte allein beim Gedanken daran einen Steifen bekommen."

Gareths nächster Schlag ist Camden gewidmet. Ich verdrehe nur die Augen und setze mich auf besagten Schreibtisch. Camdens Zuhause ist zu schön für seine schmutzigen Gedanken. Er hat ein viktorianisches Stadthaus in einer idyllischen Kopfsteinpflasterstraße in Notting Hill gekauft. Die Gegend sieht aus wie eine Filmkulisse. Das Haus hat drei Stockwerke und ist für London sehr geräumig. Arsenal zahlt sicherlich mehr als Bethnal Green.

Ehrlich gesagt, kann ich mich nicht beklagen. Dadurch, dass ich so viele Jahre bei Dad gelebt habe, konnte ich den Großteil meines Einkommens beiseitelegen. Ich sollte in der Lage sein, mit fünfunddreißig Jahren aus dem Fußball auszusteigen und nicht mehr arbeiten zu müssen, wenn ich nicht will. Aber ich habe schon immer mit dem Gedanken geliebäugelt, eines Tages mein eigenes Unternehmen zu besitzen. Ich muss mir nur noch überlegen, welche Art von Geschäft es sein soll. Ich sollte Poppy fragen. Sie hat einen derart kreativen Kopf, ich bin mir sicher, dass sie eine gute Idee hat, worin ich außerhalb des Fußballs gut sein könnte.

„Also, gehen Poppy und du euch seit dem Sonntagsessen an die Gurgel?", fragt Gareth mit tiefer Stimme, als er sich neben mich setzt.

Ich runzle die Stirn. „Nein … Uns geht es gut." Denke ich? Gestern Morgen schien alles in Ordnung zu sein. Bis sie mich um Rat bezüglich dieses erbärmlichen Exemplars einer Bluse fragte und ich mir Sorgen machen musste, wie ich die Beule in meiner Jeans verbergen sollte. Mein Gott, wenn sie wirklich dachte, dass sie so etwas in ihrem neuen Job tragen kann, mache ich mir ernsthaft Sorgen über ihre Vorstellung von einem professionellen Arbeitsumfeld.

Tanner gesellt sich auf meine andere Seite, wodurch ich zwischen ihm und Garrett eingeklemmt bin. Er stupst mich an der Schulter an. „Ich glaube, die Mädchen hecken etwas aus."

„Was meinst du?", frage ich.

„Belle hat Poppy irgendwie seltsam angeschaut", sagt Tanner und kratzt sich nachdenklich am Bart. „Normalerweise erkenne ich, wenn sich ihre Verrücktheit zeigt, und ich habe definitiv einen Hauch von Verrücktheit gespürt."

„Die drei haben am Freitagabend Zeit miteinander verbracht", fügt Camden hinzu, der auf der anderen Seite von Tanner sitzt.

„Was könnten sie aushecken?", frage ich völlig verwirrt, während ich auf alle acht Füße starre, die in einer Reihe nebeneinander baumeln.

Tanner schüttelt den Kopf. „Ich weiß es nicht. Hat Poppy schon ein Date für die Hochzeit gefunden?"

Ich zucke mit den Schultern. „Ich weiß es nicht." Das war nicht wirklich etwas, wonach ich sie fragen wollte. Es wird merkwürdig sein, sie mit einem anderen Mann zu sehen, so wie sie jetzt ist … ganz *Frau*. Aber tief in meinem Inneren denke ich, dass es vielleicht genau das ist, was ich brauche, um sie aus meinem Kopf zu bekommen. Es ist ein Wunder, dass wir die ersten beiden Ausrutscher überstanden haben. Wenn ich sie mit einem anderen Mann sehe, wird uns das vielleicht helfen, wieder in die Freundschaftszone zu kommen. Die richtige Freundschaftszone.

„Hast du schon ein Date?", fragt Camden.

„Noch nicht", antworte ich. „Ich werde wahrscheinlich Sidney anrufen."

„Die aus unserer Nachbarschaft mit den riesigen, falschen Brüsten, die du vor einiger Zeit zu Belles Wohltätigkeitsveranstaltung mitgebracht hast?", fragt Tanner, der mit den Händen seine Brustmuskeln zusammendrückt.

Ich nicke und verpasse ihm einen Hieb mit dem Ellbogen. Aber er hat nicht unrecht. Sidney Carmichael hat wirklich riesige Brüste – etwas, das sie sich offenbar nach der Schule gegönnt hat. Egal, sie ist nur eine Freundin. Als wir achtzehn waren, sind wir eine Zeit lang miteinander ausgegangen, aber ich musste es beenden. Ihre Gefühle waren viel stärker als meine und es wurde mir zu viel.

Aber wir sind Freunde geblieben und sie ist irgendwie zu meinem bevorzugten Date für Veranstaltungen geworden. Als Profifußballer werden wir häufig zu Wohltätigkeitsveranstaltungen, Galas und Preisverleihungen eingeladen. Sidney ist einfach und immer verfügbar. Und ich muss mir keine Sorgen machen, dass sie sich wie eine Möchtegern-Spielerfrau an mich klammert, denn sie weiß, wie ich empfinde.

Tanner macht ein abfälliges Geräusch. „Ich glaube, es ist ein Fehler, Großtitten mitzunehmen, kleiner Bruder.“

„Warum?“

„Weil ich glaube, dass Poppy dich genauso wenig mit einem Date sehen will, wie du sie mit einem Date sehen willst.“

„Es ist mir egal, ob sie ein Date hat“, gebe ich zurück.

„Blödsinn!“, hustet Gareth in seine Faust.

„Es ist mir egal!“ Ich drehe mich um und schaue ihn anklagend an. „Ich weiß nicht, wie oft ich euch das noch sagen muss. Poppy ist nur eine Freundin. Das war's. Es ist mir völlig egal, wen sie zur Hochzeit mitbringt.“

„Du hast dich am Sonntagabend wie ein eifersüchtiger Freund verhalten“, drängt Gareth.

Ich werfe ihm einen bösen Blick zu. Seine Worte sorgen für Anspannung in meinen Schultern. Ich habe nicht versucht, mich eifersüchtig zu verhalten. Ich wollte sie beschützen. „Teamkollegen sind anders. Sie sind … tabu. Ihr wisst, warum.“

„Beweise es“, fordert Tanner.

Ich drehe den Kopf, um ihn anzusehen. „Was beweisen?“

„Beweise, dass es dir egal ist. Ruf Sidney an, damit sie mit dir kommt“, fordert er mich heraus.

„Du bist ein Idiot. Das wollte ich sowieso tun.“

„Dann brauchst du nicht noch einen Tag zu warten.“

Mit den Augen rollend ziehe ich mein Handy aus der Tasche, suche ihre Nummer und drücke auf ANRUFEN. Alle beobachten mich, als es ein paarmal klingelt.

„Hallo?“

„Hallo Sidney.“

„Booker Harris! Hiii!" Ihre Stimme ist laut in der stillen Bibliothek, also weiß ich, dass meine Brüder sie auch hören können.

Ich räuspere mich. „Hör mal, ich, ähm … muss am Samstagabend zu einer Veranstaltung und wollte fragen, ob du Zeit hast."

„Mist, ich wäre so gerne hingegangen, aber ich bin die Woche über in Kapstadt. Ich kann nach einem früheren Heimflug sehen?"

„Nein, nein. Das ist in Ordnung. Mach dir keine Sorgen."

„Bist du sicher? Es wäre kein Problem."

Eigentlich wäre das sehr wohl. „Ich bin mir sicher. Mach dir keine Sorgen."

„Okay, dann." Sie klingt enttäuscht. „Ich rufe dich an, wenn ich zurück bin. Vielleicht können wir gemeinsam einen Happen essen und uns unterhalten."

Ich nicke. „Klingt gut. Viel Spaß."

Wir verabschieden uns und ich atme aus.

„Was jetzt?", fragt Camden.

„Ich weiß es nicht. Ich möchte eigentlich niemand anderen mitbringen, weil diejenige sonst einen falschen Eindruck bekommt."

„Welchen Eindruck?", fragt Cam.

„Dass du ein ungebundener Mann bist?", fügt Tanner mit hochgezogenen Augenbrauen hinzu.

Ich runzle die Stirn. „Ich *bin* ein ungebundener Mann. Sidney erwartet nie mehr. Andere Mädchen schon."

Gareths Stimme verliert jeglichen Humor, als er antwortet: „Und du kannst unmöglich ein ungebundener Mann sein, denn das würde bedeuten, dass du die Tür zu Poppy schließen müsstest."

Ich knurre und springe vom Tisch, um etwas Abstand von meinen aufdringlichen und nervigen Brüdern zu bekommen. „Ihr versteht es nicht, weil ihr nicht wisst, was eine Freundschaft mit einem Mädchen bedeutet. Wenn ich mit ihr zusammen wäre, würde sie aus der Freundschaftskiste in eine viel kompliziertere Kiste hüpfen. Poppy ist meine beste Freundin und wird es immer bleiben. Das war's. Ich werde ein anderes verdammtes Date finden."

Ich gehe am Schreibtisch vorbei zur Tür hinaus und ignoriere die Rufe meiner Brüder, zurückzukommen und kein Baby mehr zu sein. Scheiß drauf. Ich habe es satt, dass sie immer denken, sie wüssten, was das Beste für mich ist. Ich bin fest entschlossen, Poppy und allen anderen zu zeigen, dass das zwischen ihr und mir nicht passiert. Wir sind nur beste Freunde, wie immer. Sie wird ein Date mitbringen und ich werde ein Date mitbringen. Was kann schlimmstenfalls passieren?

Es ist schon dunkel, als ich von Camden nach Hause komme. Als ich unsere Wohnung betrete, ist alles ruhig, bis auf ein seltsames Geräusch, das aus dem Badezimmer kommt. Stirnrunzelnd gehe ich hinüber und lehne mich näher an die Tür, wo ich das Duschwasser laufen höre.

Gerade als ich denke, dass daher das Geräusch kam, ertönt ein leises Stöhnen durch die Tür. Dann beginnt das Brummen wieder. Eigentlich ist es eher ein Summen. Ich drücke mein Ohr an die Tür und bin verblüfft, als ich höre, dass es sich um einen Vibrator handeln muss, denn Poppys heiseres Stöhnen, das im Badezimmer widerhallt, kann nicht ohne Grund sein.

Sie stöhnt wieder.

Ich umklammere den Türrahmen mit meinen Händen und lasse mein Kinn auf die Brust sinken. Mein Schwanz erhebt sich augenblicklich in meiner Jeans, als ich mir die Szene in meiner Dusche vorstelle. *Das ist falsch, Booker. Das ist so falsch.*

Aber verdammt, ich will einfach nur da rein und ihr helfen, die Sache zu beenden. Einen weiteren Ausrutscher aktivieren, indem ich mich in sie schiebe und sie gegen die Duschwand ficke, während ihre seifigen Brüste an meiner Brust auf und ab gleiten.

Meine Gedanken sind zum Verrücktwerden.

Ich atme scharf ein und wende mich von der Tür ab, um direkt auf den Balkon zu stürmen. Kühle Luft schlägt mir ins Gesicht, als ich die Glastür schließe und die Londoner Nachtluft einatme. Es wäre doch melodramatisch, aus sexueller Frustration zu schreien, oder?

Verdammt! Warum will ich ständig meine beste Freundin vögeln? Das ist verdammte Folter!

Welcher Mann könnte jemandem wie ihr widerstehen, wenn sie sich in der Dusche vergnügt? *Mein Gott, ist das schmerzhaft.*

Mein Verstand beginnt, meine Hormone zu beschäftigen. *Warum kannst du deine beste Freundin nicht vögeln?* Weil sie dann nicht mehr meine beste Freundin wäre. *Wen interessiert das schon? Sie wäre mehr.*

Sie wäre mehr, bis sie es nicht mehr wäre. Bis es zu Ende ist und sie nichts mehr mit mir zu tun haben will. *Warum muss es enden?* Weil ich nicht der Richtige für sie bin. Poppy verdient Liebe. Wahre Liebe. Wie die, die Hayden und Vi haben. Ich kann ihr das nicht geben. Ich kann das kaum meiner Familie geben. *Was willst du also?* Ich will, dass sie bleibt. Ich will, dass sie meine beste Freundin ist. Ich möchte darauf vertrauen, dass sie mich nicht wieder verlässt.

Ein Geräusch reißt mich aus meiner inneren Kriegszone. Ich höre etwas, das sich anhört, als würde sich ihre Tür schließen, also stähle ich mich, um die Wohnung wieder zu betreten.

Neugierig schreite ich zur Badezimmertür und schaue hinein, um zu sehen, ob die Luft rein ist. Dampf quillt aus dem weißen, glänzenden Raum. Ich trete ein und schließe die Tür, in der Hoffnung, dass Pinkeln vielleicht hilft, um meine Erektion zu unterdrücken. Als ich den Sitz anhebe und mich aus der Hose ziehe, erstarre ich mit meinem halbharten Schwanz in der Hand, als mein Blick auf etwas Glänzendes und Silbernes auf dem Badezimmertisch fällt.

Ihr verdammter Vibrator.

Und jetzt ist es Zeit für eine verdammt kalte Dusche.

Poppy

Als ich an diesem Abend von der Arbeit nach Hause gehe, muss ich ständig an Booker denken. Die letzten anderthalb Wochen waren die Hölle. Die Hochzeit ist nur noch vier Tage entfernt. Eigentlich sollte ich Booker die ganze Zeit über quälen, aber ich habe nur mich selbst gequält. Ich renne herum wie eine sexuell frustrierte Verrückte.

Vor zwei Nächten trug ich Shorts, während ich PlayStation spielte. Ich mag Videospiele nicht einmal! Wenn man mit den Fingern wie eine Verrückte über alle Knöpfe gleitet, hat man die gleichen Ergebnisse wie wenn man sich wirklich anstrengt. Sie sind dumm und ich verstehe den Reiz nicht. Bookers gespannter Gesichtsausdruck war jedoch irgendwie befriedigend, wenn er nur verdammt nochmal auch etwas unternommen hätte! Stattdessen murmelte er etwas von einem Treffen mit Cam und Tan auf einen Drink und verschwand.

Letzte Woche sollte ich meinen Vibrator irgendwo platzieren, wo Booker ihn finden würde, aber ich war so aufgedreht, dass ich ihn zuerst benutzen musste! Ich weiß, dass das nicht Belles Plan entsprach. Jetzt bin ich nicht nur erbärmlich, sondern habe mich auch noch auf ein richtiges Flittchen-Niveau katapultiert, indem ich benutzte Vibratoren offen herumliegen lasse, als würde ich in einem batteriebetriebenen Bordell leben.

Aber ich war verzweifelt. Guter Gott, ich hatte in meinem ganzen Leben noch nie eine so aktive Libido! Mit Booker Harris zu leben, ohne einen Ausrutscher zu haben, ist nicht meine Vorstellung von Spaß. Zum Glück ist die Hochzeit am Samstag, denn ich weiß nicht, wie lange ich das noch ertragen kann. Vor allem *vermisse* ich meinen alten Freund und wünschte, wir könnten einfach zusammen zu der verdammten Hochzeit gehen.

Jetzt ist es allerdings zu spät. Ich habe neulich gehört, wie Booker mit jemandem telefoniert hat, und es klang so, als würden sie die Details für den großen Tag ausarbeiten. Als ich Andrew gestern im Fitnessstudio sah, habe ich ihn deshalb als mein Date für ein „Event", also die Hochzeit von Tanner und Belle, gewonnen.

Er war so aufgeregt und schwärmte davon, was er anziehen sollte. Dann fragte er mich, was ich anziehen werde, welche Farbe es haben könnte und dass etwas Enganliegendes zu meinem Körperbau passen würde. In diesem Moment wurde mir klar, dass Andrew Jungs mag. Richtig feminine Jungs. Er erzählte mir das, nachdem er mich darüber informiert hatte, dass er ein Topper ist, und fragte dann, ob es auf der Veranstaltung auch alleinstehende schwule Männer gäbe.

Und weil Andrew so gut darin war, mir viel zu viel mitzuteilen, habe ich ihm schließlich gestanden, dass ich in meinen besten Freund verknallt bin, der jetzt mein Mitbewohner ist. Ich erzählte ihm von unserer Vergangenheit und wie ich ihn benutzen wollte, um Booker eifersüchtig zu machen.

Gott, ich bin eine erbärmliche Kuh.

Erstaunlicherweise war Andrew begeistert. Er sagte, die Schotten wüssten besser als alle anderen, wie man Jungs eifersüchtig macht. Ich denke, man kann sagen, dass ich eine treue Abschlepphilfe gefunden habe. Ich danke meinen verdammten Glückssternen dafür, denn ich habe keine Ahnung, wen Booker mitbringen wird. Ich bringe es nicht über mich, danach zu fragen, weil ich es nicht wissen will. Wahrscheinlich ist sie umwerfend und hat Beine bis zu den Ohren. Ich werde diesen ganzen beschissenen Plan, in den mich Dr. Love hineingezogen hat, sofort bereuen.

Es ist fast zehn Uhr, als ich von der Arbeit nach Hause komme. Ich komme herein und finde Booker, der in der Küche nach etwas sucht. Bevor ich mich bemerkbar mache, nehme ich mir einen Moment Zeit, um seine schlichte Schönheit zu bewundern. Er greift nach dem obersten Regal eines offenen Schranks und ein Stück glatte, olivfarbene Haut zeigt sich zwischen dem Spalt seines dunkelgrünen T-Shirts und seiner ausgeblichenen Jeans, die schnell zu meinem Lieblingsstück wird. Ich möchte so gerne mit meiner Hand über seine Haut streichen, dass ich eine Faust machen muss.

„Hallo", sage ich mit einem Ausatmen.

Er unterbricht sein Strecken und schaut über seine Schulter zu mir. „Hallo."

„Was machst du da?", frage ich und lasse meine Schlüssel auf den Küchentisch fallen.

Er dreht sich um und zupft an seinem Ohrläppchen. „Ich habe etwas zu essen gesucht. Wir haben nichts."

Ich nicke. „Ja, es war eine anstrengende Woche. Ich hatte vor, morgen in den Supermarkt zu gehen."

„Ich kann mit dir gehen", bietet er mit hoffnungsvoller Miene an.

„Gerne", antworte ich.

Sein freundliches Lächeln offenbart seine perfekten Grübchen, was meine aufgewühlte Seele beruhigt. Es war so angespannt zwischen uns. Die sexuelle Spannung, die mit unserer Freundschaft konkurriert, hat es unmöglich gemacht, irgendeine Art von Beziehung zu führen.

„Willst du spazieren gehen und einen Happen essen?", frage ich mit einer Geste in Richtung Tür. „Ein paar Straßen weiter bin ich an einem Imbisswagen vorbeigekommen, der göttlich roch. Sie hatten Kebab."

Er lächelt halb, und das Grübchen auf seiner Wange ist so süß, dass ich es am liebsten berühren würde. „Ja, das klingt perfekt. Lass uns gehen."

Ich laufe los, um mich aus meiner Arbeitskleidung zu befreien und ziehe mir eine Röhrenjeans, ein paar flache Schuhe und ein T-Shirt an. Ich fahre mir gerade durch die Haare, als ich aus meinem Zimmer schreite und Booker an der Tür auf mich wartet. Wir lächeln beide und machen uns auf den Weg nach unten.

Während wir gehen, unterhalten wir uns darüber, wie es ist, in Ost-London zu leben. Hier geht es langsamer zu als im viel besuchten Westen Londons. Und es ist vielfältig. Von Amerikanern bis zu Franzosen, von Bangladeschern bis zu Osteuropäern – auf den mit Wandmalereien verzierten Straßen trifft man alle möglichen Leute. Das Viertel ist mit alten Industriegebäuden bebaut, in denen es von einer coolen multikulturellen Kunstszene wimmelt. Es ist belebend. Ich kann mir vorstellen, wie perfekt diese Gegend für Booker ist. Die Ruhe ermöglicht es ihm, sein Leben zu leben und sich ohne den Trubel des echten Londons auf den Fußball zu konzentrieren. Er fühlt sich hier wie zu Hause.

Wir gehen zum türkischen Kebabwagen und diskutieren darüber, was wir bestellen sollen. Wir wollen beide das Gleiche, aber wir wollen, dass der andere etwas anderes hat, damit wir voneinander probieren können. Booker gibt nach und nimmt das Huhn, während ich das Lamm nehme.

Ich tanze einen kleinen Siegestanz, während wir auf unsere Bestellung warten. Ein Obdachloser, der auf dem Boden sitzt, sieht meine Bewegungen und fängt an, über mich zu lachen.

„Ermutige sie nicht", stöhnt Booker mit einem reumütigen Lächeln, dessen Ausführung alles andere als erfolgreich ist.

Der Mann hält einen Finger hoch und wir schauen ihm zu, während er in seinem Stapel von Habseligkeiten herumwühlt. Mir fällt die Kinnlade runter, als er eine goldene Trompete hervorholt. Er presst das Mundstück an seine Lippen und beginnt, eine Art schwungvolle Jazznummer zu spielen.

Meine Augen sind groß und mein Lächeln ist breit, als ich mich zu Booker umdrehe, als wäre dies der beste Moment meines Lebens. Ich strecke meine Hände in die Luft und wackle mit meinem Hintern zu dem talentierten Musiker hinüber, bereit, mich für eine Weile in der Musik zu verlieren.

Booker

Poppys Bewegungen sind nicht im Geringsten sexy. Aber ihr Lächeln könnte ganz London zum Leuchten bringen. Sie ist wie Sonnenschein, egal zu welcher Tageszeit. Sie schüttelt wild ihr Haar, die Hände über den Kopf gestreckt, während sie mit dem obdachlosen Herrn tanzt. Sogar die Passanten können sich ein Lächeln nicht verkneifen, als sie diese alberne Szene sehen. Sie sieht aus wie ein hüpfendes kleines Mädchen, das im Körper einer schönen Frau gefangen ist.

Ich lehne mich an einen kleinen Baum und beobachte sie. Blaue und rote Lichter scheinen von der belebten Kneipe nebenan auf sie herab. Die Leute drinnen trinken, feiern und nutzen die Kneipe, um eine vergnügte Nacht zu verbringen, während Poppy nur ein freundliches Gesicht und ein bisschen Musik braucht.

Das ist wahrscheinlich eines meiner Lieblingsmerkmale an ihr. Sie ist selbstbewusst genug, um ohne Rücksicht auf Zuschauer überall zu tanzen, wo ihr danach ist.

Der Imbisswagen-Mitarbeiter ruft: „Hallo!" Er hält unsere beiden Spieße in der Hand und schaut Poppy stirnrunzelnd an. „Sie kein gute Tänzer", sagt er mit starkem türkischen Akzent.

Ich lache und lache dann noch mehr. „Nein … Nein, das ist sie nicht. Aber sie ist toll, nicht wahr?"

Er zuckt mit den Schultern und reicht mir das Essen. Ich schreite zu ihr hinüber, die Fleischspieße in der Hand.

„Tanz mit mir, Booker!", singt sie.

„Ich habe das Essen." Ich wedle damit in der Luft, als ob sie es nicht sehen könnte.

„Wen interessiert das? Kebab ist Street Food, das historisch gesehen zum Tanzen gemacht ist. Das steht bestimmt irgendwo in der Literatur." Sie huscht zu mir rüber und schnappt sich einen Spieß aus meiner Hand. Dann nimmt sie meine gerade frei gewordene Hand in die ihre und dreht sich unter meinen Arm.

Ich stehe mit ernstem Gesicht da, während sie mich weiter zum Tanzen benutzt. „Ich bin nur eine Requisite für dich, oder?"

Sie beißt ein Stück Ananas vom Spieß ab. „Mmmhmm", kichert sie, kaut das Essen und wischt sich den Tropfen, der ihr am Kinn herunterläuft, ab. „Weil du sicher nicht tanzen kannst. Du hast nie mit mir getanzt, als wir Kinder waren, obwohl ich dich immer angefleht habe. Mr. Geistlos und Unglaublich Langweilig." Sie seufzt schwer und hat ein freches Glitzern in den Augen, das mich anspornt.

Ich schüttle den Kopf, denn ich weiß genau, was sie vorhat. Sie versucht, mich dazu zu bringen, wie eine Marionette für sie zu spielen. Und das ist mir scheißegal.

Dieses Spiel können zwei spielen.

Ich reiche ihr meinen Kebab und sie springt mit einem freudigen Quietschen auf und ab, ohne zu wissen, was auf sie zukommt. Ich wippe mit dem Kopf im Takt und der Trompeter wird lauter. Ich atme tief ein, bevor ich mich auf den Boden werfe, um den Wurm zu machen, wobei ich die Bewegung andauernd wiederhole.

Poppys schockiertes, schallendes Lachen ist die blauen Flecken, die das morgen auf meinen Hüftknochen hinterlassen wird, allemal wert. Sie hat mich noch nie so etwas machen sehen, da ich es erst vor ein paar Jahren gelernt habe, als Tanner mich bei einem Torjubel dabei haben wollte. Wir hatten das alles geplant. Als er ein Tor schoss, flog er wie ein Vogel über das ganze Feld zu mir, wo ich den Wurm machte. Dann machte er einen Sturzflug auf mich, wie ein Vogel, der einen Wurm verschlingt.

Wir sahen lächerlich aus.

Natürlich wurde es wochenlang auf den Sportsendern wiederholt.

Ich springe auf und verschränke die Arme vor der Brust für eine kurze Breakdancer-Pose, bevor ich nach meinem Kebab greife, als wäre nichts passiert. Poppy ist vor Lachen vornübergebeugt. Als sie sich wieder im Griff hat, gibt sie mir einen herzlichen Applaus mit mehreren Jubelschreien.

Lächelnd krame ich einen Schein aus meiner Tasche und werfe einen Zehner in den Trompetenkoffer des Mannes. Seine Augenbrauen heben sich, als er weiterspielt, und Poppy hält inne und schaut dem Musiker direkt in die Augen, als sie sagt: „Danke für die Musik."

Er nickt ein musikalisches Dankeschön und schon sind wir mit unserem Straßenessen weg.

Für ein paar Minuten gehen und essen wir schweigend, bevor

Poppy meinen Arm berührt. „Ich danke dir auch“, sagt sie ehrfürchtig und sieht zu mir auf, als wir uns auf den Weg zu unserer Wohnung machen. „Für das Essen, das Tanzen und die Musik.“

Ich schaue sie verwundert an, während sie nachdenklich an ihrem Kebab knabbert. Poppy ist wahrscheinlich die dankbarste Person, die ich kenne. Selbst als wir noch jünger waren, hat sie sich ständig bei mir bedankt. Und dabei spielte es keine Rolle, ob es sich um etwas so Einfaches handelte, wie ihr nach dem Stolpern beim Aufstehen zu helfen, was sehr oft vorkam. Sie stellte immer sicher, dass wir uns in die Augen sahen, bevor sie mir dankte.

Hier ist sie wieder, so typisch Poppy, und tut so, als ob Imbissessen und ein Straßenmusiker ein Theaterabend wären.

Ich zucke mit den Schultern. „Siehst du, wenn du nie mit mir zusammengewohnt hättest, hättest du nie die Gelegenheit gehabt, um zehn Uhr abends mit einem Fleischspieß in der Hand auf einem Londoner Bürgersteig zu tanzen.“

Sie strahlt und reißt ein Stück ab. „So wahr, Booker. Ich liebe es hier. Ich hoffe, ich liebe Hoxton genauso sehr.“

Der Gedanke, dass sie in einem Monat gehen wird, bereitet mir ein mulmiges Gefühl in der Brust. „Wenn du willst, können wir schauen, ob in meinem Gebäude noch etwas frei ist.“

„Hast du mich schon satt?“, ruft sie entsetzt aus.

„Nein … Eigentlich dachte ich, Hoxton ist ein bisschen zu weit weg.“ Ich spüre ihre Augen auf mir, also nehme ich einen Bissen, um ihrem durchdringenden Blick zu entgehen.

„Hoxton ist nur eine Meile entfernt, du Spinner!“ Ich zucke mit den Schultern, aber sie macht eine kleine Drehung und fährt fort. „In einem Monat wirst du mich sowieso nicht mehr wollen. Dann brauchst du etwas Freiraum.“

Ich halte sie davon ab, sich noch einmal zu drehen, lege meinen Arm um ihre Schultern und ziehe sie zu mir. Der Duft ihres Parfums ist so spät in der Nacht nur schwach, aber dennoch präsent. „Ich werde nie Freiraum von dir brauchen, Pop.“ Ich küsse ihren Kopf und lasse meinen Arm auf ihrer Schulter ruhen, während ich einen Bissen von meinem Spieß nehme.

Sie kuschelt sich an mich, wahrscheinlich weil ihr kalt ist. Aber ich kann mich nicht davon abhalten, daran zu denken, wie richtig sich das anfühlt. Wie natürlich und normal. Sicher und bequem. Ich mag es, sie wieder bei mir zu haben. Ich will nicht daran denken, dass sie geht.

„Der große Hochzeitstag ist bald da", sagt sie mit einem traurigen Ton in der Stimme.

Ich nicke. „Ja."

„Bist du aufgeregt?", fragt sie neugierig.

„Natürlich", erwidere ich unverbindlich und schürze gedankenversunken die Lippen. Ehrlich gesagt, bin ich gar nicht aufgeregt. Ich freue mich für Tanner und Belle, aber diese ganze Sache, dass ich ein Date mitbringen muss, fängt an, mich viel mehr zu stören, als ich dachte. Ich weiß nicht einmal, wen Poppy mitbringt. Ich bringe es nicht über mich, zu fragen. Und sie fragt mich nicht, also gibt es einen großen Elefanten im Raum, über den keiner von uns beiden spricht.

Ich hasse es.

Ich hasse es, Dinge über Poppy nicht zu wissen. Als wir jünger waren, hat mich das nie gestört. Ich hatte feste Freundinnen. Sie hatte wahrscheinlich ein paar feste Freunde. Wir haben nie darüber gesprochen und es hat mich nie gestört.

Jetzt sind die Dinge anders. Irgendwie haben wir uns verändert. Poppy ist meine älteste und liebste Freundin auf der Welt, aber darüber kann ich nicht mit ihr reden. Und ich habe schreckliche Angst davor, was das bedeutet.

ROUTEN ÄNDERN

Booker

Es gibt bestimmte Menschen, die einem über den Weg laufen und für die man seine gesamte Richtung ändert, um ihnen zu folgen. Das war Poppy, als ich sie im Alter von sieben Jahren kennenlernte, und das ist Poppy heute Abend, als sie am Abend der Hochzeit meines Bruders auf mich zu schreitet.

Sie trägt ein kurzes, bronzefarbenes Paillettenkleid mit langen Ärmeln, das mich an glitzernde Schokolade erinnert. Mein Blick genießt ihre Kurven unter dem Stoff, der aussieht, als wäre er aufgemalt worden. Der weite Ausschnitt bringt ihr zartes Schlüsselbein zur Geltung, das von ihren kurzen blonden Haaren umspielt wird, welche sanft zu einer Seite fallen. Ein schimmernder Goldstaub lässt ihre Haut erstrahlen und passt gut zu ihren smaragdgrünen Augen mit den dichten Wimpern.

Sie ist die völlige und totale Eleganz.

Ich blinzle und denke an den Tag zurück, an dem ich sie in dem schlammigen gelben Kleid im Park traf. Sie war ein wandelndes Durcheinander, aber trotzdem so selbstbewusst. Die Geschichte, die wir miteinander geteilt haben, macht diesen Moment noch besonderer. Was sie mir in meiner Vergangenheit bedeutet hat, ist genauso wichtig wie das, was sie mir in meiner Gegenwart bedeutet. Die letzten Tage, die wir seit unserem Tanz vor dem Imbisswagen zusammen verbracht haben, erinnerten mich daran, wie wunderbar unsere Freundschaft sein kann. Wie leicht und mühelos. Aber es ist ihre innere Schönheit, die ich durch all das Funkeln sehe, die in mir die verzweifelte Frage aufwirft, was unsere Zukunft bringt und wie ich weiterhin ein Teil ihres Lebens sein kann … für immer.

Sie schaut mich von oben bis unten an und ein sanftes Lächeln umspielt ihre Mundwinkel. „Du siehst gut aus." Ihr Tonfall ist leicht und fröhlich – ein großer Gegensatz zu den intensiven Gefühlen, die mich in diesem Moment durchströmen.

Ich räuspere mich und richte meine dünne schwarze Krawatte, während ich auf ihre glänzenden Lippen starre. „Du bist so hübsch wie immer, Poppy."

Meine Worte sind leise und kindisch, aber sie fühlen sich an wie alles, was ich als Junge oder als Mann nie gesagt habe. Sie war schon immer umwerfend. Ich habe mir nur nie erlaubt, sie wirklich anzusehen.

Ihr Lächeln fällt, als ich näher an sie herantrete. Sie sieht zu mir auf, immer noch ein paar Zentimeter kleiner, selbst in ihren Keilabsätzen. Da ich sie fühlen muss, strecke ich meine Hand aus und streichle ihre Wange. Sie schließt die Augen und ich streiche mit meinem Daumen über ihre weiche, blasse Haut.

Ich liebkose sie und sie fühlt sich an wie mein. Sie fühlt sich an, als würde sie zu mir passen. Als sollte sie bei mir sein, an meinem Arm, auf dieser Hochzeit an meiner Seite. Nicht mit jemand anderem. Eine Dringlichkeit überkommt mich, während eine lähmende Angst einsetzt. Was, wenn sie sich in diesen Mann verliebt? Was, wenn sie diesen Mann küsst? Was, wenn sie wegen dieses Mannes keine Zeit mehr mit mir verbringt? Kann ich mich wirklich zurücklehnen und zusehen, wie sie heute Abend mit einem anderen weggeht?

„Booker", flüstert sie. Ihre Stimme ist voller Emotionen, aber sie öffnet ihre Augen nicht. „Was machst du da?"

Die Luft fühlt sich schwer an. Die Schwere dieser Gefühle drückt meinen Kopf nach unten, wie eine Bergauffahrt auf einer Achterbahn. Ehrlich gesagt, weiß ich nicht, was ich tue. Ich berühre sie, weil ich es muss. Ich muss es tun. Es ist keine bewusste Entscheidung. Mein Verstand weiß, dass das falsch ist. Dass sie zu berühren zu anderen Dingen führt. Dinge, für die es keine Garantie gibt. Dinge, die sie dazu bringen könnten, mich zu verlassen.

„Ich …" Ich werde von einem plötzlichen Klopfen an der Tür unterbrochen.

Poppy reißt die Augen auf, dreht den Kopf und zieht ihr Gesicht aus meiner Hand. „Das wird Andrew sein."

Ich blinzle schnell, als meine Hand sinkt und ich von ihr wegtrete. Ihre seidige Wange kribbelt noch immer in meiner Handfläche.

„Andrew aus dem Fitnessstudio?", frage ich und balle meine Hände an den Seiten zu Fäusten.

Sie nickt und dreht sich um. Ihre Keilabsätze klappern dumpf, während sie zur Tür geht. Ich bin wie gelähmt und klebe an meinem Platz. Mein Kopf schmerzt, als ich höre, wie sie ihn begrüßt. Er sagt etwas Dummes in seinem starken schottischen Akzent, das ich kaum verstehen kann. Sie lacht dieses vertraute heisere Lachen und dann verstummen sie.

Ich zwinge mich, zur Tür zu schauen. Poppy wirft mir einen nervösen Blick über ihre Schulter zu. Ihre Hand ist fest auf den Türknauf gepresst, als wolle sie mir klugerweise den Blick auf den Mann auf der anderen Seite verwehren. „Kommt dein … ähm … Date hierher, um dich zu treffen?"

Ich zupfe an meinem Ohrläppchen und antworte: „Ich werde sie abholen."

Sie nickt. „Sehen wir uns dann im Tower Park?"

Ich lächle halb und es tut weh. Das einfache Hochziehen meines Mundwinkels schmerzt mich, als ich sehe, wie sie mir zuwinkt und aus der Tür schlüpft, ohne noch einmal zurückzuschauen.

Poppy

„Wenn Booker Harris sich nach heute Abend nicht in dich verliebt, werde ich hetero und gehe selbst mit dir aus, Poppet. Du siehst einfach genial aus. Ein richtig hübsches Mädchen."

Ich lächle höflich, als Andrew mich in seinen kleinen gelben Sportwagen bugsiert. Bevor er die Tür schließt, blicke ich auf und sage: „Können wir vielleicht … nicht über Booker reden? Oder über meinen Plan? Oder über meine Vergangenheit? Ich komme mir bei all dem total lächerlich vor."

Andrew runzelt die Stirn und nickt höflich, schließt mich im Auto ein und geht zu seiner Tür. Er gleitet hinein und der Raum füllt sich praktisch mit dem Duft seines Rasierwassers. Er legt seine Hand auf meine geballte Faust. „Lass uns ein bisschen Spaß haben, ja?"

Ich lächle in seine großen braunen Augen. „Sehr gerne." Er zwinkert mir zu und fährt aus der Parkbucht.

„Also?", fragt Andrew, nachdem wir ein paar Minuten gefahren sind. „Wohin fahren wir?"

„Tower Park … für eine Hochzeit." Er sieht mich fragend an. „Es ist die Hochzeit von Tanner Harris und Belle Ryan. Sie werden auf dem Spielfeld heiraten. Tut mir leid, dass ich es dir nicht früher gesagt habe. Sie waren besorgt, dass die Presse davon erfährt."

„Verdammte Scheiße!", ruft Andrew und schlägt mit der Handfläche auf das Lenkrad, während er vor Aufregung johlt. „Das wird fantastisch! Ich bin zwar kein Fan von Bethnal Green, aber man muss schon tot sein, um die Harris-Brüder nicht zu kennen. Tanner und Belle hatten Anfang des Jahres einen großen Skandal in den Zeitungen. Sie wurden splitternackt in einem Auto erwischt oder so. So wie es sich anhört, hat Tanner Harris die Kurve gekriegt und ist nicht mehr der wilde Junge, der er einmal war!"

Er kichert ausgelassen und ich kann nicht anders, als es ihm gleichzutun. Andrews Begeisterung ist süß. „Vielleicht solltest du diese Geschichte heute Abend nicht erwähnen."

Andrew nickt pflichtbewusst. „Natürlich. Wer wird noch dabei sein?"

„Nun, Camden wird mit seiner Verlobten Indie, Belles bester Freundin, dort sein. Dann ist da noch ihr ältester Bruder, Gareth. Ich glaube nicht, dass er ein Date mitbringt, aber ich könnte mich irren. Er ist immer ein Rätsel. Ihre Schwester Vi wird mit ihrem Verlobten Hayden und ihrem Baby Rocky da sein. Und ein Kindermädchen, glaube ich, denn Vi sagt, dass sie heute Abend feiern will. Und natürlich ihr Vater, Vaughn. Oh, und Belles älterer Bruder, Ronald, und dessen Frau."

„Großartig. Keine Eltern von Belle? Ihr Vater ist Richter oder so, stimmt's?"

Ich nicke. „Ja, aber er wird nicht dabei sein. Du wirst seinen Platz einnehmen."

Er strahlt. „Heißt das, ich darf sie zum Altar führen?"

Ich schüttle den Kopf und versuche, mein Lachen zu verbergen. Gott, Andrew ist so liebenswert. „Das bezweifle ich, Andrew. Aber ich drücke dir die Daumen."

Ein paar Minuten später halten wir vor dem Tower Park und werden auf einen speziellen Parkplatz innerhalb eines eingezäunten Geländes geleitet. Alles ist ruhig, als wir uns auf den Weg zur Tür machen, die vom Sicherheitsdienst bewacht wird. Er kontrolliert unsere Ausweise, trägt unsere Namen in eine Liste ein und führt uns dann durch einen langen, schwach beleuchteten Flur. Die Decke ist niedrig, deshalb beugt sich Andrew ein wenig vor, um den Lampen auszuweichen. Er greift nach meiner Hand, als ich fast über rissigen Beton stolpere.

„Ist das ein schlechter Zeitpunkt, um dir zu sagen, dass ich einen verdammten Ständer habe?", flüstert er mir ins Ohr, während er mir hilft, mich aufzurichten.

Meine Augen weiten sich. „Andrew!", schimpfe ich.

„Verdammt großer Fußballfan, Poppet." Seine Stimme zittert, als wir uns den Lichtern nähern, die um die Ecke leuchten. „Ich bin ein Hearts-Fan, aber das macht nichts. Das ist der Stoff, aus dem die Träume aller Fußballfans sind."

Ich kann mir ein Lachen nicht verkneifen. Er sieht aus wie ein Kind in einem Süßwarenladen. „Versuch, ihn in deinen Hosenbund zu stecken, wenn du kannst."

Er nickt ernst. „Gute Idee."

Wir biegen um die Ecke und das Spielfeld ist in hellem Stadionlicht erleuchtet. Ein paar weiße Holzstühle stehen auf einem Podest vor einem Netz, das mit weißen Lichtern bedeckt ist. Von weitem sehe ich Vaughn und Gareth in ihren schwarzen Anzügen, die identisch mit dem von Booker sind. Sie scheinen sich mit einer Predigerin zu unterhalten. Neben ihnen stehen ein Mann und eine Frau mit Akustikgitarren in der Hand, die sie an Verstärker anschließen und ihre Hocker und Mikrofone einstellen. Vi und Hayden sitzen auf den Stühlen und reichen Rocky hin und her, während sie versuchen, ihr weißes, bauschiges Kleid zurechtzurücken. Indies rotes Haar weht neben den beiden im Wind.

Sie sieht mich kommen und huscht in ihrem bodenlangen silbernen Kleid zu uns rüber. „Poppy, du siehst wunderschön aus!", strahlt sie und streckt Andrew ihre Hand entgegen. „Hi, ich bin Indie."

„Indie, das ist Andrew", sage ich, als sie sich die Hände schütteln.

„Ich habe einen kleinen Ständer!", platzt es aus ihm heraus und dann macht er ein langes Gesicht. Sein Hals und seine Wangen werden rot, als Indie ihren lachenden Mund bedeckt. „Tut mir leid, das wollte ich nicht sagen. Ich meine nur, dass ich froh bin, hier zu sein. Dieses Spielfeld zu betreten, ist das Aufregendste, was mir in diesem Jahr passiert ist."

„Keine Sorge. Es ist ziemlich beeindruckend. Und wir werden dich nicht verurteilen, wenn ein Schwellkörper reagiert." Sie blickt auf sein Paket hinunter.

„Wenn das Chubby Charlie bedeutet, dann danke." Er lacht unbeholfen und Indie und ich können nicht anders, als mitzumachen. Andrew ist ein kleiner Idiot, aber ein süßer Idiot.

Indie zeigt auf die Seitenlinie. „Da drüben ist eine kleine Bar mit ein paar Cocktailtischen, falls ihr vor der Zeremonie noch etwas trinken möchtet."

Andrew sieht mich an.

„Weißwein?", frage ich.

„Das schaffe ich. Ich hoffe, sie haben Champagner!" Er quiekt und geht hinüber.

„Und, wie läuft's?", fragt Indie und geht mit mir auf die Gruppe weißer Stühle zu.

Ich rolle mit den Augen. „Andrew ist großartig. Schwul wie der Tag lang ist, aber Booker hat keine Ahnung, also wird er für heute Abend reichen." Ich atme aus. „Was alles andere angeht, habe ich keinen blassen Schimmer. Ich bin jetzt noch verwirrter als sonst."

Ihr Gesicht wird lang. „Aber warum? Belles Pläne funktionieren doch immer."

Ich zucke mit den Schultern. „Im Moment versuche ich einfach, mir keine großen Hoffnungen zu machen. In meiner Nähe verhält er sich anders. Aus irgendeinem Grund habe ich das Gefühl, dass er versucht, sich zu verabschieden oder so." Indies Gesicht sieht traurig aus, aber ich winke ab. „Wie geht es Belle? Flippt sie aus? Versucht sie, sich aus dem Staub zu machen?"

Indie lacht. „Sie und Tanner vögeln wahrscheinlich gerade in der verdammten Umkleidekabine."

„Haben sie sich schon vor der Hochzeit gesehen?"

„Sie weigerten sich beide, in die Umkleidekabine der Besucher zu gehen. Sie sagten, das brächte mehr Pech, als sich vor der Hochzeit zu sehen." Indie wirft ihre Hände in die Luft. „Und du weißt, dass Belles Kleid rot ist, oder?"

Ich nicke und lächle. „Sie hat es erwähnt."

„Durch und durch unkonventionell." Indie strahlt. „Ich bin froh, dass du hier bist. Ich hoffe, du kannst dich trotzdem mit Andrew amüsieren. Nach der Zeremonie machen wir eine Limousinenfahrt durch London. Danach essen wir in diesem umwerfenden Nachtclub, den Belle erwähnt hat."

Ich lächle. „Ich kann es kaum erwarten."

Die Musiker fangen an, Indie zu sich zu winken, also entschuldigt sie sich, um zu sehen, was sie brauchen. Gerade als ich mich umdrehe, um nach Andrew zu schauen, fällt mein Blick auf etwas, das mir das Herz bis zum Hals schlagen lässt.

Booker Harris schlendert über das Spielfeld und sieht mit seinem schwarzen Anzug, seinen Grübchen und seinen breiten Torhüter-Schritten verdammt sexy aus …

… mit keiner Geringeren als Sidney Carmichael am Arm.

Booker

„Ich bin so froh, dass ich einen frühen Rückflug nehmen konnte. Es kommt nicht jeden Tag vor, dass man eine Hochzeit auf einem Fußballfeld sieht!" Sidneys Stimme scheint eine Oktave zu hoch zu sein, als wir durch den Tunnel auf das Spielfeld zugehen. Vielleicht liegt es aber auch nur daran, dass ich mich so sehr an Poppys tiefere Stimme gewöhnt habe, dass mir die von Sidney im Vergleich dazu zu hoch erscheint.

„Ich schätze, es ist gut, dass du mich gerettet hast, denn ich habe nie ein richtiges Date gefunden." Ich zwinge mich zu einem Lachen und richte den Manschettenknopf an meinem linken Handgelenk. Ich war schon darauf vorbereitet, allein zu kommen, als Sidney mich vor ein paar Tagen anrief und sagte, dass sie ihren Flug umgebucht hätte, um früher nach Hause zu kommen. Ich konnte meine Einladung nicht einfach zurücknehmen, also sind wir hier. Arm in Arm. Ein gezwungenes Grinsen neben einem übereifrigen, strahlenden Lächeln.

Sidney schnaubt. „Soweit ich weiß, bin ich ein richtiges Date. Fleisch und Blut", sagt sie und schnalzt mit der Zunge. „Ich kann dir mehr Fleisch zeigen, wenn du willst."

Sie schmiegt sich an mich und ich ziehe mich zurück. „Tut mir leid, Sidney. Du weißt, was ich meine." Ich schaue weg, mein Kiefer ist angespannt. Wenn Sidney noch mehr Haut zeigt, werden wir gleich Nippel sehen. In ihrem kleinen schwarzen Kleid sind ihre Brüste heute Abend gut zu sehen. Ich höre schon die krassen Bemerkungen, die Tanner machen wird. Das heißt, wenn er lange genug von seiner Braut wegschaut, um es überhaupt zu bemerken.

Wir biegen um die Ecke und ich blinzle gegen die hellen Stadionlichter an. Ich werfe einen flüchtigen Blick auf das Spielfeld und sehe, dass Poppy uns direkt anstarrt. Ihr Gesicht sieht aus, als hätte sie einen Geist gesehen. Ich will schnell hinüberlaufen, um zu sehen, was sie so beunruhigt, aber Sidney hält sich an mir fest, während ihre *Stöckelschuhe auf dem Spielfeld versinken.*

Ein Sakrileg. Wenigstens war Poppy so vernünftig, angemessenes Schuhwerk zu tragen.

Poppy hüpft zu Andrew hinüber, der auf sie zugeht. Sie reißt ihm einen Drink aus der Hand und leert diesen in einem Zug. Er runzelt die Stirn und schaut sich um, bis er mich entdeckt.

Dann baut er sich auf.

Hart.

Seine Haltung versteift sich und er sieht mich an, als könnte er mich fertigmachen, wenn er wollte. Und ich bin mir nicht hundertprozentig sicher, dass er das nicht könnte. Ich bin zwar größer als er, aber er hat mehr Muskelmasse als ich. Aber er weiß nicht, dass ich sechs Jahre verkorkster Beste-Freundin-Angst auf meinen Schultern trage. Ich bin mir ziemlich sicher, dass ich einen erleichternden Schlag auf seinen Kiefer genießen würde.

„Ist das?" Sidney hebt eine Hand, um ihre Augen vor den Lichtern abzuschirmen. „Ist das da drüben Poppy McAdams? Die mit den kurzen Haaren? Sie sieht aus wie sie, aber ich habe sie seit der Schule nicht mehr gesehen."

„Das ist sie." Mein Tonfall ist reumütig, als mir klar wird, dass ich Sidney gegenüber nicht erwähnt habe, dass ich eine Mitbewohnerin oder sogar eine neue Wohnung habe.

Plötzlich packt Poppy Andrew am Arm und zerrt ihn in die entgegengesetzte Richtung von uns, offensichtlich um eine Begrüßung zu vermeiden. Meine Augen verengen sich, als ich den beiden beim Gehen zusehe, wobei sie völlig entspannt miteinander wirken.

Mit einer fragend hochgezogenen Augenbraue geleite ich Sidney hinüber, um Vi und Hayden zu begrüßen. Mein Gesicht erhellt sich, als Rocky nach mir greift. Ich brauche ihren Trost, also nehme ich sie aus Haydens Armen und drücke sie an meine Brust. Sie trägt ein weißes Tüllkleid und ein glitzerndes Stirnband, das sich durch ihre blonden Strähnen zieht. Sofort versucht sie, meine Krawatte in ihren Mund zu nehmen. Sidney schenkt Rocky ein verkniffenes Lächeln, sodass ich mich von ihr abwende, um mich zu setzen.

Ich lausche halb dem Gespräch, das Sidney mit Vi und Hayden führt, und bin eher neugierig, wohin Poppy mit Andrew abgehauen ist.

Meine Aufmerksamkeit wird abgelenkt, als Gareth mir auf die Schulter klopft und sich auf den Stuhl neben mir fallen lässt. „Hallo, Book." Er streckt seine langen Beine aus, während er es sich bequem macht, und wirft mir einen neugierigen Blick zu.

„Hallo", murmle ich und schaue an ihm vorbei.

Er streckt seinen Finger aus und gibt ihn Rocky, die ihn sofort in den Mund nimmt. „Wen suchst du denn?", fragt er mich.

Meine Augen verengen sich. „Poppy. Ich … Sie kennt ihr Date nicht besonders gut. Ich möchte sichergehen, dass wir sie im Auge behalten."

„Sicher", sagt Gareth. „Schön zu sehen, dass Sidney es doch noch geschafft hat."

Ich zucke mit den Schultern und schaue zu ihr hinüber. Sie ist weitergegangen, um sich mit den Musikern zu unterhalten. „Sie hat mich angerufen, nachdem sie ihren Flug umgebucht hatte. Es war zu spät, sie aufzuhalten. Wie geht es Tanner?"

„Völlig entspannt. Ich habe gerade nach ihm gesehen."

Ich schüttle den Kopf und verlagere Rocky in meinen Armen. „Ich kann nicht glauben, dass Cam und Tan tatsächlich heiraten werden. Es ist unglaublich, was sich in unserer Familie alles verändert."

Gareth holt seinen Finger aus Rockys Griff und lehnt sich in seinem Stuhl zurück. „Ich weiß. Ich war mir sicher, dass du der erste von uns sein würdest, der unter die Haube kommt."

Das lässt mich die Stirn runzeln. „Ich? Wie kommst du denn darauf?"

Er zuckt mit den Schultern, als hätte er nicht gerade eine lächerliche Bemerkung über mich gemacht. „Du scheinst von uns allen emotional am stabilsten zu sein.“

Das bringt mich zum Lachen. Ich fühle mich emotional nicht stabil. Ich fühle mich gerade wie ein verdammter Irrer, während ich den Kopf in alle Richtungen verdrehe und nach Poppy suche. Ich war in meinem ganzen Leben noch nie so verwirrt. In letzter Zeit hat sich etwas in mir verändert, wenn ich Poppy ansehe. Etwas, das die ganze Sache mit den getrennten Dates noch schwieriger macht, als ich erwartet hatte. Ich habe Gefühle, die beste Freunde nicht haben, mit denen ich versuche, mich auseinanderzusetzen.

„Vi würde mich nicht als emotional stabil bezeichnen“, murmle ich mit zusammengebissenen Zähnen, während ich Rocky auf meiner Schulter positioniere. „Sie denkt, ich sei geschädigt.“

Gareth atmet aus und antwortet mit einer seltsamen, zuckersüßen Stimme, als er meinen Kommentar an Rocky richtet. „Das liegt daran, dass du dich selbst belügst und wir können es alle verdammt nochmal sehen.“

Rocky kichert über seine Aufmerksamkeit, aber ich bin nicht amüsiert. „Ich habe es so satt, dass alle das sagen. Ich weiß nicht, was ihr von mir erwartet.“

Gareth blickt mich mit seinen strengen haselnussbraunen Augen an. Während Tanner, Camden und Vi mit ihren blonden Haaren und blauen Augen nach unserer Mutter kommen, haben Gareth und ich die Gesichtszüge unseres Vaters, sodass es fast so ist, als würden wir Dad ansehen.

Sein Kiefer ist angespannt, während er spricht. „Booker, als Torwart hast du einen guten Instinkt. Deine Augen sind laserscharf, sodass du jeden Spieler auf dem Spielfeld zu jeder Zeit siehst. Und du beschützt dein Netz mit aller Kraft, als wäre es dein wertvollster Besitz. Das ist der Grund, warum du so gut bist. Ein Torwart, das ist es, was du verdammt noch mal bist.“ Sein Gesicht wird weicher. „Aber du bist blind, wenn du glaubst, dass Poppy es nicht in dein Netz geschafft hat.“

Ich atme schwer aus. In diesem Moment kommt Vi vorbei und unterbricht unsere angespannte Diskussion. „Ich brauche Rocky für ein schnelles Foto!“ Sie reißt sie mir aus den Händen und wirft uns einen seltsamen Blick zu. „Geht es euch Jungs gut?“

Wir nicken beide, dann flitzt sie ohne eine Sorge auf der Welt davon und geht zu Hayden für ein Foto am Netz. Ich schaue der glücklichen Familie eine Minute lang zu und wünsche mir nichts sehnlicher, als mit ihnen tauschen zu können.

Gareth packt mich am Arm und fügt hinzu: „Bring das in Ordnung, sonst verlierst du deine beste Freundin, und diesen Schmerz will ich dir ersparen." Seine Stimme bricht, also schaue ich zu ihm rüber und bin erstaunt, dass seine Augen glasig werden. Er sieht mich mit einem ernsten Blick an, der mein Herz zum Klopfen bringt. „Ich weiß, wie es ist, eine beste Freundin zu verlieren."

Mein Atem stockt. Mein einziges Wort, das ich antworte, ist nur ein Flüstern. „Mum?"

Er schließt die Augen und nickt. So verletzlich habe ich ihn noch nie gesehen.

„Gareth, rede mit mir", flehe ich und werde Zeuge einer Welt voller emotionaler Qualen, die er nie losgelassen hat. Niemals zum Leben erweckt hat. Er muss in seinem dunklen Kopf verrückt geworden sein.

Er schüttelt den Kopf. „Ein andermal vielleicht. Heute mache ich mir mehr Sorgen um dich. Poppy ist in deinem Netz, Booker. Du musst dich nur umdrehen und sie ansehen."

Mein Blick wird abgelenkt, als ich sehe, wie Poppy wieder auf dem Spielfeld auftaucht, wobei sie Andrews Arm fest umklammert. Ihre Augen sehen rot aus, als ob sie geweint hätte. Ohne zu zögern bin ich auf den Beinen und marschiere mit langen Schritten direkt auf sie zu, wobei ich mich kaum vom Rennen abhalten kann.

„Poppy", rufe ich. „Was ist passiert? Was hat er getan?" Ich werfe Andrew einen wütenden Blick zu, der schockiert und bestürzt über meine Anschuldigung aussieht.

„Nichts, Booker", sagt sie, bleibt stehen, als wir uns erreichen und weicht meinem Blick aus, während sie sich über die Augen tupft.

„Blödsinn. Was hat dich so aufgewühlt?" Ich stoße einen Finger in Andrews Brust. „Wenn du ihr etwas angetan hast, schwöre ich dir, dass es dir leidtun wird. Die Harris-Brüder kommen im Viererpack und wir kämpfen nicht fair."

„Verpiss dich, Junge!", knurrt Andrew und tritt näher an mich heran. „Sie ist eine erwachsene Frau. Wenn sie Schutz braucht, wird sie darum bitten. Wenn überhaupt, dann muss sie vor dir beschützt werden!"

Andrews Worte schneiden mich, als ich Poppy ansehe. Sie sieht mich mit traurigem Blick an, der mich innerlich verletzt. Plötzlich fühlt sich das wie die schlimmste Art von Verrat an. Sie gehört nicht zu diesem Trottel. Sie braucht ihn nicht, um getröstet und beschützt zu werden. Ich sollte Poppys sicherer Ort sein. Ihre Schulter, an der sie sich ausweinen kann.

„Willst du reden?", frage ich mit zittriger Stimme.

„Nein, Booker. Ich habe keine Lust, zu reden. Ich habe eine schöne Zeit mit Andrew und ich würde es begrüßen, wenn du zurück zu *Sidney* gehst und uns in Ruhe lässt." Ihre Stimme ist bissig und flach. Nicht so, wie sie normalerweise mit mir spricht.

„Es ist so weit!", ruft Indie, als sie auf das Spielfeld eilt und Tanner ihr dicht auf den Fersen ist. „Nehmt alle eure Plätze ein!"

Mein Blick löst sich widerwillig von Poppy, als sie mit Andrew weggeht. Ich drehe mich um und sehe Tanner auf mich zukommen. Er trägt einen grauen Anzug mit einer schwarzen Krawatte. Sein langes Haar fällt ihm fast bis zu den Schultern und sein Bart ist gestutzt. Er sieht aus wie ein richtiger Erwachsener.

Sein Lächeln ist strahlend, als er mich ansieht. „Du siehst beschissen aus."

Ich zwinge mich, ihn anzulächeln. „Es ist nichts."

„Gut, denn nichts kann mich heute unterkriegen, kleiner Bruder. Meine zukünftige Frau ist einfach unglaublich." Er schlingt seine Arme um mich und klopft mir mit einer herzlichen Umarmung auf den Rücken.

Ich kann mir ein Lachen nicht verkneifen. „Weil sie zugestimmt hat, dich zu heiraten?"

Er schüttelt den Kopf. „Sie ist heute früh ins Krankenhaus gegangen, hat einen neunundzwanzig Wochen alten Fötus gerettet und ist jetzt wieder da und sieht verdammt noch mal schöner aus als an dem Tag, an dem ich mich in sie verliebt habe." Seine Freude kocht über.

Ich beiße die Zähne zusammen und lächle. „Ich freue mich für dich."

„Lass uns heiraten", sagt er und schubst mich in Richtung des behelfsmäßigen Altars.

Ich schließe mich wieder Sidney an, während Poppy und Andrew auf der anderen Seite des Ganges direkt gegenüber von uns sitzen. Sie weicht meinem Blick weiterhin aus, als die Predigerin uns alle auffordert, uns zu erheben.

Aus dem Verstärker des Gitarrenduos ertönt eine atemberaubende Instrumentalversion von U2s „With or Without You". Die Musik schwillt an und ihr rhythmischer Klang hallt von den leeren Sitzen im Tower Park wider. Eine Gänsehaut kriecht mir in den Nacken.

Als die Männerstimme zu singen beginnt, erscheint Belle aus dem Tunnel. Sie trägt ein rotes, bodenlanges Kleid und hat ihr langes, dunkles Haar zur Seite gekämmt. Sie sieht wunderschön aus, aber sie steht nur da und weint. Sie weint so heftig, dass sie nicht mehr weiterkommt und versucht, sich zu sammeln. Indie stürmt auf sie zu und ich werfe einen Blick auf Tanner, dessen Gesicht vor Rührung verzerrt ist. Aber er bleibt stoisch vor dem Altar stehen, so stoisch wie er nur sein kann, während ihm die Tränen über das Gesicht laufen.

Indie erreicht Belle und nickt ihr aufmunternd zu. Die beiden wechseln ein leises Wort und dann ergreift Belle Indies Hand. Sie gehen den Rest des Weges gemeinsam. Stark. Liebevoll. Eine Freundin, die eine Freundin überreicht.

Als sie an mir vorbeigehen, treffen meine Augen auf Poppy, die meinem Blick nicht mehr ausweicht. Sie sieht mich an, ihre Augen sind voller Tränen, während sie mich mit düsterer Miene ansieht. Andrew flüstert ihr etwas ins Ohr, dann nimmt er ihre Hand in seine und drückt sie.

Sie sollte nicht bei ihm sein.

Sie sollte bei mir sein.

Sie sollte auf dem Stuhl neben mir sitzen.

Sie sollte meine Hand halten.

Sie sollte *mir* gehören.

Und dieser Gedanke macht mir Angst.

Die Predigerin sagt ein paar Worte. Belle weint noch mehr. Tanner wischt ihre Tränen weg. Sie tauschen Gelübde aus. Sie geben sich Versprechen. Sie stecken einander einen Ring an den Finger.

Und dann ... küssen sie sich.

Musik spielt. Umarmungen werden ausgetauscht. Glückwünsche werden ausgesprochen. Ich lasse mich von all dem mitreißen und versuche, nicht zu nahe zu kommen. Falls ich meinen Gefühlen nachgebe, weiß ich nicht, was passieren könnte.

Nach der Zeremonie führt der Fotograf Gruppen für weitere Fotos weg, während sich der Rest von uns an der Bar versammelt. Sidney hält sich an meinem Arm fest, aber ich bin so sehr in Gedanken versunken, dass ich nicht einmal weiß, ob ich auf sie reagiere.

Ein Glas Rotwein wird mir in die Hand gedrückt und dann zerrt mich Sidney zum Tisch, an dem Poppy und Andrew sitzen. Poppy sieht jetzt besser aus. Weniger emotional. Ihre Augen sind auf Sidney gerichtet, als wir näherkommen.

„Poppy McAdams, wie geht es dir?", ruft Sidney und streckt die Arme aus, um sie zu umarmen. „Oder hast du einen neuen Nachnamen?" Sidney schaut zu Andrew hinüber. „Bist du Poppys Ehemann oder …?"

Als ich das Wort Ehemann im Zusammenhang mit Poppy höre, knirsche ich mit den Zähnen.

„Freund", knurre ich, obwohl ich nicht überzeugt bin, dass er diesen Titel verdient hat.

Poppy sieht mich an. „Date", korrigiert sie ausdruckslos und dreht sich dann zu Sidney um, um sie freundlich anzulächeln. „Das ist Andrew William. Andrew, das ist Sidney Carmichael."

Sidneys Lächeln ist angespannt. „Schön, dich kennenzulernen." Sie wendet ihren Blick wieder Poppy zu. „Es ist Jahre her, Poppy! Ich habe dich kaum wiedererkannt mit diesem interessanten Haarschnitt. Was führt dich zurück nach London? Zuletzt habe ich gehört, dass du in Deutschland lebst."

„Ich habe jetzt einen Job als Deutschlehrerin für die 7. Klasse in Hoxton", antwortet Poppy und nippt an ihrem Wein.

„Oh, wie aufregend!", ruft Sidney aus und faltet ihre Hände auf dem Tisch. „Und wo wohnst du?"

Poppy lacht laut auf und sieht mich dann mit großen, blinzelnden Augen an. „Hat Booker nicht erwähnt, dass ich seine Mitbewohnerin bin?" Sie lacht weiter, als wäre das die lustigste Sache des Universums.

Sidney sieht aus, als hätte sie eine Ohrfeige bekommen. Sie lächelt über den Rand ihres Weinglases und antwortet: „Nein, es ist nicht zur Sprache gekommen. Wir waren damit beschäftigt, einander auf den neuesten Stand zu bringen. Es ist schon ein paar Monate her, dass ich ihn das letzte Mal gesehen habe."

„Unglaublich, Booker! Immer so vergesslich", singt Poppy, dreht ihr Weinglas zwischen den Händen und mustert Sidney argwöhnisch. „Ihr seht euch also oft?"

Sidney lehnt ihren Kopf an meine Schulter, was mich unruhig macht. „Booker nimmt mich gerne zu seinen Wohltätigkeitsveranstaltungen und Fußballturnieren mit. Es ist schön, bei diesen Verpflichtungen, die sonst eher langweilig sind, eine *echte Freundin* dabei zu haben."

Poppy grinst spöttisch. „Wie schön, dass ihr euch so nahe steht, dass du ihn so retten kannst."

„Poppy …", beginne ich zu erklären, aber Sidney unterbricht mich.

„Wie lange seid ihr beide schon zusammen?" Sie zeigt zwischen Andrew und Poppy hin und her.

„Es ist neu", antwortet Andrew in seinem dummen schottischen Tonfall und legt einen besitzergreifenden Arm um Poppys Taille. „Aber es sieht vielversprechend aus. Ich sehe ihr fast jeden Tag beim Sport zu, also gibt es nicht viel, was ich nicht kenne." Er knurrt und knabbert spielerisch an Poppys Schulter.

Das bringt Poppy zum Kichern.

Ich hasse ihn. Ich will, dass er verschwindet.

„Du glaubst, wenn du sie wie ein Spanner anstarrst, während sie auf dem Laufband läuft, heißt das, dass du sie kennst?" Meine Stimme ist tief und autoritär, während ich meine Haltung aufrichte.

„Booker …", faucht Poppy, aber Andrew hält eine Hand hoch.

„Schhh", sagt er zu Poppy. „Ich mach das schon."

„Sag ihr nicht, dass sie still sein soll", knurre ich mit zusammengebissenen Zähnen.

„Mach dir keine Sorgen um sie, Kumpel!", ruft er und bewegt sich vom Tisch weg, um auf mich zuzugehen.

Ich trete einen Schritt vor, als Camden sich zwischen uns drängt und seinen Arm um meine Schulter legt. „Booker! Wir brauchen dich für ein Familienfoto!" Seine Stimme ist fröhlich, aber ich sehe immer noch verdammt rot.

Andrew stößt ein Lachen aus, als ich von meinem Bruder fast weggezerrt werde.

TORHÜTERHÄNDE

„Au!" Andrew stöhnt, als ich ihn aus den hellen Stadionlichtern in den Tunnel ziehe. „Verdammt, du hast einen tödlichen Griff. Erinnere mich daran, dass du mir nächste Woche im Fitnessstudio deine Armübungen zeigst."

„Andrew!", fauche ich. „Du musst mal zwei Gänge runterschalten. Was wolltest du dort machen? Dich mit Booker prügeln?"

Er lächelt und schüttelt den Kopf. „Ich hatte nicht vor, gegen ihn zu kämpfen. Ich muss nur ein wenig Alphahund mit ihm spielen."

„Was redest du da?"

„Es ist ganz einfach. Er war euer ganzes Leben lang ein Beta für dich. Er will dich, aber er ist zu weich, um etwas zu unternehmen. Er braucht etwas, das ihn zum Alpha katapultiert. Glaub mir, ich weiß, wie man einen Jungen dazu bringt, einem ans Bein zu pinkeln."

Ich schließe die Augen und atme schwer aus, wobei ich mir in den Nasenrücken kneife. „Das darf nicht zu einer Schlägerei werden. Das sind gute Menschen. Sie haben diese Art von Drama oder die dummen Spiele, die ich spiele, nicht verdient." Meine Stimme bricht am Ende und Tränen füllen meine Augen. „Ich habe all das hier verdammt satt."

Andrews braune Augen werden weich, als er näher an mich herantritt und mit seinen Händen langsam und beruhigend meine Arme auf und ab streicht. „Schätzchen, hör auf, dich so schuldig zu fühlen. Du hast mir gesagt, dass das alles Belles Idee war. Es tut mir leid, dass ich ein bisschen zu weit gegangen bin. Ich schätze, ich bin immer noch ein bisschen sauer, weil du mir erzählt hast, was er mit diesem widerlichen Sidney-Miststück bei eurer alten Festung gemacht hat."

Ich stöhne. „Aber du hattest recht. Ich kann ihm nicht etwas nachtragen, das er vor sieben Jahren getan hat!"

Sein Gesicht wird ernst. „Nein, aber du kannst aufhören, dich wie die zweite Wahl zu benehmen, denn die bist du nicht. Ich mache keine Witze. Du bist nicht nur schön. Du bist etwas Besonderes. Du bist interessant. Du weckst Loyalität. Und du hast einen geilen Hintern." Er zwinkert. „Sidney ist oberflächlich. Ihr Hintern ist wahrscheinlich künstlich aufgepumpt. Booker will sie nicht."

„Er hat sie mitgebracht!", rufe ich und strecke meine Hand in Richtung des Spielfelds aus.

„Das hat nichts zu bedeuten. Du hast mich mitgebracht und ich bin mir sicher, dass du mich heute Abend nicht vögeln willst." Er schaut zur Seite, aber ich bringe es nicht übers Herz, mich dem zuzuwenden, was er sieht. Die glückliche Familie Harris, die zusammen Fotos macht, ist einfach zu viel. Dieser ganze Abend ist zu viel.

Mit einem verschmitzten Lächeln lehnt sich Andrew an mich und flüstert: „Vertraust du mir?"

„Was?", frage ich, als seine Hände zu meinem Gesicht gleiten. „Was machst du da?"

„Vertrau mir und, um Himmels willen, wehr dich nicht gegen mich, sonst machen die Harris-Brüder mich fertig", murmelt er und presst seinen Mund auf den meinen.

Ich keuche überrascht auf, aber mein Körper entspannt sich, als er anfängt, beruhigend über meine Wangen zu streichen, während er mich küsst. Um ehrlich zu sein, fühlt sich das gut an. Zuneigung. Wärme. Es gibt mir das Gefühl, wieder begehrt zu werden, nachdem ich eine Woche lang unsicher versucht habe, Booker dazu zu bringen, mich zu wollen. Andrew öffnet nicht den Mund, um mich zu kosten. Er dreht einfach den Kopf und bewegt seine Lippen an mir, wie in einer süßen Umarmung.

„Wenn ihr es schafft, euch voneinander zu lösen", reißt Bookers Stimme uns auseinander und ich halte mir den Mund zu, als ob das den Beweis für das, was gerade passiert ist, verdecken würde, „die anderen machen sich für die Limousinenfahrt bereit."

Er steht nur wenige Meter von uns entfernt und sein Gesicht sieht gleichermaßen wütend, verletzt und müde aus. Seine dunklen Augen sind ein Sturm des Schmerzes, als er meinen Kusspartner mit seinen Blicken erdolcht.

„Ähm … ja", stottere ich, nehme Andrews Hände von meinen

Wangen und fummle nervös an meinem Kleid herum. „Wir sind bereit."

„Poppy." Booker seufzt meinen Namen förmlich. „Ich muss erst mit dir reden."

Andrew kann sein siegreiches Lächeln kaum verbergen, als er sagt: „Vielleicht sollte ich Sidney Gesellschaft leisten." Er beugt sich vor und flüstert mir ins Ohr: „Du bist immer die erste Wahl, Poppet. Vergiss das nie." Mit einem Zwinkern zum Abschied geht er an Booker vorbei, der ihn die ganze Zeit anstarrt.

Booker wendet sich wieder mir zu und hebt die Augenbrauen. „Freut mich, dass du dich mit Andrew so gut verstehst." Sein Ton ist scharf, als er sein Jackett aufknöpft und in die Dunkelheit des Tunnels tritt. Die Stadionbeleuchtung wirft Schatten auf sein Gesicht und beleuchtet seine schönen Züge auf unheilvolle Weise.

„Booker …", beginne ich, bereit, ihm alles zu erzählen.

„Er ist ein Wichser, Poppy. Das kann jeder sehen." Er lässt seine Hände in die Taschen gleiten und blickt mich grimmig an.

„Er ist kein Wichser", erwidere ich, stoße mich von der Tunnelwand ab und balle meine Hände an den Seiten zu Fäusten.

Er stößt ein arrogantes Lachen aus. „Nun, er ist nicht gut genug für dich, so viel kann ich dir sagen."

Ich zucke zurück. „Und du glaubst, du weißt, wer das ist?"

„Ich weiß nicht, aber sicher nicht Mr. Zwinkergesicht-Fitnessfreak." Er deutet mit einer Hand in die Richtung des Spielfelds.

„Du bist Sportler", fauche ich. „Was hast du gegen Typen, die viel Sport treiben?"

„Nichts, in Ordnung? Ich denke nur, dass du es besser haben kannst. Ich denke, du verdienst etwas Besseres."

„Dann sag mir, wen ich verdiene, Booker!", rufe ich und trete näher an ihn heran, sodass er zu mir herunterblicken muss, mich überragt und mich unter sich spürt wie lästigen Dreck unter seinen Fingernägeln.

Seine Augen, voller Wut und Frustration, blicken abwechselnd in die meinen. Er beugt sich vor und starrt auf meine Lippen, als wollte er mich küssen, es sich aber anders überlegt. „Ich weiß nicht, aber ich kann dich nicht mit ihm sehen", presst er zwischen zusammengebissenen Zähnen hervor.

„Warum nicht?"

„Weil er der Falsche für dich ist."

„Wie kommst du darauf?", frage ich, wobei ich meinen Tonfall zügle, damit es nicht so klingt, als würde ich betteln.

„Weil es so ist! Seine Hände auf dir ergeben keinen Sinn."

„Was stimmt mit seinen Händen nicht?", schieße ich zurück.

„Die Art, wie sie dich anfassen, ist falsch … Er behandelt dich nicht mit …"

„Ja?"

„Er berührt dich nicht auf die Art und Weise, die …"

„Was zum Teufel ist los, Booker?", schluchze ich fast.

„Es sind nicht meine Hände!", brüllt er und seine laute Stimme hallt durch den Tunnel. „Es macht mich verrückt, die Hände eines anderen Mannes auf dir zu sehen, weil sie nicht meine sind und ich will, dass sie es sind!"

Gänsehaut. Sofortige Gänsehaut an meinem ganzen Körper. Die darauf folgende Stille ist ohrenbetäubend, während mein Herz singt, weil ich die Worte höre, die ich seit meinem achtzehnten Lebensjahr hören wollte. Vielleicht sogar noch länger. Vielleicht sogar mein ganzes verdammtes Leben. Die Worte, die er seit dem Moment, als er mich in der ersten Nacht berührte, vermieden hat.

Seine Hände.

Torhüterhände.

Es gibt nichts Wertvolleres an seinem Körper.

Aber der Schmerz in seinem Gesicht ist ganz falsch. Und das Gefühl in meinem Bauch, weil Sidney hier ist, ist immer noch da. „Was ist mit deinen Händen auf Sidney?" Meine Zähne sind zusammengebissen. Allein beim Aussprechen ihres Namens wird mir übel.

„Sidney bedeutet mir nichts. Sie ist nur eine Freundin", antwortet er niedergeschlagen.

„Ich bin nur eine Freundin."

„Seit deiner Rückkehr bist du keine Freundin mehr, Poppy, und das weißt du auch."

Bei seinem Geständnis stockt mir der Atem. Jetzt hat er es gesagt. Er hat praktisch alles offengelegt, und jetzt muss ich das Gleiche tun. *Jetzt oder nie, Poppy. Diesmal kannst du nicht weglaufen. Du bist immer die erste Wahl.*

Meine Stimme ist zaghaft, als ich die Worte ausspreche, die ich schon viel zu lange sagen wollte. „Was, wenn ich dir sage, dass ich deine Hände auf mir haben will, Booker?"

Ich hebe meinen Blick zu ihm, als eine Last von meinen Schultern abfällt. So viel Angst ich auch habe, es endlich auszusprechen, es fühlt sich an, als würden sich die Wolken über meinem ganzen Leben verziehen.

Er schaut auf mich herab, sein Kiefermuskel zuckt vor unausgesprochenen Emotionen. „Du hast eine komische Art, das zu zeigen", sagt er mit brüchiger Stimme.

Ich atme aus. „Ich versuche schon seit Wochen, es dir zu zeigen, du blöder Idiot." Ich stoße ihn in die Brust, er schwankt auf seinen Füßen und sieht mich verwirrt an. „Andrew ist nur ein Freund. Er ist eigentlich schwul und hat wahrscheinlich an dich gedacht, als er mich geküsst hat."

Seine Augen werden zu wütenden Schlitzen. „Ist das ein verdammter Witz für dich?"

„Nein!", rufe ich und streiche mir eine lose Haarsträhne aus den Augen. „Weit gefehlt. Ich habe mich die ganze Woche gequält, um dir klarzumachen, dass ich mehr bin als nur dein alter Kumpel Poppy und viel mehr als nur ein Ausrutscher."

„Denkst du, ich weiß das nicht?" Er breitet seine zitternden Hände vor sich aus und gestikuliert in meine Richtung. „Du bist verdammt viel mehr, und deshalb ist es ja so schwer. Ich will dich nicht verlieren."

„Was soll das überhaupt bedeuten? Warum solltest du mich verlieren?" Ich verringere den Abstand zwischen uns und nehme sein Gesicht fest in meine Hände. „Schau mich an! Ich stehe hier und sage dir, dass ich Gefühle für dich habe!"

Er hält meine Handgelenke fest, schließt die Augen und weigert sich, mich anzuschauen. Sein Gesicht sieht so verletzt und gequält aus, dass ich weinen könnte. Ich schiebe meine Hände in sein Jackett und schlinge meine Arme um die Wärme seiner Taille. Ich hasse es, dass das so schwer für ihn ist. Ich hasse es, dass es für uns so schwer ist. Ich drücke meine Wange an seine harte Brust. Sein hämmerndes Herz spiegelt mein eigenes wider. Er presst mich an sich, seine Arme sind wie ein Schraubstock um mich, während ich meine Finger hinter seinem Rücken verschränke und ihn drücke. Es ist keine romantische

Umarmung. Es ist eine verzweifelte Umarmung. Es ist ein Festhalten an dem, was wir einander bedeuten. Als könnten wir uns verlieren, wenn wir zu früh losließen, wie an jenem Tag vor sechs Jahren vor meiner Haustür.

„Hey, Leute." Tanners Stimme durchbricht unsere Gefühlsblase und wir drehen beide den Kopf in seine Richtung. „Wir gehen jetzt. Andrew bringt anscheinend Sidney nach Hause. Ihr ist der Absatz gebrochen, also sind sie gegangen. Alle anderen sind schon in der Limousine."

„Wir kommen", antworte ich, winde mich aus Bookers Umarmung und schlinge meine Arme um mich.

„Keine Sorge, Poppy", sagt Tanner mit einem freundlichen Lächeln, das nur für mich bestimmt ist. „Beendet euer Gespräch. Wir treffen uns einfach in einer Stunde im Club zum Abendessen." Tanner wirft Booker einen Schlüsselbund zu, den dieser geschickt auffängt. „Der Sicherheitsdienst schließt alles ab, also geht durch die Tür des Übungsplatzes." Er blickt zwischen uns hin und her und sagt ernst: „Booker, du kümmerst dich doch um Poppy, oder?"

Bookers Augen finden die meinen und er nickt mit einem entschlossenen Gesichtsausdruck, während er vor mir größer wird. „Ich kümmere mich um sie."

„Großartig, dann bis demnächst. Tut nichts, was ich nicht auch tun würde!" Er klopft spielerisch an die Tunnelwand und rennt los in Richtung des Ausgangs, wo ein Wachmann wartet.

Als er außer Sichtweite ist, verschränkt Booker seine Finger mit den meinen und zieht mich durch den langen, dunklen Tunnel. Ein Freund in Deutschland hat mir einmal gesagt, dass man die Gefühle eines Mannes daran erkennen kann, wie er die Hand hält. Ein fester Griff bedeutet Freundschaft. Ein Griff mit dem kleinen Finger ist einfach nur Sex. Miteinander verschränkte Finger … bedeuten Liebe. Ich versuche, nicht zu viel in seinen Händedruck hineinzuinterpretieren, denn er hält definitiv meine Hand, während er nach links in einen anderen, von schummrigem Licht erhellten Gang einbiegt. Er bleibt an einer Tür stehen, die wie eine normale Tür aussieht, und schiebt einen Schlüssel ins Schloss. Als sie sich öffnet, geht automatisch das Neonlicht an der Decke an.

Es ist ein Mini-Rasenfußballfeld, etwa ein Viertel so groß wie ein richtiges Spielfeld. Auf einer Seite steht ein Torwartnetz in Normalgröße und an der Wand ist ein Regal mit Bällen. Booker schließt die Tür hinter sich und sagt: „Hier üben wir Manöver und Elfmeter, wenn das Wetter scheiße ist oder der Platz gewartet wird."

Ich nehme an, dass er zu der anderen Tür an der gegenüberliegenden Wand mit der Aufschrift AUSGANG gehen wird. Stattdessen bleibt er neben einer Krankenliege stehen, lockert seine Krawatte und zieht sie sich über den Kopf. Er lehnt sich zurück und fährt sich mit der Hand durch die Haare. „Lass uns reden."

„Hier?" Ich schaue mich nervös um, als würden wir beobachtet werden.

Er zuckt mit den Schultern. „Warum nicht?"

Ich gehe langsam auf dem Grünzeug auf und ab. Meine Gedanken rasen, während die raue Textur des Kunstgrases an meinen Schuhen kratzt.

„Ich weiß immer noch nicht, was ich mit dir mache, Poppy." Er zuckt mit den Schultern und schüttelt den Kopf, offensichtlich ratlos. „Und das macht mir verdammt viel Angst."

Ich kaue auf meiner Unterlippe und nicke nachdenklich. Selbst nach allem, was gesagt wurde, sehe ich immer noch die Möglichkeit, dass Booker nur ein Freund sein möchte. Und das könnte mich umbringen. Soll ich ihm also sagen, dass ich ihn schon immer geliebt habe? Soll ich ihm sagen, warum ich nach Deutschland gegangen bin? Soll ich ihm sagen, dass ich den Wald hinter unseren Häusern nicht einmal mehr sehen kann, ohne eine Million Schnitte in meinem Herzen zu spüren? Wenn er jetzt schon Angst hat, werden ihn all diese Wahrheits-Bomben dazu bringen, die Flucht zu ergreifen. Ich muss jetzt kreativ sein. Ich muss ihm erklären, dass wir zusammen großartig sein können, und zwar auf eine Art und Weise, die er besser verstehen kann und ohne unser altes Gepäck, das uns von Anfang an belastet.

Ich lecke mir über die Lippen und versuche, seine hängenden Schultern und ernsten Augen zu ignorieren. „Nun, ich habe dir gesagt, dass ich Gefühle für dich habe. Du hast das Gleiche gesagt, aber du hast Angst. Das sind die Fakten, die wir vor uns haben." Ich halte inne und stähle mich, um mutig zu sein, bevor ich mich ihm zuwende. „Wir sind hier auf dem Übungsplatz, also lass uns die Details in Fußballsprache besprechen. Vielleicht hilft das ja."

Er lacht und schüttelt den Kopf, während ich mich bücke und meine Schuhe ausziehe. Das wird mich wahrscheinlich absurd aussehen lassen, aber es ist mir egal. Fußball war schon immer der Teil seines Lebens, den ich gemieden habe. Ich bin keine Fußballexpertin, aber ich weiß genug, um gefährlich zu sein. Jetzt habe ich vor, mit ihm in die Tiefe zu gehen. *Vielleicht wortwörtlich*, denke ich mir mit einem unreifen Kichern. Ich laufe barfuß zu einer Reihe von Fußbällen an der Wand, schnappe mir einen und werfe ihn zwischen meinen Händen hin und her, während ich zum Torwartnetz laufe.

„Was machst du da?" Er beobachtet mich amüsiert, als ich mich mitten im Netz positioniere.

„Ich spiele dein Spiel. Willst du mich alleine spielen lassen?"

Er grinst, zieht sein Jackett aus und legt es auf die Bank, bevor er seine Manschettenknöpfe abnimmt und die Ärmel seines weißen Hemdes hochkrempelt. Seine sehnigen Unterarme lassen meine Knie weich werden, als er zu mir hinüber schreitet. Als er die Torlinie in neun Meter Entfernung erreicht, werfe ich ihm den Fußball zu.

Ich starre auf seine großen, kräftigen Hände, die sich in die Nähte graben, und sage: „Für jede Antwort, die du mir gibst und die mir gefällt, ziehe ich eine Lage Kleidung aus. Nennen wir es Strip-Fußball."

„Antworten, die *dir* gefallen?" Er lacht und schüttelt den Kopf. „Für dich ist alles ein Theaterstück, nicht wahr?"

„Tu nicht so, als würdest du meine Verrücktheit nicht lieben."

Sein Gesicht wird warm und seine Augen blinzeln einen Moment lang schnell. Er räuspert sich. „Muss ich dich daran erinnern, dass du ein Kleid trägst?"

„Ich habe Unterwäsche an." Ich ziehe eine Schulter hoch, im Versuch, kokett zu wirken, wobei ich vermutlich aussehe, als hätte ich einen Anfall. „Gibt es hier Sicherheitskameras?"

„Ich glaube nicht", antwortet er.

„Schicksal." Ich zwinkere, stelle mich dann zwischen die Stangen, spreize meine Beine und klatsche in die Hände, als würde ich mich darauf vorbereiten, einen Ball zu stoppen. Zum Glück ist das Kleid dehnbar. „Wenn du etwas sagst, das mir nicht gefällt, musst du dich ausziehen."

„Ich hätte mein Jackett angelassen, wenn ich das gewusst hätte", argumentiert er und stützt den Ball auf seine Hüfte.

„Komm schon, Harris. Du hast doch keine Angst, mit einem Mädchen zu spielen, oder?“

Sein Glucksen gibt mir das Gefühl, Bäume ausreißen zu können. Er lässt den Ball fallen und hält ihn unter seinem braunen Lederschuh fest.

„Okay, du bist also ein Torwart“, beginne ich. „Dir fliegen ständig Bälle zu, richtig?“

„Ja“, antwortet er skeptisch und kickt den Ball sanft in meine Richtung.

Ich beuge mich vor und hebe ihn auf. „Hast du jemals Angst vor ihnen?“

Er lacht leise. „Als Torwart darfst du keine Angst vor dem Ball haben.“

„Warum nicht?“

„Weil es praktisch dein einziger Job ist, dich zwischen den Ball und das Netz zu stellen.“

„Du opferst also deinen eigenen Körper für die Ballabwehr“, antworte ich, ziehe den Ball hoch und halte ihn mir an die Brust. „Du bringst dich in Gefahr, um das Netz zu schützen. Warum solltest du diesen Job wollen?“

Seine Augenbrauen heben sich. „Der Lohn für einen guten Fang ist es wert“, antwortet er einfach, als wäre die Antwort offensichtlich.

„Willst du mir sagen, dass die Vorteile die Risiken überwiegen?“ Meine Stimme wird lauter, als ich ihm den Ball zuwerfe. „Diese Antwort gefällt mir sehr.“

Booker

Poppy richtet sich bei meiner letzten Bemerkung auf und ihr Lächeln ist warm, als hätte ich sie gerade an einer unanständigen Stelle berührt. Mein amüsierter Gesichtsausdruck lässt nach, als sie zur Seite greift und den Reißverschluss ihres Kleides an den Rippen entlang nach unten zieht.

Meine Hände verkrampfen sich um den Ball, als sie ihre Arme

aus dem Oberteil zieht und das Kleid an ihrem Körper hinunterzieht. Jetzt steht sie in einem schwarzen Tanga und einem trägerlosen BH mit rosa und blaugrünen Punkten vor mir. Nicht zusammenpassend. Schräg. Sexy.

Poppy.

Sie wirft ihr Kleid zur Seite wie einen glitzernden Fußball und spreizt dann wieder ihre Beine, bereit für Runde zwei. Um mich von ihrem Körper und der Tatsache abzulenken, dass ich mich auf sie stürzen und sie in die Arme nehmen möchte, um sie auf dem Spielfeld flachzulegen und zu beanspruchen, konzentriere ich mich auf den Ball. Ich beginne zu dribbeln, wobei meine braunen Budapester auf dem Rasen wegrutschen.

„Genau das denke ich auch über uns, wenn wir die Sache versuchen", sagt sie und gestikuliert zwischen uns. „Wir werden nicht nur Booker und Poppy sein. Wir werden mehr sein. Und die Vorteile davon könnten die Risiken überwiegen."

Ich seufze und meine Fingerspitzen kribbeln, als Poppy ähnliche Worte von sich gibt, die ich von Vi gehört habe. Es könnte so viele Vorteile geben, wenn ich mich auf sie einließe. Wenn ich mich einfach darauf einließe und mir eine Chance auf mehr mit ihr gäbe. Aber meine alten Ängste sind immer noch da, und ich kann sie nicht loswerden. „Aber ich bin kein offensiver Spieler, Poppy. Ich bin es nicht gewohnt, auf dem Spielfeld zu glänzen, wie Cam und Tan es als Stürmer tun. Ich bin im Grunde ein Defensivspieler, das heißt, ich kalkuliere ständig Risiken und bereite mich auf den schlimmsten Fall vor. Meine erste Reaktion ist, mich und das, was mir am wichtigsten ist, zu schützen. In diesem Fall ist das unsere Freundschaft."

„Zieh dein Hemd aus!", ruft sie, was meine Bewegung des Balles stoppt.

Ich lache über ihren strengen Blick. „Gefällt dir die Antwort nicht?", frage ich und lege den Kopf schief. Sie ist so süß, wenn sie die Stirn in Falten legt.

„Nein. Zieh dich aus, Harris." Ihr Gesicht ist ganz geschäftsmäßig.

„Ich könnte meine Schuhe ausziehen", stichle ich, da ich es genieße, wie aufgedreht sie ist.

„Ich könnte mein Kleid wieder anziehen", gibt sie zurück.

„Schon gut, schon gut", sage ich und halte meine Hände kurz

hoch, bevor ich die Knöpfe aufmache und mein Hemd ausziehe. Auf eine kindische Art genieße ich es, wie sie mich anstarrt. Ihre grünen Augen wandern an meiner Brust auf und ab. Sie versucht nicht einmal, es zu verbergen, obwohl ihre Wangenknochen unter den Neonröhren rot werden.

Sie räuspert sich und fährt fort: „Also gut, was passiert, wenn ein Ball an dir vorbeikommt?" Sie schüttelt ihr kurzes blondes Haar aus und klatscht dann dramatisch in die Hände, während sie sich in die Hocke begibt. „Du siehst zum Beispiel den Stürmer direkt auf dich zukommen! Es ist Camden oder Tanner, und du bist dir sicher, dass du weißt, was sie tun werden. Also überlegst du dir in deinem sexy, überanalytischen Hirn, wie du den Ball stoppen kannst, aber sie tricksen dich aus und du verpasst ihn."

„Hast du mein Gehirn gerade sexy genannt?", frage ich.

Sie beißt sich spielerisch auf die Lippe und fällt aus der Rolle, bevor sie den Kopf schüttelt und faucht: „Konzentrier dich, Harris! Was tust du, wenn einer an dir vorbeikommt? Gibst du auf?"

„Nein", antworte ich mit einem nachdenklichen Stirnrunzeln. Ich denke über das Bild nach, das sie beschrieben hat, und versuche so gut wie möglich zu ignorieren, wie ihre Brüste zusammengepresst werden, wenn sie mit den Schultern rollt. Ich schieße den Ball in die hintere Ecke und er macht ein unangenehmes Geräusch, als er im Netz landet. Ich hasse dieses Geräusch. Ich hasse dieses Gefühl. „Natürlich verpasse ich ihn manchmal. Kein Torwart ist perfekt. Aber das hält mich nicht davon ab, mich über die Bälle zu ärgern, die mir durch die Lappen gehen. Keiner ist härter zu mir als ich selbst."

„Aber kannst du nicht aus verpassten Ballabwehren lernen?"

„Ja." Ich halte inne, tief in Gedanken versunken. „Eigentlich lerne ich mehr aus Fehlschlägen als aus Stopps. Stopps sind vorhersehbar. Du siehst sie schon aus einer Meile Entfernung kommen. Die überraschenden Schüsse, die sich an dir vorbeischleichen … Das sind die, die sich für immer in dein Gehirn einbrennen."

Sie nickt fast unmerklich. „Hast du Angst, dass ich mich an dir vorbeigeschlichen habe und in dein Netz geraten bin?"

„Ja", antworte ich, wobei sich ein dicker Kloß in meiner Kehle bildet, weil sie die gleichen Worte wie Gareth sagt. Alle um mich herum sind überzeugt, dass Poppy mein Netz durchbrochen hat, aber warum fällt es mir so schwer, das zuzugeben? „Ich dachte, ich wüsste, wie es sein würde, wenn du zurückkommst, aber ich lag völlig falsch. Jetzt habe ich schreckliche Angst, weil ich keine Kontrolle mehr habe. Und wenn ich es vermassle, wirst du wieder weggehen."

Ihr Gesicht wird lang, ihre runden Augen sind traurig. „Ich würde nicht weggehen, Booker."

„Du hast es schon mal gemacht." Meine Stimme zittert, der Humor des Spiels ist völlig verschwunden. Die Nacktheit unserer Körper ist vergessen. „Und schon ist alles anders, Poppy. Ich habe es gehasst, dass Andrew den ganzen Abend deinen Arm gehalten hat. Ich habe es gehasst, dich mit ihm gehen zu sehen. Ich habe es gehasst, nicht derjenige zu sein, an den du dich gewandt hast, als du Tränen in den Augen hattest. Ich habe das alles gehasst, weil sich die Dinge zwischen uns verändert haben, und wenn du wieder gehst …"

„Ich werde nicht gehen." Sie schnieft. „Ich bin jetzt … anders. Ich kenne mich besser. Und ich verspreche dir, dass du mich nicht verlierst, wenn wir es versuchen und es nicht klappt. Wir werden wieder Booker und Poppy sein, egal, was passiert."

„Und damit wärst du einverstanden?", frage ich, unsicher, ob ich selbst damit einverstanden wäre.

Sie nickt. „Mit der Zeit wäre ich das wohl, ja. Irgendein Booker ist besser als kein Booker." In ihren Augen liegt ein flüchtiger Ausdruck des Schmerzes, aber sie dreht sich um, um den Ball aus dem Netz zu holen, bevor ich die Chance habe, es zu bestätigen. Als sie mich wieder ansieht, ist ihr Gesichtsausdruck so sanft, dass mir das Herz weh tut. Ihre Stimme ist rau, als sie sagt: „Ich weiß, dass ich eine ganz schöne Handvoll sein kann, aber du bist toll mit deinen Händen."

Ihre Worte sind genau das, was ich hören muss. Ich will jedes bisschen von der Handvoll, die sie ist. Und so sehr ich mich auch fürchte, ich kann nicht mehr nur mit ihr befreundet sein. Zu viel ist passiert. Zu viel hat sich verändert. Ich brauche sie. Ich brauche *mehr*. Ich weiß, dass es nicht leicht sein wird, aber es ist auch nicht leicht, mich von ihr fernzuhalten.

Ein plötzliches Verlangen durchströmt mich, als ich murmle: „Vielleicht werde ich bei dir eine andere Technik anwenden."

Sie lächelt und kickt den Ball mit der Seite ihres nackten Fußes zu mir zurück. Sie greift hinter sich und öffnet ihren BH. Mein Schwanz wird hart, als sie mit einer Hand ihre Brust bedeckt und den Stoff auf den Boden fallen lässt. Ihre beiden Hände umschließen ihre Brüste, während sie nur mit ihrem Slip bekleidet vor mir steht, das Netz im Hintergrund hat und das Licht ihren Körper beleuchtet.

Aber ich kann meine Augen nicht von ihrem Gesicht lassen. Sie ist umwerfend. Sie ist offen. Sie ist verletzlich. Sie ist so viel mehr als nur meine beste Freundin.

Sie ist Poppy.

In Sekundenschnelle durchschreite ich den Abstand zwischen uns. Ich greife nach ihren Händen und lasse meine Finger durch ihre gleiten, bevor ich sie auf meine Schultern lege. Ihre Finger krallen sich in meinen Nacken, während ihre harten Nippel über meine Bauchmuskeln streichen. Sie fühlt sich so gut an, wenn sie sich an mich drückt. So richtig. Ich schaue sie durch gesenkte Wimpern an und genieße ihre Schönheit, während meine Finger an ihren Rippen entlang streichen.

„Du bist in meinem Netz", flüstere ich, beuge mich herunter und streichle ihre Lippen mit den meinen.

„Offensichtlich", murmelt sie. „Ich bin super sportlich. Ich bin überrascht, dass du nicht gemerkt hast …"

Ich ersticke ihr Kichern mit meinen Lippen und lasse meine Zunge langsam in ihren Mund gleiten, um sie mit sanften, trägen Bewegungen mit ihrer zu verflechten. Ich greife nach unten und hebe sie am Hintern hoch, damit unsere Gesichter auf gleicher Höhe sind und ich sie richtig küssen kann. Ihre Beine schlingen sich um meine Taille und drücken sie zusammen. Sie ist leicht in meinen Armen, während wir uns gegenseitig verschlingen.

Dieser Kuss fühlt sich anders an als die anderen. Es gibt ein Bewusstsein, das wir beide jetzt haben, das ihn zu etwas ganz Besonderem macht. Es ist kein heißer, lustvoller Kuss. Es ist ein Kuss des Neubeginns und ich genieße jedes bisschen davon.

Ich möchte meine Finger unter ihren Slip schieben und sehen, wie feucht sie ist. Ich möchte ihre Hitze um mich herum spüren, während ich stundenlang in sie stoße und ihre Stimme vor Anstrengung heiser wird. Aber wir haben keine Stunden. Wir haben nur Minuten. Und Poppy verdient verdammt viel mehr als nur Minuten.

„Poppy", flüstere ich, ziehe mich von ihren geschwollenen Lippen zurück und versuche, die Erektion zu kontrollieren, die gegen meine Hose drückt.

„Ja, Booker?", stöhnt sie. *Gott, ich liebe ihre Stimme.* Sie überhäuft meinen Kiefer mit Küssen, keucht und windet sich in meinen Armen, was das schmerzhafte Verlangen, das durch meine Glieder schießt, noch weiter anheizt.

Ich schlucke schwer und möchte mich für das, was ich sagen werde, selbst schlagen. „Ich will das nicht hier machen."

Sie zieht sich zurück und sieht mir in die Augen. „Warum nicht? Ich dachte, das wäre der feuchte Traum eines jeden Fußballers. Mich auf dem Spielfeld vögeln und sich im Netz verheddern. Ein Tor schießen … und so weiter."

Ich drücke meine Stirn an ihre und seufze. „Das möchte ich, glaub mir … Und eines Tages kommen wir hierher zurück, um genau das zu tun. Aber jetzt will ich dich in meinem Bett haben, damit ich dich halten kann, wenn wir fertig sind. Keine getrennten Betten mehr."

Sie atmet ein und leckt sich mit der Zunge über ihre pinken Lippen. „Du bist so kitschig, dass ich kotzen könnte."

Mein Gesicht verzieht sich zu einem breiten Lächeln. „Mach dich gefasst, denn ich glaube, es könnte noch mehr davon geben, Pop." Ich drücke ihr einen sanften Kuss auf die aufgeregten Lippen.

Widerwillig rutscht sie von mir herunter. Wir ziehen uns schweigend an, wobei wir uns die ganze Zeit wie geile Teenager angrinsen.

Als wir wieder präsentabel sind, strecke ich ihr meine Hand entgegen. „Lass uns mit meiner Familie essen."

Sie verzieht das Gesicht. „Sollte ich Angst haben? Es wirkt irgendwie seltsam, dass wir die Limousine ausgelassen haben. Ich habe Angst, dass Vi angriffslustig hinter mir her sein wird."

Ich lache und drücke ihr einen Kuss auf jede Handfläche. „Keine Sorge, du bist in sicheren Händen."

VERSCHÜTTETE MURMELN

Poppy

Booker fährt uns in den Stadtteil Mayfair-Soho, wo sich der schicke Cuckoo Club befindet. Es ist ein riesiger Nachtclub, der sich über zwei Etagen erstreckt und im Rock-Chic-Stil eingerichtet ist, der düsteren Glam mit modernem Luxus verbindet. Es ist definitiv ein Ort, an dem man Prominente antrifft, aber die übertrieben kreative Atmosphäre passt so gut zu Tanner und Belles Feier, dass ich verstehe, warum sie ihn ausgewählt haben.

Mein Bauch zieht sich fest zusammen, als Booker seine Hand mit meiner verschränkt und mich durch den Club in die obere Etage führt, wo sie den VIP-Raum für ein privates Abendessen reserviert haben. Alle Augen sind auf seine große, breite Gestalt gerichtet, während er sich durch die Menge schlängelt. Dieser Anblick öffnet mir die Augen und erinnert mich daran, dass Booker nicht mehr mein Jugendfreund ist. Er ist Profi-Fußballer. Ein in London berühmter Harris mit Grübchen und Bauchmuskeln, dem die Mädchen ihre Unterwäsche zuwerfen. Ich war noch nie der eifersüchtige oder unsichere Typ, wenn es um andere Männer ging, mit denen ich zusammen war, aber diese Reaktion ist spezifisch für Booker. Ich war schon unsicher, bevor er ein berühmter Fußballer wurde. Jetzt muss ich akzeptieren, dass jedes Mädchen hier ihn auch will. *Was habe ich mir nur dabei gedacht?*

Ich sehe nicht so aus wie die Mädchen in diesem Club, die ihn gerade mit ihren Blicken vögeln. Diese Mädchen sehen aus wie Sidney – die, der er sein Herz geschenkt hat, als er meines brach. Was, wenn ich doch nicht genug bin? Warum habe ich das alles nicht durchdacht, bevor ich mich vor einer Stunde vor diesem verdammten Netz ausgezogen und meine Seele vor ihm entblößt habe?

Das ist wie die Sache mit dem gemeinsamen Badezimmer mit

einem Typen, die ich nicht ganz durchdacht habe, bevor ich beschlossen habe, meine Tampons einfach in meinem Schlafzimmer zu verstecken. *Gott, ich bin ein Wrack.*

„Hey." Booker bleibt mitten in einer Menschenmenge stehen und sieht mich verwirrt an. „Ist alles in Ordnung mit dir?"

Ich schüttle den Kopf. „Nein, Booker. Ich flippe total aus. Was sind wir?", platzt es aus mir heraus. Vorhin auf dem Spielfeld habe ich ihn noch beruhigt, aber jetzt bin ich an der Reihe, einen kleinen Zusammenbruch zu erleiden.

Er runzelt die Stirn über mein verkniffenes Gesicht. „Was meinst du?"

„Ich meine, ich werde gleich vor die berüchtigt aufdringliche Harris-Familie geschoben und du bist hier … und hältst meine Hand." Ich reiße unsere Hände zum Beweis hoch. Er schaut nur noch verwirrter drein. „Wir haben über deine Ängste gesprochen, aber nicht über meine. Und schon gar nicht über so rudimentäre Dinge wie Bezeichnungen. Also, bevor wir da hochgehen, was sind wir?"

Ich bin außer Atem, als er mich mit einem unglaublich sexy Grinsen ansieht, das mich noch mehr um die Fassung bringt.

„Das ist nicht der richtige Zeitpunkt, um zu lachen", fauche ich. „Mein Verstand bricht in sich zusammen und du siehst mich an, als wäre ich ein süßer Panda, der von der Schaukel fällt. Das ist eine berechtigte Sorge, Booker! Ich weiß, wir haben gerade viel besprochen, aber ich brauche mehr. Sind wir fest zusammen? Oder gehen wir trotzdem noch mit anderen Leuten auf Dates?" Meine Lippen kräuseln sich, während ich mich kurz nach den großbrüstigen Frauen umschaue, die auf uns zukommen. Vor mich hin murmelnd, aber laut genug, dass er mich hören kann, füge ich hinzu: „Ich bin mir sicher, dass es hier eine Menge Mädchen gibt, die gerne mit dir Händchen halten würden."

„Nein", knurrt Booker und reißt mich damit aus meinem unsicheren Starren. Sein Gesicht ist steinern ernst, als er sich an mich drückt und meine Wangen in seine großen Hände nimmt. Seine Augen sind fest auf mich gerichtet, als er sagt: „Nein, Poppy. Wir gehen nicht mit anderen Leuten auf Dates. Du gehörst zu mir. Den Rest kriegen wir schon hin." Er zuckt mit den Schultern, als wäre die aktuelle Situation keine große Sache und als hätte er nicht gerade die wunderbarsten Worte aller Zeiten gesagt.

Ich stoße ein unbeholfenes Lachen aus und versuche, die Schmetterlinge in meinem Bauch zu beruhigen. „Das ist gut, denn ich muss dir sagen, dass eine ganze Reihe von Männern um meine Zuneigung buhlt."

„Ach ja?", grinst er und seine Augen tanzen auf meinen Lippen, während er seine Arme um mich schlingt.

„Ganz genau. Wenn man den Schwulen von vorhin erst einmal hinter sich gelassen hat, gibt es ein paar gute Kandidaten, also ist es gut, dass du gekommen bist."

Seine Brust vibriert vor Lachen, als er seine Lippen auf die meinen presst und mir eine beruhigende Gänsehaut über den Rücken jagt. Er zieht sich zurück und murmelt: „Ich werde immer der Erste in der Reihe sein."

Ich kann mein zufriedenes Grinsen nicht verbergen, als wir den komplett verglasten Raum betreten, in dem die Harris-Familie mit Champagnergläsern in der Hand versammelt ist. Von der Decke leuchtet eine lila Glühbirne nach der anderen auf den ganzen Raum herab, einschließlich der Wand mit den violetten Samtplätzen. Auf der anderen Seite der Tischnischen stehen niedrige, pflaumenfarbene Sessel. Auf jedem Tisch stehen rote Rosen und lila Flieder und man kann den herrlichen Duft sofort riechen, wenn man den Raum betritt. Die Szene ist mehr als farbenfroh und die Glasbarriere sorgt dafür, dass die Live-Rockmusik und das Nachtclub-Ambiente nicht zu kurz kommen, ohne die Privatsphäre zu verlieren.

Vi ist die Erste, die uns eintreten sieht, und ihre scharfen Augen sind auf unsere Hände gerichtet. Stirnrunzelnd löst sie sich von Haydens Arm und schreitet direkt auf uns zu.

„Los geht's", murmelt Booker. Ich zwinge mich zu einem Lächeln und drücke ihm die Hand.

„Booker, Poppy! Ihr seid da!" Vis Lächeln ist ein wenig breiter als sonst, als sie sich ein weiteres Champagnerglas von dem vorbeigetragenen Tablett nimmt. Booker reicht mir eins und ich nehme einen kräftigen Schluck. „Ich habe mir Sorgen gemacht, dass ihr es nicht schaffen würdet. Ich habe versucht, dich anzurufen, nachdem ich Rocky dem Kindermädchen übergeben hatte, aber du bist nicht rangegangen." Sie löst ihren Blick von Booker und schaut wieder auf unsere verschränkten Hände hinunter.

„Wir hatten einiges zu besprechen", erklärt Booker ruhig.

„Am Abend der Hochzeit deines Bruders?" Sie legt den Kopf schief und ihre Augen wirken mahnend.

„Vi", sagt Booker leise. „Wir waren nicht lange weg und Tanner war damit einverstanden."

Sie kneift die Augen zusammen und fragt: „Und, habt ihr alles besprochen?"

Booker sieht sie stirnrunzelnd an, dann wendet er sich mir zu und schenkt mir sein geliebtes Lächeln. „Wir fangen gerade an."

„Bruderherz!" Tanners Stimme unterbricht uns, als er mit einer errötenden Belle unter dem Arm herüberkommt. „Du hast eine unfassbare Limousinenfahrt verpasst. Camden hat sein Hemd ausgezogen und den Kopf aus dem Schiebedach gestreckt, also hat Gareth das Dach zugemacht, seine Haut eingeklemmt und eine Blutung ausgelöst!" Er brüllt vor Lachen, während Gareth lächelnd zu uns herüberkommt und sich sichtlich über die Szene amüsiert, die er gerade in seinem Kopf abspielt. „Die beste verdammte Hochzeit aller Zeiten."

„Wenn das für dich der beste Teil des Abends war, werden wir große Probleme bekommen!", ruft Belle und kneift Tanner in die Seite.

„Ruhig, Frau! Wir müssen diesen schicken Anzug in einem Stück zu Gareths Lady zurückbringen."

Gareths Kiefer verkrampft sich. „Sie ist nicht meine Lady."

„Nun, ich vermute, *Sloan* ist viel mehr als nur deine Stylistin." Tanner grinst Gareth ausgelassen an, während Letzterer nicht amüsiert zu sein scheint.

Alle Blicke richten sich auf Gareth, wobei Vi am meisten schockiert aussieht. Ich merke, dass sie etwas sagen will, aber der tadelnde Blick, den er Tanner zuwirft, bringt uns alle zum Schweigen. Ohne ein weiteres Wort dreht sich Gareth um, geht weg und lässt uns mit einer Million unbeantworteter Fragen zurück.

Tanner, der sich von seinem grüblerischen älteren Bruder nicht im Geringsten beirren lässt, grinst seine Frau an und sagt: „Außerdem hätte ich gesagt, dass der beste Teil meines Abends darin bestand, dich vor der Hochzeit in der Umkleidekabine zu vögeln." Ihr fällt die Kinnlade herunter, aber er beeilt sich, den nächsten Satz loszuwerden, um sich eine ordentliche Tracht Prügel zu ersparen. „Aber das war, bevor du vor den Altar getreten bist und zugestimmt hast, den Rest deines

Lebens mit mir zu verbringen. Nichts übertrifft diesen verdammten Moment."

Er lächelt sie glücklich an und sie zieht seinen Mund zu sich heran. Sie küssen sich und ich spüre, wie sich Bookers Hand um meine herum anspannt. Als Belle Tanners bärtigen Kiefer loslässt, wackelt sie aufgeregt mit den Augenbrauen und klopft mir stumm auf die Schulter, da ich neben Booker stehe.

Aber als Tanner mir Booker aus der Hand reißt, mit der Behauptung, dass sie einen Männer-Drink brauchen, schreit sie ihnen hinterher, dass sie sich zurückhalten sollen. Jetzt bin ich allein mit Vis stechend blauen Augen, die jede meiner Bewegungen beobachten.

„Was ist mit euren Dates passiert?", fragt Vi, deren Tonfall schärfer ist, als ich ihn je gehört habe.

Ich lächle reumütig. „Andrew und Sidney sind zusammen gegangen. Ich habe Andrew eine SMS geschickt, aber noch keine Antwort erhalten."

Vi verschränkt die Arme vor der Brust. „Du bist also mit einem Mann gekommen und mit einem anderen gegangen?"

Ich runzle die Stirn, halte mein Champagnerglas fest umklammert und überlege, ob ich einen Schluck nehmen kann, ohne dass meine zitternden Hände alles verschütten. „Nicht ganz … So ist es wirklich nicht, Vi."

„Dann erleuchte mich."

„Andrew ist nur ein Freund."

Sie wölbt die Brauen. „Ein küssender Freund?"

„Ein schwuler Freund." Ich schaue zu Boden und schäme mich für die Spielchen, die ich bisher mit Booker gespielt habe.

„Du hast also versucht, meinen Bruder zu zwingen, etwas zu unternehmen, indem du ihn eifersüchtig gemacht hast?"

Ich spiegle ihre verschränkten Arme, im Versuch, eine schützende Barriere zwischen uns beiden zu errichten. „Nein", lüge ich.

„So sieht es für mich aber aus."

„Nun, das war es nicht, okay? Überwiegend. Andrew hat es zu weit getrieben. Er hat aus eigenem Antrieb gehandelt, weil er weiß, dass … Er weiß, wie … Er versteht …"

„Versteht was?", drängt Vi.

„Er weiß, dass ich in Booker verliebt bin. Er wollte wohl nur helfen." Bei diesem Geständnis atme ich schwer aus. Ich wünschte, ich hätte den Mut gehabt, es Booker zu sagen und nicht seiner großen Schwester.

Ich schaue auf und sehe, wie Vis Gesicht weicher wird. „Du bist in Booker verliebt?" Sie sieht schockiert aus.

Aus irgendeinem Grund, den ich nicht kenne, treten mir Tränen in die Augen. „Ja."

Sie sieht nicht glücklich aus. Sie sieht nicht wütend aus. Sie sieht … nervös aus. „Wie lange schon?"

Ich schaue auf meine Schuhe hinunter. „Wahrscheinlich seit dem Tag, an dem ich ihn kennengelernt habe."

Sie atmet scharf ein. „Poppy."

„Sag nicht, du wüsstest es nicht schon längst."

Sie schürzt die Lippen. „Ich hatte einen Verdacht, aber du und Booker habt euch immer zurückgehalten. Und er hat nie wirklich gesagt … Ich meine nur … Na ja …"

„Ich weiß, dass seine Gefühle neuer sind als meine", unterbreche ich sie, da ich Angst davor habe, wie sie ihren Satz beenden wollte. Was auch immer sie denkt, ich will es nicht hören. Sie kennt vielleicht Booker, ihren Bruder, aber ich kenne Booker, meinen besten Freund. Und er kann das schaffen. Wir können es schaffen. Gemeinsam.

Mitgefühl liegt in ihren Augen. „Bist du sicher, dass du weißt, worauf du dich einlässt?"

Ihr warnender Tonfall lässt mir ein Kribbeln über den Rücken laufen. „Ich habe nicht wirklich eine Wahl."

Sie schüttelt den Kopf, während ein Ausdruck der Angst über ihr Gesicht huscht. „Ich verstehe das. Ich will nur nicht, dass jemand verletzt wird."

Unsere Augen treffen sich in einem stummen Austausch von Frau zu Frau. Die Art, die sagt: „Ich beobachte dich." Das überrascht mich nicht. Vi hat den gleichen schützenden Blick in den Augen, den ich bei meiner Schwester gesehen habe, wenn ich im Begriff war, eine große Dummheit zu begehen.

„Es tut mir leid, wenn ich hier daneben liege, aber ich habe den Eindruck, dass du Angst hast. Wenn du denkst, dass ich etwas tun werde, um Booker zu verletzen, dann kann ich dir versichern …"

„Ich habe keine Angst vor dir, Poppy", unterbricht sie.

Mein Herz sinkt, aber wir kommen nicht zum Ende, weil Booker zurückkommt, mich in seine Arme nimmt und mir einen sehr öffentlichen Kuss auf die Lippen drückt. Es ist albern, aber es fühlt sich wie eine wichtige Geste an. Als würde er mir sagen, dass er keine Angst davor hat, was andere denken, und dass ich genauso empfinden sollte. Auf magische Weise verdrängt er Vis unheilvolle Worte in meinem Kopf und lässt mich den Rest des Abends genießen.

Die Harris-Familie macht es uns leicht. So aufdringlich, eigensinnig und neugierig sie auch sind, sie sind einander hundertprozentig ergeben. Die große Loyalität, die sie füreinander empfinden, ist bewundernswert.

Und Belle und Indie scheinen die perfekte Ergänzung für die Gruppe zu sein. Ihr neckischer Tonfall, als sie mich in die Ecke drängen, um schmutzige Details zu hören, können ihre überschwängliche Freude über uns beide nicht trüben. Ihr Lächeln vergeht jedoch, als ich erzähle, dass Booker und ich nicht auf dem Spielfeld gevögelt haben, nachdem wir dort eine Stunde lang allein gelassen wurden. Sie versichern mir, mir die besten Tageszeiten zu nennen, zu denen wir zurückgehen können. Belle erzählt mir sogar, dass der Platzwart, Sedgwick, einmal einen Laborkittel von ihr auf der Tribüne gefunden hat. *Ich werde sicherstellen, dass wir diesen Bereich des Tower Parks meiden.*

Trotz Gareths schlechter Laune von vorhin lächelt er mich immer wieder herzlich an, als wäre er eine Art romantischer Prophet, der schon immer wusste, dass dies passieren würde. Seine Reaktion ist viel ruhiger als die von Tanner und Camden, welche abwechselnd versuchen, Booker beizubringen, wie man Tore schießt, weil er anscheinend keine Ahnung davon hat, weil er bisher nur Torwart und kein Torschütze war.

Vaughn Harris scheint zu sehr in seine glückliche Familie vertieft zu sein, um überhaupt zu bemerken, dass sein jüngster Sohn während des gesamten Essens kleine Kreise auf meinem Innenschenkel unter dem Tisch reibt. Ich ziehe die Show meines Lebens ab, denn Booker hat meinen Slip komplett durchnässt, allein indem er mit den Fingerspitzen über mein Bein streicht. Um ehrlich zu sein, will ich unbedingt gehen.

Wir halten beide während des Desserts inne, als unsere Telefone im Abstand von einer Minute piepsen. Sowohl Sidney als auch Andrew haben fast zwei Stunden gebraucht, um zu antworten. Ich hatte erwartet, dass Sidney Booker dafür schimpfen würde, dass er sie abserviert hat, aber er zeigte mir ihre SMS, in der sie sich zutiefst dafür entschuldigt, dass sie gegangen ist. Andrews Nachricht ist ähnlich entschuldigend.

Den Rest des Abends haben wir riesigen Spaß und tanzen mehrere Stunden lang mit der Gruppe. Vaughn entschuldigt sich nach dem Abendessen und auch Gareth verschwindet irgendwann. Hayden und Vi sind die nächsten, da sie unbedingt nach Hause zu Rocky wollen. Schließlich sind nur noch die Zwillinge, ihre genialen Ärztepartnerinnen und ich und mein bester Kumpel Booker übrig. Wir sechs lachen bis tief in die Nacht und tanzen den ganzen Champagner weg, den wir getrunken haben. Es ist lustig und unbeschwert, und in Bookers Armen zu liegen, fühlt sich so gut an, dass ich mir vorstelle, dass seine Gefühle mit der Zeit genauso wachsen können wie meine. Wenn wir die Dinge langsam angehen und einander so genießen, ohne große Überraschungen und ohne plötzliche Veränderungen im Leben, können wir genauso glücklich werden wie Tanner und Belle und Camden und Indie. Zu sechst können wir London im Sturm erobern. Glücklich. Entspannt. Und mit der Zeit auch wahnsinnig verliebt.

Booker

Als wir die Treppe zu unserer Wohnung hinaufgehen, bin ich total aufgedreht. Die Endorphine der Nacht schieben eine Energie durch meinen Blutkreislauf, die mich so sehr in meinem Kopf beschäftigt, dass ich Poppy nicht höre, als sie mir eine Frage stellt.

„Was?", sage ich und schiebe den Schlüssel in das Schloss der Tür.

„Ich habe gefragt, ob du genauso nervös bist wie ich." Poppys Stimme ist weich und atemlos.

„Mehr", antworte ich, öffne die Tür und komme mir albern vor. Wir haben das schon einmal gemacht, aber aus irgendeinem Grund fühlt es sich an wie das erste Mal.

Ich bleibe kurz vor unserer Wohnung stehen, drehe mich zu ihr um und halte ihr Handgelenk fest, als sie hinter mir eintritt. Ich ziehe sie an mich, denn ich brauche die Berührung ihres Körpers, um mich zu vergewissern, dass das, was wir tun, in Ordnung ist. Dass wir immer noch wir sind. Sie schlingt ihre Arme um mich und wir umarmen uns eine Minute lang, bevor aus der Umarmung ein Kuss wird und aus dem Kuss ein Fummeln. Als Nächstes führe ich sie rückwärts in mein Schlafzimmer und küsse auf dem ganzen Weg jedes Stück Haut, das ich finden kann.

Wir trennen uns am Fußende des Bettes, atemlos und voller Lust. Sie sieht mir zu, als ich die Lampe anschalte. Das gedämpfte Licht wirft den perfekten warmen Schein auf ihr leuchtendes Kleid. Eine heiße Röte kriecht über ihre Wangen, als ich meine Krawatte löse und sie beginnt, am Reißverschluss ihres Kleides herumzufummeln.

„Ich will das tun." Meine Stimme klingt in der Stille meines Zimmers kehlig und verrät mein ganzes Verlangen.

Ihre Hände sinken und sie nickt hölzern, als ich meine Krawatte auf den Boden werfe und mich hinter sie stelle. Meine Hände ruhen auf ihren Hüften, während ich mich über ihre Schulter lehne und ihr ins Ohr flüstere: „Ich wollte dir schon in den Hals beißen, als ich dich horizontal mit deiner neuen Frisur vor meiner Tür gesehen habe."

Sie lacht schallend und ich muss mir auf die Lippe beißen, um mein eigenes Lachen zu unterdrücken. Wenn ich sie zum Lachen bringe, muss ich aus irgendeinem Grund auch immer lachen.

„Du meinst, als ich hingefallen bin und alle meine blöden Murmeln verteilt habe?", fragt sie.

Schmunzelnd drücke ich meine Lippen auf ihren Hals und murmle: „Wofür hattest du eigentlich diese Murmeln? Das wollte ich schon die ganze Zeit fragen."

„Erinnerst du dich nicht?" Ihre Stimme stockt, als ich mit meiner Zunge die Stelle unterhalb ihres Ohrs berühre. Die Sehnen in ihrem Hals ziehen sich zusammen und sie schluckt schwer, als sie hinzufügt: „Ich halte mich für eine erstklassige Mancala-Kennerin."

Meine Schultern beben mit einem leisen Lachen. „Wie könnte ich das vergessen? Du hast mich in der Mittagspause in der Schule gezwungen, dieses verdammte Spiel zu spielen."

„Weil es das einzige Spiel war, in dem ich dich schlagen konnte!" Ihre Stimme hebt sich am Ende abwehrend.

Ihr Atem stockt, als ich tief einatme und ihren Duft rieche, bevor meine Zunge ausfährt und über ihre salzige Haut leckt, um sie zu genießen. „Dann hast du mich verlassen, um mit den Mädchen zu essen."

Sie neigt ihren Kopf zur Seite, um mir einen besseren Zugang zu ermöglichen. „Ich glaube, du warst derjenige, der mich zuerst verlassen hat."

Ich denke eine Sekunde lang darüber nach, im Wissen, dass sie wahrscheinlich die Wahrheit sagt. „Wir sind älter geworden. Es wurde härter, in deiner Nähe zu sein", murmle ich.

„Wie hart?" Sie greift nach hinten und streichelt mich über meine Hose. „So hart?"

Ich schließe meine Augen und versuche, einen klaren Kopf zu bekommen, um zu antworten. „Ab und zu."

Ihre Hand drückt mich. „Aber du hast mich nie so angesehen, wie du es mit so vielen anderen Mädchen getan hast."

Ich schüttle den Kopf und krächze: „Das liegt daran, dass du damals einfach Poppy warst."

„Einfach Poppy", wiederholt sie und ihre Hand erstarrt.

Sie zieht sich zurück, also drehe ich sie schnell in meinen Armen und lege meinen Finger unter ihr Kinn, um ihr in die Augen zu sehen. Der Schmerz in ihrem Gesicht ist erdrückend.

„So ist es nicht", sage ich und streiche mit dem Fingerrücken über ihre Wange. „‚Einfach Poppy' war ein Kompliment. Du warst mein bester Kumpel. Ich konnte dich nicht anders sehen, denn ich war jung und dumm und brauchte dich als Freundin mehr als alles andere."

„Das lässt mich entbehrlich klingen." Ihre Stimme ist traurig.

„Niemals", behaupte ich. „Sogar nachdem du nicht mehr mit mir zu Mittag gegessen hast, habe ich darauf geachtet, dass unsere Tische nahe beieinander stehen. Ist dir das nie aufgefallen?"

Ihre glasigen Augen treffen auf die meinen. „Nein." Schock und Unglauben stehen ihr ins Gesicht geschrieben.

Ich trete etwas näher, lege meine Hände um ihre Taille und verschränke sie an ihrem Rücken. „Ich war gerne in deiner Nähe, denn wenn du wirklich glücklich warst, auch wenn es nicht auf mich gerichtet war, machte mich das auch glücklich."

„Wirklich?" Sie legt den Kopf schief und zieht eine liebenswerte Falte zwischen den Augenbrauen, die ich küssen muss.

„Ja", murmle ich gegen ihre Stirn und lasse meine Lippen eine Minute lang dort verweilen. „Und wenn du nicht glücklich warst, habe ich alles getan, um dich glücklich zu machen."

Ich ziehe mich zurück und sie lächelt, womit sie sich einen weiteren Kuss verdient.

„Dieses Lächeln." Ich lächle. „Das ist eine Schönheit, die ein fünfzehnjähriger Junge nicht richtig zu schätzen weiß."

Ihr Blick ist so sanft, dass er mich in der Brust durchbohrt. Plötzlich kann ich uns wieder als Kinder sehen. Damals war unser Leben so einfach. Eine solche Leichtigkeit und klare Grenzen. Diese Grenzen sind jetzt verschwunden und so sehr ich mich auch fürchte, ich kann nicht mehr zurück. Ich will nicht umkehren.

Meine Hand gleitet nach oben, um den Reißverschluss an ihrer Seite zu öffnen. Sie beißt sich auf die Lippe, während ich das tue, und streckt dann ihre Arme aus. Ich gehe in die Hocke und schiebe das Kleid über ihre Hüften, bis zu ihren nackten Füßen. Sie muss auf dem Weg zu meinem Schlafzimmer ihre Schuhe ausgezogen haben, aber das habe ich nicht bemerkt.

Sie steigt aus dem Stoff, während ich mit meinen Fingern die Rückseite ihrer Beine hinauffahre und dabei sanfte Küsse auf ihren Hüften und ihrem Bauch verteile. Meine Finger verweilen auf der Wölbung ihres Hinterns, bis ich zur Rückseite ihres BHs komme.

„Ich bin kein Junge mehr", flüstere ich und öffne geschickt den Verschluss. Das Kleidungsstück fällt mit einem leisen Aufprall zu Boden. Ich starre einen Moment lang in ihr Gesicht. Es ist ein bedeutungsvoller Blick. Er sagt ihr, dass es hier nicht nur um Sex geht. Es geht um *sie*. Ich will Poppy auf eine Weise sehen und fühlen, wie ich es nie zuvor getan habe. „Jetzt bin ich ein Mann."

Ich nehme das Gewicht ihrer nackten Brüste in meine Hände und lasse ihre Nippel langsam zwischen meinen Fingern rollen. „Das gefällt mir", sage ich und fahre ehrfürchtig mit dem Finger über ihr Piercing.

„Oh mein Gott." Ihre Augen schließen sich und sie wimmert. Ein Schauder durchfährt mich, als ich merke, dass sie wahrscheinlich allein durch das Spiel mit ihren Brustwarzen kommen könnte, wenn ich sie lange genug reize.

„Magst du es, wenn ich es berühre?" Ich ziehe sanft an dem Metall.

Sie nickt und reibt ihre Schenkel aneinander. Die Begierde ist auf ihrem nackten, erröteten Körper zu erkennen. „Gott, ja."

„Aber nur ich", sage ich mit bestimmenden Ton.

Ihre Augen öffnen sich und richten sich auf mich. „Nur du."

Ein sanftes Lächeln breitet sich auf meinem Gesicht aus. „Ich mag es, diesen Teil von dir ganz für mich allein zu haben."

Sie schluckt und nickt. „Es gehört dir."

Ich beuge mich vor und sauge an dem Piercing, wobei ich das Metall in meinen Mund ziehe. Ihre Hände fahren durch mein Haar und ihre Hüften stoßen gegen mich, während sie unkontrolliert aufschreit. Mein Gott, ist sie heute Abend empfindlich. War sie früher schon so empfindlich? Oder ist jetzt, wo wir unsere Gefühle zugeben können, alles noch viel intensiver?

Verzweifelt streckt sie ihre Hand aus und reibt erneut meine Erektion, während sie mit der anderen Hand an meinem Hemd zerrt. Da ich noch mehr von ihr sehen will, drehe ich mich um und lege sie auf mein Bett, wobei ich ihr den Slip ausziehe.

Meine Augen erfreuen sich an ihrem Anblick, wie sie nackt auf meinem Bett liegt und ihre kurzen blonden Locken ihr atemberaubendes Gesicht umrahmen. Ich merke, dass sie ungeduldig wird, also ziehe ich jedes Stückchen Stoff von meinem Körper, damit sie ihn unter ihren gesenkten Lidern genießen kann.

Als ich neben ihr auf das Bett steige, zieht sie meine Hand zu sich und legt sie flach über ihren Bauch. „Die mag ich."

Ich lächle, als ihre Finger zwischen die meinen gleiten. „Meine Hände?"

Sie nickt. „Sie sind immer warm. Ich mag es, wie sie sich auf mir anfühlen."

Das bringt mich zum Lächeln. „Sie gehören dir", wiederhole ich ihre Worte.

„Das gefällt mir auch", sagt sie, greift nach unten und nimmt mich in die Hand. Ihre Schulter hebt sich vom Bett, während sie mich reibt.

Ich stöhne und stoße ihr meine Hüften entgegen. „Ja?"

Sie beißt sich auf die Lippe. „Ich mag ihn in mir. Ohne etwas zwischen uns. Du bist der einzige Mann, mit dem ich das je gemacht habe."

„Du bist die einzige Frau, mit der ich das je gemacht habe", antworte ich ernst, während ich ihr in die Augen schaue. Ich habe noch nie in Erwägung gezogen, es mit einer anderen Frau ohne Kondom zu machen. Aber bei Poppy war es Instinkt. Ich glaube, mein Körper wusste von Anfang an, dass ich mit ihr etwas anderes wollte.

Sie starrt mit einer Intensität in ihren Augen auf meinen Mund, als sie meine Lippen küsst und flüstert: „Fick mich, Booker."

Ihre verzweifelten Worte lösen einen Schock des Bedürfnisses in mir aus. Ein schweres, heißes Bedürfnis. Aber damit geht ein seltsames Gefühl der Enttäuschung einher, als ob ihre Worte nicht genug wären. Sie haben nicht die Bedeutung und Tiefe, die ich in diesem Moment fühle. Bevor ich diesen Gedanken weiter ausführen kann, spreizt sie ihre Beine und zieht mich zu sich. Ich platziere mich zwischen ihren Beinen und stütze mein Gewicht mit den Unterarmen ab, während die Spitze meines Schwanzes an ihrem Innenschenkel entlang streift. Sie windet sich und positioniert mich entlang ihres Eingangs, beißt sich auf die Lippe und nickt mir zu, dass ich in sie eindringen soll. Ich stoße ein wenig in sie hinein und es fühlt sich so gut an, so perfekt, dass ich die Stimme in meinem Hinterkopf ignoriere, die sich darüber wundert, warum mich ihre Worte enttäuscht haben.

Ich beuge meine Hüften und stoße ganz in sie hinein. Sie wirft ihren Kopf zurück auf das Kissen und der schrille Schrei, den sie ausstößt, bringt mich fast zum Höhepunkt. Sie nimmt mein Gesicht in ihre Hände und stöhnt immer wieder leise „Ja", während ich Zentimeter für Zentimeter in sie eindringe und jeden Teil ihres ausdrucksstarken Gesichts betrachte, während sie mich umklammert.

„Gott, du fühlst dich gut an", stöhne ich gegen ihre Brust, als ich mich immer wieder in ihr verschwinden sehe.

Sie so zu spüren und mich darauf einzulassen, ist intensiv. Wenn wir vorher gevögelt haben, war es hektisch, überstürzt und von Lust getrieben. Das hier ist mehr. So viel mehr. Es ist langsam und erforschend. Ich bin mir all dessen bewusst, was vorher nicht der Fall war. Mich darauf einzulassen, fühlt sich außergewöhnlich an. Poppy ist meine beste Freundin, und sie kennt mich besser als jeder andere. Sie erwidert jeden meiner Stöße mit perfekter Präzision, als ob sie für mich geschaffen wäre.

Ihr Körper schmiegt sich immer enger an mich. Ihre Schreie werden lauter. Die Worte, die sie von sich gibt, versetzen mich in eine Leidenschaft, die ich noch nie erlebt habe. Als ihre Muskeln beginnen, sich um mich herum zu anspannen, erstarre ich und mein Gesicht verzieht sich vor Ekstase. Ihre Finger graben sich in meine Seiten. Ihre Fersen graben sich in meine Oberschenkel. Ihre Stimme wimmert in einer heißen Tonlage, als ihr Orgasmus explodiert, mich zusammenpresst und alles aus mir heraus und in sie hinein zieht.

Ein Gefühl der Besitzgier überkommt mich, als ich mich fallen lasse und sie an meine Brust drücke. Ich kann sie gar nicht nah genug heranholen. Ich habe Poppy schon eine Million Mal umarmt, aber noch nie so wie jetzt. Niemals mit diesem Gefühl der völligen Hingabe. Ich will sie in meinen Knochen spüren. Mich um sie wickeln wie eine Decke.

Ich schlucke die letzten ihrer Laute hinunter und küsse ihren Mund, ihren Hals und jeden Teil ihres schönen, schweißnassen Körpers, während ich die Tatsache genieße, wie absolut verrückt es ist, dass es sich verdammt perfekt anfühlt, in meiner besten Freundin zu sein.

Vielleicht bin ich derjenige, der nicht mehr alle Tassen (oder Murmeln) im Schrank hat.

TIEF DRIN

Nackt auf Booker Harris aufzuwachen hat definitiv seine Vorteile. Zum einen kann ich seinen prächtigen nackten Körper bewundern. Das Morgenlicht, das durch das Fenster hereinfällt, lässt jeden Zentimeter seiner nackten Brust und seiner Bauchmuskeln perfekt erstrahlen. Sein Mund ist entspannt, er befindet sich offensichtlich noch im Tiefschlaf. Aber die Art und Weise, wie er mich selbst in seinem REM-Zyklus fest umklammert, fühlt sich an, als befände ich mich in einem köstlichen Traum, aus dem ich noch nicht aufgewacht bin.

Aber ich bin wach. So sehr wach. Der angenehme Schmerz zwischen meinen Schenkeln ist der Beweis dafür, dass dies kein Traum ist. Booker und ich hatten letzte Nacht nicht nur einmal, sondern zweimal Sex. Das zweite Mal geschah es auf meine Veranlassung hin. Ich drehte mich mitten in der Nacht um und streifte versehentlich die Spitze seiner Erektion. Er schlief, aber er war nach der ersten Runde immer noch hart. Der Gedanke daran versetzte mir einen so unanständigen Nervenkitzel, dass ich nicht anders konnte. Ich tauchte unter die Decke und zog ihn in meinen Mund. Kaum hatte ich angefangen zu saugen, wurde ich von seinen starken Armen hochgezogen, auf den Rücken gerollt und unter ihm eingeklemmt. Es war dunkel in seinem Zimmer, nur ein schwaches Licht fiel vom Flur herein, das er absichtlich für mich angelassen hatte. Aber ich brauchte nicht viel zu sehen, denn er hielt meine Arme über meinem Kopf und stieß so hart und unerbittlich in mich hinein, dass ich fast bei der Berührung kam.

Das völlige Vertrauen und der Glaube, den ich aufgrund unserer gemeinsamen Geschichte in ihn habe, macht den Sex zu so viel *mehr.* Zu wissen, dass wir uns so gut kennen und dass wir es gemeinsam tun, ist total befreiend. Es macht mich mutig, geil, aufgeregt und erregt. Er sieht mich mit anderen Augen und lässt mich in sein Herz, was bedeutet, dass ich endlich diesen dunklen Teil meiner Seele umarmen kann, den ich viel zu viele Jahre lang zum Schweigen gebracht habe.

Ich kann zulassen, dass ich mich in meinen besten Freund verliebe.

„Du bist wach", krächzt Bookers Morgenstimme, als er sich unter mir rührt.

Ich grinse gegen seine Brust und beiße mir auf die Lippe, um nicht all die glorreichen Gedanken auszuspucken, die mir durch den Kopf gehen. Ich fühle sie, kann sie aber verdammt noch mal noch nicht aussprechen. „Ja."

„Woran denkst du da unten?" Er streckt seinen Daumen aus, streicht über meinen nackten Arm und ich erschaudere.

„Ich habe nur versucht herauszufinden, ob es dich aufwecken würde, wenn ich mit meiner Zunge über deine Bauchmuskeln fahre." Im Stillen klopfe ich mir selbst auf die Schulter für meine sehr clevere Tarnung.

Sein Bauch bebt mit einem leisen Lachen. „Ich würde aufwachen, wenn du mit deiner Zunge über so ziemlich jeden Teil von mir fährst."

Ich atme tief ein und sehe zu ihm auf. Er stützt eine Hand hinter seinen Kopf und sein Bizeps spannt sich ein paarmal an, bevor er sich entspannt. „Morgen."

Ich grinse. „Morgen."

„Du siehst glücklich aus." Seine Finger schieben eine Haarsträhne von meiner Stirn.

„Ich bin glücklich." Ich schmiege mich in seine Berührung.

„Ich sehe dich gerne glücklich", sagt er schlicht.

„Wird es wirklich so sein?", frage ich und stütze meine Hände unter mein Kinn, während ich die ernste Frage in den Raum werfe. Ich kann immer noch nicht glauben, dass dies das wahre Leben ist.

„Was meinst du?" Er zieht seine dunklen Augenbrauen zusammen.

„Du und ich, nackte, faule Sonntage … all das Zeug." Ich kaue nervös auf einem Fingernagel.

Seine Mundwinkel ziehen sich nach unten, als er über diesen Gedanken nachdenkt. „Nackte, faule Sonntage wären beim Sonntagsessen der Familie Harris schwer zu erreichen, aber ich bin bereit zu experimentieren, wenn du es bist."

„Du weißt, was ich meine."

Ich zwicke ihn in die Seite und er lacht, während er mich auf den Rücken rollt und meinen Körper hinuntergleitet, damit er mir sanfte Küsse auf Brust und Bauch geben kann. „Ich will so viele nackte, faule Tage mit dir verbringen, wie ich kriegen kann. Nicht nur sonntags."

„Bis jetzt machst du das ganz gut", sage ich und fahre mit meinen Händen durch sein dichtes Haar.

„Heute ist der zweite Tag … Ich habe noch viel Zeit, dich zu enttäuschen", murmelt er an meinem Bauch.

Das lässt mich die Stirn runzeln. Ich ziehe sein Kinn hoch, damit er mich ansehen muss. „Du wirst mich nicht enttäuschen, Booker. Du bist mein bester Freund und das hier ist schon so viel mehr, als ich mir erhofft hatte." Seine atemberaubenden Augen werden weicher, was mir zeigt, dass er über etwas anderes nachdenkt als über das, was wir gerade besprechen. „Du weißt, dass du mit mir über alles reden kannst, oder?", füge ich hinzu, im Versuch, das mentale Dilemma zu durchbrechen, in dem er sich gerade befindet.

Er nickt und küsst meine Handfläche. „Ich möchte über den verdammten Vibrator reden, den du auf dem Waschtisch hast liegen lassen."

Das bringt mich zum Lachen. „Ich weiß, ich bin schrecklich."

„Du bist die schlimmste Art von sexuellem Plagegeist." Er schießt hoch, fesselt meine Handgelenke an das Bett und setzt sich auf meinen nackten Körper. Sein Schwanz ist hart und ruht auf meinem Bauch. „Ich glaube, es ist an der Zeit, dich so zu reizen, wie du mich die letzten zwei Wochen gereizt hast."

Ich beiße mir auf die Lippe, als er seine Hüften nach oben schiebt, sodass sein Schwanz zwischen meine Brüste gleitet. Ich bin hin- und hergerissen zwischen Kichern wie ein Teenager und Stöhnen wie eine erregte Frau. Meine Stimme ist heiser, als ich antworte: „Das war alles Belles und Indies Idee. Das meiste jedenfalls … Einige Dinge waren einfach nur Glücksfälle."

Er stoppt seine Stöße. „Seifige Titten?", fragt er und legt seinen Kopf schief.

„Totaler Zufall. Das muss die Art des Schicksals gewesen sein, mir eine helfende Hand zu reichen."

Er atmet tief ein und schüttelt den Kopf. „Ich konnte tagelang nicht aufhören, deine Brust anzustarren."

„Das habe ich bemerkt", kichere ich. Er beugt sich vor und attackiert meinen Hals mit seinen morgendlichen Stoppeln.

Er zieht sich zurück und legt sich hinter mich, wobei seine Erektion genüsslich über meinen Hintern auf und ab streicht, während er seine Hüften an mich drückt. Da ich nicht stillhalten kann, wackle ich gegen ihn und strecke meinen Hintern so weit wie möglich heraus.

Ich will ihn. Jetzt. Und immer.

Ohne um Erlaubnis zu fragen, schiebt er einen seiner herrlichen Finger zwischen meine Beine und findet mich vollkommen bereit vor. Ich war in dem Moment bereit, als ich aufgewacht bin. Eigentlich war ich die ganze Nacht im Schlaf bereit. Ich weiß nicht, ob es jemals einen Tag geben wird, an dem ich in Booker Harris' Nähe bin und nicht bereit bin.

Er bewegt sich leicht, positioniert sich hinter mir und spreizt meine Beine. Ich keuche auf, als er in mich eindringt und eine Stelle trifft, die mich wie ein Lauffeuer durchzuckt. Er beginnt mit seinen langsamen, trägen Stößen und ich drehe mein Gesicht in das Kissen und beiße in den Stoff, um leise zu sein, denn ich will diese lautlose Blase, in der wir uns befinden, nicht zerstören. Es sind nicht seine fließenden Bewegungen, die mich so sehr erregen. Es ist die Intimität, mit der er mich genommen hat. Mich beansprucht hat. Mich in Besitz genommen hat. Als ob ich ihm gehöre. Ich will so verdammt gerne ihm gehören, und genau das passiert jetzt. Dies ist kein Traum.

Mein Herzschlag beschleunigt sich, als er meine Nippel berührt und damit spielt. Jede seiner Berührungen trifft die richtigen Knöpfe, bis wir beide so rasend sind, dass wir schreien müssen, als wir schließlich gleichzeitig kommen.

Nachdem wir uns im Badezimmer sauber gemacht haben, sind wir wieder im Bett, als Booker sagt: „Lass uns heute etwas unternehmen. Ein richtiges Date. Ich hatte schon ewig keinen freien Sonntag mehr und den würde ich gerne mit dir verbringen."

Das löst in mir den Drang aus, wie ein aufgedrehtes Mädchen zu kreischen, und das nicht nur wegen der riesigen Anzahl von Orgasmen, die ich in so kurzer Zeit hatte. Stattdessen nicke ich. „Das klingt cool."

„Vielleicht können wir den Wald hinter unseren Elternhäusern erkunden, wie in alten Zeiten."

Er sieht mich hoffnungsvoll an und mein Gesicht wird lang. Ich befreie mich aus seinem Griff und drehe mich weg, damit er die Angst in meinem Gesicht nicht sehen kann. Ich ziehe das Laken an meine Brust und stottere: „Du hast einen freien Sonntag. Warum willst du nach Chigwell fahren?"

Er zieht mich zu sich zurück, damit er mein Gesicht sehen kann. Stirnrunzelnd reißt er an meinem schützenden Laken, als wäre er beleidigt, dass ich versucht habe, mich zu bedecken. „Dieser Park ist etwas Besonderes, dachte ich. Ich war schon ewig nicht mehr dort und würde gerne sehen, wie er sich hält."

Ich zwinge mich zu einem Lächeln und erhebe mich schnell aus dem Bett, um meine Klamotten von letzter Nacht aufzusammeln. „Ich würde heute lieber in London bleiben. Lass uns etwas Lustiges und Neues machen! In Hackney gibt es ein Bällebad für Erwachsene, von dem ein paar Schüler aus meiner Klasse erzählt haben. Angeblich leuchten die Bälle im Dunkeln. Hört sich das nicht nach Spaß an?"

„Ein Bällebad?" Er zieht eine skeptische Augenbraue hoch.

„Ja, es ist für Erwachsene. Es gibt Cocktails und alles. Du kannst mich begrapschen, während wir *ganz tief drin* sind." Ich lehne mich aufs Bett und drücke ihm einen unschuldigen Kuss auf die Lippen.

Er lacht. „Ich würde mir nie die Chance entgehen lassen, mit dir ganz tief drin zu sein."

„Juhu!", rufe ich etwas lauter als beabsichtigt. Als ich an der Tür stehen bleibe, schaue ich hinter mich auf den herrlich nackten Booker und frage: „Erst duschen?"

Booker

Glowy McGlow, früher bekannt als Ballie Ballerson, ist der feuchte Traum eines jeden unreifen Erwachsenen. Ein sprichwörtlicher Laufstall mit zweihundertfünfzig tausend durchsichtigen Bällen auf einer LED-Tanzfläche, die verschiedene Farben annimmt.

Es ist verdammt lächerlich.

Poppys Augen leuchten vor Begeisterung über die Einrichtung, während sie mich fast durch die Menge im Obergeschoss schleift, wo sich die Bar befindet. Offensichtlich ist Ballie Ballerson der coole Ort für Sonntagnachmittage, denn es ist voll mit Gästen, die an Cocktails mit Planetenmotiven nippen, während sie eine Pause vom anstrengenden Ballsurfen machen.

Poppy rückt ihr Crop-Top zurecht, das ihre perfekte Sanduhrfigur zur Schau stellt. Ich merke, wie sich die Köpfe nach ihr umdrehen und frage mich, ob das bei ihr schon immer so war oder ob ich es erst jetzt merke, weil wir zusammen sind. Ich kann den Männern nicht vorwerfen, dass sie sie bemerkt haben. Sie fällt auf mit ihren kurzen blonden Haaren, die sie hochgegelt hat. Ihr engelsgleiches Gesicht und ihr zierlicher Hals verleihen ihr einen kantigen und doch eleganten Look. Die Kombination ist wirklich verdammt sexy und ich fühle mich wie ein glücklicher Bastard.

Als wir die Treppe zum Bällebad hinuntergehen, blickt sie über ihre Schulter und lächelt strahlend, wobei ihre weißen Zähne im Schwarzlicht leuchten. Bevor wir in die Bälle hinabsteigen, zögert sie und schreit über die laute Musik hinweg: „Komm schon, Booker! Schau nicht so ernst und geh mit mir ganz tief rein!"

„Dafür hätten wir auch zu Hause bleiben können", rufe ich mit einem Augenzwinkern zurück. Sie kichert und streckt mir ihre Hände entgegen. Ihre Finger wackeln und ihr Körper zittert vor Vorfreude.

Mit einem dramatischen Augenrollen stürze ich mich mit ihr in die Tiefen. Die Bälle reichen Poppy bis an die Taille, bei mir bis hoch an die Oberschenkel. Wir bewegen uns an ein paar Menschengruppen vorbei, bis wir in einer Ecke sind, die weniger überfüllt ist. Wir lachen die ganze Zeit und werfen uns gegenseitig Bälle zu. Einmal versucht sie, mir mit ihrem Fuß ein Bein zu stellen und mich nach hinten zu schubsen, wobei sie jämmerlich scheitert und stattdessen selbst umkippt.

Ich lache und helfe ihr aus den Bällen, schlinge meine Arme um ihre nackte Taille und drücke zu, bis sie sich windet. Sie fühlt sich so gut in meinen Armen an. So richtig. Ich liebe es, dass ich meine Lippen an ihren Hals drücken kann, wann immer ich will. So mit ihr zusammen zu sein, ist überraschend einfach.

Ich erwische sie völlig unvorbereitet, als ich meine Arme um sie schlinge und mich zurückfallen lasse, um sie auf mich zu ziehen. Ihr vergnügtes Lachen ist alles, was ich höre, als die Bälle uns verschlingen und uns auf den bunten Boden sinken lassen.

„Das ist fantastisch!", schreit sie, das Gesicht dicht an meinem, während die Farben von Rosa über Lila zu Blau und Grün wechseln und ihr glückliches Lächeln erhellen.

„Es ist ganz in Ordnung", grinse ich hinter ihrem Nacken hervor.

Sie dreht sich um, sodass wir uns gegenüberstehen. „Halt die Klappe! Du liebst das hier und du weißt es."

„Das ist besser als Gesangswettbewerbe im Wald", rufe ich.

Ihre Augen verengen sich und sie fängt an, mit mir in den Bällen zu ringen, wobei sie erfolglos versucht, meine Arme neben meinem Kopf festzuhalten. Sie schlingt ihre Beine um meine Hüften und ich drehe uns so, dass ich derjenige bin, der oben ist. Ich halte ihre Hände über ihrem Kopf und stoße langsam mein Becken in ihres. Das Keuchen, das sie ausstößt, bringt mich zum Lächeln.

„Ja, ich bin hart", flüstere ich ihr ins Ohr.

„Du bist unersättlich!", kichert sie und schaut sich nervös um.

„Es ist deine Schuld, dass du immer so verdammt gut aussiehst."

Ich sehe sie liebevoll an und sie stößt selbst mit ihren Hüften nach vorn. „Reiß dich lieber zusammen, Harris, sonst landen wir in den Zeitungen wie deine Brüder."

Ich bebe vor Lachen, löse meinen Griff von ihr und wir werfen uns wieder spielerisch Bälle zu. Ehrlich gesagt, lache ich so viel wie schon lange nicht mehr. Mit Poppy zu spielen, wie wir es als Kinder getan haben, aber mit dem zusätzlichen Vorteil, sie küssen zu können, ist eine verdammt fantastische Kombination. Ich frage mich, wie unser Leben wohl verlaufen wäre, wenn wir das schon damals versucht hätten. Hätte es geklappt? Wird es jetzt klappen? Es gibt wirklich keine Garantien. Ich muss einfach darauf vertrauen, dass sie ihr Versprechen hält, unsere Freundschaft nicht dadurch zerstören zu lassen, denn Poppy ist niemand, den ich jemals wieder verlieren möchte.

Nachdem wir fast eine Stunde lang in den Bällen gespielt haben, sind wir beide ganz schön ins Schwitzen gekommen und beschließen, uns auf einen Drink in die psychedelische Bar zu begeben. Ich bestelle ein Bier und Poppy bekommt einen Saturn-Cocktail, der mit einem darin treibenden Ballon garniert ist.

Sie sieht so verdammt glücklich aus, als sie die rote Flüssigkeit durch den Strohhalm saugt. „Das macht so viel Spaß! Meine Eltern haben mich als Kind nie in Bällebädern spielen lassen.“

„Warum?“, frage ich und nehme einen Schluck aus meiner Bierflasche.

„Sie sagten, dass Kinder da reinpinkeln.“ Ich rümpfe die Nase und sie kichert entzückend.

Ich setze mein Bier ab und antworte: „Bis Vi Rocky bekam, hatte ich keine Ahnung, wie die Angst der Eltern ist. Aber nachdem ich sie vor ein paar Wochen gesehen habe, habe ich einen neuen Respekt vor Eltern entwickelt. Es gibt eine Menge beängstigender Dinge, die ihr im Handumdrehen passieren können. Es ist ein enormer Druck, ein Vollzeit-Elternteil zu sein. Deshalb bin ich froh, wenn ich für immer ein toller Onkel sein kann.“

„Sicher nicht für immer“, spottet Poppy.

Ich runzle die Stirn. „Wahrscheinlich für immer.“

Sie wirkt verwirrt. „Du sagst, du glaubst nicht, dass du Kinder haben willst, Mr. ,Ich liebe meine große Familie, die ich jede Woche sehe und kann keinen Tag vergehen lassen, ohne mit einem von ihnen zu schreiben oder zu sprechen‘?“

Meine Augen verengen sich. „Nur weil ich meiner Familie nahe stehe, heißt das nicht, dass ich selbst eine Familie gründen will. Ich habe genug damit zu tun, mich um ihre Verrücktheiten zu kümmern. Eine eigene Familie zu gründen, wäre anstrengend.“

Ihr Gesicht wird lang und sie schnaubt: „Aber nur, weil du dich von deinen Brüdern herumschubsen lässt." Ihr Ton ist scharf.

„Sie schubsen mich nicht herum", schnauze ich zurück.

Sie wölbt eine skeptische Augenbraue. „Booker, sie sind neugierige Mistkerle und du knickst ein, wenn du in ihrer Nähe bist. Und du lässt alles stehen und liegen, um ihnen zu helfen, wenn sie dich brauchen. Das gilt auch für Vi."

„Sie tun dasselbe für mich. Und sie sind meine Familie. Das ist es, was Harrises füreinander tun! Was soll ich denn sonst machen? Sie ignorieren?"

„Natürlich nicht, denn du bist ein anständiger Mensch. Aber ich denke, du solltest dein eigenes Leben haben und deine eigenen Abenteuer erleben. Sie behandeln dich immer noch wie den kleinen Baby-Bruder."

„Sie behandeln mich nicht wie das Baby", gebe ich zurück, während ich fest mein Bier umklammere.

Ihre Augen werden groß. „Das tun sie, Booker. Versteh mich nicht falsch, ich liebe deine Familie. Aber du bist blind dafür, wie anders du mit ihnen bist als mit mir. Ich meine, verdammt noch mal, du spielst mit mir ohne zu zögern den Torhüter und das nur, weil ich dich immer wie einen Gleichen behandelt habe."

Frustration und Verwirrung umgeben meinen Ärger. „Würdest du mir bitte noch einmal diese Sache mit dem Torhüter erklären, denn ich weiß immer noch nicht, worauf du hinaus willst, wenn du diese Worte zu mir sagst."

Sie stößt ihre Worte überstürzt hervor. „Du ... blühst einfach auf, verdammt." Sie schüttelt ihre Hände vor sich aus und bekommt einen hitzigen Blick. „Es ist schwer zu beschreiben, aber ich finde es verdammt sexy. Und ich weiß nicht, ob du überhaupt merkst, wenn du es tust, aber es ist, als würdest ultrakonzentriert und autoritär werden und du ... verstärkst einfach jeden Teil deines Körpers. Es ist ..." Sie schüttelt den Kopf mit einem Schaudern, als ob der Gedanke sie erregt, was mich wiederum erregt. „Es ist *heiß*, aber es kann auch einschüchternd sein. Ich glaube, du musst diese Stärke manchmal auf deine Brüder übertragen, dann würdest du dich nicht so überrumpelt fühlen."

Ich möchte mit ihr streiten, aber tief in mir weiß ich, dass ihre

Behauptung stimmt. Bevor Poppy zurückkam, fühlte ich mich in der Nähe meiner Familie regelrecht verzweifelt. Ich klammerte mich an das, was wir immer waren, und ließ ihnen keinen Raum, um ihre eigenen Leben ohne mich zu beginnen. Es war nicht so, dass ich Hayden, Indie oder Belle nicht mochte. Ich wollte nur die Verbindung zu meinen Geschwistern nicht aus den Augen verlieren. Das liegt wahrscheinlich daran, dass ich jünger war und Cam und Tan immer schneller liefen, als ich mithalten konnte. Es machte mich wahnsinnig, wenn sie losliefen und wussten, dass ich ihnen nicht folgen konnte.

Ich hatte schon immer das Gefühl, dass ich versuche, sie ein wenig fester an mich zu binden, als sie mich an sich gebunden haben. Vielleicht liegt es daran, dass ich zu lange bei Dad gelebt habe und zu sehr von seiner ständigen Anwesenheit abhängig geworden bin. Wahrscheinlich ist das der Grund, warum ich für sein Team spiele und nie daran gedacht habe, wie Gareth oder Cam woanders hinzugehen. Wahrscheinlich ist das auch der Grund, warum Vi mir eine Wohnung in ihrer Nähe besorgt hat und warum ich mich von Cam und Tan dazu drängen ließ, Sidney für die Hochzeit anzurufen. Ich tue immer, was mir alle sagen.

Ich schaue Poppy mit großen Augen an und staune, wie verständnisvoll sie ist, selbst nach all den Jahren der Trennung. Sie hat mich immer als den Mann gesehen, der ich sein will. Schon als Kind sah sie mich an, als wäre ich Booker und nicht ein Harris-Bruder. Die Vorstellung, jemanden so sehr zu lieben, dass man mit ihm Kinder haben will, macht mir Angst, aber wenn ich anfange, mich so zu sehen, wie Poppy mich sieht, werde ich mich vielleicht eines Tages dafür erwärmen.

Meine Stimme ist sanft, als ich sage: „Manchmal frage ich mich, wie ich wohl wäre, wenn ich dich nie getroffen hätte."

„Was meinst du damit?" Sie sieht beleidigt aus, aber das liegt nur daran, dass sie sich selbst nicht mit meinen Augen sieht. Sie weiß nicht, wie wichtig sie für mein Glück ist. Wie viel besser mein Leben ist, weil sie darin ist.

„Als wir Kinder waren, bist du einfach … zur perfekten Zeit aufgetaucht. Du und Pink. Ihr wart einfach immer … da."

„Das klingt nicht gerade attraktiv“, grummelt sie und fummelt an dem Strohhalm in ihrem Glas herum.

Ich umfasse ihr Gesicht, damit sie sich auf das konzentrieren kann, was ich sagen will. „Wenn du dein ganzes Leben damit verbringst, Leuten hinterherzujagen, die immer vor dir weggelaufen sind, kann es verdammt attraktiv sein, jemanden zu haben, bei dem du stillsitzen kannst.“

Ihr Mund steht offen und ihre grünen Augen verdunkeln sich, als sie sagt: „Da machst du es wieder.“ Ihre Stimme ist heiser. Ich neige meinen Kopf in stummer Frage, als sie schluckt und hinzufügt: „Du spielst Torhüter mit mir.“

Mein Mundwinkel hebt sich, als ich sehe, wie ihre Unterlippe zwischen den Zähnen hervorlugt. Ich beuge mich vor und verbinde uns, öffne ihre Lippen mit meiner Zunge, koste sie, umarme sie, ziehe sie heran und drücke sie an mich, als wäre sie mein wertvollster Besitz. Ich will mehr als nur ihren Mund kosten. Ich will sie in meiner Wohnung, in meinem Bett, zwischen meinen Laken. *Mit mir.*

Ich unterbreche unsere Verbindung. Wir atmen beide schwer, als ich ihr ins Ohr flüstere: „Vielleicht tue ich es, weil du es wert bist, gehalten zu werden.“

Sie schluckt langsam und flüstert zurück: „Vielleicht will ich ja gehalten werden.“

SONNENSCHEIN UND LAMMKOTELETTS

Poppy

„Bist du bereit dafür?", fragt Booker, der vor dem Haus seines Vaters in Chigwell parkt. Er zieht mich über die Sitzbank seines Pick-ups in die Mitte und legt seinen Arm um meine Schulter. Dann nimmt er meine Hand und küsst die Spitzen meiner Finger.

„Warum tust du so, als wäre ich noch nie zum Sonntagsessen hier gewesen, Booker?", frage ich halb lachend und halb erregt, weil er sich an meinem Hals und Ohr zu schaffen gemacht hat.

„Weil du noch nie als meine Freundin zum Sonntagsessen gegangen bist und die Leute in diesem Haus Geier sind. Ich will sichergehen, dass du mental auf den Harris-Shakedown vorbereitet bist, den wir wahrscheinlich bekommen werden", murmelt er gegen meinen Hals.

Ich bin definitiv bereit für eine Art von Fick, so wie sein bärtiges Kinn meine Haut streift. Ganz zu schweigen von der glorreichen Bezeichnung, die er mir so einfach verpasst hat. „So nennst du mich jetzt also? Deine Freundin?" Ich kann mein Lächeln nicht verbergen. Ich will es auch gar nicht.

„Wie sollte ich dich sonst nennen?" Er zieht sich zurück und blickt mich mit seinen haselnussbraunen Augen an, wobei seine dunklen Wimpern neugierig blinzeln.

Ich schaue weg und antworte beiläufig: „Oh, ich weiß nicht … Mätresse, Geliebte, Haupttussi, das Objekt meiner Erektion."

Sein Lachen vibriert durch mich hindurch und sorgt dafür, dass sich die Wärme zwischen meinen Beinen ausbreitet. „Das klingt eher wie Kosenamen. Ist das der Punkt in unserer Beziehung? Soll ich mir etwas Intimeres für dich einfallen lassen?"

„Offensichtlich", spotte ich. „Ich meine, wir sind seit einer Woche zusammen. Das ist eindeutig der nächste logische Schritt."

Sein Grübchen blitzt auf, als er mit seinem Daumen über meine Wange streicht. „Hast du eine Idee für mich?"

„Nun, es ist ein Unentschieden zwischen Lammkotelett und Torhüter", sage ich ohne zu zögern.

„Lammkotelett und Torhüter", wiederholt er mit einem sexy Lachen. „Das sind zwei sehr unterschiedliche Optionen."

„Ich mag Abwechslung." Ich zucke mit den Schultern. „Je nach Stimmung und so."

„Was immer du möchtest, Poppy." Er küsst meine Lippen, im Versuch, mich vom eigentlichen Thema abzulenken.

Ich ziehe mich zurück. „Dann raus damit. Was hast du für mich?"

Er verengt seine Augen und schaut weg, wobei er mir sein atemberaubendes Profil zeigt, während er einen Moment lang nachdenkt. Als er mich wieder ansieht, hat er jeglichen Humor in seinem Gesicht verloren. „Sonnenschein", verkündet er selbstbewusst und fügt dann hinzu: „Weil du mein ganzes Leben lang immer der hellste Teil meines Tages warst."

Seine Worte gehen mir direkt ins Herz. Sie sagen mir so viel und sind fast alles, was ich schon immer von ihm hören wollte. Es ist unglaublich. Wird es wirklich so zwischen uns sein? Kann es wirklich so natürlich sein? So einfach? Ohne peinliche Übergangsphase von besten Freunden zu zufriedenen Liebhabern zu werden? *Gott, ich liebe meinen Torhüter wirklich.*

Ich stelle diese Worte erst einmal zurück, lächle und antworte: „Das ist ein ganz schöner Brocken, aber wie du willst." Ich drücke ihm einen unschuldigen Kuss auf die Lippen. „Dann komm schon. Wir gehen besser rein, Lammkotelett."

Poppy

„Das war's also? Seid ihr jetzt Freund und Freundin?", fragt Andrew, während er seine Beine auf der Bank spreizt und seinen Ellbogen für einen Bizepscurl auf sein inneres Knie drückt.

„Ja, ich denke schon", antworte ich und drücke meine Turnschuhe gegeneinander, während ich vor ihm auf dem Boden sitze.

„Schön. Also sag mir, wie ist der Sex?", fragt er mit einem frechen Augenzwinkern, das irgendwie perfekt zu seinem Akzent passt. „Obwohl ich eigentlich gar nicht fragen muss, denn ich kann deine leidenschaftlichen Schreie jede Nacht durch die Decke hören."

„Oh mein Gott, wirklich?" Mein Herz schlägt mir bis zum Hals, als mir klar wird, dass er wahrscheinlich der Nachbar ist, der uns angeschrien hat, als wir zum ersten Mal Sex hatten.

Er lächelt und zwinkert. „Mach dir keine Sorgen. Ich habe gelernt, meine Kopfhörer aufzusetzen."

„Großer Gott", murmle ich und beschließe in diesem Moment, dass ich von jetzt an in ein Kissen beißen werde, denn das ist demütigend. „Aber mal im Ernst. Ich dachte, nach zwei Wochen würden wir langsamer werden, aber das ist nicht der Fall. Wir treiben es jeden verdammten Tag, und es ist der beste Sex, den ich je hatte. Ich schwöre, wenn er mir nur über die Brust streicht, möchte ich ihn vögeln."

„Ich würde auch ständig vögeln, wenn ich einen Mann wie ihn in meiner Wohnung hätte." Andrew bekommt einen entrückten, schmutzigen Ausdruck in seinen Augen. „Wenn ich mir nur vorstelle, wie sich diese Grübchen um meinen Schwanz legen, würde ich einen Orgasmus kriegen."

„Du dreckige Schlampe!", fauche ich. „Das sind meine Grübchen. Hör auf, dir vorzustellen, wie sie sich um etwas anderes als mich legen."

„Besitzergreifendes Miststück", murmelt er. „Du solltest lernen, zu teilen. Ohne mich hättest du nicht mal diese Grübchen."

Ich seufze schwer. „Ich weiß nicht, ob ich dir jemals gesagt habe, wie gut du küssen kannst."

Seine Augenbrauen heben sich. „Danke, Poppet. Schön, dass du bemerkt hast, wie fit meine Lippen sind. Das liegt an den ganzen Schwänzen, die ich lutsche."

Wir kichern beide unanständig und ich beiße mir auf die Lippe, als ich an den Duschsex mit Booker heute Morgen denke. *Oralsex* unter der Dusche, sollte ich sagen. Wasser ist nicht das beste Gleitmittel, wenn man einen gut bestückten Fußballspieler zwischen den Schenkeln hat, aber unsere geschickten Münder haben das mehr als wettgemacht.

Aber ganz ehrlich, es geht nicht nur um den Sex. Ganz und gar nicht. Es sind all die intimen Momente, die wir miteinander teilen, die mein Herz höher schlagen lassen. Die ruhigen Nächte, in denen wir auf dem Sofa kuscheln und einen Film schauen. Die Art, wie er mich jedes Mal auf die Stirn küsst, wenn ich zur Arbeit gehe. Seine heisere Morgenstimme, wenn er sagt: „Guten Morgen, Sonnenschein." Das alles reicht aus, um mich noch mehr in ihn zu verlieben, als ich es ohnehin schon getan habe. Ich hatte keine Ahnung, dass sich die Umarmung der Liebe so anfühlen könnte. Es ist, als würde ich in einem Traum leben.

Normalerweise ist es eine katastrophale Idee, als frisches Paar zusammenzuleben, aber Booker und ich kennen uns so gut. Wir wissen, welche Dinge wir vermeiden müssen. Es hilft auch, dass wir keine schreckliche sexuelle Spannung mehr haben, die uns auffrisst.

Auch die letzte Woche mit seiner Familie war großartig. Sie haben mich als eine der ihren akzeptiert. Vi war anfangs etwas wachsam, weil sie ihren jüngsten Bruder immer beschützt hat, aber sie ist mir gegenüber weicher geworden. Wir hatten alle viel Spaß. Ich konnte mir das Lachen nicht verkneifen, als Bookers Brüder ihn anmachten, weil er mich vor ihnen Sonnenschein nannte.

Das einzige Problem war, als er im Wald spazieren gehen wollte … mal wieder. Ich lehnte ab. Ich bin noch nicht bereit, diesen Bereich zu sehen. Nicht bevor ich weiß, dass ich anders bin als Sidney. Wir sind noch so neu. Ich will es nicht vermasseln, indem ich ihm gestehe, dass der wahre Grund für meine Abreise nach Deutschland der schreckliche Abend war, an dem ich die beiden zusammen gesehen habe. Das ist … peinlich.

In einer perfekten Welt wird Booker mich so lieben, wie ich ihn liebe, und dieser traurige Teil unserer Vergangenheit wird irrelevant sein. Ein Nicht-Thema. Nicht einmal der Erwähnung wert.

„Das freut mich für dich, Poppet. Und hey, ich bin zwar nicht der Nachbar, der dir mit einer Tasse Zucker aushilft, aber wenn du mal einen nächtlichen Kondom-Notfall hast, bin ich dein Mann. Ich bin mir sicher, dass sich dein Fußballspieler wie kein anderer erholen können."

Seine Bemerkung über Kondome lässt mich das Gesicht verziehen. „Eigentlich haben wir keine benutzt."

Er wirft mir einen entsetzten Blick zu. „Poppet, Reiten ohne Sattel kann gefährlich sein, selbst mit jemandem, den du sehr gut kennst."

Ich winke ab. „Ich weiß, dass er clean ist und ich nehme die Pille."

„Trotzdem haben diese Fußballer eine super Ausdauer und super Spermien. Hast du schon von all den unehelichen Kindern gehört, die ihren Möchtegern-Spielerfrauen-Mamas viel Geld einbringen? Wöchentlich stehen Artikel in den Zeitungen."

„Ich gehöre nicht dazu!", schreie ich fast und senke dann meine Stimme, als jemand auf einem Laufband zu uns herüberschaut.

„Ich weiß, ich will dich nur ärgern", erwidert er.

Ich erzwinge ein Lachen, dann drückt eine seltsame Schwere, die ich bisher ignoriert habe, auf meine Schultern. Ich musste die Tampons schon lange nicht mehr aus meinem Schlafzimmer aufs Klo schmuggeln. Ein paar Tage nach Tanners und Belles Hochzeit hatte ich so etwas wie den Beginn meiner Periode, aber es war nie etwas Tamponwürdiges. Ich dachte, da ich alle normalen Krämpfe und Schmerzen einer Periode hatte, war es einfach einer dieser seltsamen Zyklen.

Andrews Besorgnis weckt jedoch die leise Stimme in meinem Hinterkopf, die ich zum Schweigen gebracht habe, weil ich die Zeit mit Booker weiterhin genießen möchte.

„Warum siehst du jetzt aus wie ein verdammter Geist?" Andrew lässt sein Gewicht fallen und stößt mir seine Wasserflasche entgegen. „Brauchst du etwas zu trinken?"

Ich schüttle den Kopf wie eine Verrückte. „Mir geht's gut. Es ist nichts, da bin ich mir sicher."

„Oh mein Gott, du bist schwanger." Er lässt sich vor mir auf die Knie fallen.

„Halt die Klappe!", rufe ich. „Du weißt nicht, was du da sagst."

„Und ob. Ich habe einen sechsten Sinn für solche Dinge." Seine braunen Augen sind ernst. „Ich dachte bei der Hochzeit schon, du wärst schwanger, aber ich wollte es dir nicht sagen."

„Ich sagte, halt die Klappe!", kreische ich, weil ich es nicht lassen kann.

„Verdammt, du *warst* bei der Hochzeit schwanger." Er fährt sich nervös mit der Hand durchs Haar und schaut auf meinen Bauch hinunter.

„Würdest du aufhören? Du bist doch kein Schwangerschaftsflüsterer. Hör … einfach auf, so viele Worte von dir zu geben und lass mich nachdenken." Ich lege meine Hände an die Schläfen und stütze meine Ellbogen auf die Knie. Das kann doch nicht wahr sein. Seit ich aus Deutschland zurück bin, nehme ich die gleiche Pille. Es ist eine deutsche Marke, aber eine Pille ist eine Pille, oder? Manche Perioden sind schwächer als andere. Das ist nichts, worüber man sich Sorgen machen muss.

Ich erschaudere, wenn ich daran denke, wie schwer es mir fiel, mit dem Arzt in Deutschland zu kommunizieren. Mein Deutsch war nicht besonders gut und sie sagten, wenn ich wiederkäme, würde ein englischsprachiger Arzt da sein. Aber ich wollte nicht wiederkommen. Ich hatte Nigel gerade erst kennengelernt und war bereit, loszulassen. Während des gesamten Termins kämpfte ich mich durch die Kommunikationsbarriere, aber „Nein, Baby" ist so ziemlich eine universelle Phrase. Ich ging davon aus, dass der Arzt wusste, weswegen ich dort war. Ich habe mir die Pillenpackung noch nie so genau angeschaut, auch nicht, nachdem ich fließend sprechen konnte, denn ich habe immer Kondome benutzt.

Verdammt noch mal. Hatte ich vor zwei Wochen meine Periode oder nicht?

„Verfickte Scheiße!", fluche ich auf Deutsch mit zusammengebissenen Zähnen, da ich das Gefühl habe, dass die Sprache schuld sein könnte, wenn das alles schiefgeht.

Andrew steht mit mir auf, aber meine Knie wackeln so sehr, dass er mich mit seinen starken Armen stützen muss. Seine Stimme ist fest, als er sagt: „Gut. Das war's. Ich gehe kurz in den Laden und wir klären das jetzt gleich. Wir müssen wissen, ob du in anderen Umständen bist."

„In anderen Umständen?", fauche ich. „Was ist das hier, *Game of Thrones*? Wir müssen nicht wissen, ob ich *in anderen Umständen* bin, weil ich keinen Test mache!", schnauze ich. Ein Test würde bestätigen, dass das, was ich in meinem Inneren fühle, wahr sein könnte. Und wenn ich den Test nicht mache, können wir so weitermachen wie bisher und die neuen und verbesserten Booker und Poppy sein. Ich zwinge meine Hysterie nieder und lächle. „Ich werde noch eine Woche warten. Meine Periode wird kommen. Es ist einfach seltsam diesen Monat."

Andrew wirft mir einen Seitenblick zu. „Sind deine Zyklen normalerweise seltsam?"

Ich schlucke schwer. „Manchmal."

Er durchschaut mich sofort. „Du machst einen Test."

Zwei Stunden später brennen mir die Tränen in den Augen, als ich auf dem Badezimmerboden in Andrews Wohnung sitze und auf zwei positive Schwangerschaftstests starre.

„Genau wie ich vermutet habe", sagt Andrew mit grimmiger Stimme. „Du bist schwanger. Ich konnte es an deinen Brüsten sehen."

„Das kann doch nicht wahr sein." Meine Stimme fühlt sich an wie Kies in meiner Kehle.

„Es ist sehr wohl wahr. Diese Tests sind sehr genau", sagt Andrew und schaut auf die Rückseite der Broschüre, die der Schachtel beilag. „Vor allem, wenn man bedenkt, wie spät du mit deiner Periode dran bist. Die Genauigkeit kann nur steigen."

„Aber so sollte es nicht sein." Ich kann nicht aufhören, den Kopf zu schütteln. Das wird alles ändern. Ich habe Booker endlich dazu gebracht, mit mir zusammen zu sein. Das wird ihn um den Verstand bringen.

„Das Leben schert sich nicht immer um deine Pläne, Pop."

Mein Blick fällt auf ihn, wie auf dem Wannenrand hockt. „Kannst du dir bitte die inspirierenden Zitate von Pinterest sparen und mir sagen, was ich tun soll?"

Er runzelt die Stirn, als wäre meine Aussage lächerlich. „Nun, ich bin dafür, dass eine Frau die Wahl hat. Aber da du ihn liebst, kann ich mir nicht vorstellen, dass du etwas anderes tust, als das Baby zu bekommen und eine glückliche Familie zu gründen. Ihr lebt bereits zusammen, also ist das erledigt."

„Vorübergehend!", schreie ich und schiebe die Tests von mir weg. Sie rutschen über den Boden und klappern, als sie auf die Fliesenwand treffen. „Und ich habe ihm noch nicht gesagt, dass ich ihn liebe. Gott, wenn er das herausfindet, wird er die Flucht ergreifen wollen."

„Ach, hör auf. Er ist dein bester Freund. Und zum Vögeln gehören immer zwei, also ist er genauso verantwortlich wie du. Er würde nicht weglaufen."

„Du verstehst das nicht", jammere ich und kneife mir in den Nasenrücken, während sich eine massive Migräne anbahnt, die sicherlich alle Migränen übertreffen wird.

„Was ist daran nicht zu verstehen? In der schwulen Welt haben viele Jungs Babys mit ihren besten Freunden. Das kann klappen."

„Darum geht es hier nicht", behaupte ich.

„Dann klär mich auf." Er verschränkt seine Arme vor der Brust und wartet auf meine Antwort.

„Ich musste Booker dazu drängen, mehr als nur mit mir befreundet zu sein. Ich habe ihn ausgetrickst, überlistet, überzeugt und ihm große Versprechungen gemacht, dass wir immer Freunde bleiben würden, bis er keine andere Wahl hatte, als sich darauf einzulassen. Ich habe dich mich küssen lassen, um ihn eifersüchtig zu machen! Erst neulich hat er mir gesagt, dass er keine Kinder haben will. Er wird denken, dass ich ihm eine Falle gestellt habe!"

Die Angst schnürt mir die Kehle zu. Ich bedecke mein Gesicht mit den Händen, als Andrew sich nach vorne beugt und mir den Rücken reibt. „Er würde nie so wenig von dir denken, zu sagen, du wolltest ihn in eine Falle locken. Es gibt sowieso nichts, was man einfangen könnte. Der Junge ist ganz vernarrt in dich. Ob Freunde oder Liebhaber. Alles wird gut."

Ich ziehe mich zurück und schaue zu ihm auf. „Glaubst du das wirklich?"

Er nickt und sein Gesicht ist ernst. „Die Frage ist, wie du dich fühlst?"

Meine Augenbrauen heben sich. Wie seltsam ist es, dass ich einen positiven Schwangerschaftstest bekomme und alles, woran ich gedacht habe, ist, was Booker denken wird? Ich habe nicht einmal darüber nachgedacht, wie ich mich dabei fühle. „Ich schätze, ich weiß es nicht wirklich. Ich verarbeite es noch …"

„Hattest du vor, eine junge Mutter in London zu sein? Du bist Lehrerin, also musst du kleine Kinder mögen."

Das Entsetzen überwältigt mich. „Gott, ich habe noch gar nicht über meinen Job nachgedacht! Ich werde ihnen sagen müssen, dass ich schwanger bin, bevor ich überhaupt anfange. Wie lächerlich wird mich das aussehen lassen?" Ich fahre mir mit den Händen durch meine kurzen Locken und versuche, mich zu beruhigen.

„Du bist nicht lächerlich", sagt Andrew nachdrücklich. „Beruhige dich, Poppet. Atme ein paarmal tief durch." Er atmet mehrmals ein und aus, und ich richte meine Haltung auf und versuche, das Gleiche zu tun. „Du wirst es schon hinbekommen. Und außerdem bringen glückliche Zufälle manchmal die besten Abenteuer hervor."

Ich stoße ein selbstironisches Lachen aus. „Du hältst das für einen glücklichen Zufall?"

„Es ist ein Baby", sagt er achselzuckend. „Was gibt es Aufregenderes als ein kleines Baby?!"

Ich bin noch nicht in der Lage, diese Worte zu akzeptieren. Stattdessen bin ich zu sehr damit beschäftigt, mir Gedanken darüber zu machen, wie ich Booker sagen soll, dass er Papa wird! Vielleicht werde ich es nicht mit diesen Worten sagen, aber ich brauche die Unterstützung meines besten Freundes mehr als alles andere.

Mein gestresster Zustand ist völlig vergessen, als mein Blick auf Andrews Knie fällt, die sich gerade auf Augenhöhe mit meinem Platz auf dem Boden befinden. Stirnrunzelnd schaue ich etwas näher hin. „Andrew, ist das dein Penis, den ich da in deinen Shorts sehe?"

„Das ist ganz sicher keine Bratwurst", gibt er todernst zurück.

Ich betrachte seine Kleidung und stelle fest, dass er immer noch seine Sportklamotten trägt. „Trägst du keine Unterwäsche, wenn du trainierst?"

„Um Gottes willen, nein!", erwidert er, sichtlich beleidigt über meine Frage. „Meine Eier müssen atmen! Und ich habe gehört, dass sich der Penis vergrößert, wenn man die Haut sich dehnen lässt."

Ich verziehe das Gesicht. „Nun, dann warn mich das nächste Mal, bevor ich mich auf diese Höhe begebe."

Er wackelt mit den Augenbrauen. „Tu nicht so, als wärst du nicht beeindruckt."

GEBRÜDER GRIMM

Poppy

Mir dreht sich der Magen um, als ich von der Arztpraxis zurückkomme, die vier Straßen von Bookers Wohnung entfernt liegt. Ich bin direkt von Andrew aus hingeeilt und habe versucht, mir einzureden, dass die Tests falsch sein könnten. Der diensthabende Arzt wollte mir einen weiteren Schwangerschaftstest geben, aber ich verlangte mehr Beweise. Hier bin ich also, mit den Blutergebnissen in der Hand, als würde Booker sie vielleicht sehen wollen. Der Arzt sprach Englisch und erklärte mir, dass die Verhütungsmethode, die ich einnehme, einen niedrigen Hormonspiegel hat und daher weniger wirksam ist als andere. Es wäre schön gewesen, diese Wirkweise in Deutschland gekannt zu haben. Zum Glück habe ich dort nie jemanden ohne Kondom gevögelt.

Ich schreite in Bookers Wohnung und höre die Dusche laufen. Ich muss es ihm sagen. Ich kann nicht warten. Er wird es in meinem Gesicht sehen und es aus mir herausholen. Dieses Geheimnis wäre viel schwieriger zu verbergen als das Geheimnis, dass ich seit Jahren in ihn verliebt war.

Vielleicht, weil es ein anderes Leben gibt, das damit zu tun hat.

Ich stoße die Tür auf und heißer Dampf quillt aus dem kleinen Raum. Booker steht vor der Dusche und trägt nichts weiter als eine Jeans, die oben aufgeknöpft ist. Das gefällt mir am besten an ihm, vor allem jetzt, wo der Dampf an seinen Bauchmuskeln klebt und die Rillen bis zu seinen getrimmten Haaren hinuntertropft. Er hat seinen Brüdern geholfen, Blumen auf Vis Dachgarten zu schleppen und ist deshalb voller Dreck, der sogar seine Wange verschmiert. Ich schaue auf sein schmutziges Hemd auf dem Boden, was mich traurig macht. Als würde mir all das in einem Moment weggenommen.

„Hallo Sonnenschein", sagt Booker und reißt mich aus meiner Träumerei. „Ich dachte, ich hätte dich reinkommen hören."

Ich lächle halb und schaue in seine atemberaubenden Augen. „Ich bin gerade zurückgekommen."

Seine Augenbrauen heben sich. „Wo warst du?"

Ich schlucke, mein Verstand ist vom Anblick seiner Bauchmuskeln benebelt. „Ich habe nur ein paar Besorgungen gemacht."

Er grinst mich an, wodurch sein perfektes Grübchen sichtbar wird. „Willst du dich mir anschließen?"

Dampfperlen kleben an meinem Gesicht und ich will nichts mehr, als unter die Dusche zu steigen und meine Arme um ihn zu legen. Für ein paar Minuten möchte ich vergessen, dass sich bald alles ändern wird. Ich möchte einen weiteren wundervollen, glücklichen Moment mit Booker genießen, bevor ich ihm unsere lebensverändernden Neuigkeiten erzähle.

Wir ziehen uns aus und gehen unter die Dusche. Sofort schlingt er sich um mich und zieht mich unter das Wasser. In seinem festen Griff fühle ich mich so sicher und geborgen. Es ist warm und der feuchte Geruch von ihm ist himmlisch. Ich drücke mein Gesicht an seine Brust und genieße es, wie sich unsere nackten Körper aneinander schmiegen, während er mit seinen magischen Händen meine Wirbelsäule rauf und runter streicht.

„Geht es dir gut?", fragt er und ich nicke an seine Brust. „Bist du sicher?" Ich nicke wieder. „Poppy, warum redest du nicht? Irgendwas ist los. Normalerweise singst du doch schon."

Ich schlucke, ziehe mich zurück und schaue in seine haselnussbraunen Augen. Booker kennt mich besser als jeder andere. Er hat sich auf meine Eigenarten eingestellt, sowohl in Bezug auf meine Persönlichkeit als auch auf meine täglichen Bedürfnisse, und lässt sogar den Deckel vom Duschgel offen, weil er weiß, dass ich immer Schwierigkeiten mit dem Öffnen habe.

Wir sind immer noch Booker und Poppy, aber wir sind jetzt so viel mehr. Das muss er sehen. Er muss wissen, dass er mich nicht mehr nur mit Lust anschaut. Seine Augen sind weit und voller … Liebe. Es ist *Liebe*, mit der er auf mich herabschaut. Er hat sich in mich verliebt und macht es uns so unglaublich leicht, eins zu werden. Sicherlich kann auch diese Hürde überwunden werden.

Ich halte mich immer noch zurück und antworte mit einer Halbwahrheit. „Ich habe schon wieder eine Migräne im Anmarsch.“

Sein Gesicht wird weicher. „Oh, verdammt.“ Er beugt sich hinunter und küsst mich auf die Stirn, wobei er seine Hände so bewegt, dass seine Finger kleine Kreise auf meinen Schläfen ziehen können. „Fühlt sich das gut an?“

„Mmm, das fühlt sich so gut an“, stöhne ich.

Er massiert sie eine Weile und gibt mir noch ein paar Küsse, bevor er sagt: „Warte, bis du siehst, was ich danach für dich geplant habe. Es wird dir beim Entspannen helfen und dich von den Schmerzen ablenken.“

Ich ziehe eine Augenbraue hoch. „Wenn du sagst, dass ich dir einen blasen muss, lasse ich mir ein paar kreative Methoden einfallen, um deinen Eiern wehzutun.“

Er bebt vor Lachen. „Ich bin sicher, dass du das tun würdest.“ Er drückt seine Lippen wieder auf meine Stirn. „Komm, lass mich dich einseifen und dann zeige ich dir, was ich auf Lager habe.“

Nach einer herrlich romantischen und sexfreien Dusche mit Booker wirft er mir eines seiner riesigen Bethnal Green-T-Shirts zu und sagt mir, ich solle in sein Bett kriechen, während er etwas holt. Als er ohne Hemd und nur mit Fußball-Shorts bekleidet zurückkommt, fällt mein Blick auf das, was er in den Händen hält.

„Wo hast du das gefunden?“, frage ich mit einem müden Lächeln, als er meine Gebrüder-Grimm-Märchensammlung öffnet.

„In deinem Kleiderschrank. Ich habe nach deinen Kopfhörern gesucht und bin darauf gestoßen.“ Ehrfürchtig streicht er über das ledergebundene Buch.

„Das Ding ist ein Relikt“, antworte ich, während er sich neben mich setzt und an das große hölzerne Kopfteil lehnt.

„Ich kann dir vorlesen?“ Sein Grinsen ist bezaubernd.

Meine Augen weiten sich. „Du hast mich immer dazu gebracht, dir vorzulesen, als wir Kinder waren.“

„Das liegt daran, dass deine Stimme sexy ist und du die Charakterstimmen gemacht hast. Aber da es dir nicht gut geht, können wir das ja ändern." Er zwinkert.

Mein Lächeln ist breit. „Das würde mir gefallen."

„Mal sehen, ob ich dein Lieblingsmärchen finde", sagt er und blättert in dem Buch, bis er die Geschichte von Aschenputtel findet. Draußen verdunkelt sich der Himmel, also greift er zu seiner Nachttischlampe und schaltet sie ein. Als er fertig ist, öffnet er seine Arme für mich und sagt: „Lehn dich zurück. Lass mich dich halten."

Ich drehe mich zu ihm und lege mich mit dem Rücken auf seinen Bauch, sodass mein Kopf direkt unter seinem Kinn liegt. Er küsst mein nasses Haar und hält das Buch mit einer Hand, während er die andere unter meinen Arm schiebt, sodass sie auf meinem Bauch ruht. Sein Griff ist so zart und doch wunderbar stark in seinem gebräunten, muskulösen Arm. Mit einer einzigen Umarmung hat er die Macht, mir das Gefühl zu geben, dass ich mich vollkommen wertgeschätzt fühle.

Seine sanfte Stimme füllt den Raum mit einer meiner Lieblingsgeschichten aus dem Buch. Ich lasse mich für eine Weile in der Geschichte verschwinden und genieße die Ruhepause von meinen Gedanken der letzten Tage. Deshalb habe ich die Seltsamkeit meiner Periode ignoriert. Ich war nicht bereit, diese wunderbare Blase, in der wir uns gerade befinden, platzen zu lassen. Ich wollte nicht, dass die reale Welt uns verdirbt. Alles lief so perfekt. Die Nachricht wird all das erschüttern, was wir in kurzer Zeit erreicht haben.

Nachdem er die Seite umgeblättert hat, hält er mich wieder fest und beginnt, mit dem Saum meines Shirts zu spielen. Der untere Rand ist über meinen schwarzen Slip und meine Hüften hochgerutscht. Seine Finger streichen mit kleinen Bewegungen über meinen Unterbauch, als wolle das Universum mir sagen, dass es noch mehr im Raum gibt als uns beide.

Plötzlich legt sich seine Hand auf meinen Bauch und das Gefühl ist so gut, so wunderbar intim, dass ich mich frage, was wäre, wenn. Was wäre, wenn ich über all das glücklich wäre? Was wäre, wenn er glücklich wäre? Was wäre, wenn wir das zusammen machten? Eltern sein. Eine Familie sein. Verliebt sein.

Booker und ich kennen uns schon unsere ganzen Leben lang. Jetzt schlafen wir miteinander und kommen uns näher als je zuvor. Das Einzige, was fehlt, sind Bezeichnungen. Die Gefühle sind alle da. Ich liebe ihn, er liebt mich. Wir haben die Worte noch nicht ausgesprochen, aber ich weiß, dass wir beide dasselbe fühlen.

Einen Moment lang erlaube ich mir, darüber zu träumen, wie das Baby wohl sein wird. Ein Junge oder ein Mädchen? Wird es gutherzig und beschützend sein wie Booker? Oder kreativ und extravagant wie ich? Wird unser Baby die Leidenschaft von Booker haben? Gott, das würde ich lieben. Booker ist mein absoluter Lieblingsmensch und wenn ich mir vorstelle, dass ein Teil von ihm auf etwas zu sehen ist, das wir zusammen gemacht haben, macht mich das total glücklich.

Tränen steigen mir in die Augen und meine Stimme überrascht mich, als ich krächze: „Ich liebe dich, Booker.“

Er spannt sich unter mir an. Seine Hand bleibt auf meinem Bauch liegen. Auch ich verkrampfe mich, denn ich wollte diese Worte nicht laut aussprechen. Ich war so vertieft in die Vorstellung, eine glückliche Familie zu sein, dass sie mir einfach rausgerutscht sind.

„Was hast du gerade gesagt?“, fragt er und seine Stimme klingt ganz anders als beim Lesen.

Ich schlucke schwer, denn ich weiß, dass ich jetzt nicht mehr umkehren kann. Es wird noch so viel mehr kommen, also muss ich das akzeptieren. „Ich habe gesagt, dass ich dich liebe.“ Als ich mich zu ihm umdrehe, sinkt mein Herz angesichts des Entsetzens in seinen Augen. „Warum schaust du mich an, als hätte ich dich gerade geohrfeigt?“, frage ich und lache am Ende, denn das ist sicherlich eine Art Scherz.

„Weil es eine Menge ist, die du mir aus heiterem Himmel entgegenschleuderst.“ Er fährt sich mit der Hand durch die Haare und hält inne, um sich in den Nacken zu fassen.

„Das kommt wohl kaum aus heiterem Himmel“, sage ich mit einem weiteren verlegenen Lachen und schiebe meine Haare aus den Augen.

„Wir sind seit zwei Wochen zusammen“, erwidert er, zieht sich von mir zurück und setzt sich auf die Bettkante, sodass er von mir abgewandt ist.

Ich berühre seinen Rücken und er zuckt zusammen, als wären meine Hände eiskalt. Meine Stimme ist zögerlich, als ich sage: „Wir kennen uns schon unser ganzes Leben.“

Er schaut über seine Schulter zu mir. „Und hast du mich das jemals zu jemandem sagen hören, der nicht zur Familie gehört? Jemals?“ Seine Stimme ist rau.

„Warte mal, was willst du damit sagen?" Ich bin völlig verwirrt, was er damit andeuten will. In meinem Kopf kreisen die Gedanken um die letzten zwei Wochen … zum Teufel, die letzten zwei Monate. So falsch liegen meine Instinkte sicher nicht. „Willst du damit sagen, dass du mich nicht liebst?"

„Liebe ist ein Wort, das ich der Familie widme, Poppy." Seine Worte treffen mich wie ein Schlag in die Brust. Er dreht sich um und sieht mich an, als sollte seine Antwort alles erklären.

Sie erklärt nichts.

„Und gehöre ich etwa nicht zur Familie?", gebe ich zurück. „Ich dachte, ich wäre *in deinem Netz*. Ich dachte, die Dinge zwischen uns sind noch tiefer geworden als je zuvor. Für mich war das nicht zwanglos, Booker."

„Ich habe nie gesagt, dass es zwanglos sei." Er steht vom Bett auf und seine Rückenmuskeln spannen sich an, während er die Hände auf die Hüften stützt.

„Also, was ist das zwischen uns?", frage ich, während ich darüber nachdenke, was es sonst sein könnte, wenn es mehr als Freundschaft, aber nicht Liebe ist. „Ist das nur Sex, weil ich deine Mitbewohnerin bin und es so praktisch ist?"

„Nein!", brummt er.

Meine Brust hebt sich vor hysterischem Gelächter, während ich mich auf die Knie stütze und die Hände in den Schoß lege, um die aufsteigende Wut in mir zu zügeln. „Wie kannst du mir dann in die Augen schauen und sagen, dass du mich nicht liebst? Wir sind doch beste Freunde!"

„Weil ich immer noch nicht weiß, ob ich dir vertrauen kann, Poppy!", brüllt er, dreht sich um und lässt seine Hände auf das Bett fallen, sodass er auf Augenhöhe mit mir ist. Sein Gesicht ist böse und anklagend, er starrt mich an, als hätte ich ihn schon wieder betrogen. „Du hast dich nach Deutschland verpisst, ohne auch nur an mich zu denken. Als wäre ich ein lästiges Anhängsel, das vor deiner Haustür auftaucht. Du wolltest dich nicht einmal verabschieden!"

„Weil mein Herz gebrochen war!", schreie ich zurück, wende mich von seinen durchdringenden Augen ab und rutsche vom Bett, sodass wir auf gegenüberliegenden Seiten stehen. Ich nehme tiefe Atemzüge, als sechs Jahre aufgestaute Geschichte und Schmerz wie ein heißer

Teekessel aus mir herauskochen. Wie kann er es wagen, mich so anzusehen, als wäre ich die Einzige, die Schmerzen verursacht hat? Wie kann er es wagen, so zu tun, als sei ich diejenige, der man nicht trauen kann? Wie kann er es wagen! „Ich war am Boden zerstört, weil du Sidney Carmichael mit in den Wald genommen hast. Unseren Wald! Unseren besonderen Ort. Der Ort, an dem wir zusammen aufgewachsen sind. Der Ort, an dem … Der Ort, an dem …“ Ich halte inne, denn die Nervosität erstickt meine Stimme. „Scheiß drauf, der Ort, an dem ich mich in dich verliebt habe! Du hattest auch kein Problem damit, *ihr* zu sagen, dass du sie liebst, bevor du sie gefickt hast. Ist sie mit dir verwandt, Booker? Ist es deshalb in Ordnung, sie zu lieben, aber mich nicht?“

„Wovon zur Hölle redest du?“ Seine Stimme dröhnt mit einem wahnsinnigen Ausbruch.

„Ich habe euch in der Nacht nach dem Abitur vor Giles Windsors Party gesehen. Sie hat gesagt, dass sie dich liebt und du hast es erwidert.“ Ich fühle mich wie ein Kind, aber ich kann nicht anders. Wenn ich laut darüber spreche, fühlt es sich genauso real und schrecklich an wie an dem Tag, an dem ich es erlebt habe.

„Das ist nicht möglich.“ Er schüttelt entschieden den Kopf.

„Von dort, wo ich stand, sah es wirklich verdammt möglich aus.“ Bei der Erinnerung daran verziehen sich meine Lippen vor Abscheu. „Dieser Wald, Booker. Dieser Ort. Er gehört uns. Nicht ihr. Warum hast du sie ausgerechnet dorthin gebracht?“

„Ich weiß es nicht!“, erwidert er und fährt sich mit der Hand durch die Haare, während er nach einer Erinnerung an den Abend sucht, an den ich mich genau erinnern kann. „Ich habe nicht nachgedacht. Sie wollte unbedingt den Wald sehen, und ich war achtzehn Jahre alt und wollte flachgelegt werden, Poppy. Meine Brüder waren wahrscheinlich zu Hause und ich dachte, es wäre ein privater Ort.“

„Ein privater Ort, an dem du Sidney Carmichael sagen kannst, dass du sie liebst“, erwidere ich, womit ich das wahre Problem anspreche.

„Nein!“, brüllt er. „Ich habe ihr nie gesagt, dass ich sie liebe. Das habe ich noch nie zu jemandem gesagt, Poppy. Zu niemandem. Nur zu meiner Familie.“

Ungläubig schüttle ich den Kopf. Meine Stimme versagt, als ich an jene Nacht zurückdenke und an das, was ich glaube, gesehen zu haben. Vielleicht bin ich nicht lange genug dageblieben, um die Worte zu hören, aber er hat alles zerstört, was mir an unserer Geschichte am wichtigsten war. Unserer Kindheit. Unserer Jugend. Meine Stimme wird leiser, als ich antworte: „Es war immer noch unser Platz, Booker. Kam es dir so unwichtig vor, mit mir dort aufgewachsen zu sein, dass du nicht zweimal nachgedacht hast, bevor du sie zum Vögeln mitgenommen hast?"

„Herrgott, Scheiße." Er fixiert mich mit einem ernsten, finsteren Blick. „Es tut mir leid, in Ordnung? Ich habe viele dumme Sachen gemacht, als ich jünger war. Und ich hatte keine Ahnung, dass du in mich verliebt warst!", gibt er zurück. Es sieht aus, als fiele es ihm schwer, die Worte auszusprechen, selbst als Wiederholung.

„Das hätte egal sein sollen", antworte ich entschieden. „Der umgestürzte Baum gehörte mir. Ich war dort, lange bevor du es je warst. Und du hast sie dorthin gebracht, mir das Herz gebrochen und diesen verdammten Ort für immer ruiniert."

Er lacht und hat die Augen aufgerissen, während er ratlos den Kopf schüttelt. „Du hast das also die ganze Zeit geheim gehalten? All diese Jahre? Bist du deshalb nach Deutschland gegangen?"

„Ja." Ich schlucke und es ist mir egal, wie erbärmlich ich dabei aussehe.

„Weil du Gefühle für mich entwickelt hattest?" Sein Kiefer ist angespannt vor Leugnung.

„Weil ich dich geliebt habe!", schreie ich, weil ich mir das alles eingestehen und ihn nicht so einfach davonkommen lassen will. „Mach nicht klein, was ich gefühlt habe, Booker. Ich bin gerade eine sechsjährige Last losgeworden und es fühlt sich verdammt gut an, sie nicht mehr mit mir herumzutragen, besonders wenn ich weiß, dass sie dir nichts bedeutet."

„Sie bedeutet mir etwas. Ich ... kann es nur nicht erwidern." Er reibt sich mit den Händen über das Gesicht und fügt hinzu: „Ich habe gesehen, was die Liebe anrichten kann und das will ich nicht, Poppy. Das Vergnügen der Liebe währt einen Moment, aber der Schmerz, sie zu verlieren, währt ein Leben lang."

„Was machst du dann mit mir?", schreie ich und meine Stimme wird lauter, da die Emotionen in mir hochkochen.

„Ich weiß es nicht", stammelt er. „Ich versuche es einfach, schätze ich. Ich dachte, das wäre okay für dich!"

„Es ist nicht genug", krächze ich.

„Warum? Warum der Druck? Warum muss ich in dieser Sekunde ein bestimmtes Gefühl haben?" Seine Stimme ist fast flehend.

„Weil ich schwanger bin, Booker", schluchze ich fast.

Er atmet scharf ein. „Was?"

„Ich bin schwanger", wiederhole ich. Alle Emotionen verdampfen aus meinem Körper.

„Nein", flüstert er und seine Augen suchen im ganzen Raum nach einem Ausweg.

„Doch."

„Nein."

„Doch!", rufe ich. „Aber mach dir keine Sorgen. Ich werde nichts von dir erwarten."

„Was soll das denn heißen?", schnauzt er.

Ich atme schwer aus und die wissenden Worte purzeln mit Leichtigkeit aus mir heraus. „Es soll heißen, dass ich das alleine machen werde, weil ich mich weigere, dich in etwas zu verwickeln, das du nicht willst, und ich weigere mich, mich in ein weiteres Leben ohne Liebe mit dir zu verwickeln."

„Du hast gesagt, wir würden nie aufhören, Freunde zu sein." Seine Augen sind groß und wütend. „Du hast gesagt, dass wir mit der Zeit wieder Booker und Poppy sein werden, egal was passiert."

„Ich habe gelogen", sage ich mit einem einfachen Achselzucken. „Ich habe gelogen, weil ich fast mein ganzes verdammtes Leben lang in dich verliebt war und dachte, dass mein Traum wahr wird." Ich unterdrücke ein Schluchzen, das mir entweichen will, denn ich weigere mich, es in seiner Gegenwart zuzulassen. „Jetzt sehe ich, dass es mein schlimmster Albtraum ist. Ich habe mir ausgemalt, was wir haben könnten, und es war alles umsonst, weil du mich nicht lieben kannst. Ich wünschte, ich hätte nie einen Vorgeschmack auf all das bekommen."

Als ich gehen will, knallt er seine Hand auf den Türrahmen, um mich aufzuhalten. Das Holz knackt unter der Wucht. „Es waren zwei verdammte Wochen, Poppy. Ich brauche mehr … Zeit. Das geht alles so schnell!" Er fasst sich an den Kopf, als die Hysterie überhandnimmt.

Mein altes Ich möchte ihn trösten und zulassen, dass er mich auf jede Art und Weise benutzt, zu der er emotional fähig ist. Aber mein neues Ich weiß, dass ich stärker bin. Und dass ich etwas Besseres verdiene. Es sind nur Worte, aber sie sind wahrscheinlich die wichtigsten Worte, die ein Mensch jemals hören kann.

„Du hattest ein Leben lang Zeit, dich in mich zu verlieben. Wenn es hätte passieren sollen, wäre es mittlerweile schon passiert." Mit diesen letzten Worten beginnt mein Herz zu zerbrechen und sich in der Mitte zu spalten, wie ein Riss im Beton. Es wird härter, je mehr es den Elementen um mich herum ausgesetzt ist. „Ich muss gehen."

„Du hast gesagt, du würdest nicht gehen!", schreit er, packt mich und hält meine Arme fest.

Seine wunderbare Festigkeit jagt mir verräterische Schauder über den Rücken. Vertraute Schauder, die seine Berührung kennen und ihr so sehr vertrauen, dass ich ihn sogar in diesem Zustand begehre. Ich schaue einen Moment lang zu ihm auf, ein Feuer brennt in meinen Augen, als ich sein Gesicht betrachte. Es ist wahrscheinlich das letzte Mal, dass ich ihm so nahe sein werde. Sein schneller Herzschlag in seiner Brust. Seine schweren Atemzüge. Seine lusterfüllten Augen, selbst inmitten eines Streits. Das alles werde ich nie wieder mit ihm erleben.

Ich bin in meinen besten Freund verliebt …

… und das ist unser Ende.

„Ich gehe, Booker, und du wirst mich gehen lassen, denn du weißt besser als jeder andere, wie schrecklich es ist, die zweite Wahl zu sein."

Meine Worte durchdringen seine Raserei, seine Arme sinken und er lässt mich los, während er von der Tür weggeht. Ich renne sofort in mein Zimmer, ziehe mir eine Hose an und stürme dann durch den Flur, um zu gehen. Ohne mich umzudrehen, verlasse ich das Zimmer, die Wohnung, das Haus und das Leben meines besten Freundes … mal wieder.

LIEBLOS

Poppy McAdams ist eine Lügnerin, denke ich, als ich mein Gesicht im Badezimmerspiegel betrachte. Es ist jetzt sechs Tage her, dass sie aus meiner Wohnung verschwunden ist. Sechs Tage, in denen sie von meiner liebsten Person der Welt zu derjenigen wurde, die die Macht hat, mich zu zerstören. Sie hat auf keine meiner SMS oder Anrufe geantwortet. In ihrem Elternhaus in Chigwell geht niemand ran. Nichts. Absolute Stille, ähnlich wie damals, als sie sich nach Deutschland verpisst hat.

So sollte es aber nicht sein. Sie hat mir versprochen, dass wir immer noch Freunde sein würden. Die Erinnerung an ihre verlogenen Worte auf dem Trainingsplatz von Bethnal Green verfolgt mich.

„Und ich verspreche dir, dass du mich nicht verlierst, wenn wir es versuchen und es nicht funktioniert. Wir werden wieder Booker und Poppy sein, egal, was passiert."

Ich kann nicht einmal die Tatsache begreifen, dass sie gesagt hat, sie sei schwanger, weil ich mich nur darauf konzentrieren kann, dass sie verdammt noch mal weg ist. Ich habe meine beste Freundin verloren. Mal wieder. Dieses Mal fühlt es sich schlimmer an als mit Deutschland, denn auch wenn ich sie nicht so lieben kann, wie sie es will, weiß ich, wie es ist, sie zu fühlen. Sie zu kosten. Sie zu begehren.

Sie zu vermissen.

Ihre Abwesenheit ist ein Auslöser, der all die schrecklichen Erinnerungen an das erste Mal, als dies geschah, zurückbringt. In den zwei Monaten, in denen sie hier lebte, wurde sie zu einem Teil meines täglichen Lebens. Ich gewöhnte mich an ihre ständige Anwesenheit. Dann intensivierte der Sex unsere Verbindung. Das beschleunigte die Dinge. Sie zu verlieren, fühlt sich an, als ob ich eine Gliedmaße verloren hätte.

Wenn man jemandem so nahe kommt und er verschwindet, ist man nicht mehr dieselbe Person. Die eigene Stimme klingt nicht mehr wie früher. Die Reaktionen sind nicht mehr so natürlich, weil die Person, deren Bestätigung man braucht, um sich in der Welt richtig zu fühlen, nicht mehr da ist.

Ich vermisse meine beste Freundin.

Ich vermisse sogar all ihre verrückten Macken. Zum Beispiel die Art, wie sie jedes Mal ein sexy Stöhnen von sich gibt, wenn sie ins Bett krabbelt, als ob das Gefühl der Laken sie anmacht. Oder die lächerlichen Lieder, die sie beim Duschen schmettert. Oder der ganze Mädchenkram, den sie in den Badezimmerschrank stopft. Die Haarprodukte, das Make-up, die Lotionen. So viele Lotionen.

Braucht sie ihre Sachen nicht? Wie hat sie die letzten Tage ohne sie überstanden? Es ist unmöglich, dass sie in der Wohnung war. Ich würde es wissen. Ich habe mich hier wie ein Agoraphobiker verkrochen, habe Angst vor der Außenwelt und halte jedes Mal den Atem an, wenn ich jemanden die Treppe hochkommen höre.

Verdammt noch mal, meine Wohnung fühlt sich ohne sie leer an. Dabei wird mir klar, dass ich eigentlich noch nie alleine leben musste. Als meine Brüder und Vi ausgezogen sind, hatte ich noch Dad. Er war ein stiller Mitbewohner in einem riesigen Haus, also war er keine große Gesellschaft. Aber es war ein anderer Mensch da. Jemand, mit dem ich über Fußball reden konnte. Jemand, der dieselbe Luft atmete, mit dem ich gemeinsam aß und der darauf achtete, dass ich nicht tot war.

Verdammt, was ist, wenn Poppy etwas zugestoßen ist? Es wurde schon dunkel, als sie letzte Woche ging. Ich hätte sie nicht gehen lassen dürfen. Was habe ich mir nur dabei gedacht? Was, wenn sie entführt wurde? Was, wenn sie unter Drogen gesetzt und in den Sexhandel verkauft wurde?

Ehe ich mich versehe, stürze ich aus dem Bad und werfe mir ein schmutziges T-Shirt vom Boden über. Sie muss bei ihren Eltern sein und sie zwingen, meine Anrufe abzufangen. Ihr Vater hat mich noch nie gemocht. Als Poppy und ich als Kinder Freundschaft geschlossen haben, sah er mich an, als ob er mich mit bloßen Händen zerquetschen wollte. Wenn man bedenkt, dass er eins neunzig groß und fast so breit wie groß ist, bin ich sicher, dass er Manns genug ist, um das zu tun. Aber ich muss wissen, dass es ihr gut geht.

Ich gehe zur Tür und rufe ihren Namen auf meinem Handy auf, wobei ich mich ärgere, dass ich nicht schon vor Tagen zu ihr gegangen bin.

Als ich die Tür öffne, steht Andrew mit erhobener Faust in der Luft da. Seine Augen verengen sich. „Booker.“

„Andrew?“, sage ich und schaue mich im Flur um, in der Hoffnung, dass Poppy vielleicht bei ihm ist. „Was machst du denn hier?“

Sein Blick fällt auf den Boden, wo ein großer Rollkoffer steht. Meinem finsteren Blick ausweichend, räuspert er sich und antwortet: „Ich bin wegen Poppys Sachen hier.“

Seine Antwort überrascht mich. „Wegen ihrer Sachen?“

Er strafft die Schultern und antwortet: „Ja. Sie hat mich gebeten, ein paar Sachen zu holen, die sie für die Arbeit braucht … und ein paar Klamotten und … Toilettenartikel.“

Meine Hand gleitet den Türrahmen hinauf und hält ihn fest umklammert. „Wohnt sie bei dir?“ Wenn er ja sagt, wird mich nichts davon abhalten, seine Tür einzutreten, um mit ihr zu reden.

„Nae“, antwortet er und meine Schultern sinken.

„Ist sie bei ihren Eltern?“, frage ich verärgert.

Andrew schüttelt den Kopf und seufzt. „Sie ist nicht bei ihren Eltern.“

Ich runzle die Stirn. „Andrew. Wenn sie bei ihren Eltern wohnt und von Chigwell zur Arbeit pendelt, muss ich das wissen. Das ist verdammt unsicher.“

Seine Mundwinkel verziehen sich, als er ein abfälliges Lachen ausstößt. „Ich glaube nicht, dass sie dich noch etwas angeht, *Kumpel.*“

Seine Angeberei geht mir direkt auf die Nerven. „Ich bin nicht dein verdammter Kumpel!“, brülle ich, während Wut durch meine Adern fließt. Was weiß dieses Arschloch überhaupt? Warum zum Teufel schickt Poppy ihn zu mir an die Haustür? „*Ich* bin Poppys Kumpel und sie wird immer meine Sorge sein. Wenn du weißt, wo sie ist, sagst du es mir besser.“

„Fick dich“, spottet er, ohne auch nur im Geringsten eingeschüchtert zu sein. „Du kannst hier nicht sitzen und Forderungen stellen. Nicht, nachdem du sie geschwängert und dann ihr Herz gebrochen hast.“

Seine laute Stimme hallt im Flur wider und ich sehe rot. Blendendes, wütendes und verdammt überkochendes rot, als ich mich auf ihn stürze und meine Hände an den Kragen seines spießigen, verdammten Hemds lege. Ich stoße ihn gegen das Treppengeländer und brülle: „Sag mir, wo sie ist, verdammt!"

„Booker William Harris!" Vis Stimme schallt die Treppe unter uns hinauf. Ich werfe einen Blick nach unten und sehe ihren Kopf, der das Foyer hinaufschaut. „Lass ihn sofort los, verdammt!"

Aus Frustration drücke ich fester auf den Stoff und zerre Andrew dann zurück in den Flur, wobei ich ihn fast auf den Boden werfe. „Du kannst mich mal am Arsch lecken", sage ich, zeige mit dem Finger auf ihn und atme angestrengt ein. „Du bekommst nichts von ihrem Scheiß."

„Booker", erwidert Andrew und richtet seinen Kragen. Sein Gesicht ist knallrot. „Du hast kein Recht, ihre Sachen zu behalten."

„Ich habe *jedes* Recht!", knurre ich und gehe zum oberen Ende der Treppe, wo Vi auftaucht. „Sie ist meine beste Freundin."

Vis große, anklagende Augen treffen auf die meinen, als sie die oberste Stufe erreicht. Dann wendet sie ihren mörderischen Blick zu Andrew. „Andrew, ich glaube, du musst mir etwas Zeit mit meinem Bruder geben."

Andrew schnaubt hochmütig. „Ich komme wieder." Er schnappt sich den Koffer und drängt sich an mir vorbei zur Treppe.

Ich beobachte, wie er hinabsteigt, und halte die ganze Zeit meine Hände an den Seiten zu Fäusten geballt. Aus dem Augenwinkel sehe ich Vi, die mich mit in die Hüften gestemmten Händen beobachtet. Sie ist ganz die Mutter.

„Was zum Teufel ist hier los?", schnauzt sie.

Ich wende mich von ihr ab, mein Kiefermuskel zuckt vor Wut. Ich finde keine Worte, um ihr zu sagen, was los ist, denn ich weiß es nicht einmal selbst. Noch nie in meinem ganzen Leben habe ich jemanden so sehr schlagen wollen. Gareth hat das Temperament in unserer Familie. Er ist derjenige, der wütet und wir müssen ihn alle zurückhalten. Es gab noch nie ein Problem, aus dem ich mich nicht herausreden konnte.

Das bin nicht ich.

Ich sehe Vi an und ihre Augen werden weicher, als sie meinen veränderten Gesichtsausdruck wahrnimmt.

„Booker", sagt sie leise. „Komm, lass uns einen Kaffee trinken."

Sie packt mich am Arm und zieht mich hinein, wobei sie mir nervigerweise den Rücken reibt. Ich setze mich an den Tisch, während Vi es sich in meiner Küche gemütlich macht. Der Geruch von kochendem Kaffee sollte mich trösten. Stattdessen muss ich an die Zeit denken, als Poppy ihren Kopf auf meinen Arm gelegt hat, während wir in vollkommener, glückseliger Stille standen und die Wärme voneinander genossen, während wir auf den Beginn unseres Tages warteten.

Vi setzt sich mir gegenüber und drückt mir eine dampfende Tasse in die Hand. „Fang an zu reden."

Ich schlucke den Kloß in meiner Kehle herunter. „Ich weiß nicht, wo ich anfangen soll."

„Wo ist Poppy?"

Ich schnaube einmal. „Weg."

„Wohin?"

„Das habe ich versucht herauszufinden, als du aufgetaucht bist."

„Nimmst du deshalb keine Anrufe mehr entgegen? Und warum hast du letzte Woche das Sonntagsessen verpasst?", fragt sie und trommelt erwartungsvoll mit den Händen auf den Tassenrand. „Ich bin heute hierhergekommen, um sicherzugehen, dass du diese Woche nicht auch noch das Abendessen verpasst."

„Ich habe keine Lust auf ein Sonntagsessen, Vi." Ich schließe die Augen und nehme einen zaghaften Schluck der heißen Flüssigkeit. Das Brennen fühlt sich gut an.

„Booker, was ist passiert?", fragt sie mit flehender Stimme.

Ich zucke mit den Schultern. „Alles, was ich immer erwartet habe. Poppy hat mir gesagt, dass sie mich liebt und dann ist sie gegangen."

Vi atmet heftig ein. „Warum ist sie gegangen?"

„Weil ich es verdammt noch mal nicht erwidern konnte!", rufe ich frustriert. Vi kennt die Antwort auf diese Frage und ich hasse es, dass sie mich zwingt, es auszusprechen. „Weil du genau richtig liegst! Ich bin beschädigte Ware und du solltest dich für mich schämen."

Vi macht einen abfälligen Laut und schüttelt den Kopf, mit einem traurigen Blick in den Augen, der mich wie zehn Tonnen Hundescheiße fühlen lässt. „Was hat sie noch gesagt? Da steckt doch sicher noch mehr dahinter."

Ich schließe die Augen und stütze den Kopf in die Hände. Ich wehre mich gegen die Worte, die ich mir nicht einmal selbst erlaubt habe, laut auszusprechen.

„Booker", drängt sie. „Stimmt es, was Andrew gesagt hat?"

Ich schaue in ihre wissenden, glasigen Augen und nicke. Sie schließt sie und verzieht das Gesicht. „Was wirst du tun?"

„Ich habe keinen blassen Schimmer, Vi", antworte ich und meine Emotionen kochen über, als ich das laut vor dem Universum zugebe. „Ich kann nicht einmal die Tatsache begreifen, dass sie nicht mehr hier ist, geschweige denn, dass sie mein Baby in sich trägt. Sie ist wieder weg. Genau wie zuvor. Meine beste Freundin ist gegangen und ich konnte nichts tun, um sie aufzuhalten, weil sie etwas will, was ich ihr nicht geben kann."

„Liebe?", fragt Vi.

Ich nicke. „Ich kann kaum das Wort zu dir sagen, geschweige denn zu ihr. Und der Rest von euch lässt es so einfach aussehen. Ihr spielt die glückliche Familie. Tanner ist verheiratet. Camden ist auf dem Weg in die Ehe. Jetzt muss sich nur noch Gareth in jemanden verlieben und dann bin ich wirklich ganz allein."

„Du bist nicht allein!", schreit sie und eine wütende Ader zeichnet sich an ihrer Schläfe ab. „Schau mich an, Booker. Ich bin genau hier, verdammt. Wir sind Harrises! Wir geben dir nicht genug Raum, um über Einsamkeit nachzudenken. Tanner würde wahrscheinlich sofort herkommen und dich knuddeln, wenn du ihm grünes Licht geben würdest."

„Ach, hör doch auf", stöhne ich.

„Es ist wahr." Sie hält inne und holt tief und zittrig Luft. „Wir sind alle auf unsere Weise kaputt, weil wir Mum verloren haben. Es gab einige sehr dunkle Jahre in unserem Elternhaus. Ich dachte wohl, da du so jung warst, würde dich das nicht so sehr treffen, aber ich habe mich geirrt."

„Ich hab's kapiert. Ich bin am Arsch", stöhne ich und bemitleide mich mehr denn je.

„Du bist nicht am Arsch, Booker. Aber du musst verstehen, dass du den Verlust deiner Mutter gespürt hast, als er passierte, obwohl du noch klein warst. Ich glaube, deshalb hast du dich besonders fest an die Familie geklammert. So sehr, dass ich glaube, dein inneres Kind hat Angst, jemals wieder jemanden zu verlieren."

„Hast du gerade inneres Kind gesagt?", frage ich und ziehe ungläubig die Stirn in Falten.

Vi richtet sich auf. „Ja, das habe ich. Ich habe ein paar Therapiesitzungen mit Hayden gemacht, okay? Ich habe ein oder zwei Dinge gelernt." Sie beugt sich wieder vor. „Ich habe auch gelernt, dass ich, egal wie mütterlich ich in unserer Kindheit zu sein versuchte, trotzdem nur ein Kind war, das sich etwas vormachte, und dass du mehr verdient hast."

Der Bruch in ihrer Stimme lässt meine Brust schmerzen. Ich greife zu ihr und umfasse ihre Fäuste. „Du warst großartig, Vi. Du bist großartig. Du bist der Leim, der uns alle zusammenhält. Wenn du nicht wärst, würden wir uns nie sehen. Und ich würde wahrscheinlich immer noch zu Hause wohnen und mich wie eine noch größere Hure als Tanner aufführen."

Vi kichert, was ein dringend benötigtes Lächeln auf mein Gesicht zaubert. „Hayden sagt, ich würde euch zu sehr kontrollieren. Dass ihr herausfinden müsst, wie ihr eure eigenen Fehler machen könnt."

„Ach, Blödsinn. Hayden versteht die Harris-Art einfach nicht. Was du verbockt hast, habe ich verbockt."

Vi lacht und wischt ein paar Tränen weg, die ihr entkommen sind. „Er sagt, ihr seid von mir abhängig, weil ich all eure Probleme lösen soll. Kannst du das glauben?"

„Das klingt schon wieder nach Psychogeschwätz." Ich zwinkere und nehme noch einen Schluck von meinem Kaffee.

„Genau das denke ich auch." Sie grinst, aber dann zieht sie die Augenbrauen zusammen, während sie mich genau beobachtet. „Es tut mir leid, dass Poppy nicht die Richtige für dich ist, Booker."

Ihre Worte bohren sich in meine Brust, aber ich schüttle sie ab. „Ja", antworte ich lässig und setze meine Tasse ab.

Sie schnalzt und fügt hinzu: „Aber man kann Liebe nicht erzwingen."

Ich nicke und weiche ihrem durchdringenden Blick aus. „Genau."

„Und wenn du sie nicht liebst, kannst du nicht mit ihr zusammen sein." Sie führt ihre Tasse zum Mund und nimmt einen Schluck.

Stirnrunzelnd über ihre Wiederholung antworte ich: „Ich weiß, Vi."

„Sie hat es verdient, ihr Glück zu finden, meinst du nicht?"

„Ja." Verärgert richte ich mich auf. „Aber ich glaube nicht, dass sie unglücklich mit mir war."

Ihr Gesicht verzieht sich, während sie ein paar Sekunden lang nachdenkt. „Selbst wenn sie keine Liebe von dir gewollt hätte, wäre es nie von Dauer gewesen. Diese Dinge geschehen aus einem bestimmten Grund, Booker", sagt sie einfach mit einem herablassenden Kopfnicken.

Meine Augen verengen sich auf sie. „Warum denkst du, dass es nicht von Dauer gewesen wäre?"

Sie zieht die Brauen hoch. „Nun, du bist sehr beschäftigt. Und so jung. Und noch nicht mal annähernd bereit für diese Art von Verantwortung."

„Auf welche Verantwortung beziehst du dich genau?"

„Ein Familienmensch zu sein", sagt sie und ihre Stimme wird immer lauter, als würde sie das schon den ganzen Abend sagen. „Wir haben gerade über all die Probleme gesprochen, die du wegen Mums Tod hast. Du bist eindeutig emotional nicht in der Lage, zu lieben, geschweige denn Vater zu sein. Du musst ein offenes Herz haben. Und wenn du Poppy nicht lieben kannst, wirst du auch nicht in der Lage sein, das Baby zu lieben."

„Was redest du denn da?", schnauze ich und stoße mich vom Tisch ab. „Du klingst total verrückt!"

„Ich meine ja nur. Es ist schwer, ein Baby zu lieben. Sie geben dir nicht viel, worauf du aufbauen kannst." Ihr lässiger Ton verblüfft mich.

„Ich liebe Rocky", sage ich ganz sachlich.

„Nun, *jetzt* vielleicht. Sie ist älter und sie lächelt und kichert. Das macht es einfacher. Als Neugeborene nehmen sie und nehmen und nehmen."

„Du hast völlig den Verstand verloren, Vi. Ich habe Rocky von der Sekunde an geliebt, als sie geboren wurde."

Sie rollt mit den Augen, als wäre ich ein Idiot. „Booker, ich kenne dich. Und ich weiß, was das Beste für dich ist. Nimm meinen Rat an. So ist es besser für dich. Ich bin mir sicher, dass Poppy dich auf irgendeine Weise am Leben des Babys teilhaben lassen wird."

„Scheiß drauf!", brülle ich, stehe auf und fahre mir mit der Hand durchs Haar, während in meiner Brust die Panik steigt. „Ich will nicht irgendeine Weise."

„Aber es ist das Beste", sagt sie entschlossen.

„Für wen genau?" Meine Stimme dröhnt.

Sie zuckt mit den Schultern. „Für alle. Wenn du nicht jeden Tag deines Lebens Angst hast, Poppy zu verlieren, ist sie nicht die Richtige für dich."

Ich stoße ein Lachen aus und beginne, auf und ab zu gehen. Meine Schwester ist völlig durchgedreht. Sie kennt mich überhaupt nicht, denn die Angst hat mich dazu gezwungen, mich von Poppy fernzuhalten. Die Angst ist der Grund, weshalb ich sie unser ganzes Leben lang auf Abstand gehalten habe. Angst ist alles, womit ich in den letzten zwei Monaten mit Poppy gelebt habe. Angst davor, dass sie uns verlässt. Angst, sie zu verlieren. Die Angst, sie nie wiederzusehen. Und jetzt sind all meine schlimmsten Befürchtungen wahr geworden.

„Ich höre mir das nicht länger an, Vi." Ich halte inne, presse meine Hände auf den Tisch und fixiere Vi mit einer Ernsthaftigkeit, die sie im Gegensatz zu einem naiven kleinen Bruder nicht ignorieren kann. „Du hast mir sehr geholfen und ich weiß das mehr zu schätzen, als du ahnst, aber du liegst damit völlig falsch. Ich werde dieses Baby *von ganzem Herzen* lieben, denn ich hatte noch nie so viel Angst, jemanden zu verlieren, wie bei Poppy. Ich habe solche Angst, dass ich mir nie eingestanden habe, dass ich in sie verlie…" Ein starker Druck steigt in meiner Brust auf, als mir klar wird, was ich sagen wollte. Ich atme zittrig ein, während mir die Worte auf der Zunge liegen, bereit, wie der Text meines Lieblingssongs herauszufallen. Ich schaue Vi direkt an und sage: „Ich liebe sie."

Ich presse meinen Kiefer zusammen und warte auf den Untergang, aber er kommt nicht. Stattdessen kommt die Leichtigkeit. Eine luftige Schwerelosigkeit, die ich im ganzen Körper spüre, als würde ich auf dem Wasser laufen.

„Verdammt noch mal, Vi. Ich liebe Poppy." Ich atme schwer aus. „Verdammt, es fühlt sich genial an, das zu sagen! Ich liebe sie … Ich glaube, ich habe sie mein ganzes Leben lang geliebt. Als wäre es schon immer da gewesen, aber ich habe es abgestritten." Ich erkenne meine Stimme kaum wieder, aber es fühlt sich verdammt gut an, sie zu hören.

Vi lächelt und legt den Kopf schief. „Du liebst Poppy?" Ihre Stimme hat einen koketten Unterton.

„Ich … ja. Sie ist meine Welt und ich liebe sie." Ich fahre mir mit der Hand durch die Haare und schaue mich manisch im Raum um.

„Ich muss es ihr sagen. Jetzt sofort." Ich schiebe meine Ärmel hoch und gehe zur Tür, bereit, in Andrews Wohnung einzubrechen und ihn zu würgen, bis er redet. „Dieser frustrierende Schotte zwitschert lieber wie ein Kanarienvogel."

„Booker!", ruft Vi und ihr Ton ist so gewichtig, dass ich innehalte. Als ich mich umdrehe, steht sie mit einem stolzen Schimmer in den Augen am Tisch. „Du kannst es ihr nicht einfach sagen und erwarten, dass sie dir glaubt. Du musst verdammt viel mehr tun, als nur die Worte zu auszusprechen."

Ich runzle die Stirn und denke eine Minute lang über ihre Aussage nach. Sie hat recht. Poppy hatte schon immer ein Faible für das Theatralische. Wenn sie an meiner Stelle wäre, würde sie wahrscheinlich eine Marschkapelle oder eine Tanzgruppe engagieren. Wahrscheinlich würde sie sogar ein Lied komponieren und es mir vorsingen.

Aber ich will nicht etwas tun, was Poppy tun würde. Ich möchte etwas tun, das ich tun würde. Etwas, das sie daran erinnert, warum sie sich überhaupt in mich verliebt hat. „Ich glaube, ich habe eine Idee."

Poppy

„Ich könnte meinen besten Freund jetzt wirklich gut gebrauchen", krächze ich in mein Kissen, als ich mich für ein Nickerchen in mein Bett aus Kindheitstagen lege und mich anflehe, nicht wieder zu weinen.

Nickerchen sind meine neue Lieblingsbeschäftigung geworden. Ein Nickerchen bedeutet eine Pause vom Weinen. Ein Nickerchen bedeutet eine Pause von der Panik. Eine Pause vom Trübsal blasen.

Ein Nickerchen bedeutet, sich an das Gefühl von Bookers Wärme zu erinnern, wie sie an meinen Rücken gepresst war.

Ich schätze, selbst ein Nickerchen hat seine tückischen Momente.

Das ist das Schlimme daran, wenn der beste Freund der Mann ist, den man liebt. Wenn man ihn verliert, ist das ein doppelter Schlag in die Magengrube. Es ist, als würde man würgen und hätte gleichzeitig Durchfall. Als ob es nicht schon erbärmlich genug wäre, sich zu übergeben, muss man sich dabei auch noch auf die Toilette setzen, weil man aus dem Arsch pinkelt. Wirklich, gibt es noch etwas, das einen so erbärmlich fühlen lässt?

Unten klingelt es an der Tür und reißt mich aus meiner Selbstmitleidsparty heraus. Mein Herz springt mir in die Kehle, als ich aus dem Bett gleite und aus dem Fenster nach Bookers Truck schaue. Ich habe auf ihn gewartet, seit ich letzte Woche zu meinen Eltern gekommen bin. Es war einfach, sich hier zu verstecken, da meine Eltern wegen ihres dreißigsten Hochzeitstages im Urlaub sind – ein Segen und ein Fluch, wirklich. Ein Segen, weil ich allein bin, ein Fluch, weil dieses Haus voller Booker Harris-Erinnerungen ist. Sogar Erinnerungen an Übernachtungen, als die Dinge zwischen uns noch nicht so kompliziert waren.

Ich gehe die lange Treppe hinunter und schleiche mich auf Zehenspitzen an die Haustür. Als ich durch den Türspion schaue, atme ich erleichtert aus, als ich Andrew auf der anderen Seite stehen sehe.

„Oh gut, du bist es nur", sage ich, als die Tür aufschwingt und ich mir die Tränenreste aus dem Gesicht wische.

„Freut mich auch, dich zu sehen", brummt er und schreitet herein, als wäre er schon hundertmal hier gewesen, obwohl es sein erstes Mal ist. „Man sollte meinen, ich würde freundlicher begrüßt werden, wenn man bedenkt, dass ich den ganzen Weg bis nach Chigwell gefahren bin." Er rümpft die Nase und flüstert: „Ich kann das Botox in dieser Gegend förmlich riechen. Ist deine Mutter auch eine von denen?"

„Nein, ist sie nicht. Und du brauchst nicht zu flüstern. Sie und mein Vater sind auf den Kanarischen Inseln, um ihren Hochzeitstag zu feiern. Aber du solltest trotzdem aufhören, so voreingenommen zu sein." Ich schaue auf seine leeren Hände hinunter. „Wo sind meine Sachen?"

Er stößt ein hochmütiges Lachen aus. „Immer noch bei Booker."

„War er nicht zu Hause?"

„Oh, er war sehr wohl zu Hause." Er sieht sich im Haus um und sagt: „Ich brauche einen Drink."

Stirnrunzelnd folge ich ihm in die Küche, wo er sich auf den Tresen hievt. „Ein schöner Roter reicht."

Ich rolle mit den Augen und ziehe den Korken aus der offenen Flasche auf dem Tresen. Ich schnuppere daran, um sicherzugehen, dass sie nicht schlecht geworden ist, seit meine Eltern weg sind, denn ich habe sie ganz sicher nicht geöffnet. Ich gieße die dunkle Flüssigkeit in ein Weinglas und reiche es weiter. „Was ist passiert?"

Andrew öffnet seinen Hemdkragen und reibt sich den Nacken. „Bin ich da noch rot?"

Ich runzle die Stirn und sehe mir die Stelle, die er berührt, genauer an. „Nein. Sieht normal aus."

Er schnaubt und nimmt einen Schluck. „Der Wichser hat Glück, dass ich ihn nicht anzeige."

„Wofür?", frage ich und runzle die Stirn.

„Booker hat mich angegriffen!"

„Dich angegriffen?", frage ich mit Unglauben in der Stimme.

Andrews braune Augen weiten sich. „Er hat sich auf mich gestürzt und mich hier gepackt." Er reißt den Kragen seines Hemdes auf und demonstriert es. „Er hielt mich praktisch über die Treppe und drohte, mich in den Tod zu stürzen."

„Oh mein Gott, Andrew!", rufe ich entsetzt aus. „Es tut mir so leid …"

„Okay, vielleicht nicht den Teil mit dem Tod", unterbricht er mich, bevor ich meine Entschuldigung dafür, dass ich ihn dorthin geschickt habe, beenden kann. „Aber er hat seine verdammten Hände an mich gelegt."

„Das hat Booker getan?", frage ich, da ich immer noch eine Bestätigung brauche.

„Aye."

„Nicht einer seiner Brüder?" Ich kann nicht anders, als mich an die Zeit zu erinnern, als Gareth einen von Vis Ex-Freunden in einem Pub in Chigwell angegriffen hat und seinetwegen die Polizei gerufen wurde. Paparazzi tauchten auf und alles. Es war ein Albtraum.

„Es war Booker und er war allein", bestätigt Andrew mit einem Schluck. „Wer weiß, wie gewalttätig er geworden wäre, wenn er sein Rudel heißer Brüder hinter sich gehabt hätte."

Ich schlinge meine Arme um meinen Körper. „Ich kann kaum glauben, was ich da höre. Booker ist normalerweise ein Pazifist. Er ist zwar beschützend, aber er ist nicht gewalttätig. Gott, was ist nur in ihn gefahren?"

„Du", grunzt Andrew und kippt sich den Rest seines Weines hinter die Binde. „Das ist schon in Ordnung. Ich bin mir ziemlich sicher, dass ich ihn hätte verprügeln können. Ich wollte nur ein Gentleman sein, denn der Junge ist eindeutig gequält."

„Wie gequält?", frage ich, während meine Gedanken völlig durcheinander sind.

„Verdammt noch mal, Poppet, muss ich dir denn Bilder malen? Der Mann ist in dich verliebt … Denk mit!"

Ich lehne mich mit dem Rücken gegen den Tresen und schüttle entschlossen den Kopf. „Du irrst dich. Er ist nicht in mich verliebt. Ganz und gar nicht. Und er ist kein Kämpfer. Nichts davon klingt wie der Booker, den ich kenne."

„Er sorgt sich so sehr um dich, dass er mich aus seiner Wohnung wirft und mir sagt, ich solle mich verpissen."

Ich schüttle wieder den Kopf und leugne alles, was Andrew andeutet. „Das ändert nichts. Selbst wenn er etwas für mich empfände, wäre das nicht genug."

„Nicht genug wofür? Nicht genug, um der Vater deines Kindes zu sein? Poppy, es tut mir leid, dir das zu sagen, aber wenn du nicht herumgeschlafen hast, ist das Spiel vorbei." Er kneift sich in den Nasenrücken und atmet schwer aus. „Es tut mir leid, so hart zu sein, aber was hast du vor? Willst du, dass ich all deine Sachen aus seiner Wohnung hole, damit du ihn nie wieder sehen musst? Irgendwann musst du mit ihm reden. Er ist der Vater."

„Denkst du, ich weiß das nicht?", fauche ich. „Ich bin noch dabei, das alles zu verarbeiten", stottere ich.

„Es wäre vielleicht einfacher, wenn du aufhörst, dich zu verstecken, und seine Anrufe annimmst."

Meine Augen weiten sich. „Ich kann ihm unmöglich jetzt schon gegenübertreten."

„Warum nicht?"

„Weil ich ihn zu sehr liebe!" Ich heule auf und bedecke mein Gesicht mit den Händen. Meine Stimme steigt zu der verrückten Tonlage an, die ich habe, wenn ich weinen will. Ich fahre mir mit den Händen durch die Haare und schaue Andrew anklagend an. „Weil Booker mir das Gefühl gibt, in der Welt verankert und richtig zu sein. Und wenn er zu mir kommt und mich fragt, ob ich ihn heiraten will, werde ich zusammenbrechen und ja sagen."

„Was ist daran so schlimm?", fragt Andrew, der sein Gesicht vor Verwirrung verzieht.

„Er liebt mich nicht. Er ist nur mein Freund, also kümmert er sich genug, um das Anständige zu tun, aber mehr nicht. Booker ist nicht gequält, weil er in mich verliebt ist. Er quält sich, weil er mich nicht verlieren will. Aber ich verliere ihn lieber, als dass wir wieder nur Freunde werden."

„Freunde zu sein ist doch besser als gar nichts", argumentiert Andrew.

„Das ist es nicht", schniefe ich. „Ich habe jetzt hinter die Fassade geschaut. Ich weiß, was wir zusammen sein könnten. Alles andere würde meine Seele auffressen und mich an Stellen verletzen, von denen ich nicht einmal wusste, dass sie verletzt werden können." Ich zucke mit den Schultern und füge hinzu: „Ich will mehr. Ich will … echte Liebe. Dieses Baby hat das verdient." Am Ende bricht meine Stimme, weil ich merke, dass ich diese Entscheidung nicht mehr nur für mich selbst treffe.

„Also, was willst du tun?" Andrews Stimme klingt ernst. „Du kannst ihm nicht ewig aus dem Weg gehen."

„Ich weiß." Ich nicke und wische mir eine verirrte Träne weg. „Ich gehe ihm nur aus dem Weg, bis ich stark genug bin, Nein zu ihm zu sagen."

„Poppet", sagt Andrew und zieht die Brauen zusammen, während er mich beobachtet. „Bist du dir hundertprozentig sicher, dass du nicht nur dich selbst schützen willst? Ich habe gesehen, wie Booker dich ansieht."

Ich schüttle den Kopf. „Gib mir keinen Grund zu hoffen, Andrew. Ich kann es nicht ertragen."

SPORTLICH VS. HANDWERKLICH

Booker

„Was zur Hölle machen wir hier draußen?" Gareths tiefe Stimme hallt im Wald um uns herum wider.

Ich löse meinen Blick von dem umgestürzten Baum und schaue zu meinen drei Brüdern auf, die vor mir stehen. Sie sind alle in Trainingsklamotten gekleidet, als würden wir zum Fußballtraining gehen, anstatt zu versuchen, etwas von Grund auf zu bauen.

„Wir bauen ein Spielhaus", sage ich und nehme eine der Sägen in die Hand, die ich in Dads Gartenschuppen gefunden habe.

Camdens Kinnlade fällt herunter. „Booker, ist das dein Ernst?"

„Ja, mein voller Ernst", antworte ich mit fester Stimme.

Tanner schreitet zu den Materialien, die ich auf dem Weg hierher in einem Baumarkt gekauft habe. Sie bestehen aus ein paar Maßbändern, Hämmern, Nägeln und extra Holz. „Glaubst du, wir können mit diesem armseligen Zeug etwas bauen? Wir sind Profisportler, keine verdammten Handwerker. Wir werden Wochen dafür brauchen."

„Nicht Wochen", werfe ich ein. „Tage. Wir haben Zeit bis zum Sonntagabendessen."

„Warum die Eile?", fragt Gareth.

„Weil ich sie schon viel zu lange habe warten lassen."

Camdens Augen werden weich und er tritt näher an mich heran. „Was ist passiert, Booker? Hattest du einen Streit mit Poppy? Sicherlich könnt ihr darüber reden. Ich weiß nicht, was der Bau eines Spielhauses für eine erwachsene Frau bringen soll."

„Es ist nicht für sie."

„Für wen denn dann?", fragt er mit zusammengezogenen Augenbrauen.

Ich halte inne und zupfe nervös an meinem Ohrläppchen, aber

ich weiß, dass ich es meinen Brüdern sagen muss. Wir haben keine solchen Geheimnisse voreinander. „Für unser Baby."

Tanner lacht. „Wie ein zukünftiges Baby, von dem du träumst, oder ein echtes Baby mit ihr? Ich denke nämlich die ganze Zeit über zukünftige Babys mit Belle nach. Das ist irgendwie ein Problem."

„Ein echtes Baby", sage ich mit einem schweren Seufzer.

„Verdammt", sagt Gareth.

„Ach du Scheiße", fügt Camden hinzu.

Tanner drückt den Handballen an seine Stirn. „Baby Booker bekommt ein Baby. Verdammte Scheiße."

„Hört halt zu", brülle ich, als meine Frustration mit ihnen an meine Grenzen stößt. „Ich baue dieses Spielhaus. Werdet ihr mir dabei helfen oder nicht?"

„Booker", sagt Gareth, seine Stimme ist sanfter als sonst. „Wir wollen dir helfen, aber wir glauben nicht, dass das der beste Weg ist."

„Es ist mein Weg und ich tue es!", rufe ich und richte mich so hoch auf, wie ich kann, damit meine Brüder mich nicht mehr als kleinen Bruder sehen, sondern als den Mann, der ich bin. Ich werde bald Vater – eine Tatsache, die mir viel leichter fallen würde, wenn ich Poppy dazu bringen könnte, mit mir zu reden. Und das ist der einzige Weg, den ich mir vorstellen kann, um Poppys Aufmerksamkeit zu bekommen, also lasse ich meine Brüder nicht mehr glauben, dass sie wissen, was das Beste für mich ist. Ich bin derjenige, der weiß, was das Beste für mich ist. Und ich weiß, was das Beste für Poppy ist. Sie ist nicht nur in meinem Netz, sie *ist* mein Netz. Sie ist mein Zu Hause und das muss ich ihr beweisen.

Ich gehe zu dem umgestürzten Baum, den Poppy als Kind als provisorische Bühne benutzt hat. Ich lege die Säge auf das Holz und schaue meine Brüder ein letztes Mal an. „Ihr habt es immer noch nicht kapiert. Als Kind war Poppy alles, was ich hatte, wenn ihr weg wart und getan habt, was immer ihr wolltet. Fußball. Mädchen. Tan und Cam, ihr hattet immer einander. Gareth, du schienst nie jemanden zu brauchen. Ich brauchte Poppy. Ich brauche sie immer noch. Sie bedeutet mir alles und ich muss sie zurückholen. Wenn ihr mir also nicht helfen wollt, müsst ihr euch verpissen und mich das machen lassen."

Wut durchströmt meine Adern und ich beginne, die Säge in den brüchigen Baumstamm zu treiben. Nach einem Zug weiß ich sofort, dass das viel länger als zwei Tage dauern wird.

Aus den Augenwinkeln sehe ich, wie Gareth eine weitere Säge nimmt und zum anderen Ende des Baumes geht, um mit der Arbeit zu beginnen. „Verdammt", höre ich ihn murmeln, während ich überlege, wie wir ein paar Elektrowerkzeuge hierher bekommen können.

Ich schaue auf, als Tanner sein Haar zu einem unordentlichen Dutt zusammenbindet. Er greift nach unten und hebt ein Stück Holz auf. „Ich habe wirklich keine Ahnung, was ich damit machen soll."

„Du baust damit Sachen, Idiot", schnauzt Camden und reißt es ihm aus der Hand.

„Aua, du Trottel! Ich glaube, ich habe einen Splitter!" Tanner nimmt seine Hand in die andere und schaut sich seine Handfläche genau an.

In diesem Moment ertönt ein lauter Knall von der Ostseite des Waldes. Alle unsere Köpfe drehen sich zu dem Gabelstapler, der mit einem Holzstapel und einem großen Generator auf den Zinken direkt auf uns zu fährt. Durch das Fenster der Fahrerkabine kann ich nicht sehen, wer fährt, aber ich sehe ein Quad, das von weiter weg kommt und auf dem ebenfalls zwei Männer sitzen. Einer von ihnen sieht aus wie Hayden.

Der Gabelstapler kommt ein paar Meter vor uns zum Stehen. Der Mann, der aussteigt, ist ein großer, Jean Claude Van Dam-artiger Kerl, der Jeans und ein kariertes Hemd trägt. Er trägt einen abgenutzten Werkzeuggürtel um die Hüfte und sein dunkles, lockiges Haar ragt unter einer Baseballmütze hervor.

„Wer von euch ist Booker Harris?", fragt der Mann mit seinem tiefen amerikanischen Akzent, der stark und selbstbewusst klingt.

Ich räuspere mich und antworte: „Das bin ich."

Er lächelt. „Mein Name ist Brody. Ich bin ein Freund von Theo, Haydens Bruder."

„Ähm … okay?", stammle ich verwirrt. Ich habe Theo ein paarmal getroffen, aber so gut kenne ich ihn nicht. Warum ist sein Freund hier draußen?

Ich schaue hinüber, als das Quad schließlich neben Brody anhält. Theo sitzt am Steuer, während Hayden eine Reihe von Ausrüstung auf dem Gestell hinter sich festhält. Die beiden schlendern los und heben den Haufen Baumaterial mit einer mühelosen Bewegung auf den Boden.

Theo steht auf und rückt seine dicke, dunkel gerahmte Brille zurecht. „Booker. Leute." Er nickt uns allen zu, als wäre es ein ganz normaler Freitagnachmittag.

„Was ist hier los?", frage ich, als Hayden sich die Hände abwischt und die dicken Ledermanschetten um seine Handgelenke zurechtrückt.

„Vi hat mir von deinem kleinen Projekt hier erzählt. Ich dachte, du könntest etwas Hilfe gebrauchen." Hayden sieht zu seinem Bruder und dann zu Brody hinüber. „Brody ist der Mann der besten Freundin der Frau meines Bruders."

„Was?", krächzt Tanner.

„Meine Frau Finley und Theos Frau Leslie sind beste Freundinnen", fügt Brody hinzu, im Versuch, zu helfen.

Meine Stimme meldet sich als Nächstes. „Okay, ja. Ich kenne Leslie, aber ich glaube nicht, dass ich Finley kenne. Aber was hat das mit all dem hier zu tun?", frage ich, weil ich nicht weiß, worauf das alles hinauslaufen soll.

„Du musst nur wissen, dass Brody mein Freund ist", erklärt Theo viel einfacher. „Und seit er vor ein paar Jahren mit seiner Frau nach London gezogen ist, hat er ein sehr erfolgreiches Bauunternehmen eröffnet."

„Ich renoviere hauptsächlich Häuser", fügt Brody hinzu.

Theo fährt fort: „Hayden hat mich gebeten, ihm zu helfen, aber ich fürchte, meine Fähigkeiten gehen nicht viel weiter als maßgefertigte Möbel. Dieser Mann hier kann Häuser bauen." Er klopft Brody mit einer Hand auf den Rücken und lächelt. „Und ich dachte mir, wir können jede Hilfe gebrauchen, die wir bekommen können."

„Wir?", frage ich mit einem Lächeln im Gesicht. „Ihr wollt helfen? Im Ernst, vielen Dank. Das ist genial. Wir, ähm … haben keine verdammte Ahnung, was wir da tun."

Theo, Hayden und Brody schauen auf die traurige Auslage an Werkzeugen, die ich ausgebreitet habe, und können ihr Lachen nur schwer verbergen. Ich kann es ihnen nicht verdenken. Für sie sehen wir wie komplette Idioten aus, die hier in ihren Fußballklamotten stehen und versuchen, mit Hammer und Nägeln etwas anzufangen.

Ich lache, als ich sage: „Vielleicht können wir danach ein bisschen Fußball spielen, damit wir Harris-Brüder heute nicht völlig entmannt sind?"

Theo lächelt breit und schiebt sich die Brille auf die Nase. „Abgemacht."

Nachdem wir uns bei Hayden für die Rettung bedankt haben, machen wir uns zu siebt an die Arbeit, wobei Brody die Führung übernimmt und uns allen sagt, was zu tun ist. Tanners Bitte, den Gabelstapler zu bedienen, wird jedoch sofort abgelehnt. Er schmollt nicht einmal … allzu sehr.

EIN ORT, AN DEM ICH MICH ZU HAUSE FÜHLE

Poppy

Jeden Moment wird das Sonntagsessen im Haus der Familie Harris beginnen. Wenn ich angestrengt durch mein Schlafzimmerfenster spähe, kann ich die Spitze ihres Hauses durch den bewaldeten Park sehen. Der Gedanke, dass Booker so nahe bei mir ist und alles wie immer läuft, macht mich fertig. Wenn das letzte Woche gewesen wäre, würde ich jetzt gehen.

Ist es aber nicht.

Und die schmerzhafte Erinnerung daran, dass sich alles verändert hat, macht mich zu einer großen Heulsuse. Ich schätze, das könnten auch die Hormone sein. Ist es zu früh, um Schwangerschaftshormone zu haben? Ich sollte mir ein Schwangerschaftsbuch besorgen und etwas lesen. Der Arzt sagte, ich sei ungefähr in der sechsten Woche und solle in der achten Woche einen Termin mit einer Hebamme vereinbaren. Jetzt sitze ich in der ungefähr siebten Woche hier, also sollte ich mich besser bald informieren.

Gott, das passiert wirklich.

Es klingelt an der Tür und mein Herz schlägt mir bis zum Hals, als ich hinübergehe und durch den Spion schaue. Erleichterung macht sich in mir breit, als ich sehe, wie eine Rothaarige und eine Brünette auf der anderen Seite miteinander flüstern.

Ich durchkämme meine kurzen Haare und wische mir unter den Augen entlang. Zum Glück habe ich mich heute einigermaßen angezogen. Mein Unterbewusstsein hatte Angst, dass Booker vorbeikommen könnte. Wenn das der Fall wäre, würde ich nicht wollen, dass er mich wie Amy Winehouse nach einer Sauftour sieht, denn so sah mein Spiegelbild schon die ganze Woche aus, obwohl ich nichts getrunken hatte. Also schlüpfte ich heute in ein bequemes Sommerkleid, das auch als Schlafanzug dienen könnte, wenn ich wollte. Ich habe sogar ein bisschen Mascara von meiner Mutter mitgehen lassen, damit ich mich menschlicher fühle. Ich fühle mich vielleicht erbärmlich, aber ich möchte lieber nicht so aussehen.

Mit einem strahlenden Lächeln öffne ich die Tür. „Schön, euch Mädels hier zu sehen. Habt ihr Sangria getrunken mit den Massen von Chigwell-Spielerfrauen hier?"

Belles Gesicht ist voller Spott. „Sei nicht albern. Eher sterbe ich, als dass ich in Chigwell ausgehe."

Indie lächelt unbeholfen. „Was Belle meint, ist, dass das Haus deiner Eltern schön ist."

Belle rollt mit den Augen. „Du weißt, was ich meine."

Mit einem höflichen Lachen frage ich: „Woher wusstet ihr, wo ihr mich findet?"

Indie senkt den Blick und Belle gibt einen abfälligen Laut von sich, als wäre sie verärgert. „Andrew ist eingeknickt wie ein Zweig. Für einen heißen Schotten ist er nicht sehr stark."

Mich schaudert es bei der Vorstellung, was sie getan haben, um Andrew zum Reden zu bringen. „Armer Andrew. Also, was führt euch hierher?"

Belle drängt sich an der Tür vorbei und betritt das Foyer. „Wir wissen alles."

Meine Augen sind groß, als ich Indie ansehe und frage: „Alles, alles?"

Beide sehen mich stirnrunzelnd an. Indie ist diejenige, die antwortet. „Wir wissen, dass ihr euch gestritten habt und du ausziehst."

Ich stoße einen Atemzug aus, von dem ich nicht einmal wusste, dass ich ihn angehalten habe. Ich habe noch nicht einmal meinen Eltern gesagt, dass ich schwanger bin. Der Gedanke, dass Bookers Familie es schon weiß, wäre zu viel für mich.

Belles Stimme lenkt meine Aufmerksamkeit auf sie. „Wo sind deine Eltern?"

„Auf den Kanarischen Inseln. Das tut mir leid. Was hat Booker Vi alles erzählt?"

Indie antwortet einfach: „Dass du gegangen bist."

Meine Augenbrauen heben sich und ich habe das Gefühl, ich könnte umfallen. „Ist das alles?"

„Ja", sagt Belle und runzelt die Stirn, als wäre ich eine Geisteskranke.

Ich atme erleichtert aus. „Habt ihr Zeit für einen Tee? Ich bin sehr durstig."

Sie folgen mir in die Küche und setzen sich an die lange Kücheninsel. Ich setze den Wasserkocher auf und hole dann ein paar Teebeutel und Tassen.

„Und, wie geht's dir?", fragt Belle, als ob sie darauf warten würde, dass ich etwas sage.

„Mir geht es gut."

„Ernsthaft?"

„Nein, aber es gibt nichts, was man tun kann. Du hattest recht. Ich wäre nicht zufrieden gewesen, wenn ich es nicht versucht hätte. Und ich habe es versucht."

„Zwei Wochen lang", spottet Belle. „Ich kann nicht glauben, dass alles so schnell auseinandergefallen ist. Was ist passiert?"

Ich zucke mit den Schultern und wünschte, ich könnte ihnen alles beichten, weiß aber, dass es nicht der richtige Zeitpunkt ist. „Ich bin in ihn verliebt."

„Ich dachte, du warst schon lange in ihn verliebt?", fragt Indie, deren Tonfall sanft und mitfühlend ist.

„Damals wusste ich nicht einmal, was Liebe ist. Die zwei Wochen, die wir als Paar zusammen verbrachten, waren einige der besten Tage meines Lebens. Ich bin mit ihm in einen Traum abgetaucht. Zu wissen, dass ich das nie wieder haben kann, tut mir an Stellen weh, von denen ich nicht einmal wusste, dass sie wehtun können."

Belle und Indie schweigen einen Moment lang.

„Aber was wäre, wenn es anders wäre?", fragt Belle, die auf ihre Uhr sieht und dann zu mir aufschaut.

Ich seufze, denn ich habe das Gefühl, dass ich das gleiche Gespräch wie vor zwei Tagen mit Andrew wiederhole. „Das wird es nicht sein. Ich weiß nicht, ob ich Booker jemals wieder mein Herz anvertrauen kann. Es gab zu viel Schmerz." Belle schaut wieder auf ihre Uhr. „Ihr müsst jetzt los, oder? Draußen ist es schon fast dunkel. Sicherlich ist das Abendessen bald fertig. Lasst euch von mir nicht aufhalten."

Indie und Belle werfen sich einen merkwürdigen Blick zu. „Geh mit uns spazieren", sagt Indie mit fröhlicher Stimme.

„Ein Spaziergang?"

Sie nickt. „Ja, ich möchte den bewaldeten Park hinter deinem Haus sehen."

Das wird von Minute zu Minute seltsamer. „Nein, danke."

„Nur kurz", wirft Belle ein. „Ich glaube, es wäre gut, wenn du ein bisschen nach draußen gehen würdest."

Ich schnaube. „Ich gehe nicht in den Wald, Leute. Ich … hasse es da hinten. Er birgt meine liebsten und meine schrecklichsten Erinnerungen."

„Was wäre, wenn es da draußen etwas gäbe, das all diese Erinnerungen auslöscht? Die guten und die schlechten. Was wäre, wenn es da draußen etwas gäbe, das alles aus der Vergangenheit verschwinden ließe und du nur noch neue Erinnerungen sehen könntest, die es zu schaffen gilt?"

„Es gibt absolut nichts, was helfen könnte, das auszulöschen, was bereits geschehen ist. Es hat sich in mein Gedächtnis eingebrannt."

„Poppy", sagt Indie, und ihre Stimme ist nachdrücklicher, als ich sie je gehört habe. „Ich finde dich unglaublich, aber du liegst völlig falsch."

„Völlig falsch", wiederholt Belle.

Ihre ernsten Gesichter machen mich jetzt total neugierig.

„Komm mit, Poppy", drängt Belle ein letztes Mal. „Es gibt etwas, das du sehen musst."

„In Ordnung", gebe ich schließlich nach und folge ihnen zur Haustür. Ich schlüpfe in meine Schuhe und führe sie nach hinten.

Die Sonne geht allmählich unter, als wir durch den Garten des Anwesens meiner Eltern gehen. Die goldenen Töne tauchen das grüne Gras und die gepflegten Blumen in ein atemberaubendes Licht. Wir gehen durch das Tor, das zu einer offenen Grashügelkuppe führt, und erreichen dann den Waldrand, wo der Park beginnt. Es ist ein schöner fünfminütiger Spaziergang zwischen alten Kiefern, Eichen und Ulmen. Da es Hochsommer ist, ist alles sehr grün und üppig. Unter normalen Umständen ist das wirklich eine Idylle.

Es ist über sechs Jahre her, seit ich das letzte Mal hier draußen war. Ich bin überrascht, dass der Pfad, den ich im Laufe der Zeit ausgetreten habe, immer noch da ist. Traurigkeit beschleicht mich, wenn ich an die vielen Erinnerungen denke, die dieser bewaldete Park für mich bereithält. Ich halte meinen Kopf gesenkt und versuche, mich darauf vorzubereiten, wie ich mich fühlen werde, wenn wir das Gebiet erreichen, in dem Booker und ich am meisten gespielt haben.

Als wir näher kommen, fällt mir eine weiße Papiertüte mit einer brennenden Kerze darin ins Auge. Dann hebe ich den Kopf und sehe zwei Reihen brennender Laternen, die den Weg zu der Stelle beleuchten, an der früher mein umgestürzter Baum stand. Der Baum, der einst dort lag und an dessen Seiten Moos wuchs, ist verschwunden. Der Platz, auf dem ich unzählige Lieder gesungen habe. Ein paar andere Bäume, die an dieser Stelle standen, sind jetzt ebenfalls verschwunden. An ihrer Stelle steht ein leuchtend gelb gestrichenes Gebäude, das wie ein Spielhaus für Kinder aussieht. Aber es ist sogar noch beeindruckender, weil es ein bisschen baufällig wirkt – klapprig und schief, wie ein Haus aus einem Cartoon. Es hat sogar eine überdachte Veranda mit dicken, knorrigen Ästen als Geländer und einen überquellenden Blumenkasten im Fenster. Wer auch immer es gebaut hat, hat viel Zeit investiert.

„Was ist hier draußen passiert?", frage ich mit atemloser und ehrfürchtiger Stimme. „Wisst ihr, wer das getan hat?"

Ich drehe mich um und schaue in Indies feuchte Augen, als sie antwortet: „Was glaubst du denn?"

Mir fällt die Kinnlade runter. „Wann? Warum? W-wie?", stottere ich.

Belle berührt meinen Arm und antwortet: „Er hat es für dein Baby gemacht."

Mein Atem stockt und mein Kopf schnellt zwischen den beiden hin und her. Ich halte mir den Mund zu und murmle: „Ihr wisst es?"

Belle lacht und sagt: „Die Harrises haben keine Geheimnisse, mein Schatz. Das solltest du besser als jede andere wissen."

Ich lache wie eine Idiotin, denn sie hat völlig recht. Plötzlich sehe ich aus dem Augenwinkel eine Bewegung und blicke hinüber zu Booker, der hinter dem Haus hervorkommt. Er trägt eine dreckige Jeans mit Löchern an den Knien und ein weißes T-Shirt mit gelben Farbspritzern. Seine Arme und sein Gesicht sind mit Schweiß und Schmutz bedeckt.

Er sieht umwerfend aus.

Und völlig nervös, als er versucht, einige seiner wilden, farbverschmierten dunklen Locken zu glätten. „Ich wollte mich saubermachen, bevor du kommst, aber ich bin nicht sehr geschickt. Überhaupt nicht", lacht er. „Und ich habe unterschätzt, wie lange das hier dauern würde."

Wir lachen unbeholfen, als Belle und Indie sich zurückziehen. Ich höre ihre Schritte hinter mir, aber meine Augen sind auf Booker gerichtet. Er ist voller Schmutz, aber ich bin mir nicht sicher, ob er jemals besser ausgesehen hat, als in diesem goldenen Sonnenlicht.

Ich gehe etwas näher heran und stelle mich vor die kleine Veranda, um einen besseren Blick zu erhaschen. Sie ist wirklich hinreißend, bis hin zu der bezaubernd schiefen Eingangstür. „Was ist das alles?"

„Es ist ein Spielhaus", antwortet er und steckt seine Hände in die Taschen. Der männliche Duft, der von ihm ausgeht, ist so vertraut, dass ich mich bremsen muss, um nicht näher an ihn heranzutreten.

Lächelnd antworte ich: „Das kann ich sehen. Aber warum hast du es gebaut?"

„Weil ich einen Ort will, an dem ich neue Erinnerungen mit dir schaffen kann, Poppy."

Mein Herz sinkt. „Booker, das ändert doch nichts …"

Er unterbricht mich. „Weil ich ein Arsch bin und es vermasselt habe, als wir Kinder waren, aber ich schwöre bei meinem Leben, Poppy, ich habe hier draußen nie mit Sidney geschlafen. Sie hat mir gesagt, dass sie mich liebt und versucht, mich mit Sex zu manipulieren, damit ich Dinge sage, die ich nicht fühle. In dem Moment, als sie das tat, wusste ich, dass es mit uns vorbei war. Ich habe weder in jener Nacht noch in irgendeiner anderen Nacht mit ihr geschlafen. Und ich habe sie ganz sicher nicht geliebt. Nie habe ich diese Worte zu ihr oder jemandem, der nicht zur Familie gehört, gesagt. Niemals."

Ich presse meine Lippen zusammen und bitte mein Kinn, nicht mehr zu zittern. Ihn das alles sagen zu hören, beruhigt einen dunklen Teil meiner ängstlichen, aufgewühlten Seele. Aber nicht alles. Es gibt immer noch einen großen Teil, der mehr braucht. „Ich würde lügen, wenn ich sagte, dass ich nicht begeistert bin, das zu hören, Booker. Aber das ist nur ein Teil des Problems zwischen uns."

„Ich weiß", antwortet er eilig. „Aber ich wollte, dass du das weißt, bevor ich dir den Rest erzähle."

„Welchen Rest?", frage ich und verschränke meine Arme zum Schutz vor der Brust. Das ist so schmerzhaft. Jeder Moment meiner unsicheren Kindheit sieht mir direkt ins Gesicht. Ich habe das Gefühl, ich könnte aus meiner eigenen Haut kriechen.

„Sidney hat mich gebeten, sie hierher zu bringen, weil ich nicht aufhören wollte, über *dich* zu reden. Darüber, wie besonders *du* bist. Dass ich mir wünschte, mehr Mädchen wären wie *du*. Ich habe sie letztes Jahr zu dieser Wohltätigkeitsveranstaltung im Krankenhaus mitgenommen, weil du nicht da warst, und Sidney fühlt sich sicher, weil ich nichts für sie empfinde. Die ganze Zeit, in der du in Deutschland warst, habe ich mich nie mit jemandem niedergelassen, weil sie nicht *du* waren. Poppy, ich habe noch nie mit einem Mädchen über Kosenamen gesprochen. Oder sie zu meinen Spielen eingeladen. Ich habe sie auch noch nie zum Sonntagsessen mitgebracht. Du sollst wissen, dass du anders bist."

Seine Worte tragen nicht dazu bei, den Schmerz in meiner Brust zu lindern. „Ich glaube, ich bin anders, Booker, aber nur, weil wir beste Freunde sind, und das ist alles."

„Blödsinn", knurrt er und tritt so nah an mich heran, dass ich ihn leicht berühren könnte. Seine harten Augen fixieren mich, als er sagt: „Ich weiß, dass du denkst, dass ich nicht ganz bei dir bin oder dass du glaubst zu wissen, was ich fühle. Aber das tust du nicht, Poppy. Das kannst du gar nicht. Das hier", er berührt den Balken auf der Veranda, „dieses kleine Haus, das ich mit sechs anderen Kerlen gebaut habe, weil ich ein beschissener Zimmermann bin … Ich habe es gebaut, weil ich unser Kind zum Spielen hierher bringen will. Ich möchte ihr … oder ihm alles erzählen, was du und ich hier zusammen als beste Freunde gemacht haben. All die Abenteuer, die wir erlebt haben. All den Spaß, den wir hatten. Und das will ich nicht alleine tun. Ich will es mit dir tun."

„Booker", sage ich mit einem Seufzer. „Dieses Spielhaus ist außergewöhnlich, aber ich will mehr als nur einen Freund. Ich will Liebe."

„Die kannst du mit mir haben, Poppy!", knurrt er und fährt sich mit einer rauen, schwieligen Hand durch die Haare, atmet schwer aus und rückt näher zu mir. Er riecht nach Schweiß und Dreck und mein verräterischer Körper möchte sich ihm nähern und seinen Duft auf mir verreiben.

„Poppy, du bist alles, was ich mir als Mann wünsche und alles, was ich als Junge für selbstverständlich hielt."

Frustriert schüttle ich den Kopf und antworte: „Ich weiß nicht einmal, was das bedeutet!"

„Deshalb habe ich dich ja hierher gebracht", knurrt er. „Wir haben in unserer Jugend so viele Küsse verpasst. Küsse, die ich dir hätte geben sollen, aber ich war damals zu dumm, um zu verstehen, was wahre Liebe ist."

Ich atme scharf ein, weil das Wort Liebe so leicht aus seinem Mund kommt. „Was hast du gerade gesagt?", stottere ich. Sicherlich hat er es nicht so gemeint.

„Ich werde dir jeden einzelnen Kuss zeigen, den wir verpasst haben." Er lehnt sich zu mir, sein Atem ist warm an meinem Hals, als er mir ins Ohr flüstert: „Wie der Kuss, als wir uns das erste Mal trafen, als du dieses schmutzige gelbe Kleid getragen und mich zum Lächeln gebracht hast, weil du mit deinem Hund Pink gesprochen hast, als wäre er ein echter Mensch." Er küsst mich auf die Wange.

Ich schlucke schwer, als er sich zurückzieht und mich mit so viel Zuneigung in seinen Augen ansieht, dass meine Beine wackeln.

Er leckt sich über die Lippen und fängt offensichtlich gerade erst an. „Der erste freche Kuss, als ich bei dir übernachtet und mich gefragt habe, wie deine Lippen schmecken, also habe ich mir einen gestohlen, als du geschlafen hast." Er lehnt sich wieder zu mir und murmelt: „Schließ deine Augen, Poppy." Ich schließe sie und er streicht mit seinen Lippen so sanft über die meinen, dass es wie die Berührung einer Feder ist. Dann zieht er sich zurück und ich öffne die Augen gerade rechtzeitig, um ein reumütiges Lächeln zu sehen, das seine Lippen umspielt.

„Ein Kuss beim ersten Date, als ich mich endlich getraut und dich zu einem richtigen Date eingeladen habe. Aber ich war zu nervös, um dich so zu küssen, wie ich es wollte, also habe ich stattdessen das hier gemacht." Er nimmt mein Gesicht in seine Hände und drückt mir dann einen unbeholfenen, unschuldigen Kuss auf. Ich kann mir ein Kichern nicht verkneifen.

Seine Wangen bekommen Grübchen, als er mich lachen sieht. „Ein Geiler-Teenager-Kuss."

Mein Mund spannt sich vor Erregung an, aber dann überrascht er mich völlig, als er seinen Kopf zu meinem Hals senkt und so stark daran saugt, dass ich vor Schmerz aufschreie. „Booker!"

Er zieht sich zurück und kann sein selbstgefälliges Lächeln nicht verbergen, während ich den Knutschfleck reibe, den er dort mit Sicherheit hinterlassen hat. „Was?", fragt er lachend.

„Du bist ein frecher Kerl", grummle ich.

Er sieht mir einen Moment lang zu, wie ich mich ärgere. Dann verblasst sein Lächeln langsam und verrät, dass seine Gedanken schon beim nächsten Kuss sind. Er atmet zittrig aus und flüstert: „Ein erster *richtiger* Kuss."

Er schaut mir nervös in die Augen, lässt seine Hände zu meiner Taille wandern und zieht mich an sich heran. Meine Hände landen auf seiner Brust, als er meine erwartungsvollen Lippen findet und sie schnell mit seiner Zunge öffnet. Ein leises Wimmern entweicht mir, als er den Kuss vertieft, seine Zunge mich eindringt und lockt. Mein Körper verschmilzt mit dem seinen, als er seinen Griff um mich fester macht und mich beherrscht.

Ohne Vorwarnung bricht er den Kuss ab. Ich atme schwer, als unsere Augen einander finden, halb geschlossen und halb erregt, bis sein Gesicht ernst wird. Plötzlich sieht er traurig aus. In den Pupillen seiner Augen ist der Kummer deutlich erkennbar.

„Ein Abschiedskuss", sagt er mit rauer Stimme. Seine Augen fallen zu, als er meinen Kopf nach hinten beugt und mich so heftig und leidenschaftlich küsst, dass ich glaube, er könnte blaue Flecken hinterlassen. Seine Lippen betteln um etwas Berauschendes. Sie flehen mich an, ihm zu gehören. Sie flehen mich an, zu bleiben. Loszulassen und zu vergessen, dass ich gehe. Ich fühle mich sofort an den Tag meiner Abreise nach Deutschland zurückversetzt. Er war so gequält, so überrascht. Und ich war damals so entschlossen, dass ich dachte, nichts könnte mich umstimmen. Aber ganz ehrlich, wenn er mich so geküsst hätte, wäre ich für immer geblieben.

Als er sich zurückzieht, sind seine Augen glasig und es bricht mir das Herz. Er schnieft und sagt: „Ein Kuss für den Neuanfang." Er streicht mit dem Rücken seiner Finger über meine Wangen und küsst mich sanft. Zuerst zaghaft und zärtlich, aber dann wird er stärker, wie in unserer ersten gemeinsamen Nacht.

Nach einem Moment trennen wir uns, beide keuchend. Aber er ist noch nicht fertig. Er greift nach vorne und streichelt meinen Bauch. Das Gefühl lässt einen Knoten in meiner Kehle entstehen, als er sagt: „Ein Kuss mit der Mutter meines Kindes." Ich mache mich darauf gefasst, dass er mich wieder auf die Lippen küsst, aber stattdessen beugt er sich vor und drückt seine Lippen auf meinen kleinen Bauch.

Ein Schluchzen sprudelt aus meiner Kehle. Ich kann es nicht verhindern. So echt hat sich diese ganze Sache noch nie angefühlt und zu hören, wie er das Baby anerkennt, ist emotionaler, als ich es mir je hätte vorstellen können.

Als er sich erhebt, laufen ihm die Tränen über das Gesicht. Ein Gesicht, das ich schon so lange liebe, dass ich mich an keine Zeit erinnern kann, in der ich es nicht geliebt habe. Kann ich mich wirklich mit ihm gehen lassen, nachdem meine Liebe ein Leben lang nicht erwidert wurde?

„Booker ..."

„Das sind all die Küsse, die ich dir während unserer Freundschaft schuldete. Aber der wichtigste Kuss von allen ... Der Kuss, den ich seit dem Tag unseres Kennenlernens verweigert habe, Poppy McAdams, ist der Ich-liebe-dich-Kuss. Die echte, seelenzerfetzende Art der Liebe. Die Art, bei der du das Gefühl hast, im freien Fall zu sein, und das ist aufregend, aber auch verdammt beängstigend. Vielleicht geht es aber auch nur mir so.

Hier habe ich es zum ersten Mal für dich gespürt, Poppy. Nicht an dem Tag, als du zurück nach London gezogen bist. Und auch nicht an dem Tag, als du es mir vor zwei Wochen erzählt hast. Ich habe es schon fast mein ganzes Leben lang gespürt. Es tut mir nur leid, dass ich es erst jetzt erkannt habe."

Er kommt näher, streichelt meine Wangen und äußert die Worte, auf die ich so lange gewartet habe. „Ich bin total in dich verliebt, Sonnenschein."

Diese Worte. Bis zu diesem Moment habe ich nie gewusst, wie mächtig Worte sind.

Mein Atem.

Mein Herz.

Meine Seele.

Meine ganze Welt gerät ins Wanken, als er sich an mich drückt und seine Lippen auf die meinen presst, sodass ich innerlich zusammenbreche. Jeder Ziegelstein, den ich gegen meine Gefühle für Booker aufgebaut habe, zerfällt zu Staub und erzeugt einen wirbelnden Sturm der völligen Liebe und Hingabe für diesen Mann. Nicht länger ein Junge. Nicht länger ein bester Freund.

Booker Harris ist der Mann, den ich liebe, und der Mann, der mich auch liebt.

WIE IN ALTEN ZEITEN

Booker

Verdammt, ich glaube, Küsse schmecken besser mit Liebe, denn Poppys Lippen haben noch nie so verdammt gut geschmeckt. Ich möchte sie ins Spielhaus ziehen und sie die ganze Nacht lang küssen, aber diese Entscheidung liegt nicht nur bei mir.

Ich habe sie verletzt. Sehr stark. Und ich habe ihr wehgetan, als sie so verletzlich war wie nie zuvor. Sie brauchte mich und wie ein Idiot habe ich sie einfach gehen lassen. Für jemanden, der meine Verlustangst hat, habe ich sicher mehr von Poppys Rücken gesehen, als mir lieb ist.

Da ich hören muss, was sie fühlt, breche ich den Kuss mit Bedauern ab. Ihre Lippen sind rau und geöffnet, während sie tief Luft holt. Ich nehme mir eine Minute Zeit, um sie vor mir zu betrachten. Sie ist so schön wie eh und je. Vielleicht sogar noch schöner, mit ihren geröteten Wangen und dem roten Fleck, der sich an ihrem Hals gebildet hat. Ihr Kleid hängt an zwei dünnen Trägern und enthüllt ihren zarten Hals und ihre Schultern. Ich möchte meine Lippen auf jeden Zentimeter ihrer Haut pressen, aber zuerst muss ich wissen, dass zwischen uns alles in Ordnung ist.

„Poppy, wirst du etwas sagen?", krächze ich und schlucke nervös. „Ich habe alles offenbart, aber du hast noch nicht viel gesagt. Ich hoffe, du siehst nach all dem, dass ich es ernst meine mit uns, denn ich liebe dich wirklich. Ich liebe dich so sehr, dass ich dir folgen und dich überall blamieren muss, wenn du wieder versuchst, wegzulaufen."

Poppys Kichern tröstet mein Herz, aber wie der gierige Idiot, der ich bin, brauche ich mehr.

„Bitte, Sonnenschein", flehe ich. „Sag etwas."

Ihr Lächeln verblasst und sie neigt den Kopf. Ihr Blick streift über jeden Teil meines Gesichts, als würde sie mich in einem ganz neuen

Licht sehen. „Ich sehe, dass du es ernst meinst. Und ich bin erleichtert, Booker, denn es gibt wirklich niemanden auf dieser Welt, den ich mehr lieben könnte als dich."

Ich schließe die Augen und lasse ihre Worte durch mich hindurchfließen. Für einen Torwart, der es nicht gewohnt ist zu schießen, fühle ich mich, als hätte ich gerade das beste Tor meines Lebens geschossen. Ich möchte sie über meine Schulter werfen und so laut jubeln, dass meine Familie es bis ins Haus hören kann. Ich überlege sogar, mich fallen zu lassen und den Siegestanz mit dem Wurm zu machen, wenn nur Tanner in der Nähe wäre.

Stattdessen schlinge ich meine Arme um ihre Taille und hebe sie über meinen Kopf. Ich drehe sie im Kreis und der Laut ihres rauen Lachens gibt mir das Gefühl, dass ich die Weltmeisterschaft für mein Team gewonnen habe. Ihre kurzen blonden Locken fächern sich wie ein Heiligenschein über ihr Gesicht, als sie zu mir herunterschaut und mich küsst.

„Ich liebe dich, Booker", murmelt sie gegen meine Lippen.

Ich setze sie ab, damit ich ihren Kuss erwidern kann und antworte: „Ich liebe dich auch." Es fühlt sich gut an, das zu sagen. Es fällt mir leichter, als ich je erwartet hätte. Die Gefühle waren schon immer da. Ich habe mir nur die Worte verweigert.

„Ich danke dir dafür." Mit Tränen in den Augen schaut sie auf das Spielhaus. „Ich kann kaum glauben, dass du das alles geschaffen hast."

„Ich hatte eine Menge Hilfe", sage ich, nehme ihre Hand in die meine und führe sie zur überdachten Veranda. „Komm, ich zeige dir noch mehr."

Ich öffne die winzige, schiefe Tür, um ihr zu zeigen, was wir drinnen aufgebaut haben. Während wir arbeiteten, besorgte Vi einen Stapel dicker, kuscheliger Decken, einige Kissen, eine Laterne und einen Picknickkorb. Sie umarmte mich und sagte, dass wir das Sonntagsessen dieses eine Mal ausfallen lassen könnten. Ihr stolzer Gesichtsausdruck war alles, was ich brauchte, um mit diesem verrückten Plan weiterzumachen.

Und es hat alles funktioniert. Poppys Gesicht, als sie eintritt und sich auf den Boden fallen lässt, ist ehrfürchtig. Sie berührt die Wände – natürliche, knorrige Zedernholzbretter, die von Brody und Theo zur Verfügung gestellt wurden. Der umgekippte Baum landete als malerische, halbkreisförmige Schindeln auf dem Dach. Es ist verdammt perfekt geworden. Ohne sie hätte ich es nie geschafft.

Poppy hat Tränen in den Augen, als sie mit dem Finger über die Schnitzerei streicht, die ich an einer der Wände angebracht habe. Darauf steht: BOOKER LIEBT POPPY. Das ist zwar ein bisschen kitschig, aber passend, wenn man unsere Geschichte als Kinder bedenkt.

Wir setzen uns auf die Decken. Das Innere ist gerade lang genug, damit ich mich auf der Seite ausstrecken kann, während ich mich auf ein Kissen stütze. Poppy sitzt im Schneidersitz da und staunt über den kleinen Raum. Als die Sonne hinter dem Horizont verschwindet, schalte ich die Laterne an und der kleine Raum wird in ein sanftes gelbes Licht getaucht.

„Hast du wirklich Lust, unser Kind hier drin spielen zu sehen?", fragt sie und weiche Schatten verdunkeln eine Hälfte ihres Gesichts.

Als sie „unser Kind" sagt, schießt ein Adrenalinstoß durch meinen Körper. „Ich hoffe es."

Ihr Gesicht sieht nervös aus. „Heißt das, du freust dich darauf, ein Baby zu bekommen?"

Stirnrunzelnd antworte ich: „Natürlich tue ich das. Du etwa nicht?"

Sie fummelt an der Naht eines Kissens auf ihrem Schoß herum. „Das ist nicht genau so, wie ich es mir vorgestellt habe. Ich habe noch nicht einmal meinen richtigen Job angefangen. Wir sind beide noch so jung. Du hast gesagt, dass du gar keine Kinder willst."

Die Angst in ihrem Gesicht veranlasst mich, sie neben mir auf den Boden zu ziehen. Wir liegen beide auf der Seite, einander zugewandt und haben die Hände vor der Brust verschränkt. Das erinnert mich an all die Übernachtungen, die wir als Kinder hatten. Wie oft wir eingeschlafen sind und uns gegenseitig angestarrt haben. Ich habe sie wirklich schon immer geliebt.

„Poppy", sage ich und streiche ihr eine lose Haarsträhne hinters Ohr. „Als ich sagte, dass ich keine Kinder will, war das, weil ich Angst hatte."

„Angst wovor genau?", fragt sie mit zaghafter Stimme.

Ich ziehe sie zu mir, meine Hand ruht auf ihrer Taille und unsere Beine verschränken sich. „Erinnerst du dich an das Spiel, zu dem du gekommen bist? Das, bei dem du Rocky auf der Tribüne neben Vi festgehalten hast?"

Sie runzelt die Stirn und nickt, also räuspere ich mich und fahre fort. „Als ich dich an diesem Tag mit meiner Familie sah, dachte ich, du wärst die schönste Mutter, die ich je gesehen habe. Du sahst so entspannt und glücklich aus. Es war dir ganz natürlich. Plötzlich sah ich deine ganze Zukunft mit Heirat, Kindern, Parks, Verabredungen zum Spielen, Ferien. Einfach alles. Und das machte mir Angst, weil ich nicht glaubte, dass ich zu einem solchen Leben fähig wäre. Man braucht viel Liebe, um eine Familie zu gründen, und ich habe mich in dieser Hinsicht immer ein bisschen … kaputt gefühlt.“

Ihre grünen Augen blicken in die meinen, und die Falten zwischen ihren Augenbrauen zeigen ihre Angst. „Und jetzt?“

„Jetzt, wo ich weiß, wie sehr ich dich liebe, ist ein Baby der beste Weg, diese Liebe zu teilen. Ich will Kinder mit dir, Poppy. Verdammt, ich will jede Menge davon. Genug, um vielleicht eine Fußballmannschaft zu gründen.“

„Oh Gott!“, kreischt sie und kichert, wobei ihr die Tränen aus den Augen kullern. „Ich denke, wir sollten mit einem anfangen und sehen, wie wir uns schlagen.“

„Na gut“, antworte ich und sehe zu, wie ihr Lachen verstummt. „Heißt das, du freust dich über das Baby? Ich habe dich nicht gefragt, wie du dich fühlst. Was ist dir durch den Kopf gegangen, seit du meine Wohnung verlassen hast?“

Sie atmet aus und schiebt ihre pralle Unterlippe für einen Moment zwischen die Zähne, bevor sie antwortet: „Ich habe Angst, es meinen Eltern zu sagen, vor allem, weil ich glaube, dass mein Vater versuchen könnte, dich zu ermorden.“

Mein ganzer Körper verkrampft sich bei der Art, wie sie den letzten Teil so sachlich sagt. „Dein Vater würde den Vater seines zukünftigen Enkels sicher nicht umbringen.“ Ich schlucke langsam und hoffe, dass Poppy mich beruhigen wird.

„Nun, das will ich hoffen.“ Sie rümpft die Nase, was mich nicht tröstet. Sie fährt fort: „Aber abgesehen davon will ich dieses Baby. Es war ziemlich einfach, davon zu träumen, wie wunderbar es sein könnte. Egal, wie sehr ich diese Woche versucht habe, böse auf dich zu sein, ich konnte nicht anders, als mir das Baby mit deinen Grübchen und deiner intensiven Leidenschaft vorzustellen. Und vielleicht mit meinen grünen Augen und meiner Fantasie. Ich habe sogar daran gedacht, was für ein toller Spielkamerad Rocky sein wird. Du weißt ja, wie sehr ich mich manchmal hinreißen lasse … Ich weiß nicht … Ich kann mir vorstellen, dass wir zusammen eine glückliche Familie sein können."

„Natürlich können wir das", sage ich, lege meine Hand um ihre Seite und ziehe sie näher an mich heran, sodass unsere Körper aneinander liegen. „Ich will genau das. Ich weiß, dass das alles ein Schock war, aber du bist meine beste Freundin, Poppy. Ich habe das Gefühl, dass es nichts gibt, was wir nicht gemeinsam tun können."

Sie lächelt und legt eine Hand an meine Wange. „Ich stimme zu."

Ich streichle ihre Wange und drücke meine Lippen auf sie, als mir ein Gedanke durch den Kopf schießt. Ich murmle: „Du musst allerdings den Mietvertrag für deine Wohnung kündigen."

Sie hört auf, mich zu küssen und zieht sich mit einem Stirnrunzeln zurück. „Warum meine? Warum nicht deine?"

Ich lache und küsse ihre Stirn. „Gut, ich kündige meine und wohne in deiner, wenn du willst."

Sie schnaubt entrüstet, offensichtlich nicht zufrieden mit meiner Antwort. „Wir wollen also auf einmal zusammenziehen? Wir sind doch kaum miteinander ausgegangen!"

Ich werfe ihr einen fragenden Blick zu. „Poppy, wir kennen uns schon unsere ganzen Leben lang, wir leben bereits zusammen und wir bekommen ein Baby. Ich bin mir ziemlich sicher, dass wir alle Schritte durchlaufen haben."

Knurrend gibt sie einen weiteren Laut der Frustration von sich. Es ist bezaubernd. „Nun, du könntest verdammt noch mal versuchen, dafür zu arbeiten und mich zuerst ein bisschen zu umwerben!"

Mir fällt die Kinnlade herunter und ich gestikuliere angeregt zu dem Raum, in dem wir liegen. „Ich habe dir gerade ein Spielhaus gebaut!"

Unbeirrt antwortet sie: „Und ich liebe es, aber du redest vom Zusammenleben, als wäre es eine verdammte Rechnung, die du bezahlen musst."

Mit einem Knurren packe ich ihr Gesicht und küsse sie heftig. Meine Lippen verziehen sich dabei zu einem Lächeln, denn ich liebe sie auch dann, wenn sie wütend ist. Als sie sich schließlich entspannt und ein Bein um meine Hüfte schlingt, ziehe ich mich zurück und schaue ihr tief in die Augen, während ich sage: „Ich will mit der Frau leben, die ich liebe, damit ich jeden Tag neben ihr aufwachen und das Baby berühren kann, das wir gemeinsam gezeugt haben." Meine Hand findet ihren flachen Bauch. „Also, Poppy McAdams, mein Sonnenschein, meine beste Freundin, würdest du bitte bei mir einziehen?"

„So geht das!", singt sie und rollt sich auf mich, wobei sie mein Gesicht mit Kichern und glücklichen Küssen überhäuft. „War es so schwer, sich ein bisschen Mühe zu geben?"

„Nein", antworte ich mit einem Lachen. „Und ich werde mich ein Leben lang anstrengen, wenn es das ist, was es braucht."

Sie ist sichtlich zufrieden mit meiner Antwort und spreizt ihre Beine, um sich auf mich zu setzen. Ihr Kleid rutscht über ihre Schenkel, während sie mit den Hüften wackelt. Sie lächelt die ganze Zeit und verwandelt unseren glücklichen Moment in einen sexy Moment. Sie wirft ihren Kopf in den Nacken und fährt sich mit den Händen durch die Haare, die sie so zerzaust, dass mein Schwanz einen Ruck bekommt.

Sie senkt ihr Kinn, um mir in die Augen zu schauen, und ihre Handflächen gleiten langsam ihren Hals hinunter über ihre Brust. Sie legt ihre Hände auf meine Bauchmuskeln, um das Gleichgewicht zu halten, während sie ihre heiße Mitte auf mir hin- und her bewegt. Mein Schwanz drückt bei jeder Bewegung ihrer Hüften gegen die Rückseite meines Reißverschlusses. Sie greift mit den Daumen nach oben und zieht die Spaghettiträger über ihre Schultern. Als sie das Kleid nach unten gleiten lässt und ihre wunderschönen nackten Brüste enthüllt, kann ich keine Sekunde länger zusehen.

Meine Hände gleiten ihren Bauch hinauf, über ihre Rippen und umfassen das Gewicht ihrer Brüste. Sie beißt sich auf die Lippe und reibt ihre Hüften über meinen steinharten Schwanz.

„Booker", stöhnt sie und drückt meine Hände gegen ihre Brust. „Mach Liebe mit mir."

Ich setze mich auf, schlinge meine Arme um ihre Taille und koste ihren Hals mit meinen Lippen. „Nichts würde ich lieber tun, Poppy."

Gerade als meine Hand in den hinteren Teil ihres Tangas gleitet, schallt ein lautes Klopfen durch das kleine Spielhaus.

„He, ihr zwei! Macht euch anständig und kommt sofort da raus", brüllt eine unbekannte Männerstimme von draußen.

Poppys große, erschrockene Augen finden die meinen, während sie mit den Trägern ihres Kleides hadert. Ich versuche, nicht zu lächeln, und schaue aus dem Fenster, um den Mann zu sehen, der vom Spielhaus weggeht.

„Verdammt", flüstere ich, als ich seine Uniform bemerke. „Das ist der Parkwächter."

„Nein!", schreit Poppy und hält sich die Hand vor den Mund.

Ich blinzle wieder hinaus und antworte: „Mein Gott, ich glaube, das ist derselbe wie damals, als wir Kinder waren."

„Wie ist das möglich?", flüstert Poppy. „Er war schon damals alt!"

Wir beide kichern und fummeln an uns herum, um uns präsentabel zu machen. Poppy bringt ihr Kleid in Ordnung, ich meine Erektion. Wir machen uns auf den Weg nach draußen und ich sehe, dass alle Laternen bereits ausgebrannt sind. Ich nehme an, dass der alte Mann das Licht aus dem Inneren des Spielhauses gesehen haben muss.

Als wir uns vor ihm aufstellen, müssen wir ganz schön schuldbewusst aussehen, denn der kleine, pummelige alte Mann knallt uns seine Taschenlampe ins Gesicht und bellt: „Wo zum Teufel kommt dieses Gebäude her?"

Ich blinzle gegen das Licht und halte meine Laterne hoch, um ihn richtig ansehen zu können. Er ist es wirklich. Derselbe kleine, korpulente alte Kerl, der uns in unserer Kindheit nach Feierabend im Park auflauerte. Sein Haar ist jetzt weiß statt grau, aber er sieht noch genauso mürrisch aus wie damals.

„Ich habe es gebaut", antworte ich und halte meine Hand hoch, um sein Licht zu blockieren.

„Dieser Park gehört der Gemeinde. Sie haben nicht die Erlaubnis, hier etwas zu bauen." Ich zucke zusammen, weil ich das nicht bedacht habe, aber er ist noch nicht fertig. „Wer sind Sie und wo wohnen Sie?"

Beschämt verziehe ich das Gesicht und antworte: „Ich bin Booker Harris. Mein Vater ist Vaughn Harris. Er gehört zu den Hausbesitzern, deren Grundstück an den Park grenzt."

„Ach, Quatsch", knurrt er. „Sie sind kein Harris."

Stirnrunzelnd antworte ich: „Ich versichere Ihnen, das bin ich."

„Also gut, dann bringen Sie mich zum Haus der Harris-Familie. Wir werden sehen, zu wem Sie gehören." Er räuspert sich laut, während er seine Lampe von uns wegzieht.

Kopfschüttelnd greife ich nach Poppy und lege meinen Arm um sie. So habe ich mir das Ende unserer Nacht nicht vorgestellt. Ich führe uns auf dem Pfad zum hinteren Teil des Grundstücks meines Vaters. Der Parkwächter leuchtet uns mit seiner Taschenlampe auf den Rücken, während wir durch die Bäume stapfen.

Poppy flüstert mir ins Ohr: „Ich fühle mich, als wäre ich wieder zwölf.“

Lächelnd flüstere ich zurück: „Ich auch. Blaue Eier inklusive.“

Sie stößt mich in die Rippen, als wir das Hintertor erreichen. Ich öffne es und wir gehen durch den Garten in Richtung Kücheneingang. Ich kann sehen, wie meine Familie am Tisch sitzt und sich auf das Essen vorbereitet. Vi ist die erste, die uns bemerkt und deutet mit einer Geste an, dass alle hinschauen sollen. *Gott, wir müssen wie ungezogene Kinder aussehen.*

Ich öffne die Tür und Poppy huscht herein, um den Blicken der anderen zu entgehen, die uns beobachten. Sie verschränkt die Arme vor der Brust und sieht genauso unbeholfen aus, wie ich mich fühle, als sie an der Wand steht.

Mein Vater steht abrupt auf, seine grauen Augen verengen sich bei dem Anblick, der sich ihm bietet. „Dad, du erinnerst dich vielleicht an den Parkwächter“, sage ich mit einer Grimasse. „Er, ähm … glaubt nicht, dass ich ein Harris bin.“

Dad schnaubt: „Das ist mein Jüngster, Booker Harris, und ich bin Vaughn Harris, der Besitzer dieses Hauses. Was ist denn hier los?“

Die Wangen des Wächters werden rot vor Verlegenheit, aber er bleibt standhaft und antwortet: „Nun, ich habe die beiden nach Feierabend im Wald erwischt, als sie sich in einer Art Bauwerk vergnügten. Der Park gehört der Gemeinde. Wenn er keine Baugenehmigung hatte, was ich mir nicht vorstellen kann, muss das Gebäude abgerissen werden.“

Dad lacht hochmütig. „Meinen Sie das Spielhaus, an dem meine Jungs die letzten zwei Tage rund um die Uhr gebaut haben?“

„Das ist es“, nickt der Aufseher. „Es ist ein nicht genehmigtes Bauwerk und muss entfernt werden.“

„Nun, wir nennen es eine Spende für den Park“, erwidert Dad.

Der Wächter schüttelt den Kopf. „So funktioniert das nicht, Mr. Harris. Der Rat hat Vorschriften für nicht genehmigte Bauten. Es gibt ein Bußgeld und es muss sofort abgerissen werden.“

Mein Herz sinkt, aber Dad scheint nicht im Geringsten beunruhigt zu sein. „Ich werde selbst mit dem Rat sprechen."

Der knurrige Mann schaut sich im Raum um und schimpft: „Ihr Harrises habt immer noch keinen Respekt vor dem Gesetz."

„Wir haben den größten Respekt vor dem Park", erwidert Tanner. „Der tote Baum lag schon seit Jahren da und der Stadtrat hat es nie für nötig gehalten, ihn zu entfernen."

„Ja", fügt Camden hinzu. „Es war ein Sicherheitsrisiko und wir haben uns darum gekümmert und die Gegend damit verschönert."

„Wir übernehmen die Gebühren und noch mehr", dröhnt Gareths Stimme. „Der Rat würde sich sicher nicht gegen eine Geldspende wehren."

Als ich höre, dass meine Brüder für mich eintreten, finde ich auch meine Stimme. „Und sicher würden sich auch andere Familien, die den Park besuchen, über das Spielhaus freuen."

„Genau!", fügt Vi hinzu und hebt Rocky aus ihrem Hochstuhl. „Zum einen meine Tochter."

Der Aufseher dreht den Kopf herum, als meine Familie ihre Argumente vorträgt. Er stammelt: „Ich bin mir nicht sicher, ob das ein Problem ist, das man mit Geld danach werfen beheben kann."

„Das werden wir sicher herausfinden", antwortet Dad und kneift die Augen zusammen. „Wenn Sie uns jetzt entschuldigen, Sonntag ist Familientag. Und wie Sie schon gesagt haben, ist der Park geschlossen, also können wir heute Abend nichts unternehmen. Wir werden uns gleich morgen früh darum kümmern."

Tanner schreitet zur Tür, öffnet sie und deutet dem Aufseher mit der Hand, hinauszugehen. Von der Tür aus blickt der alte Mann über seine Schulter zurück und spottet: „Ihr Harrises. Ihr seid dumm und dreckig wie Diebe."

Tanner gluckst. „Ja, wir sind böse Schurken, die bezaubernde Spielhäuser für Kinder bauen. Das müssen Sie in Ihrem Bericht erwähnen."

Als sich die Tür schließt, brechen alle in Gelächter aus.

„Ich kann nicht glauben, dass der alte Mann noch lebt", sagt Dad und versucht, sein Lachen mit der Hand zu verbergen.

„Sein Temperament hat sich mit der Zeit jedenfalls nicht gebessert", fügt Vi kichernd hinzu.

Tanner ist der Nächste, der spricht. „Was habt ihr da draußen gemacht, dass er sich so aufgeregt hat?"

Ich sehe zu Poppy hinüber, die so sehr mit allen lacht, dass ihr die Tränen über das Gesicht laufen. Ich schließe sie in meine Arme und küsse ihre Stirn, um den Abstand zwischen uns zu füllen. „Nichts, was ihr dreckigen Diebe nicht auch getan hättet."

Alle lachen weiter und reißen Witze, während sie anfangen, ihr Abendessenchaos aufzuräumen. Poppy wird weggezogen, um sich mit Belle und Indie zu unterhalten. Während ich sie liebevoll anschaue, treffen Dads Augen auf die meinen. Er ruckt mit dem Kopf, damit ich ihn nach draußen begleite.

Wir gehen durch die Tür, der hintere Teil der Terrasse ist dunkel und wird nur durch das Licht von drinnen erhellt. Noch immer können wir das gedämpfte Lachen der anderen hören und Dad fragt: „Bist du bereit, mir zu sagen, was hier los ist?" Er sieht mich neugierig an. „Ich weiß nur, dass du ein Spielhaus für Poppy bauen musstest. Deine Geschwister haben sich ziemlich bedeckt gehalten, was den Rest angeht, was sehr ungewöhnlich für sie ist, also nehme ich an, dass es etwas Großes sein muss."

Ich zupfe an meinem Ohrläppchen und verziehe das Gesicht. Ich versuche, die richtigen Worte zu finden, aber ich weiß, dass es keine richtigen Worte gibt, wenn man deinem Vater sagt, dass man ein Baby bekommt, das nicht geplant war. „Dad, du hast doch neulich gesagt, dass du mehr Enkelkinder haben willst."

Seine Augen werden groß. „Poppy ist nicht …"

„Sie ist schwanger." Ich beende seine Frage mit einer Feststellung und fasse mir in den Nacken. Es gibt so viel mehr, was ich ihm sagen muss. So viel, was er verstehen muss. Aber Dad und ich reden eigentlich nie so miteinander, deshalb fühlt sich das alles ein bisschen seltsam an. „Ich bin mir sicher, dass du dir auf diese Art keine Enkelkinder gewünscht hast, weil wir nicht verheiratet sind und so, aber es ist nun mal passiert. Und ob du es glaubst oder nicht, ich bin überglücklich darüber. Dad, Poppy ist … meine beste Freundin. Sie gehört zur Familie und ich liebe sie. Ich bin mir ziemlich sicher, dass ich sie schon immer geliebt habe, aber das ist kein Gefühl, das ich einfach so zulasse. Jetzt, wo ich es getan habe, kann ich nicht anders, als mich auf dieses Abenteuer mit ihr zu freuen. Wir werden herausfinden …"

Meine Worte werden unterbrochen, als mein Vater mich in eine riesige Umarmung zieht. Schock und Verwirrung sind meine ersten Reaktionen, denn mein Vater ist kein Umarmer. Er ist nicht zärtlich. Er ist normalerweise stoisch und steif und … kein Umarmer! Er drückt mich so fest an sich, dass mein überraschtes Lachen von seiner Schulter gedämpft wird.

Er klopft mir herzhaft auf den Rücken, zieht sich zurück und sieht mich mit seinen glasigen, grauen Augen an. „Ich freue mich auch riesig, mein Sohn."

„Ja?", frage ich und kann seine Reaktion kaum glauben.

Er nickt und ich schwöre, ich sehe, wie sich echte Tränen in seinen Augen bilden. „Ein weiteres Enkelkind für mich, ein Cousin für Rocky … Ja, Booker, ich bin glücklich."

„Aber ich mache es nicht auf die richtige Art und Weise", stottere ich und denke, dass er vielleicht nicht versteht, was los ist. „Du warst wütend, als du erfahren hast, dass Vi schwanger ist."

Sein Gesicht strafft sich. „Nun, sie ist meine einzige Tochter. Und das war, bevor ich das kleine Baby in meinen Armen hielt." Er blickt zurück zum Haus und seine Augen finden Rocky, die gerade in Gareths Armen liegt. „Ich hatte vergessen, wie sehr mich kleine Babys innerlich erhellen, Book. Ich hatte vergessen, dass deine Mum und ich deshalb so viele zusammen hatten. Jedes Baby, das sie bekam, zauberte eine weitere Lachfalte in ihr Gesicht. Ich habe diese Falten geliebt, mein Sohn."

Seine Stimme versagt und meine Augen füllen sich mit Tränen. Es ist eine Seltenheit, ihn so offen über Mum sprechen zu hören. Und obwohl ich selbst keine Erinnerungen an sie habe, ist sie immer noch ein großer Teil meines Lebens, um den ich trauere.

Dad legt einen Arm um mich und sagt: „Sie wäre stolz auf dich und sie würde Poppy lieben." Sein Lächeln wird schwächer, als ihm eine Träne entgleitet und über sein faltenreiches Gesicht fällt. „Das ist kein Grund für Tränen. Das ist ein Grund zum Feiern."

Er dreht sich um, zerrt mich zurück ins Haus und überrascht alle, als er ruft: „Ich werde wieder Großvater!" Wir lachen alle nervös über seinen Ausbruch, weil das so untypisch für ihn ist. „Vi, haben wir Champagner?"

Vi strahlt. „Ich glaube, im Kühlschrank ist noch eine Flasche."

„Na, dann hol sie raus. Wir haben etwas zu feiern." Sein Blick schweift durch den Raum und landet auf Poppy, die schüchtern lächelt. Er geht zu ihr hinüber, packt sie an den Schultern und küsst sie auf die Schläfe. „Schenkt etwas Milch für die werdende Mama ein.“

Er umarmt sie und ich glaube, mein Herz explodiert bei diesem Anblick in meiner Brust. Als Nächstes umarmen meine drei Brüder sie alle gemeinsam. Sogar der mürrische Gareth muss lächeln. Als Poppy an Vi weitergereicht wird, die sie liebevoll drückt, kommt Hayden zu mir und klopft mir auf die Schulter. Wir sehen einander an und führen ein stummes Gespräch des Verständnisses, weil sie das Gleiche durchgemacht haben. Er sieht mich nicht wie der jüngste Harris-Bruder an, dem das alles über den Kopf gewachsen ist. Er sieht mich an wie ein Mann, der bald Vater wird. Und was für ein wildes Abenteuer das sein wird.

Als Poppy mir zum ersten Mal mailte, dass sie nach Hause kommt, sagte ich, dass es die Art und Weise des Schicksals sei, uns wieder zusammenzubringen, um unsere Freundschaft wieder aufleben zu lassen. Aber ich glaube, das Schicksal lacht uns aus, weil es die ganze Zeit einen viel größeren Plan hatte.

Ich schätze, die Dinge funktionieren aus einem bestimmten Grund. Den Großteil meines Lebens dachte ich, ich müsste mein Netz vor anderen verschließen, weil mich die Angst überwältigte, zu viele Menschen hereinzulassen und die Kontrolle zu verlieren. Aber ich habe gemerkt, dass es wie ein wunderbares Sicherheitsnetz ist, wenn ich mein Herz öffne und mir erlaube, Poppy zu lieben.

Und das ist ein Tor, das ich gerne zulasse.

SICHERE HÄNDE

Booker
Sieben Monate später

Jeder Torwart wird sagen, dass es nicht der hohe Schuss ist, der am schwierigsten zu halten ist, sondern der kniehohe Schuss in die Ecke, bei dem Schnelligkeit und Explosivität eine große Rolle spielen. Mein Trainer sagte immer, ich hätte großartige Hände, aber meine Explosivität sei nur gut. Und das Gute kann der Feind des Großartigen sein.

Ich glaube, so ging es mir mit Poppy auch. Ich hatte die Hände, um ein guter Freund zu sein, aber ich brauchte die Explosivität, um mich ganz auf sie einzulassen. Um sie ganz zu lieben. Um ihr alles zu geben.

Und jetzt, wo ich das getan habe, scheint alles einfach zu sein.

Poppy liegt auf dem Rücken neben mir und schläft. Ihr Atem geht schwer, ihre Lippen sind geöffnet. Ab und zu stößt sie ein leises Schnarchen durch ihre Zähne aus, das mich ein Lachen unterdrücken lässt. Ihr Haar ist jetzt länger und wächst wegen der Schwangerschaftshormone wahnsinnig schnell. Aber sie sagt, dass sie nicht vorhat, es noch viel länger werden zu lassen, was für mich in Ordnung ist. Sie wächst auch in anderer Hinsicht, was ich zu schätzen weiß.

Ich starre auf ihren runden Bauch, den ich schon seit zehn Minuten beobachte, weil unser kleiner zukünftiger Fußballstar dort drin einen Sturm auslöst. Poppys Haut spannt und dehnt sich bei jeder Bewegung, die unser kleiner Junge macht. Ich kann nicht glauben, dass sie bei der Akrobatik, die da drin stattfindet, schlafen kann.

Gott, ist sie schön.

Und das nicht nur, weil ihre Brüste in den letzten Monaten um zwei Körbchengrößen gewachsen sind. Weil sie ein Stück unserer Liebe in sich trägt. Ein Stück unserer Freundschaft. Einen Mini Booker-und-Poppy.

Keinen Mini-Andrew, wie unser neugieriger Nachbar unten gerne scherzt.

Die Aufregung, die ich empfinde, unseren kleinen Jungen kennenzulernen, ist anders als alles, was ich mir je vorgestellt habe. Mir war nicht ganz klar, wie unglaublich diese Erfahrung sein würde. Der Ultraschall, als ich ihn zum ersten Mal sah, war fantastisch, aber er verblasste im Vergleich zu dem ersten Mal, als ich spürte, wie er sich in Poppy bewegte. Dann wurde alles real. Ich konnte das Babyzimmer gar nicht schnell genug fertigstellen.

Ich werde Vater.

Poppy und ich werden Eltern.

Dieses Baby ist noch nicht einmal geboren, und es hat mir schon das beste Geschenk von allen gemacht. Es hat mein Herz komplett geöffnet.

Es hat nicht lange gedauert, bis mir klar wurde, dass ich Poppy schon geliebt hatte, bevor wir von dem Baby erfuhren. Aber die Tatsache, dass sie diejenige ist, die mir diese Erfahrung schenkt, hat uns noch näher gebracht, als ich es für möglich gehalten hätte.

Schwer ausatmend flüstere ich an ihren Bauch: „Ich liebe dich. Ich liebe dich. Ich liebe dich. Ich liebe dich.“

„Was machst du da?“ Poppy stöhnt mit einem verschlafenen Kichern. Ihre raue Stimme ist tief, weil sie nicht benutzt wurde.

Ich verziehe das Gesicht, dass ich sie geweckt habe und antworte: „Ich dachte, du schläfst.“

„Ich bin ein erstklassiger Performer, Lammkotelett. Ich kann sogar die Besten täuschen.“

Ich gluckse gegen ihren Bauch. „Ich übe nur.“ Ich gebe unserem zukünftigen Torhüter einen Kuss und bewege mich nach oben, um dasselbe auf Poppys Lippen zu tun.

„Wofür üben?“, fragt sie und fährt mit ihren Händen durch mein Haar.

Meine Lippen verziehen sich zu einem Grinsen. „Ich übe die Worte, solange wir noch zu zweit sind und ich Zeit habe. Ich glaube, ich kann sie schon ganz gut sagen.“

Ihre langen Wimpern umspielen ihr Gesicht, während sie blinzelt. „Nun, übe nicht, wenn ich nicht wach bin, um sie zu hören. Ich werde ihren Klang nie satthaben.“

Ich sehe ihr in die Augen und streiche ihr eine Haarsträhne hinters Ohr. „Ich bin so ziemlich verrückt nach dir. Und ich werde dich heiraten, das weißt du."

Sie atmet heftig ein. „Immer mit der Ruhe. Du hast gerade erst angefangen, mich zu lieben, und in ein paar Wochen bekommen wir ein Baby. Ich denke, wir haben noch viel Zeit zum Heiraten."

„Das ist völlig in Ordnung", antworte ich mit Leichtigkeit. „Ich werde so lange warten, wie du es brauchst, aber ich weiß ganz sicher, was ich will und das wird sich nicht ändern. Ich will dich heiraten, Sonnenschein. Und das hat nichts mit der Tatsache zu tun, dass wir ein gemeinsames Kind bekommen werden."

„Bist du dir da sicher?", neckt sie mich und stupst mit ihrem Finger meine Lippen an.

„Ganz und gar." Ich küsse ihre Fingerspitze und schaue ihr in die grünen Augen. „Das ist ganz logisch, denn ich habe nicht vergessen, dass wir dafür sorgen sollen, dass der andere in den Himmel kommt."

Ihr fällt die Kinnlade herunter und die wertvollen Worte aus unserer Jugend lassen sie wie eine Statue erstarren. Lächelnd stehe ich auf, drücke ihr einen Kuss auf die Lippen und füge hinzu: „So wie ich das sehe, ist es einfacher, uns mit Ringen an den Fingern im Auge zu behalten."

Tränen rinnen ihr über die Schläfen, während sie ihre Hände durch mein Haar gleiten lässt. Sie schaut mich mit glasigen Augen an und ihre Stimme zittert, als sie sagt: „Ich bin so verliebt in dich, Booker Harris."

„Ich bin so verliebt in dich, Poppy McAdams." Ich küsse ihre Handfläche und gehe dann nach unten, um ihren Bauch zu küssen. „Und ich liebe dich auch, Kleiner. Das wirst du in deinem Leben noch oft hören, also gewöhne dich daran."

Sie lacht und dann lacht sie noch mehr. Dann hört sie auf zu lachen, weil ich ihr das Lachen aus dem Gesicht küsse. Als unsere Lippen miteinander verschmelzen, umspielt ein Lächeln voller Glück meine Mundwinkel.

Ich darf diese Lippen für immer küssen …

… weil meine beste Freundin mein ist.

ENDE

Als Nächstes ist Gareth dran! Amys gesamte Harris-Brüder-Reihe wird auf Deutsch erscheinen. Du findest alle deutschen Bücher von Amy, inklusive Band 4, Surrender hier auf ihrer Website: amydawsauthor.com/deutsch

Du kannst auch den deutschen Newsletter von Amy Daws hier abonnieren, um über neue Veröffentlichungen Bescheid zu bekommen: www.subscribepage.com/amydaws_deutscher_newsletter.

MEHR ÜBER DIE AUTORIN

Bestseller-Autorin Amy Daws schreibt heiße Romance-Geschichten, die sowohl in Amerika als auch in England spielen. Sie ist vor allem für ihre wortwitzigen fußballspielenden britischen Harris-Brüder bekannt und dafür, dass sie im Wartezimmer einer Werkstatt geschrieben hat. Wenn Amy gerade mal nicht schreibt, richtet sie meist ausgefallene Boards mit allerlei herzhaften Leckereien von ihrem Zuhause in South Dakota aus an, wo sie mit ihrem Mann und ihrer Tochter lebt.

Mehr von den deutschen Ausgaben von Amys Büchern findest du unter: amydawsauthor.com/deutsch/und generell alles von Amy unter den unten stehenden Links.

www.facebook.com/amydawsauthor
www.tiktok.com/@amydawsauthor
instagram.com/amydawsauthor

Abonniere auch den deutschen Newsletter, um keine Neuigkeit zu den deutschen Veröffentlichungen von Amy zu verpassen: www.subscribepage.com/amydaws_deutscher_newsletter

EBENFALLS VON AMY DAWS

Die Harris-Brüder:

Challenge – Ein Bad Boy zum Verlieben

Endurance – Ein Feind zum Verlieben

Keeper – Ein bester Freund zum Verlieben

Surrender – Ein Boss zum Verlieben

Dominate – Ein Fußballstar zum Verlieben

Um herauszufinden, wann diese und weitere Bücher herauskommen, schau hier auf Amys Website nach: amydawsauthor.com/deutsch/

Und wenn du einfach per E-Mail informiert werden möchtest, wenn das nächste Buch erscheint, abonniere Amys deutschen Newsletter hier: www.subscribepage.com/amydaws_deutscher_newsletter